KB248290

# 크리스마스 캐럴:
# 유령이야기

세계문학의 숲 028

A Christmas Carol in Prose_Being a Ghost Story of Christmas

# 크리스마스 캐럴: 유령이야기

**찰스 디킨스** 지음

**정은미** 옮김

A Christmas Carol in Prose_Being a Ghost Story of Christmas

시공사

**일러두기**

1. 이 책은 1843년 채프먼 앤드 홀 출판사(Chapman & Hall)에서 출간된 찰스 디킨스(Charles Dickens)의 《크리스마스 캐럴: 유령이야기(A Christmas Carol in Prose_Being a Ghost Story)》와 1848년 브래드버리 앤드 에반스 출판사(Bradbury & Evans)에서 출간된 《유령의 선물(The Haunted Man and the Ghost's Bargain)》을 우리말로 옮긴 것이다.
2. 번역은 〈크리스마스 캐럴: 유령이야기〉는 채프먼 앤드 홀 출판사의 초판본을 대본으로 삼았으며, 펭귄 클래식 시리즈의 《크리스마스 캐럴과 다른 크리스마스 이야기들(A Christmas Carol and Other Christmas Writings)》(Penguin Books 발행, 2003년)을 참고했다. 〈유령의 선물〉은 펭귄 클래식 시리즈의 《크리스마스 캐럴과 다른 크리스마스 이야기들》을 대본으로 삼고, V. 다비드-마레코(V. David-Marescot)가 옮긴 프랑스어판 《귀신 들린 남자(L'Homme Hanté)》(Editions Interférences 발행, 2009년)를 참고했다.
3. 본문의 주는 모두 옮긴이 주이다.

# 차례

# 크리스마스 캐럴
## :유령이야기

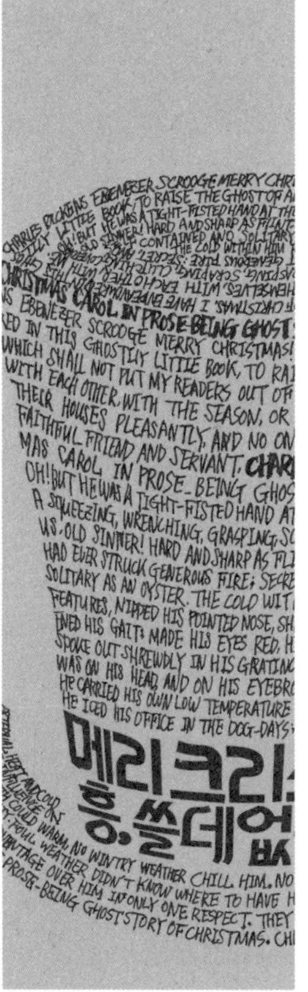

이 짧은 유령이야기 책에서, 나는 내 머릿속의 유령을 끄집어 내려했다. 하지만 그것으로 인해, 독자 여러분이 스스로에 대해서나 다른 이들에 대해서, 이 절기에 대해서, 혹은 나에 대해 언짢아하는 일은 없기를 바란다. 나의 유령이 여러분의 가정에 즐겁게 깃들기를, 그리고 누구도 그것을 쫓아내고자 하는 이가 없기를!

1843년 12월
여러분의 충실한 친구이자 하인
찰스 디킨스

〈말리의 얼굴〉, 일러스트_아서 래컴, 1915년

제1절*

# 말리의 유령

말리는 죽었다. 이 말부터 해두자. 이 사실에 대해서는 이론의 여지가 없다. 그의 매장신고서에는 목사와 법원서기, 장의사, 그리고 상주가 서명을 했다. 스크루지도 서명을 했다. 이 스크루지라는 이름은, 거래소**에서도 그가 서명하기로 한 것은 무엇이든 확실한 것으로 통했다. 말인 즉, 말리 영감은 문에 박힌 대못처럼 완전히 죽어버렸다.

잠깐! 그 문에 박힌 대못에 죽음과 관련된 무언가가 있다고 내 나름 알고 있어서 그런 말을 한 것은 아니다. 나 개인적으로

*"크리스마스 캐럴"이라는 책의 제목에서도 알 수 있듯이, 디킨스는 이 작품을 통해 크리스마스 시즌에 가장 널리 사랑받는 아이템인 '캐럴'에 도전하고자 했다. 각 장의 제목에서도 chapter 대신 stave를 사용하고 있으므로, 작가의 이러한 의도와 작품의 시적이고 음악적인 면모를 감안하여 '절'로 옮겼다.
**시티 오브 런던에 위치한 런던 왕립 거래소. 당시 상거래의 중심지였다. 16세기에 걸립된 이후 두 차례 화재로 소실되었으며 세 번째 건물이 현재까지도 남아 있다.

는, 철물점에서 파는 물건 중 죽음과 가장 가까운 것이 있다면 그건 관에 박는 못이라고 생각한다. 하지만 이러한 직유에는 선조들의 지혜가 담겨 있고, 내 부정한 손길로 이를 더럽힐 생각은 없다. 그랬다간 나라꼴이 뭐가 되겠는가.* 그러니, 독자 여러분께서도, 내가 강조하는 의미에서 다시 한 번 그 말을 되풀이하는 것을 양해해주시기 바란다. 말리는 문에 박힌 대못처럼 완전히 죽어버렸다.

스크루지가 그가 죽었다는 사실을 알았느냐고? 물론이다. 어찌 모를 수가 있었겠는가. 스크루지와 말리는 나로서는 다 알지도 못하는 세월 동안 동업자로 지냈다. 스크루지는 그의 유일한 유언 집행인이자 유산 관리인, 유일한 상속인이자 잔여 재산 수령인이었고, 그의 유일한 친구이자 하나뿐인 문상객이었다. 하지만 스크루지는 그 불행한 일로 인해 비탄에 빠지지도 않았고, 장례식 당일 날도 뛰어난 사업가로서의 면모를 발휘하여 확실하게 싼 값에 식을 치렀다.

말리의 장례식 이야기를 하다 보니 내가 본래 하려했던 이야기가 생각났다. 말리가 죽었다는 사실에는 의심의 여지가 없다. 이 사실을 분명히 아셔야 한다. 그러지 않으면 앞으로 내가 하려는 이야기가 하나도 놀랍지 않을 것이기 때문이다. 우리가 햄릿의 아버지가 연극이 시작되기 전에 이미 죽은 사람임을 분

*"선조들의 지혜"라는 말은 당시 정치인들이 즐겨 쓰던 표현을 그대로 옮겨온 것이다. 디킨스는 이러한 표현들을 경멸했던 것으로 알려져 있는데, 여기에서 나라꼴이 어찌 되겠느냐는 말을 이어 반어적으로 꼬집고 있다.

명히 이해하지 못한다면, 동풍이 부는 밤 그가 자신의 성벽을 어슬렁거리며 돌아다닌다고 한들, 여느 중년 신사가 문자 그대로 자기 아들의 심약한 마음을 놀래주겠다며 어두워진 이후에 바람 부는 장소, 이를테면 세인트폴 대성당 경내* 같은 곳에 불쑥 모습을 드러내는 것과 무슨 차이가 있겠는가.

스크루지는 말리의 이름을 지우지 않았다. 그 후로도 수년 동안 창고 문 위에는 "스크루지와 말리"라는 이름이 남아 있었다. 회사는 스크루지와 말리 상회로 알려져 있었다. 그쪽 일에 처음 발을 들여놓은 사람들은 스크루지를 "스크루지"라고 부르기도 하고 "말리"라고 부르기도 했는데, 스크루지는 어떻게 부르건 답을 했다. 그에게는 어느 쪽이건 상관이 없었다.

오! 맷돌에 아예 손을 묶어 놓은 듯한 인간, 스크루지!** 쥐어짜고 비틀고 움켜쥐고 긁어내고 도통 손에서 놓을 줄 모르는 탐욕스러운 늙은 죄인! 단단하고 날카롭기가 부싯돌 같으나 어떤 쇠붙이도 그에게 넉넉한 불길 한번 얻어내지 못했다. 비밀스럽고 저 혼자만 알며 입을 꾹 다문 굴처럼 고독한 사내. 속에 품은 냉기가 그를 늙은 겉모습 그대로 꽁꽁 얼려놓았다. 뾰족한 코는 찬 바람이 물어뜯어 놓은 모양이고, 뺨은 쪼글쪼글 했으며, 걸음걸이는 뻣뻣했다. 두 눈은 벌겋고 가느다란 입술은

---

*교회 경내에는 대체로 공동묘지가 자리하고 있었다. 세인트폴 대성당에는 지하의 묘지 외에도 주변에 좁은 골목들과 무덤이 많았고, 이 지역은 특히 바람이 심하게 불었다.
**스크루지의 이름은 현재의 사전에도 구두쇠와 동의어로 등재되어 있지만 본래 이 단어(scrooge 혹은 scrouge) 자체가 쑤셔넣고 쥐어짠다는 의미를 가지고 있었다.

퍼랬으며, 신경을 긁는 목소리로 빈틈을 주지 않고 말을 내뱉었다. 새하얀 서리가 그의 머리에, 눈썹에, 단단한 턱에 내려앉아 있었다. 제 몸의 냉기를 어디에나 옮겨놓아 삼복더위에도 그의 사무실은 꽁꽁 얼어붙었고, 크리스마스가 와도 단 1도도 녹을 줄을 몰랐다.

바깥의 더위나 추위는 스크루지에게 아무런 영향도 미치지 못했다. 어떠한 온기도 그를 따듯하게 할 수 없었고 한겨울의 추위도 그를 떨게 하진 못했다. 어떤 바람도 그보다 매섭진 못했고, 어떤 눈도 그보다 더 집요하게 내리진 못했으며, 퍼붓는 비도 그보다는 덜 매몰찼다. 험악한 날씨도 그를 몰아붙이지 못했다. 쏟아지는 비나 눈, 우박, 진눈깨비도 오직 한 가지 점에서만 그를 두고 뽐낼 수 있었으니, 그것들은 종종 "인심 후하게" 내린다는 점이었다. 스크루지는 결코 그러는 법이 없었다.

반가운 얼굴로 "아이고, 스크루지 선생! 안녕하시오? 저희 집엔 언제나 들리시렵니까?" 말을 건넨답시고 그를 불러 세우는 사람은 없었다. 푼돈이라도 달라며 간청하는 거지들도 없었고, 시간을 묻는 아이들도, 이러저러한 곳으로 어찌 가느냐 길을 묻는 사람 하나 없었다. 심지어 맹도견들도 그를 알아보는 듯했다. 그가 다가오는 것이 보이면 자기네 주인을 출입구나 마당으로 끌고 들어가 "앞 못 보는 주인님, 저리 사악한 눈을 가지느니 아예 눈이 없는 것이 낫습니다!"라고 말하듯이 꼬리를 흔들었다.

하나, 그게 스크루지에게 무슨 상관이란 말인가? 그거야 말로 원하는 바였다. 인간적인 연민의 감정일랑 다가오지 못하게 하고, 사람들로 북적대는 인생길 가장자리로 제 갈 길을 가는 것이, 스크루지에게는 시쳇말로 "장땡"인 것이다.

그러던 어느 날, 그해의 좋은 날 중에서도 가장 좋은 크리스마스이브에, 스크루지 영감은 자기 사무실에 앉아 바쁘게 일을 하고 있었다. 춥고 을씨년스럽고 살을 에는 듯한 바람이 부는 날이었다. 게다가 안개까지 자욱했다. 바깥마당에서는 헐떡이며 길을 오르내리는 사람들이 몸을 덥히려고 가슴을 두드리고 포석에 발을 구르는 소리가 들려왔다. 시내의 시계들은 이제 막 세 시를 지났지만 밖은 벌써 어둑어둑해지고 있었다. 낮동안에도 해가 드는 날은 아니었다. 이웃한 사무실 창문에서는 손에 만져질 듯 선명한 갈색 공기 위에 생긴 불그레한 얼룩처럼 촛불이 너울대고 있었다. 안개가 건물의 틈새란 틈새는 모두 다, 열쇠 구멍까지 비집고 들어왔다. 안개가 어찌나 짙던지 마당이 엄청나게 좁았음에도 불구하고 건너편 집들이 허깨비처럼 보일 지경이었다. 거무칙칙한 구름이 낮게 깔려 모든 것을 흐릿하게 만드는 모양을 보고 있으면 근처에 자연의 신령이라도 살고 있어 잔뜩 술을 끓여대고 있는 것처럼도 보였다.

스크루지의 사무실 문은, 뒤편의 무슨 술통처럼 형편없이 조그만 방에서 편지들을 베껴 쓰고 있는 직원을 감시하기 위해서인지, 열려 있었다. 스크루지는 불을 아주 조금만 떼고 있었는데, 직원의 불은 그보다도 훨씬 작아 마치 석탄 한 덩이가 타고 있는 것 같았다. 하지만 스크루지가 석탄 상자를 자기 방에

둔 통에 직원은 석탄을 다시 채울 엄두도 내지 못하고 있었다. 부삽을 들고 들어설라 치면 사장이 이제 우리가 헤어질 때가 된 모양이라고 예언할 것이 뻔했기 때문이었다. 그런 까닭에 하얀색 목도리를 둘러쓴 직원은 촛불에라도 몸을 녹여보려 했지만, 워낙 상상력이 뛰어난 인물은 못 되는지라 그 시도는 실패로 돌아가고 말았다.

"메리 크리스마스, 외삼촌! 하느님의 축복이 함께 하시길!" 쾌활한 목소리가 외쳤다. 목소리의 주인공은 스크루지 조카로, 어찌나 재빨리 들어왔던지 이 말을 듣고서야 그가 다가온 것을 알 수 있었다.

"흥! 쓸데없는 소리!*" 스크루지가 말했다.

안개와 서리를 뚫고 서둘러 걸어오느라 몸이 달아오른 스크루지의 조카는 잔뜩 상기되어 있었다. 잘생긴 얼굴은 발그레했고, 두 눈은 반짝였으며, 아직도 입김을 내뿜고 있었다.

"크리스마스가 쓸데없다고요?" 스크루지의 조카가 말했다. "진심은 아니시죠? 그렇죠?"

"진심이다." 스크루지가 말했다. "메리 크리스마스? 네놈이 무슨 즐거울 자격이 있다고! 즐거울 이유는 또 뭐고? 가난뱅이 주제에."

"그러면요, 외삼촌." 명랑한 어조로 조카가 되받았다. "외삼

---

*18세기 후반 학생들의 은어에 기원을 둔 Humbug(허튼 소리, 속임수)란 단어는 스크루지의 입을 거치면서 거의 '메리 크리스마스'의 반의어처럼 사용된다. 누군가 Merry Chistmas 하면 Bah! Humbug 하는 식으로, 지금도 일상적으로 사용되고 있다. 또 크리스마스를 다룬 뮤지컬, 음반의 제목에 반어적으로 사용되기도 한다.

촌은 그리 우울해하실 자격이 있으십니까? 시무룩하실 이유는 또 뭐래요? 그렇게 부자시면서."

달리 준비된 답이 없는지라, 스크루지는 순간적으로 그냥 "홍!" 하고 말았다. 그러고는 "쓸데없는 소리" 하고 덧붙여 말했다.

"화내지 마세요, 외삼촌." 조카가 말했다.

"그럼 날더러 어쩌란 말이냐. 이렇게 바보들로 가득 찬 세상에 살고 있는데." 외삼촌이 대꾸했다. "메리 크리스마스? 크리스마스 따윈 집어치워! 대관절 네놈에게 크리스마스가 돈도 없이 계산서에 대금 지불하는 날이 아니고 또 뭐란 말이냐. 조금도 형편이 나아지지 못하고 또 한 살 먹는 때, 장부를 맞춰보니 일 년 열두 달, 모든 항목이 죄다 엉망인 걸 확인하게 되는 날 아니더냐? 내가 마음대로 할 수만 있다면," 스크루지가 분통을 터트리며 말했다. "'메리 크리스마스'따윌 입에 달고 돌아다니는 멍청이들은 죄다 지 놈이 만든 푸딩에 넣어 끓여버린 다음, 심장에 호랑가시나무 가지를 박아 묻어버릴 테다. 암, 그래야 하고말고!"

"외삼촌!" 조카가 애원했다.

"조카!" 외삼촌이 정색을 하고 대답했다. "너는 네 방식대로 크리스마스를 기념해. 난 내 방식대로 할 테니."

"기념하세요!" 스크루지의 조카가 말했다. "하지만 외삼촌은 크리스마스를 기념 안 하시면서요."

"그러니 날 그냥 내버려둬." 스크루지가 말했다. "너나 덕

많이 보란 말이다! 네놈은 그걸로 퍽이나 재밀 본 모양이니.”

　“이윤을 내진 않았어도 제가 덕을 본 것들이 많아요.” 조카가 말했다. “크리스마스도 그중 하나지요. 하지만 저는 언제나 크리스마스가 다가오면, 물론 그날에 속한 것 중 어느 하나라도 따로 떼어놓고 생각할 수 있다면 말입니다만, 그날의 성스러운 이름과 그 유래에 따른 존경의 마음은 둘째 치더라도, 정말 좋은 때라고 생각해왔어요. 친절하고 너그러우며 자비롭고 즐거운 때라고 말이지요. 한 해의 수많은 날 중에서 사람들이 그들의 닫힌 마음을 마음껏 열고, 자신보다 못한 사람들이 다른 길을 가는 다른 종족이 아니라 무덤으로 가는 여행의 동료들임을 생각하게 되는 유일한 때라고 말입니다. 그러니 외삼촌, 그게 제 주머니에 금 한 조각, 은 한 조각 넣어주지 않는다 하더라도, 저는 그것이 제게 득이 된다고, 득이 될 거라고 믿어요. 하느님이 축복하시길!”

　술통 안의 직원이 저도 모르게 박수를 쳤다. 그러고는 이내 부적절한 행동이었음을 깨닫고 괜스레 불을 쏘시다가 마지막 남은 희미한 불길마저 꺼뜨리고 말았다.

　“그쪽에서 또 한 번만 무슨 소리가 들려봐. 일자리를 잃는 걸로 크리스마스를 축하하게 해줄 테니.” 스크루지가 말했다. “이거야 정말 대단한 웅변가로구먼, 선생.” 그는 조카를 돌아보며 덧붙였다. “도대체 왜 국회로 가지 않았나 몰라.”

　“역정 내지 마세요, 외삼촌. 저희 집에 오세요! 내일 저희랑 같이 저녁 식사 해요.”

스크루지는 그가 ……하는 꼴을 보고 나서*라고 했다. 그랬다, 정말로 그렇게 말했다. 그는 그 험한 말을 끝까지 다 내뱉었는데, 말인 즉 그런 극단적인 일이 생기기 전에는 조카를 보러 가는 일은 없을 거라는 뜻이었다.

"하지만 왜요?" 스크루지의 조카가 울먹였다. "왜 대체 그러시는 건데요?"

"결혼은 왜 한 게냐?" 스크루지가 말했다.

"사랑에 빠졌으니까요."

"사랑에 빠졌으니까?" 마치 이 세상에 "메리 크리스마스"란 말보다 더 말도 안 되는 것이 있다면 바로 그 말이라는 듯이 스크루지가 으르렁거렸다. "잘 가거라!"

"아니, 외삼촌, 결혼 전에도 저를 보러 오신 적이 없으시잖아요. 왜 이제는 또 그것 때문에 못 오신다는 겁니까?"

"잘 가." 스크루지가 말했다.

"외삼촌께 원하는 거 없어요. 부탁드릴 것도 없고요. 그냥 가깝게 지내시면 안 돼요?"

"그만 가보라고."

"그리 완고하시니 정말 섭섭하네요. 저랑 관련되어서는, 우린 한 번도 싸운 적이 없는데. 하지만 전 크리스마스를 축하 드려보고 싶었고, 이런 크리스마스 기분을 끝까지 유지할 생각입

---

*험한 일을 당하는 꼴을 보고 나서라는 뜻의 험담. 당시에는 저급한 표현으로 여겨졌기 때문에 부분적으로 생략하여 표현한 것이지만, 이야기 속 스크루지는 그 말을 끝까지 다 내뱉고야 만다.

니다. 그러니, 외삼촌, 메리 크리스마스!"

"잘 가."

"그리고 새해 복 많이 받으세요!"

"잘 가."

그럼에도 불구하고 조카는 언짢은 말 한마디 없이 자리를 떠났다. 그는 현관문에 서서 직원에게 크리스마스 인사를 했다. 그만큼 추워하고 있었지만 진심 어린 답변을 하는 것을 보니 스크루지보다는 훨씬 따뜻한 사람이었다.

"한 놈이 더 있구먼." 듣고 있던 스크루지가 투덜거렸다. "주당 15실링으로 마누라와 가족들을 먹여 살리시는 우리 직원 나리가 메리 크리스마스 운운하고 있어. 베들럼*으로 보내 버리던지 해야지, 원."

그 정신병자 녀석은 스크루지의 조카를 내보내고 다른 두 사람을 들어오게 했다. 풍채가 좋은 호감 형의 신사들로, 모자를 벗어 들고는 이제 막 스크루지의 사무실로 들어선 참이었다. 그들은 손에 장부와 종이 뭉치를 들고 인사를 했다.

"스크루지와 말리 상회이지요?" 신사들 중 한 사람이 들고 온 명단을 들여다보고는 말했다. "지금 말씀 나누시는 분이 스크루지 씨인가요, 말리 씨인가요?"

"말리 선생은 벌써 7년 전에 죽어 드러누워 있소이다." 스크루지가 대답했다. "7년 전 바로 오늘밤에 죽었지."

*14세기에 설립된 런던의 베들레헴 성모 마리아 병원. 주로 정신질환 환자들을 수용했다.

"고인의 관대함을 살아계신 동업자께서 대신해 보여주시리라 믿어 의심치 않습니다." 신임장들을 건네며 신사가 말했다.

그랬다. 두 사람은 실로 비슷한 영혼들이었다. "관대함"이라는 불길한 말에 스크루지는 눈살을 찌푸리고 고개를 저으며 신임장들을 되돌려주었다.

"이렇듯 축제 분위기인 연말연시에는, 스크루지 선생님." 신사가 펜을 들며 말했다. "이럴 때일수록 더욱 힘들어하는 가난하고 곤궁한 사람들과 조금의 온정이라도 나누는 것이 평소보다도 훨씬 더 값진 일이 됩니다. 선생님, 생필품마저 부족한 사람들이 수천 명, 기본적인 생활도 힘겨운 사람들이 수만 명에 이른답니다."

"감옥들이 없어졌소?" 스크루지가 물었다.

"감옥이야 많지요." 신사가 펜을 다시 내려놓으면서 말했다.

"그럼, 구빈원들*은?" 스크루지가 물었다. "그곳도 여전히 잘 운영되고 있소?"

"그렇습니다, 여전히요." 신사가 대답했다. "그렇지 않다고 말할 수 있다면 좋겠지만요."

"그러면 죄수용 물레**와 구빈법은 제대로 돌아가고 있다는

---

*1834년 개정된 신구빈법은 전국을 21개 구역으로 나누고 각 구에 구빈원을 설치, 빈곤층을 수용하였다. 일자리와 최소한의 의식주를 제공하고 효과적으로 빈민을 구제하자는 취지였으나, 그 실상은 디킨스가 《올리버 트위스트》에서도 신랄하게 비판하였듯이 처참하였다. 또한 원외구조를 인정하지 않았기 때문에 사실상 가난이라는 죄목으로 수감되는 감옥과도 같아서 이어지는 신사들과의 대화에서도 알 수 있듯이 이곳에 거주하는 것을 수치스럽게 여긴 이들이 많았다.
**발로 밟아서 돌리는 물레. 당시 영국의 감옥에서 죄수들의 노역용으로 사용되었다.

말씀이시구먼."

"둘 다 무척 분주하지요."

"잘됐군! 처음에 하신 말을 듣고, 난 또 무슨 일이 생겨 그 유용한 기관들이 일을 멈춘 줄 알았지 뭐요." 스크루지가 말했다. "그 말씀을 들으니 기쁘기 그지없소이다."

"그 시설들이 많은 사람들에게 기독교의 정신에 걸맞는 몸과 마음의 기쁨을 주지는 못하고 있다는 생각에, 저희 몇 사람은 가난한 사람들에게 고기와 술, 그리고 몸을 덥힐 것들을 사주기 위한 기금을 모금하고자 노력하고 있습니다. 저희가 이 시기를 고른 것은, 이런 때야 말로 다른 어느 때보다 궁핍함이 더욱 사무치고 풍요로움이 더욱 기쁘기 때문입니다. 선생님 이름으로 얼마를 적을까요?"

"적을 것 없소!" 스크루지가 대답했다.

"익명으로 기부하시길 원하십니까?"

"뭘 원하냐 물으니 말이오만, 선생, 날 좀 내버려두길 원하오. 그게 내 대답이오. 나 자신 크리스마스를 축하하지도 않거니와 게으른 사람들을 축하해줄 돈 따윈 없소. 난 앞서 언급했던 기관들을 후원하고 있고, 그것만도 충분히 많은 지출이오. 형편이 나쁜 이들이야 그곳들을 찾아가면 될 일 아니오."

"그곳에 갈 수 없는 사람들이 많습니다. 그리 가느니 차라리 죽겠다는 사람들도 많고요."

"차라리 죽는 게 낫다면," 스크루지가 말했다. "그렇게들 하라고 하시오. 잉여인구도 줄이고 좋구먼. 게다가, 외람된 말이

오만, 난 그런 일은 통 모르오.”

“아니, 분명 잘 아실 텐데요.” 신사가 꼭 집어 이야기했다.

“내 알 바 아니오. 자기 일에나 신경 쓰면 됐지 다른 사람 일에 뭐 하러 관여한단 말이오. 내 일 챙기기도 바쁘오. 잘들 가시오!”

자신들의 의견을 피력해보았자 소용없는 일이라는 것을 확인한 두 신사는 물러섰다. 스크루지는 스스로가 더 잘난 사람이 된 것 같은, 전에 없이 쾌활한 기분으로 다시 일을 시작했다.

그러는 사이, 안개와 어둠이 짙어져 사람들이 너울거리는 횃불을 들고 마차를 끄는 말 앞을 달리며 길을 안내하겠노라 분주히 뛰어다니고 있었다. 교회의 낡은 종탑도 이젠 보이지 않았다. 벽의 고딕풍 창문으로 몰래 스크루지를 내려다보던 걸걸한 목소리의 종이, 마치 저 위의 얼어붙은 머리에서 이가 딱딱 부딪히기라도 하는 것 같은 떨리는 소리로, 안개 속에서 정각과 15분을 알려왔다. 추위가 점점 심해졌다. 건물 마당 한쪽과 연결된 큰 길에서 가스관 보수 공사를 하는 일꾼 몇이 화롯불을 피워 놓았고, 그 주위로 누더기를 걸친 사내와 소년 몇이 둥글게 모여들어 언 손을 녹이며 불빛 앞에서 황홀한 듯 눈을 깜박이고 있었다. 넘친 물이 엉겨 붙어 음침한 분위기를 풍기는 소화전은 홀로 남겨져, 이제는 사람들이 가까이 오는 것조차 싫어하는 얼음덩이가 되어버렸다. 창문에 비치는 램프 불빛에 호랑가시나무 가지와 열매 문양이 아른거리는 가게들에서 흘러나오는 불빛이 지나가는 사람들의 창백한 얼굴을 발그레하게 물들이고 있었다. 새고기를 파는 가게와 식료품점에서 벌어지는 흥정은 재기 넘치는 농담의 향연, 물건을 사고파는 재미없는 규칙들과는 조금이라도 관련이 있다고 믿기 어려운 멋진 경연으로 변해 있었다. 막강한 요새 같은 시장공관에서, 시장은 50명에 달하는 휘하의 요리사와 관리인들에게 공관의 살림살이에 걸맞게 크리스마스를 지낼 준비를 하라고 엄명을 내렸다. 하다못해 지난 월요일 술에 취해 거리에서 난동을 부린 죄로 5실링의 벌금을 물게 된 작달막한 재단사도, 그의 야윈 아내가 아이를 데리고 소고기를 사러 떠난 사이, 지붕 밑 자기네 방에서 내일 먹을 푸딩을 저어 올리고 있었다.

안개가 더 심해지고 날이 점점 더 추워졌다. 냉기가 살을 에고 이리저리 휘졌고 물어뜯는 듯했다. 선량한 성 던스턴이 그의 잘 알려진 무기 대신 이런 날씨로 악령의 코를 꼬집었더라면 그 놈도 울부짖지 않고서는 배길 수 없었을 것이다.* 개가 뜯어먹은 뼈다귀처럼, 굶주린 냉기가 갉아먹고 물어뜯어 흔적만 남은 코를 가진 어린 것이 캐럴을 불러 즐겁게 해주겠다고 스크루지 네 열쇠 구멍에 대고 몸을 굽혔다. 하지만,

유쾌한 신사 분, 하느님이 당신을 축복하시니
무엇도 당신을 절망시키지 않으리!

*캔터베리 대주교를 지낸 영국 수도승. 후일 성인으로 추대되었으며, 자신을 타락시키려 하는 악마를 뜨거운 불쏘시개로 코를 집어 내쫓았다고 하는 일화가 전해진다.

하고 노래의 첫 소절을 부르자마자 스크루지가 손에 든 자를 어찌나 세게 움켜쥐었던지 노래를 부르던 이가 겁에 질려 안개와 그보다 한층 잘 어울리는 서리에 그 열쇠 구멍을 맡겨둔 채 달아나버리고 말았다.

마침내 사무실을 닫을 시간이 되었다. 스크루지가 못마땅한 심기로 의자에서 내려서며 술통 안의 직원에게 말없이 일이 끝났음을 승인하자, 직원은 당장에 촛불을 끄고 모자를 집어 썼다.

"자넨 아마 내일 종일 쉬고 싶을 테지?" 스크루지가 말했다.

"사장님만 괜찮으시다면요."

"괜찮지 않아." 스크루지가 말했다. "공평한 일도 아니고. 그렇다고 내가 반 크라운*을 깎자고 하면 자넨 혹사당한다고 생각하겠지. 안 그런가?"

직원이 희미하게 미소 지었다.

"그런데 말이지," 스크루지가 말했다. "일도 안 하는 사람한 테 하루치 임금을 줘야 하는 내 사정은 딱하다고 생각하지 않는단 말이지."

직원은 그런 일은 일 년에 딱 하루뿐이라고 했다.

"매년 12월 25일마다 사람 호주머니를 털어가는 거 치곤 너무 빈약한 변명 아닌가!" 외투의 단추를 뺨까지 채워 올리며 스크루지가 말했다. "그래도 자넨 하루 종일을 쉬어야 할 테니, 대신 다음 날 아침 일찌감치 나오도록 해."

*2실링 6펜스. 직원이 받는 주급의 6분의 1에 해당한다.

〈집으로 가는 길〉, 일러스트_E.A. 에비, 1876년

직원이 그러겠다고 약속하자, 스크루지는 으르렁대며 밖으로 나갔다. 사무실은 눈 깜짝할 사이에 닫혔다. 직원은 (외투가 없다는 걸 자랑이라도 하듯이) 하얀 목도리의 긴 끝을 허리 아래까지 늘어뜨리고는 크리스마스이브를 축하하겠다며 아이들의 뒤를 따라 콘힐 언덕에서 스무 번이나 미끄럼을 타고 난 후, 까막잡기를 하러 캠던 타운에 있는 집까지 있는 힘껏 달려갔다.

스크루지는 늘 가는 쓸쓸한 식당에서 쓸쓸하게 저녁 식사를 했다. 신문이란 신문은 죄다 읽고 난 다음 은행 장부를 뒤적이는 것으로 남은 저녁나절을 보내고는 잠을 자러 집으로 돌아갔다. 그는 한때 앞서간 동업자의 소유였던 방들을 쓰고 있었다. 그것은 하나같이 우울한 느낌의 방들로, 공터에 쌓아둔 것이 무너져 내리는 모양새의 건물 안에 있었다. 도무지 있을 법하지도 않은 건물이라, 그 건물이 어렸을 때 다른 건물들과 술래잡기를 하다 그리로 뛰어들어 와서는 나가는 길을 잃어버린 게 아닌가 상상하게 만들었다. 이제는 낡을 만큼 낡았고 처량하기 그지없는 그곳은, 스크루지 외에는 달리 사는 사람도 없어 대개 세를 두어 사무실로 쓰고 있었다. 마당이 어찌나 어둡던지 그곳의 돌멩이 하나까지 알고 있는 스크루지도 손으로 더듬거리며 지나야 했고, 안개와 서리가 묵직하게 내려앉은 어둡고 낡은 건물 출입구에는 날씨의 정령이 문지방에 앉아 서글픈 묵상에라도 잠겨 있는 듯했다.

방금, 현관문의 노커는 매우 커다랗다는 것만 빼면 달리 특별할 것이 없어 보였다. 이것은 분명한 사실이다. 그리고 스크루지가 그곳에 사는 동안 밤이건 아침이건 노상 보아온 물건이라는 것 또한 틀림없는 사실이다. 스크루지는 소위 상상력이라고 하는 것이 거의 없는 사람이다. 시티 오브 런던의 어느 누구보다, 좀 지나친 이야기일지 모르지만, 시 정부와 시의원, 조합원들*을 몽땅 포함시켜 말해도 그랬다. 또한 스크루지는 그날 오후 7년 전 죽은 동업자 이야기를 꺼낸 이후 지금까지 단 한 번도 말리에 대해 생각한 적이 없었다는 것을 명심하시라. 그러니, 스크루지가 현관문의 자물쇠에 열쇠를 넣던 순간 노커에서, 어떤 변화의 과정도 전혀 느끼지 못한 채, 어떻게 쇠고리가 아닌 말리의 얼굴을 보게 되었는지 설명할 수 있는 분이 계시다면 내게 말을 좀 해주시기 바란다.

말리의 얼굴. 그것은 마당에 있는 다른 물건들처럼 불투명한 그림자 속에 있는 것이 아니라 어두운 지하저장고에 놓인 상한 바다가재처럼 불길한 빛을 품고 있었다. 화가 난 듯한 얼굴도 사나운 얼굴도 아니었고, 다만 말리가 생전에 그러했던 것처럼 그 유령 같은 이마 위에 유령 같은 안경을 걸친 채 스크루지를 바라볼 뿐이었다. 머리카락은 입김이나 뜨거운 바람에 날리기라도 하듯 기묘하게 흔들리고 있었고, 두 눈은 활짝 뜨여 있으면서도 아무런 움직임이 없었다. 그것이, 그리고 그 검

*런던 타워에서 세인트폴 대성당에 이르는 런던 중심 지역을 가리키는 시티 오브 런던은 수십 개의 동업자조합에 의해 운영되던 자치 도시였다. 독립적인 행정부와 의원들을 가지고 있었고, 이들은 전통적으로 내려오던 길드의 조합원들에 의해 선출되었다. 즉, 정치 경제에 관여하는 모든 성인 남성들을 다 포함하여 말한다는 의미이다.

푸른 빛이 두려움을 자아냈다. 하지만 그 두려움은 드러난 표정의 일부라기보다는 그 얼굴과는 상관없이, 저도 모르게 어린 것 같았다.

스크루지가 그 모습을 뚫어져라 바라보자, 그것은 다시 노커로 돌아왔다.

그가 전혀 놀라지 않았다거나 어린 시절부터 그와는 거리가 먼 이야기인 공포라는 감각을 전혀 느끼지 못했다고 말한다면 그것은 거짓말이다. 하지만 그는 앞서 손을 떼었던 열쇠를 다시 잡아 힘 있게 돌린 다음, 안으로 걸어 들어가 촛불을 켰다.

문을 닫기 전에 그는 잠시 망설였다. 처음에는, 말리의 땋은 머리가 복도 쪽으로 튀어나온 모습에 놀라기를 반쯤 기대하는 심정으로 조심스럽게 뒤를 돌아보았으나, 문 뒤편에 노커를 고정시킨 나사와 나사못 외에는 아무것도 없는 것을 확인하고는 "쳇" 하는 소리와 함께 문을 쾅 닫았다.

그 소리가 마치 천둥처럼 온 집 안에 메아리쳤다. 위층에 있는 모든 방과 아래쪽 포도주상인의 지하저장고에 있는 모든 통들이 각자 자기 몫을 가지고 겹겹의 메아리를 만들어내는 것 같았다. 스크루지는 메아리 같은 것에 놀랄 사람이 아니었다. 그는 문을 단단히 잠그고는 느긋한 걸음으로 촛불의 심지를 다듬으며 복도를 가로질러 계단을 올라갔다.

낡았지만 잘 만들어진 계단이 말 여섯 필이 끄는 마차가 통과해도 충분할 정도라거나 공표된 지 얼마 안 된 어설픈 법령을 마차도 빠져나간다던가 하는 이야기들을 한다. 하지만 내가 하려는 말은 그 계단이 영구차를 가로 누인 채로, 그러니까 가로장을 벽 쪽으로 두고 문을 난간 쪽으로 둔 채 지나가게, 그것도 아주 쉽게 지나가게 할 수 있을 만큼 넓었다는 것이다. 아마도 그런 까닭에 스크루지가 그의 눈앞에 놓인 어둠 속에서 영구 행렬이 지나가는 것을 본 것 같다는 생각을 했을 것이다. 바깥 길의 가로등 반 다스를 가져다 놓아도 그곳을 전부 밝힐 수는 없었을 정도니 스크루지가 든 작은 촛불로는 상당히 어두웠을 거라고 생각하셔도 좋다.

스크루지는 그런 것은 개의치 않고 올라갔다. 어둡다는 것은 돈이 적게 든다는 걸 의미했고, 스크루지는 그게 좋았다. 하지만 묵직한 방문을 닫기 전에 모든 게 문제없는지 확인하기 위해 방을 가로질러 걸어보기는 했다. 그러고 싶을 정도로는 그 얼굴이 떠올랐던 것이다.

거실, 침실, 창고방. 모두 그대로였다. 탁자 밑엔 아무도 없었고, 소파 아래에도 없었다. 벽난로의 쇠살대 안에 자리 잡은 작은 불길, 숫가락과 물그릇도 제 위치였고 귀리죽(스크루지는 코감기를 앓고 있었다)이 담긴 조그만 냄비도 불 위에 올려져 있었다. 침대 아래에도, 옷장 속에도, 벽에 의심스러운 모양새로 걸려 있던 실내복 안에도 아무도 없었다. 창고방도 평소대로였다. 낡은 난로 울타리, 낡은 구두, 낚시 바구니 둘, 세 발 달린 세면대 받침과 부지깽이 하나.

흡족해진 스크루지는 문을 닫고 방문을 잠갔다. 평소와는 달리 이중으로 문을 걸어 잠갔다. 이렇게 놀랄 일이 없도록 단

〈수상한 실내복〉, 일러스트_아서 래컴, 1915년

단히 대비를 한 채, 그는 넥타이를 풀었다. 실내복을 입고 슬리퍼를 신고 나이트캡을 쓰고는 귀리죽을 가지고 불 가까이 가 앉았다.

그것은 난방이라고 하기에는 실로 빈약한 불길로, 그처럼 추위가 매서운 밤에는 거의 없는 것이나 다름없었다. 그 한줌도 되지 않는 불길에서 최소한 온기라고 할 만한 것을 느끼려면 가까이 다가앉아 한참을 들여다보고 있어야 했다. 오래전에 어떤 네덜란드 상인이 설치한 벽난로는 아주 낡은 것으로, 성경 속 장면들을 묘사한 진기한 네덜란드산 타일들로 온통 뒤덮여 있었다. 카인과 아벨, 파라오의 딸, 시바의 여왕, 허공에서 깃털 이불 같은 구름을 타고 내려오는 천사들, 아브라함, 벨사살 왕, 버터그릇처럼 생긴 배를 타고 바다로 나서는 사도들, 그의 생각을 사로잡을 수백 가지 형상들. 그러나, 7년 전 죽은 말리의 얼굴이 저 옛날 선지자의 지팡이*처럼 나타나 모든 것을 집어삼켜버렸다. 매끄러운 그 타일들이 생각의 흐트러진 파편들을 표면에 그림으로 옮겨 놓을 수 있도록 처음부터 백지 상태로 있었다면 온통 말리의 얼굴뿐이었을 것이다.

"말도 안 되는 소리!" 방을 가로질러 걸어가며 스크루지가 말했다.

그렇게 몇 차례 왔다 갔다 한 후, 그는 다시 자리에 앉았다.

*〈출애굽기〉 7장에 나오는 일화. 파라오 앞에서 기적을 보이라는 요구를 받은 아론이 지팡이를 던지자 뱀이 되었고, 이에 파라오 쪽의 이집트 마술사들도 같은 마법을 선보였다. 그러자 아론의 지팡이가 이집트 마술사들의 지팡이를 모두 삼켜버렸다.

의자에 앉아 머리를 뒤로 기대는 순간, 문득 벽에 걸린 이제는 사용되지 않는 종이 눈에 들어왔다. 지금은 왜인지 그 이유조차 잊혔지만, 건물 맨 위층의 방과 연락을 주고받는 데 쓰던 것이었다. 그가 그 종을 바라보자, 놀랍게도, 그리고 기이하고 설명할 수 없을 만큼 두렵게도 종이 움직이기 시작했다. 처음에는 너무도 미약한 움직임이라 거의 소리조차 나지 않았으나, 이내 큰 소리를 울렸고, 이어 집 안의 모든 종들이 따라 울리기 시작했다.

종이 울린 것은 30초 혹은 1분 정도였을 뿐이나 마치 한 시간은 계속된 것 같았다. 그리고 시작할 때 그랬던 것처럼 갑작스럽게 전부 멈추었다. 뒤이어 저 아래 깊은 곳에서 철거덕 거리는 소리가 들리기 시작했다. 마치 포도주 상인의 지하저장고 술통들 위로 누군가 무거운 쇠사슬을 끌고 다니는 것 같았다. 그러자 스크루지는 귀신 들린 집에 나오는 유령들이 그렇게 쇠사슬을 끌고 다닌다는 이야기를 들은 것이 생각났다.

저장고 문이 쾅 하는 소리와 함께 갑자기 열리더니 소리가 더 크게 들려왔다. 이제는 아래층 바닥에서, 그다음엔 계단을 따라, 이윽고 방문 바로 앞까지 소리가 올라왔다.

"말도 안 되는 소리!" 스크루지가 말했다. "그런다고 누가 믿을까봐?"

그러나 다음 순간, 그것*이 육중한 방문을 뚫고 방을 가로질

---

*유령의 성별을 구분하지 않는 전통적인 관념에 따라 디킨스 역시 유령을 그것(it)이라고 칭하는 경우가 많다.

러 코앞까지 다가오자 얼굴색이 달라지고 말았다. 그것이 들어오는 순간 죽어가던 불꽃이 마치 "난 그를 알아. 말리의 유령이야!" 하고 외치듯 왈칵 타올랐다 다시 잦아들었다.

똑같은 얼굴. 바로 그 얼굴이었다. 땋은 머리에 늘 입던 조끼. 꼭 끼는 바지에 부츠까지. 부츠의 술과 코트자락, 머리카락들이 돼지꼬리처럼 뻗친 꽁지머리와 같은 모양새로 온통 곤두서 있었다. 끌고 있는 사슬은 허리께에서 꽉 동여매 있었는데, 매우 길고 마치 짐승의 꼬리처럼 그의 주위를 감고 있었다. 스크루지가 자세히 들여다보니 그것은 금고, 열쇠와 자물쇠, 권리증과 원장, 금속으로 된 묵직한 돈 통 따위로 엮여 있었다. 몸통은 투명해서, 자세히 들여다보면 조끼 너머로 코트의 뒤쪽에 달린 단추 두 개가 들여다보였다.

스크루지도, 말리가 인정머리 없기가 오장육부가 없는 사람* 같다는 이야기를 자주 듣곤 했다. 하지만 지금까지는 믿지 않았다.

아니, 지금도 그는 믿지 않는다. 그 유령을 속속들이 들여다보고, 제 앞에 서 있는 모습을 두 눈으로 보고 있으면서도 말이다. 죽음처럼 차가운 그 눈동자가 내뿜는 냉기를 느끼고, 머리부터 턱까지 동여맨 천이 생전엔 한 번도 보지 못한 것임을 알아채기까지 했으면서도, 그는 여전히 믿지 못하겠다는 듯 자신의 감각에 저항하고 있었다.

*감정이 없는 냉정한 사람이라는 뜻의 관용적 표현.

“뭘 어쩌자고!” 여느 때나 다름없는 차갑고 비꼬는 듯한 어조로 스크루지가 말했다. “내게 뭘 원하는 거냐?”

“많지!” 말리의 목소리! 틀림없었다.

“당신 누구야?”

“누구였냐고 물어야지.”

“그래, 누구였던 자냐?” 목소리를 높여 스크루지가 말했다. “허깨비치고는 까다롭군.” 그는 “허깨비라 그런지”라고 말할 생각이었으나, 실체가 없는 허깨비에겐 이편이 더 적절하다 생각하고는 말을 바꾸었다.

“생전에는 자네의 동업자, 제이콥 말리였지.”

“자네…… 앉을 수 있겠나?” 미심쩍은 눈길로 그를 바라보며 스크루지가 물었다.

“앉을 수 있네.”

“그럼, 앉아보게.”

스크루지가 이렇게 물은 것은 그렇게 투명한 유령이 과연 의자에 앉을 수 있을지 모르겠어서이기도 했고, 만약 불가능할 경우 그쪽에서 당혹스런 설명을 해야 하겠다 싶어서이기도 했다. 하지만 유령은 마치 예전부터 그래왔다는 듯이 익숙한 태도로, 벽난로 반대편 의자에 앉았다.

“날 믿지 않는 모양이군.” 유령이 지적했다.

“못 믿겠네.” 스크루지가 말했다.

“눈으로 보고도 믿지 못하겠다면 내가 진짜라는 것을 대체 무엇으로 증명하면 좋겠나?”

"나도 모르지." 스크루지가 말했다.

"왜 자신의 감각을 부정하지?"

"왜냐하면," 스크루지가 말했다. "아주 사소한 일들도 그것에 영향을 미치기 때문일세. 속이 조금만 안 좋아도 착각을 하니까 말이야. 자넨 소화가 덜 된 소고기 한 점일 수도 있고, 겨자 한 덩이, 치즈 부스러기 하나, 설익은 감자 한 조각일지도 몰라. 자네가 무엇이건 무덤보다는 먹을 것에 관련되었을 가능성이 더 많단 이야기야!"

스크루지는 평소 농담을 즐겨하는 편도 아니었고, 그 순간에도 딱히 재치 있게 굴고 싶다는 마음은 없었다. 사실인 즉, 주의를 딴 데로 돌리고 공포를 가라앉히고 싶은 마음에 머리를 써본 것이었다. 환영의 목소리가 그를 뼛속까지 불안하게 만들었기 때문이었다.

한동안 그렇게, 아무 말도 없이 멍하게 자신을 바라보는 그 두 눈을 마주하고 앉아 있으려니 스크루지는 너무도 괴로웠다. 환영이 가지고 있는 지옥을 연상시키는 공기에는 무언가 무시무시한 것이 있었다. 스크루지 자신은 느끼지 못하고 있었지만 사실이 그러했다. 유령이 꼼짝 않고 앉아 있었음에도 불구하고 머리카라이며, 코트자락, 부츠의 술 등이 오븐에서 나오는 뜨거운 김에 흩날리듯 흔들리고 있었다.

"이 이쑤시개 보이나?" 조금 전에 이야기한 것과 같은 이유로, 또 그렇게 함으로써 단 한순간만이라도 돌처럼 굳어 있는 환영의 눈길을 다른 곳으로 돌려보자는 심산으로, 스크루지는 재빨리 다시 대화를 시작했다.

"보이네." 유령이 대답했다.

"이걸 쳐다보지도 않았잖나." 스크루지가 말했다.

"보고 있지 않아도," 유령이 말했다. "난 그것이 보이네."

"그래?" 스크루지가 말을 받았다. "그럼 난 이걸 집어삼키고 남은 평생 내 머리가 만들어낸 마귀 떼한테 쫓겨 다닐 수밖에 없겠군*. 말도 안 돼, 정말, 이건 말이 안 되는 소리야!"

이 말에, 혼령은 끔찍한 목소리로 울부짖고는, 간담을 서늘하게 하는 음울한 소리를 내며 쇠사슬을 흔들었다. 스크루지는 기절하지 않으려고 의자를 꼭 붙들었다. 그러나, 마치 집 안에서 그러고 있자니 너무 덥다는 듯, 유령이 머리를 동여맨 붕대를 풀어내자 그것의 아래턱이 가슴까지 툭 떨어지는 것을 보고는 가슴이 철렁 내려앉았다.

스크루지는 무릎을 꿇고 두 손을 얼굴 앞으로 모았다.

"자비를! 무시무시한 환영이여, 왜 나를 이리 괴롭히시오?"

"속된 마음을 가진 인간아!" 유령이 대답했다. "나를 믿느냐 믿지 못하겠느냐?"

"믿소," 스크루지가 말했다. "믿어야 하고. 하지만 어찌하여 혼령들이 지상을 걸어 다니며, 또 왜 나를 찾아오는 것이오?"

"무릇 인간에 깃든 영혼은 주위 사람들 사이를 돌아다니며 두루두루 널리 여행을 해야 하는 것인데, 만약 생전에 그러지

*속이 거북한 정도로 말리의 유령이 나타났으니 이쑤시개를 삼키면 유령이 떼로 나타날 거라는 의미이다.

〈말리의 유령〉, 일러스트_E. A. 에비, 1876년

못하면 죽은 후에 그리하게 되지. 세상을 방랑하도록 저주받아, 오, 슬프도다! 함께할 수 없는 것들, 그러나 이승에서 함께했더라면 행복하였을 것들을 지켜보아야 한다네!"

유령은 또 다시 소리를 지르고, 쇠사슬을 흔들고는 그림자 같은 두 손을 뒤틀었다.

"자네, 족쇄를 차고 있군." 몸을 떨며, 스크루지가 말했다. "왜 그런지 말해주겠나?"

"나는 생전에 내가 만든 쇠사슬을 차고 있네." 유령이 대답했다. "그 고리 하나 하나, 한 뼘 한 뼘 다 내가 만들었지. 내 자신의 자유로운 의지로 그걸 엮었고, 내 자유로운 의지로 차고 있는 걸세. 자넨 처음 보는 것들인가?"

스크루지는 점점 더 몸이 떨려왔다.

"아니면, 자네도 차고 있는 그 단단한 사슬의 무게와 길이를 알고 싶은 겐가? 그건 7년 전 크리스마스이브에 이미 내 것만큼이나 길고 무거워졌다네. 그 이후로도 그걸 계속 늘려가고 있으니, 참으로 크고 무거운 사슬이지!"

스크루지는 50이나 60패덤* 정도의 쇠사슬이 자기 주변을 감고 있진 않을까 생각하며 주변의 바닥을 흘긋 보았다. 하지만 아무것도 없었다.

"제이콥." 그가 간청했다. "내 오랜 친구 제이콥 말리, 좀 더 자세히 말해주게. 내게 위안이 되는 말을 좀 해주게, 제이콥!"

*약 1.8미터

"해줄 말이 없네." 유령이 대답했다. "그 말은 다른 곳에서 오고 있어, 에브니저 스크루지. 그리고 다른 관리들을 통해 다른 종류의 사람들에게 전달되지. 내가 어찌 될지도 말해줄 수 없네. 내게 허락된 것은 이제 겨우 조금 남았을 뿐이야. 나는 쉴 수도, 어딘가에 길게 머무르거나 정착할 수도 없네. 내 영혼은 우리 회계사무실 너머로 가본 적이 없었지—날 보게!—생전에 내 영혼은 돈을 만드는 우리네 작은 구멍 밖을 돌아다녀본 적이 없었어. 그랬으니 지금 내 앞에 이리 고단한 여행이 기다리고 있는 거야!"

무언가 생각에 잠길 때면 바지 주머니에 손을 집어넣는 것이 스크루지의 버릇이었다. 유령의 이야기를 곰곰이 곱씹으며 지금 그는 눈을 들거나 무릎을 펴지도 않고 그렇게 하고 있었다.

"그걸 알게 되는 데 제법 오래 걸렸군, 제이콥." 사무적인 태도로, 그러나 겸손과 존경의 마음을 담아 스크루지가 지적했다.

"오래라!" 유령이 되풀이해 말했다.

"죽은 지 7년인데," 스크루지가 혼잣말을 했다. "그동안 계속 떠돌아다녔다고?"

"줄곧," 유령이 말했다. "휴식도, 평화도 없이. 커져만 가는 회한의 고통 속에서."

"서둘러 돌아다녔나?" 스크루지가 말했다.

"바람결에 날리듯이." 유령이 대답했다.

"그럼 7년이면 엄청난 길을 다녔겠군." 스크루지가 말했다.

이 말을 들은 유령이 다시 한 번 울부짖고는 소름끼치는 소리를 내며 사슬을 흔들었다. 그 소리가 죽은 듯한 밤의 고요 속으로 어찌나 소란스럽게 울려 퍼졌던지 야경꾼*이 소란죄로 잡아가겠다고 했어도 할 말이 없을 정도였다.

"오! 사로잡히고 묶이고 사슬을 겹겹이 두른 채," 유령이 소리쳤다. "우리 영생의 존재들이 끊임없이 애를 써보아도, 그 노력의 세월은 세상을 유익하게 하는 것을 보지도 못하고 영겁의 시간 속으로 넘어가버리고 만다는 것을 알지 못했네. 기독교적인 박애정신으로, 그것이 무엇이건 제 몫의 작은 세상에서 친절을 행하는 이들에게, 세상에 도움이 되고자하는 그 뜻을 이루기 위한 도구로 쓰이기에는 이승의 삶이 너무도 짧다는 걸 미처 몰랐어. 아무리 후회해도, 한 번뿐인 인생의 기회를 망쳐버린 것을 만회할 순 없거늘! 내가 그러했네! 오! 내가 그러했어!"

"하지만 자넨 언제나 실력 있는 사업가였네, 제이콥." 이제 스스로를 돌아보기 시작한 스크루지가 더듬거리며 말했다.

"사업이라고?" 다시 두 손을 비틀어대며 유령이 말했다. "사람들이 내 사업이었네. 모두의 행복이 내 사업이었어! 자선, 온정, 관용, 선행, 그 모든 게 내 일이었네. 물건들을 사고파는 건 내가 해야 할 일들의 넓은 바다에서 물 한 방울에 지나지 않았어!"

유령이 마치 그것이 자신의 부질없는 슬픔의 원인이기라도

---

*1829년 경찰조직이 출범하기 전까지 밤에 순찰을 돌며 지역의 치안을 담당했던 이들.

하다는 듯, 팔 길이만큼 사슬을 들어 올렸다가 다시 바닥으로 세게 내동댕이쳤다.

"해마다 이맘때가 돌아오면," 유령이 말했다. "제일 괴롭네. 어찌 하여 나는 사람들 사이를 두 눈을 내리깐 채 걸어 다녔던가. 어찌 하여 그 눈을 들어 동방박사들을 초라한 거처로 인도한 저 축복받은 별을 바라보지 않았던 것인가! 그 불빛이 나를 인도해줄 가난한 집들이 없었더란 말인가!"

유령이 이렇게 한탄을 계속하자 스크루지는 너무도 당황하여 덜덜 떨기 시작했다.

"내 말을 듣게!" 유령이 소리쳤다. "나의 시간이 얼마 남지 않았어."

"그리하겠네." 스크루지가 말했다. "그러니 날 그렇게 몰아붙이지 말게! 너무 복잡하게 말하지도 말고. 부탁이네, 제이콥!"

"어찌하여 내가 자네 앞에 이렇게 눈으로 볼 수 있는 형태로 나타나게 되었는지, 난 말하지 못하네. 이미 수많은 날을, 난 보이지 않는 상태로 자네 곁에 있었지."

기분 좋은 이야기는 아니었다. 스크루지는 몸을 떨며 이마의 땀을 훔쳤다.

"그건 내게도 결코 가벼운 형벌이 아니었네." 유령이 강조했다. "나는 오늘 밤 자네가 나의 운명에서 벗어날 희망을, 기회를 가지고 있다는 사실을 알려주러 온 것일세. 내가 줄 수 있는 희망과 기회를 말이야, 에브니저."

"자넨 내게 언제나 좋은 친구였지." 스크루지가 말했다. "고맙네!"

"자네에게 정령 셋이 찾아올 걸세." 유령이 말했다.

스크루지의 얼굴이 유령만큼이나 창백해졌다.

"그게 바로 자네가 말한 희망과 기회인가, 제이콥?" 그가 더듬거리며 물었다.

"그렇다네."

"나, 나는 그럼 차라리 만나지 않았으면 좋겠네."

"그들을 만나지 않으면," 유령이 말했다. "자넨 내가 밟았던 운명을 피할 길이 없네. 내일 종이 새벽 한 시를 울릴 때 첫 번째 정령이 나타날 걸세."

"그냥 모두 한꺼번에 만나고 끝내면 안 되나, 제이콥?" 스크루지가 넌지시 말해보았다.

"두 번째 정령은 그다음 날 밤 같은 시간에 올 걸세. 세 번째는 그다음 날 밤 열두 시를 가리키는 마지막 종소리의 떨림이 멈출 때 찾아올 거고. 이젠 나를 볼 수 없네. 부디 자네 자신을 위해 우리 사이에 있었던 일들을 기억하게!"

이 말을 마치며 환영은 탁자 위에 놓여 있던 붕대를 들어 이전과 같은 모양새로 머리를 감쌌다. 스크루지는 붕대에 양 턱이 맞물리면서 나는 이가 부딪히는 소리로 그것을 알 수 있었다. 그가 용기를 내어 다시 눈을 들어보니 그의 초자연적인 방문객이 사슬을 다시 팔에 감은 채 똑바로 선 자세로 자신을 마주보고 있었다.

환영이 그에게서 뒷걸음질 치며 물러섰다. 그 걸음에 맞춰 창문이 조금씩 올라갔고, 환영이 창문에 다다르자 활짝 열렸다.

그것은 스크루지에게 다가오라고 손짓을 했고, 스크루지는 그렇게 했다. 그들이 두 걸음 차이로 가까워졌을 때, 말리의 유령이 손을 들어 더는 가까이 오지 말라고 경고를 했다. 스크루지는 걸음을 멈췄다.

복종하는 마음에서라기보다는 놀라움과 두려움 때문이었다. 유령이 손을 올렸을 때 공중에서 혼란스러운 소리들이 들려왔기 때문이었다. 비통과 회한이 뒤섞인 소리. 형용할 수 없을 정도로 슬픈 자책의 울부짖음. 환영은, 잠시 귀를 기울이더니 저 음침하고 어두운 밤으로 둥실 떠올라 그 애도의 노래 속으로 섞여들었다.

스크루지는 호기심에 몸을 맡긴 채 창문까지 따라갔다. 그는 밖을 내다보았다.

허공에는 쉴 새 없이 이곳저곳 헤매며 신음하는 유령들이 가득했다. 그들 모두가 말리의 유령처럼 사슬을 매고 있었다. 몇몇은(그들은 부정한 공무원들이 틀림없었다) 서로 한데 묶여 있었다. 아무도 자유롭지 못했다. 생전에 스크루지와 알고 지내던 이들도 많았다. 흰색 조끼를 입은 나이 든 유령이 눈에 익었는데, 그는 발목에 무시무시하게 큰 쇠금고를 달고 있었다. 그 유령은 아래를 내려다보며, 문간에 앉아 어린아이를 어르고 있는 초라한 여인을 도와주지 못해 비탄에 잠겨 울고 있었다. 그들이 처한 비참함이 모두 이와 같았다. 이승의 인간사

〈떠도는 유령들〉, 일러스트_아서 래컴, 1915년

에 관여하고자 애를 쓰지만 이미 그럴 힘을 영원히 잃어버린 것이었다.

그것들이 안개 속으로 사라진 것인지, 안개가 그들을 감싸 버린 것인지, 스크루지는 알 수 없었다. 하지만 그들도, 그들 영혼의 목소리도 모두 사라져버렸다. 그리고 밤은 다시 그가 집으로 걸어올 때와 같아져 있었다.

스크루지는 창문을 닫고, 유령이 통과해 들어온 문을 확인해 보았다. 그것은 자기 손으로 직접 했던 대로 이중으로 잠겨 있었다. 빗장도 그대로였다. 그는 "말도 안 돼!"라고 외치려 했으나 첫 음절에서 말을 멈췄다. 방금 경험한 감정들 때문이었는지, 아니면 그날 하루 동안의 피로 때문인지, 아니면 보이지 않는 세계를 짧게라도 들여다본 것이나 유령과의 지루한 대화 때문이었는지, 그도 아니면 시간이 늦어져 그랬는지, 아무튼 너무도 피곤해져, 그는 옷도 벗지 않고 곧바로 잠자리에 들어 순식간에 잠에 빠져들었다.

제2절

# 세 정령 중 첫 번째 정령

스크루지가 일어나보니, 방이 너무 어두워서 침대에서 바라봤을 때 불투명한 벽과 투명한 창문조차 구별이 가지 않을 정도였다. 그가 족제비 같은 눈으로 어둠을 꿰뚫어보려 하고 있을 때, 이웃 교회의 종들이 정각을 알렸다. 그래서 그는 시간을 알리는 종소리를 들어보려 귀를 기울였다.*

놀랍게도 그 묵직한 종소리는 여섯 번째에서 일곱 번째로, 다시 일곱 번째에서 여덟 번째로, 그렇게 열두 번째까지 울리고야 멈췄다. 열두 번! 그가 잠자리에 든 것이 새벽 두 시가 넘은 시각이었는데. 시계가 잘못된 것이 틀림없었다. 고드름이

*교회의 종소리가 표준 시계 역할을 했던 당시에는 시계판이 보이지 않는 먼 곳에서도 시간을 알 수 있도록 세분화된 종소리 시스템이 개발되어 있었다. 매 15분을 알리는 딩동 소리가 15분에 한 번, 30분에 두 번, 45분에 세 번, 정각에 네 번 울리고, 그다음 구체적인 시각을 알리는 길고 무거운 뎅 하는 소리가 해당 시(時)만큼 울린다.

들어가기라도 한 모양이었다. 열두 번이라니!

그는 이 말도 안 되는 시계를 고쳐놓아야겠다는 생각에, 자신의 리피터 시계*의 버튼을 눌렀다. 시계의 작고 빠른 맥박이 열두 번을 치고 멈췄다.

"뭐? 이건 말이 안 돼." 스크루지가 말했다. "내가 하루 온종일 자서, 그다음 날 밤이 되었단 말이야? 아니면 태양에 무슨 일이 생겨서 지금이 낮 열두 시라고?"

그 생각을 하니 덜컥 두려워져, 그는 침대에서 나와 더듬거리며 창문으로 갔다. 뭐라도 보기 위해서는 실내복 소매로 서리를 닦아 내야만 했다. 그래 보았자 알아볼 수 있는 것이라고는 아직도 밖은 안개가 자욱하고 지독하게 추웠으며 사람들이 오가느라 내는 소음도, 밤이 낮을 쳐부수고 세상을 손아귀에 넣었을 때 응당 나타나기 마련인 대소동도 없다는 것이었다. 다행스러운 일이었다. 왜냐하면 만약 날을 셀 수가 없게 되면, "본 제1어음의 일람 3일 후에 에브니저 스크루지 씨 본인에게, 혹은 그의 지시에 따라 지불되어야 하며" 따위로 시작되는 증서들은 미국 국채**나 다름없는 것이 되어버릴 것이기 때문이었다.

스크루지는 다시 침대로 돌아가 생각하고 또 생각하고 그리고 수없이 생각을 거듭해보았으나 도무지 알 수가 없었다. 생

*버튼이나 레버를 누르면 현재 시간을 소리로 알려주는 시계. 야광도료가 없던 시절에 어둠 속에서 시간을 알 수 있도록 고안된 것이었다.
**1830년대의 금융 위기로 당시 미국 국채의 해외 신용도는 그야말로 형편이 없었다.

각하면 할수록 더 당혹스러워질 뿐이었다. 그렇다고 생각을 하지 않으려 하면 그럴수록 더 생각에 빠지게 되었다. 말리의 유령이 그를 너무도 괴롭게 했다. 매번 그가 분별 있는 질문을 한 후에 그것은 꿈이었다고 생각을 정리하려 하면 그의 마음은 강력한 용수철을 당겼다 놓았을 때처럼 다시 원래 자리로 되돌아갔다. 그러고는 똑같은 문제를 다시 들이미는 것이다. "그것은 꿈이었나, 아니었나?"

스크루지는 종이 세 번째 15분을 알리는 소리를 울릴 때까지 그 상태로 누워 있었다. 그러다 별안간 유령이 새벽 한 시를 울릴 때 찾아올 것이라고 경고했던 것이 생각났다. 그는 그 시간이 될 때까지 깨어 있을 작정이었다. 어차피 지금 잠드는 것은 천국에 가는 것만큼이나 힘들 테니 이것이 그가 할 수 있는 최선의 결정인 셈이었다.

그 15분이 어찌나 길던지 그는 몇 번이나 저도 모르게 깜박 잠이 들어 종소리를 놓친 것이 아닌가 생각했다. 마침내 잔뜩 기울인 그의 귀에 소리가 들려왔다.

"딩동!"

"15." 스크루지가 세어가며 말했다.

"딩동!"

"30!" 스크루지가 말했다.

"딩동!"

"이제 한 번 남았어." 스크루지가 말했다.

"딩동!"

"한 시." 의기양양해져 스크루지가 말했다. "그리고 아무 일도 없어!"

하지만 그는 시간을 알리는 종이 치기 전에 이 말을 했고, 뒤이어 깊고 둔탁하고 공허하고 쓸쓸한 한 번의 종소리가 울렸다. 그 순간 방 안에 빛이 번쩍 하더니 침대 커튼이 당겨졌다.

분명히 말하건대, 침대의 커튼은 누군가의 손에 의해 옆으로 당겨진 것이었다. 그의 발치에 있던 커튼도, 등 뒤에 있는 커튼도 아니고 바로 그의 얼굴과 마주보고 있는 커튼이었다. 침대의 커튼이 옆으로 당겨졌고 스크루지는 반쯤 누운 자세에서 지상에 속한 것 같지 않은 방문자, 커튼을 젖힌 인물과 얼굴을 마주하게 되었다. 지금 나와 여러분만큼이나 가까이에서, 내가 마음으로는 여러분 바로 팔꿈치 옆에 서 있듯이.

그것은 참으로 기괴한 모습이었다. 마치 어린아이 같았다. 아니, 어린아이 같다기보다는 노인처럼 보였는데, 그것이 초자연적인 매개를 통해 보이듯 시야에서 멀어져 어린아이 크기로 줄어든 것 같았다. 머리카락은 목 부근을 지나 등까지 내려왔으며 나이가 들어 그런 것처럼 백발이었다. 하지만 얼굴에는 주름 하나 없었고 부드럽게 홍조가 돌았다. 팔은 매우 길고 근육질이었고, 손도 그러했는데 아귀힘이 대단할 것 같았다. 다리와 발은 좀 더 가냘픈 모습이었지만 팔이나 손이 그렇듯 맨살이었다. 새하얀 튜닉을 입고 허리에는 광택이 나는 벨트를 둘렀는데 그 광채가 너무도 아름다웠다. 손에는 초록색의 싱싱한 호랑가시나무 가지를 들고 있었는데, 튜닉이 여름 꽃으로 장식되어 있어, 이 겨울의 상징과는 묘한 대조를 이루고 있었다. 하지만 정말로 괴상한 것은 그것의 정수리로부터 뿜어져 나오는 밝고 맑은 빛줄기였다. 그 빛 덕분에 이 모든 모습을 볼 수 있었던 것이다. 아마도 바삐 움직이지 않을 때는 지금 팔 아래 끼고 있는 커다란 촛불 77개를 모자처럼 쓰고 있는 모양이었다.

스크루지가 좀 더 차분히 그 모습을 살펴보니 그것도 가장 이상한 점은 아니었다. 차고 있던 벨트가 이번에는 이쪽에서 반짝거리다가 다음번에는 다른 쪽에서 반짝거렸는데, 때문에 한순간 빛나던 것이 다음 순간에는 어둠에 잠기곤 했다. 그에 따라 전체적인 모습도 시시각각 변화했다. 팔 하나만 있는가 했더니 다음 순간에는 다리 하나가 되고, 다리가 스무 개나 되어 보이더니 그다음엔 다리는 온전히 두 개인데 머리가 없어지고, 또 어느 순간엔 몸통 없이 머리만 있기도 했다. 사라지는 부분들은 짙은 어둠 속으로 녹아들어 그 경계선도 눈에 보이지 않았다. 그 모습에 신기해하고 있자면, 그것은 또 어느 순간, 전에 없이 분명하고 또렷하게 원래 모습으로 돌아와 있었다.

"나를 보러오기로 되어 있는 그 정령이십니까?" 스크루지가 물었다.

"그렇다!"

목소리는 부드럽고 점잖았다. 기묘하게 낮아서, 그의 바로 옆에 있는 것이 아니라 저 멀리 떨어져 있는 것 같았다.

"누구시고 뭐하는 분이시오?" 스크루지가 물었다.

"나는 과거 크리스마스의 유령이다."

"먼 과거말입니까?" 난쟁이처럼 작은 그의 모습을 바라보며 스크루지가 물었다.

"아니, 너의 과거지."

누군가 스크루지에게 물었어도 왜인지 대답하진 못했겠지만(누군가 그에게 물을 수 있었다면 말이다), 스크루지는 그 정령이 모자를 쓴 모습을 보고 싶어 견딜 수가 없었다. 그래서 정령에게 써달라고 간청을 했다.

"뭐?" 유령이 소리쳤다. "네 그 더러운 손으로 내가 준 불빛을 이렇게 빨리 꺼버리겠다고? 그 욕심으로 이 모자를 만들고 내게 수년 동안이나 그걸 눈썹까지 눌러쓰고 있게 만든 놈들 중 하나인 걸로는 부족한 게냐!"

스크루지는 정중하게 자신은 결코 기분을 상하게 할 의도가 없었으며, 지금까지 살아오는 동안 한순간도 정령의 머리에 고의로 "모자를 눌러 씌울" 생각은 하지 않았다고 해명했다. 그런 다음 용기를 내어 무슨 일로 여기에 왔느냐고 물었다.

"너를 위해서다." 정령이 말했다.

스크루지는 대단히 고맙다고 말은 했지만, 밤에 쉴 수 있도록 내버려두는 게 결국은 더 도움이 되지 않을까 하는 생각을 하지 않을 수 없었다. 정령이 그의 생각을 들은 것인지 대뜸 이렇게 말했다.

"그럼, 너의 교화를 위해서라고 해두지. 잘 들어라!"

이렇게 말하면서 그것은 강인한 손을 뻗어 스크루지의 팔을 지그시 붙잡았다.

"일어서! 나와 함께 가자!"

스크루지가 바깥의 날씨나 시간이 걸어다니기에는 적합지 않다고, 침대는 따듯하지만 저 아래의 온도계는 꽁꽁 얼어붙었노라고, 슬리퍼에 실내복, 나이트캡 차림이라 입은 옷도 얇은데다 감기까지 걸렸노라고 애원해봤자 소용없는 일이었다. 붙잡은 손은 여인의 손길처럼 부드러웠지만 잡힌 팔을 뺄 수가 없었다. 그는 일어섰다. 하지만 정령이 창문 쪽으로 가는 것을 보고는 옷을 부여잡고 애원했다.

"난 살아 있는 인간이오." 스크루지가 항의했다. "그러다간 떨어지고 말겁니다."

"진정해. 내가 여기에 손을 대면," 정령이 그의 가슴에 손을 얹으며 말했다. "여기보다 높은 곳에서도 안전할 것이야."

이렇게 말하는 사이, 그들은 벽을 통과하여 양 옆으로 들판이 펼쳐진 탁 트인 시골길 위에 서 있었다. 도시는 완전히 사라지고 없었다. 흔적조차 보이지 않았다. 어둠과 안개도 도시와 함께 사라져 청명하고 차가운 겨울날이 되어 있었다. 땅 위에는 눈이 쌓여 있었다.

"세상에!" 스크루지가 주위를 둘러보고는 손뼉을 치며 말했다. "여긴 내가 자란 곳이 아닌가. 내 어린 시절을 보낸 곳이야!"

정령이 온화한 시선으로 그를 바라보았다. 스치는 듯 가벼운 시선이었지만, 그 부드러운 눈길은 이 나이든 사내의 감각에 계속해서 남아 있었다. 스크루지는 공기 중을 떠다니는 수

많은 냄새들을 느낄 수 있었다. 그 냄새 하나하나에는 수많은 생각들과 희망, 기쁨, 걱정들이 연결되어 있었다. 오랫동안, 너무도 오랫동안 잊고 지냈던 느낌들이!

"입술이 떨리는군." 유령이 말했다. "그리고 당신 볼의 그건 무엇이지?"

스크루지는 전에 없이 동요된 목소리로 그건 그냥 부스럼이라고 중얼거렸다. 그리고 유령에게 어서 그를 가야할 곳으로 인도해달라고 간청했다.

"이 길이 기억나나?" 정령이 물었다.

"기억하고말고요!" 스크루지가 한껏 달아올라 소리쳤다. "눈을 가리고도 갈 수 있다오."

"그런데 그렇게 오랜 세월 잊고 지냈다니 이상하기도 하지!" 유령이 꼬집어 말했다. "자, 계속 가세."

함께 길을 따라 걸으면서 스크루지는 그곳의 대문 하나 하나, 기둥과 나무들 모두를 기억해냈다. 저 멀리, 다리와 교회, 바람이 부는 강이 있는 작은 시장 마을이 보였다. 털이 복슬복슬한 조랑말들이 등에 소년들을 태우고 그들 앞으로 다가왔다. 아이들은 농부들이 끌고 가는 2륜 마차나 수레에 탄 마을의 다른 소년들에게 큰 소리로 말을 걸고 있었다. 모두들 잔뜩 신이 나서는 서로에게 소리를 쳤고 들판은 이내 즐거운 음악소리로 가득 차, 상쾌한 대기가 그 소리에 웃음을 터트렸다!

"이들은 한때 존재했던 것들의 그림자일 뿐이네." 유령이 말했다. "그들에겐 우리가 보이지 않아."

명랑한 여행자들이 다가왔다. 아이들이 다가오자 스크루지는 그 이름들을 다 떠올리고는 한 명 한 명 소리 내어 불렀다. 왜 그는 그들을 보고 한없이 기뻐하였는가! 왜 그들이 지나가는 모습에 그의 차가운 눈이 젖어 반짝이고 가슴이 두근거렸는가! 각자의 집으로 가기 위해 교차로나 샛길에서 헤어지면서 서로에게 메리 크리스마스 하고 인사할 때, 왜 그리 기쁨으로 벅차올랐던가! 메리 크리스마스가 대관절 스크루지에게 무엇이길래! 빌어먹을 메리 크리스마스! 그게 그에게 무슨 득이 되었기에!

"학교가 텅 비진 않았군." 유령이 말했다. "친구들이 외면하여 외로운 아이 하나가 아직 그곳에 남아 있어."

스크루지는 자신도 알고 있다고 했다. 그러고는 흐느껴 울었다.

그들은 큰길을 벗어나 익숙한 시골길로 들어섰고, 이내 칙칙한 붉은 벽돌로 된 저택에 다다랐다. 지붕 위에 작은 풍향계가 달린 둥근 지붕이 얹혀 있고 그 안에 종이 매달려 있는 그 건물은 규모가 제법 컸으나 파산을 한 집안들 중 하나인 모양인지, 널찍한 사무실들은 거의 사용되지 않고 있었고 벽은 축축하고 이끼가 끼었으며 창문은 깨지고 대문은 군데군데 썩어 있었다. 가금들이 마구간을 휘졌고 다니며 울어대었고 마차 보관소와 창고에는 잡초가 무성했다. 건물 안에도 예전의 모습을 간직하고 있는 곳은 없었다. 음침한 복도로 들어서자 열린 문들 사이로, 가구도 거의 없고 춥고 넓기만 한 방들이 들여다보였다. 공기 중에는 흙냄새가 떠돌았고, 그 안의 춥고 휑한 느낌은 먹을 것이 그다지 많지 않은 데다 촛불에 의지해서 일어나야 하는 상황과 관련이 있겠다 싶었다.

유령과 스크루지는 복도를 가로질러 집 뒤편에 있는 어느 문 앞으로 갔다. 그들이 다가가자 문이 열렸고, 장식 없는 나무 책상과 걸상들이 줄을 맞춰 놓여 있어 더욱 휑해 보이는, 길고 텅 빈, 우울한 느낌의 방 안 모습이 펼쳐졌다. 책상 하나에 한 외로운 소년이 앉아 꺼져가는 불 옆에서 책을 읽고 있었다. 스크루지는 걸상에 앉아 자신도 잊고 지냈던 가엾은 과거의 자신을 보고 울음을 터트렸다.

집 안에 남겨진 메아리도, 벽 뒤에서 쥐들이 찍찍거리며 지나는 소리도, 음침한 뒷마당의 반쯤 녹은 배수관에서 떨어지는 물소리도, 잎이 다 진 가지를 힘없이 떨구고 있는 포플러나무의 한숨도, 텅 빈 창고의 문이 하릴없이 흔들리는 소리도, 그렇다, 난롯불이 타닥이는 소리까지 어느 하나 스크루지의 마음을 부드럽게 녹아내리게 하여 눈물에 길을 터주지 않는 것이 없었다.

정령이 그의 팔을 두드리고는 책 읽는 데 푹 빠진 어린 자신을 가리켰다. 그때 갑자기 외국인 같은 옷차림의 사내 하나가 허리춤에 도끼를 찔러 넣고 나무를 잔뜩 실은 당나귀의 고삐를 쥔 채 창문 밖에 버티고 섰다. 어찌나 놀랍도록 진짜 같고 뚜렷하게 보였던지.

"아니, 저건 알리 바바잖아!" 스크루지가 기쁨에 소리를 질렀다. "선량하고 착한 알리 바바 영감! 그래, 맞아, 기억이 나!

언젠가, 크리스마스 무렵에 저기 보이는 저 아이가 여기 홀로 남겨져 외로워할 때, 처음으로 그가 나타났었지. 바로 저렇게 말이야. 가엾은 녀석!" 스크루지가 말했다. "발랑틴과 야생소년 오르송*도 있었는데, 아, 저기 오는군! 그리고 이름이 뭐더라? 다마스쿠스 성문에 잠이 든 채 속옷 차림으로 버려진 남자, 저기 저 사람 말이오! 그리고, 지니가 거꾸로 처박은 술탄의 사위, 하, 저기 거꾸로 서 있구먼! 그래도 싸지, 암. 꼴좋다. 제 주제에 공주와 결혼이라니!**"

스크루지가 너무도 그답지 않은, 우는 것인지 웃는 것인지 분간이 가지 않는 목소리로 열성을 다해 이러한 이야기들을 쏟아놓는 것을 시내에 있는 그의 동료들이 들었거나, 흥분해서 달아오른 그 얼굴을 보았다면 그야말로 놀라자빠지고 말았으리라.

"앵무새다!" 스크루지가 소리쳤다. "초록색 몸통에 노란 꼬리, 머리 꼭대기엔 상추 같은 게 자라난 녀석, 바로 그 놈이야! 가엾은 로빈슨 크루소, 배를 저어 섬을 한 바퀴 돌아본 후 집

---

*쌍둥이 형제의 이야기를 다룬 중세 프랑스 로망스. 곰들 사이에서 야생으로 자란 오르송을 궁정기사가 된 형 발랑틴이 찾아 다시 복권시기는 이야기로 16세기에 영국으로 전해져 이후 영국에서도 큰 인기를 얻었다. 여기 등장하는 《아라비안 나이트》나 《로빈슨 크루소》처럼 디킨스가 좋아했던 이야기들 중 하나이다.
**《아라비안 나이트》의 〈누레딘 알리와 베드레딘 하산 이야기〉. 베드레딘 하산은 잘생긴 젊은이로, 지니의 도움으로 술탄의 딸과 밤을 보낸다. 사실 그녀는 술탄이 사위로 정해놓은 꼽추와 결혼하게 되어 있었는데, 두 사람이 밤을 보내는 사이 지니가 그 꼽추를 거꾸로 매달아 놓았다. 지니는 하산의 청을 들어주며 한 가지를 조건으로 걸었는데, 자정이 지나기 전에 다시 돌아오라는 것이었다. 이 약속을 지키지 못한 하산은 성문 밖에 버려졌고, 10년이 지나서야 아내에게 돌아갈 수 있었다.

으로 돌아가는 그를 새가 그렇게 불렀었지. '가엾은 로빈슨 크루소, 어디 갔었어, 로빈슨 크루소?' 그 친군 자기가 꿈을 꾸고 있다고 생각했지만 아니었어. 당신도 알다시피, 그건 앵무새였지요. 아, 저기 프라이데이가 작은 만 쪽으로 죽어라 달려가고 있군! 이봐! 어이! 이보라고!"

그런 다음, 평소의 그와는 다르게 금세 기분이 달라져서는 과거의 자신을 가엾어 하며 "불쌍한 아이" 하고 말하더니 다시 울기 시작했다.

"그랬더라면 좋았을걸." 소매로 눈물을 닦은 후 손을 주머니에 넣고는 주위를 바라보며 스크루지가 중얼거렸다. "하지만 이젠 너무 늦었어."

"무엇이 말인가?" 정령이 물었다.

"아무것도 아니오." 스크루지가 말했다. "아무것도 아닙니다. 어젯밤 우리 사무실 문 앞에서 크리스마스 캐럴을 부른 아이가 있었는데, 그 친구에게 뭐라도 좀 쥐어 보낼 걸 하는 생각이 들어서 그럽니다. 그것뿐이오."

유령이 다정하게 미소 짓더니 이렇게 말하며 손을 흔들었다. "또 다른 크리스마스를 보러 가세!"

이 말에 과거의 스크루지가 자라났고 방도 좀 더 어둡고 더러워졌다. 벽의 판자들은 오그라들고 유리창은 깨졌다. 천정의 회반죽이 떨어져 내려 그 안의 윗가지들이 드러나 보였다. 하지만 이 모든 일이 어떻게 일어났는가에 대해서는 스크루지도 여러분과 매한가지로 알지 못했다. 다만 그것이 실제와 똑같다는 것만은 알 수 있었다. 모든 것이 그가 겪은 그대로였다. 다른 아이들은 모두 명절을 보내러 집으로 돌아간 그때, 스크루지는 또 다시 홀로 그곳에 남아 있었다.

이번에는 책을 읽고 있지 않았고, 낙심하여 방 안을 왔다 갔다 하고 있었다. 스크루지는 유령을 쳐다보았다. 그러고는 서글픈 표정으로 고개를 내저으며 초조한 기색으로 문 쪽을 바라보았다.

문이 열렸다. 그리고 소년보다 훨씬 더 어린, 조그마한 소녀가 왈칵 안으로 들어와 그의 목에 팔을 두르고는 "오빠, 사랑하는 오빠" 하며 키스를 퍼부었다.

"집으로 데려가려고 왔어요, 오빠!" 몸을 아래로 굽혀 가며 웃음을 터트리고 자그마한 손으로 손뼉을 치며 소녀가 말했다. "집으로 가요, 집으로, 집으로!"

"집이라고요? 꼬마 팬* 아가씨?" 소년이 되물었다.

"응!" 아주 신이 나서 아이가 말했다. "집으로, 영원히. 집에서, 언제까지나! 아빠가 전보다 훨씬 다정해지셨어. 그래서 집이 천국 같아! 요 전날 내가 자려고 하는데 아빠가 너무도 다정하게 말씀을 하셔서, 다시 한 번 오빠가 집으로 와도 되냐고 물었거든. 하나도 무섭지 않았어. 그러니까 아빠가 그래, 그래도 돼, 하시잖아. 그러고는 오빨 데려오라고 날 마차에 태워 보내셨어. 그리고 오빤 이제 어른이야!" 두 눈을 동그랗게 뜨며 아

*패니의 애칭. 디킨스가 아꼈던 누나 프랜시스의 애칭이기도 하다.

이가 말했다. "그러니까 다신 여기로 돌아오지 않아도 돼. 하지만 우리 먼저 크리스마스를 하루 종일 함께 보내자. 세상에서 가장 행복한 날을!"

"너 이제 숙녀가 다 되었구나, 꼬마 팬 아가씨." 소년이 소리쳤다.

소녀는 손뼉을 치며 웃고는 그의 머리를 쓰다듬으려 했다. 하지만 키가 너무 작았다. 아이는 다시 웃으며 발끝으로 서서 소년을 껴안았다. 그런 다음, 어린아이답게 애가 달아 문 쪽으로 그를 끌고 갔고, 소년은 순순히 아이를 따라나섰다.

무시무시한 목소리가 복도 쪽에서 소리쳤다. "스크루지 군의 짐을 가지고 내려오게, 어서!" 곧이어 선생님 자신이 모습을 드러냈다. 그가 '스크루지 군'을 매섭고 오만한 눈길로 노려보며 악수를 하는 통에 소년은 왈칵 두려운 마음이 들었다. 그런 다음, 선생은 소년과 여동생을 지금껏 본 중 가장 오싹한, 더없이 낡은 우물 같은 응접실로 데리고 갔다. 벽에는 지도들이 걸려 있었고 창가에는 마치 얼어붙은 것 같은 천구의와 지구의가 놓여 있었다. 여기에서 그는 기이하게 묽은 와인 한 단지와 기이하게 딱딱한 케이크 한 덩이를 꺼내더니, 친히 그 성찬을 두 아이에게 대접했다. 또한 비쩍 마른 하인을 보내 마부에게 "뭐라도" 한잔하라고 권했다. 마부는 신사 분의 호의에는 감사하지만, 만약 그것이 전에 맛보았던 술과 같은 것이라면 마시지 않는 편이 낫겠다고 답했다. 이때 스크루지 군의 트렁크가 마차의 꼭대기에 묶였고 아이들은 그 즉시, 기꺼이 선생님에게 작별을 고했다. 그러고는 마차에 올라 정원으로 난 길로 신나게 달려 내려갔다. 빠르게 회전하는 바퀴들이 검게 변한 상록수 잎들에서 떨어져 내린 서리와 눈 들을 물보라처럼 흩날리게 했다.

"늘 몸이 약했어, 누가 숨 한 번만 크게 불어도 시들 것 같았지." 유령이 말했다. "하지만 마음만은 누구보다 넓은 아이였어!"

"그랬지요." 스크루지가 울먹였다. "정말 그랬답니다. 아니라고 하면 그건 천벌을 받을 일이지요!"

"그래도 어른이 되어 죽었어." 유령이 말했다. "내가 알기론, 아이도 있었지, 아마."

"애가 하나 있었지요." 스크루지가 답했다.

"그래," 유령이 말했다. "바로 자네 조카!"

스크루지는 뭔가 마음이 불편해 보였다. 그는 짧막하게 "그렇소"라고만 말했다.

이제 막 학교를 등지고 떠났을 뿐인데, 그들은 벌써 어느 도시의 번화한 거리에 와 있었다. 어슴푸레한 사람 그림자들이 지나가고 또 지나갔고, 짐수레와 마차들이 어둠 속에서 서로 먼저 가겠다고 옥신각신하고 있었다. 그 모든 소란과 다툼은 진짜 도시의 풍경이었다. 상점들을 꾸며 놓은 모습을 보니 이곳도 크리스마스 무렵인 것이 분명했다. 하지만 이번에는 저녁나절이었고, 거리에는 불이 밝혀져 있었다.

유령이 한 창고 앞에 멈춰 서더니 스크루지에게 그곳을 아느냐고 물었다.

"알다마다요!" 스크루지가 말했다. "여기에서 일을 배웠는 걸!"

그들은 안으로 들어갔다. 웨일스 모자*를 쓴 나이가 지긋한 신사가 보였다. 어찌나 의자 높이 앉아 있던지 키가 5센티미터만 더 컸어도 천장에 머리를 부딪쳤을 것 같았다. 스크루지가 흥분하여 소리쳤다.

"아니! 페지위그 영감님이잖아! 세상에! 페지위그 사장님이 다시 살아나셨어!"

페지위그 영감은 펜을 내려놓고 시계를 올려다보았다. 시계는 7시 정각을 가리키고 있었다. 그는 두 손을 비비고, 큼직한 조끼의 매무새를 고친 다음, 발끝에서 자비의 기관**인 이마까지 온몸으로 웃었다. 그러고는 편안하고 부드러우며 윤택하고 두툼한, 쾌활한 목소리로 크게 소리쳤다.

"여어, 이봐! 에브니저! 딕!"

이제는 청년이 된 과거의 스크루지가 동료 견습생과 함께 씩씩하게 달려 나왔다.

"딕 윌킨스잖아, 맞아!" 스크루지가 유령에게 말했다. "세상에, 맞아요, 그 친구야. 나랑 정말 친했었는데. 세상에 딕! 이 친구야!"

*양모로 짠 모자. 웨일스의 몽고메리셔(현 포이스)에서 기원한 것이라 이렇게 불린다.
**빅토리아 시대에는, 두개골을 40여 기관으로 나누고 그 각각에 심리적 기능을 연결시킨 민간 골상학이 유행했는데, 그에 따르면 앞이마가 자비심을 관장했다.

"여어, 친구들!" 페지위그가 말했다. "오늘 밤은 여기서 끝! 크리스마스이브잖나, 딕. 크리스마스라고, 에브니저. 자— 문들 닫게!" 페지위그 영감이 손뼉을 짝 치고는 소리쳤다. "잭 로빈슨 씨가 왔다란 말 끝나기 전에* 말이야!"

두 젊은이가 어찌나 빨리 그 일을 처리했는지 여러분은 믿지 못할 것이다! 하나, 둘, 셋에 덧문을 거리에 내다놓고 넷, 다섯, 여섯에 제 위치에 올려놓은 다음, 일곱, 여덟, 아홉에 빗장을 걸어 고정시키고, 열둘까지 다 세기도 전에 경주마처럼 헐떡이며 자리로 돌아왔다.

"자—아!" 페지위그 영감이 자신의 높은 책상에서 놀랍도록 민첩하게 껑충 뛰어내리며 소리쳤다. "젊은이들, 여기 좀 치우세. 공간이 많이 필요해. 자, 딕! 어서, 에브니저!"

치우자! 페지위그 영감이 바라보고 있는 한 그들이 치우지 않을 것, 아니 치우지 못할 것이 없었다. 순식간에 일이 끝났다. 움직일 수 있는 것은 모조리, 그때부턴 공직 생활 은퇴였다. 바닥은 쓸고 물로 닦았고, 램프들은 심지를 다듬었으며, 난로엔 기름을 가득 부었다. 창고는 아늑하고 포근하고 쾌적하고 밝은 무도회장으로 변신했다. 바로 여러분이 이 겨울밤에 가고 싶어 하는 그 모습 그대로.

바이올린 연주자가 악보를 가지고 들어와 높은 책상 위에 올라서더니 그곳을 오케스트라석 삼아 족히 쉰 명은 배앓이 하

*잭 로빈슨이라는 노인이 남의 집을 방문해서는 "잭 로빈슨 씨가 왔습니다"라는 말을 하기도 전에 갑자기 사라져버렸다는 이야기에서 유래한 당시의 유행어.

는 소리를 내며 조율을 했다. 함박웃음을 담뿍 지으며 페지위
그 부인이 들어왔고, 눈부시게 사랑스러운 페지위그 씨네 세
아가씨도 들어왔다. 그녀들에게 마음을 빼앗긴 젊은이 여섯이
그 뒤를 따랐다. 이어 그 동네에서 일하는 모든 젊은 남녀들이
들어왔다. 하녀와 그녀의 사촌인 빵장수, 요리사는 오빠의 각
별한 친구인 우유배달부와 함께 왔고, 주인이 먹을 것을 제대
로 주지 않는다고 하는 길 건너편의 소년도 왔다. 소년은 옆집
에 사는 여자애 뒤에 숨어 있었는데, 그 집 여주인이 소녀의 귀
를 노상 잡아당긴다고 말들을 했다. 그들 모두가 차례차례 들
어왔다. 어떤 사람은 수줍어하며, 또 어떤 사람은 당당하게, 어
떤 사람은 우아하게, 또 어떤 사람은 쭈뼛쭈뼛하며, 누구는 밀
고 누구는 당기고, 되는 대로 이렇게 저렇게 모두들 들어왔다.
그들 모두가, 스무 쌍이 한꺼번에 출발했다. 손을 잡고 반쯤 원
을 그리며 돌다, 다시 반대쪽으로 돌고, 원의 중간까지 내려왔
다 다시 위로 올라가고. 둥글게 둥글게, 몇 번이고 서로 다정하
게 무리를 이루며, 먼저 선두를 섰던 커플은 늘 엉뚱한 곳으로
가기 마련이었고, 그러면 새로운 커플이 다시 선두를 섰다. 그
러나 시작하자마자 그들도 엉뚱한 곳으로, 그렇게 결국은 모
두 선두 커플이 되었고 뒤에서 도와줄 커플이 하나도 남지 않
았다! 일이 이렇게 되자, 페지위그 영감이 손뼉을 짝 치며 춤
을 멈추게 했다. "잘 했어요!" 바이올린 연주자는 그를 위해 특
별히 가져다둔 흑맥주 통에 달아오른 얼굴을 푹 담갔다. 그러
고는 휴식 따윈 필요 없다는 듯이 곧바로 다시 연주를 시작했

다. 춤추는 사람들도 아직 나오지 않았는데 말이다. 마치 녹초가 된 다른 연주자는 이미 덧문에 실려 집으로 돌아갔고, 자기는 그를 완전히 쓰러트리지 못할 바엔 죽어버리겠다고 결심한 새 연주자라는 듯이.

또 다시 춤이 이어지고, 벌금놀이가 이어졌다. 그리고 다시 춤을 추고, 케이크가 나오고 니거스 술*이 나오고, 차게 식힌 커다란 로스트비프와 큼직한 냉육, 민스파이**, 맥주가 잔뜩 나왔다. 하지만 그날 저녁의 가장 큰 볼거리는 로스트비프와 냉육이 나온 다음 바이올린 연주자가 〈로저 드 커벌리 경〉***을 연주하기 시작했을 때였다. (거 참, 약삭빠른 녀석! 나나 여러분이 훈수를 둘 여지도 남기지 않고 제 일을 척척 해내는 놈이 아닌가!) 그때 페지위그 영감이 부인과 함께 춤을 추기 위해 앞으로 나왔다. 두 사람에게 꼭 맞춘 것 같은 어려운 곡에 부부가 선두 커플로 나서자, 스물 서넛 커플이 그 뒤를 따랐다. 춤을 추고 싶어 안달이 난, 걸을 생각 따윈 없는 사람들이라 이들을 이끄는 것은 결코 만만한 일이 아니었다.

하지만 사람이 그보다 두 배, 아니 네 배로 많았어도 페지위그 영감은 그들을 상대해냈을 것이고, 그건 페지위그 부인도 마찬가지였다. 부인으로 말하자면 어느 면으로 보나 페지위그 씨의 배우자로 모자람이 없는 사람이었다. 이 말로는 부족하다

〈페지위그 영감님의 무도회〉, 일러스트_존 리치, 1843년

고 생각된다면 언제라도 그보다 더 좋은 칭송의 말을 가르쳐주시기 바란다. 내 당장 그 표현을 사용하겠다. 환한 불빛이 페지위그 씨의 종아리에서 솟아나는 것 같았다. 춤을 추는 내내 그의 두 다리가 달님처럼 이곳저곳을 비추었다. 어느 때고, 다음에 어떤 동작이 이어질지는 여러분도 예측할 수가 없었으리라. 페지위그 영감과 페지위그 부인이 모든 춤을 끝내고 나서, 그러니까 앞으로 나갔다 뒤로 물러났다, 파트너와 두 손을 맞잡았다가, 인사하고 절을 하고, 빙글빙글 돌고 다시 상대방 팔 아래를 통과해서 제자리로 돌아왔을 때, 페지위그 씨가 '껑충 뛰기*'를 했다. 어찌나 솜씨 좋게 해냈던지 마치 두 다리가 윙크를 하는 것 같았고, 내려설 때도 조금도 비틀거리지 않았다.

시계가 열한 시를 치자 이 실내 무도회는 끝이 났다. 페지위그 부부는 각각 문 양편에 자리를 잡고 서서, 지나가는 모두와 한 사람 한 사람 악수를 나누며 크리스마스 인사를 했다. 모든 사람이 다 물러가고 두 견습생만 남자, 그들에게도 똑같이 인사를 건넸다. 그렇게 그 쾌활한 목소리들이 사라지자 두 젊은이는 가게 뒤쪽의 계산대 아래 있는 자신들의 침대로 돌아갔다.

이 모든 일이 벌어지는 동안 스크루지는 넋이 나간 사람 같았다. 스크루지의 마음과 영혼은 그 안에, 과거의 자신 곁에 있었다. 그는 모든 것을 다시 경험했고, 모든 것을 기억했으며, 모든 것을 즐겼고, 너무도 낯선 흥분을 느꼈다. 과거의 자신과

---

*바닥에서 뛰어올라 공중에서 두 발을 빠른 속도로 교차시키는 춤.

딕의 밝은 얼굴이 사라지고 나서야 그는 유령을 기억해냈고 그 것이 머리 위의 불꽃을 밝게 비추며 자신을 빤히 쳐다보고 있다는 사실을 깨달았다.

"저 어리석은 사람들이 감사의 마음으로 넘쳐나게 한 것 치고는 별거 아닌 일인데 말이야." 유령이 말했다.

"별거 아닌 일?" 스크루지가 따라했다.

유령은 스크루지에게 두 견습생의 대화를 들어보라고 했다. 그들은 페지위그에 대한 감사의 마음을 칭송하는 말에 담아 쏟아내고 있었다. 스크루지가 그들의 말에 귀 기울이고 있노라니 유령이 말했다.

"저거 보게! 그렇지 않나? 그는 당신이 그렇게 목을 매는 돈 고작 몇 파운드를 쓴 것뿐이야. 삼사 파운드나 될까? 그게 저 런 칭송을 들을 정도로 대단한 일인가?"

"그게 아니지요." 그 말에 흥분한 스크루지가 저도 모르게 지금의 자신이 아닌 과거의 자신이 되어 말했다. "그런 문제가 아닙니다. 영감님은 우리를 행복하게도, 불행하게도 만들 수 있어요. 우리의 일을 수월하게도 버겁게도 만들 수 있고, 즐거움이 되게도 고역이 되게도 할 수 있지요. 그 힘이 그분 말이나 표정에 있다고 해봅시다. 너무나 사소하고 작은 것들이라 더하거나 합할 수 없는 것들 속에요. 그럼 또 어떻습니까? 그분이 준 행복에 값을 매긴다면 어마어마할 텐데요."

그는 정령이 쳐다보는 것을 느끼고 말을 멈추었다.

"무슨 일인가?" 유령이 물었다.

"아무것도 아닙니다." 스크루지가 말했다.

"무슨 일이 있는 것 같은데?" 유령이 다시 물었다.

"아니요," 스크루지가 말했다. "아닙니다. 이제라도 제 직원에게 한두 마디 해줄 수 있으면 해서 그럽니다. 그것뿐이이에요."

그가 그러한 바람을 입 밖으로 내었을 때 과거의 자신이 램프 불을 낮추었다. 그러자 스크루지와 유령은 다시 들판에 나란히 서 있었다.

"시간이 얼마 남지 않았군." 정령이 말했다. "서두르지!"

그 말은 스크루지에게 한 것도, 눈에 보이는 다른 누군가에게 한 것도 아니었지만 즉각 효력을 발생했다. 다시 한 번, 스크루지는 자기 자신을 보았다. 이제 좀 더 나이가 들어 장년기에 접어들어 있었다. 얼굴에 아직 훗날의 보기 흉한 깊은 주름들은 없었지만 근심과 탐욕의 흔적들이 어리기 시작하고 있었다. 눈에는 갈망, 탐욕, 초조함이 드러났고, 이미 뿌리를 내린 욕망이, 거기에서 자라날 나무가 드리우게 될 그림자를 예감하게 했다.

그는 혼자가 아니었다. 상복을 입은 아름다운 여인이 곁에 있었다. 그녀의 두 눈은 과거 크리스마스의 유령이 밝히는 불빛에 비친 눈물로 반짝이고 있었다.

"그건 상관없어요." 여인이 부드러운 어조로 말했다. "당신에게는 더욱 그렇고요. 다른 우상이 제 자리를 차지했으니까요. 그것이 당신의 기운을 북돋워주고 위로해준다면, 제가 그렇게 하고 싶었듯이 말이에요, 그렇다면 제가 슬퍼할 이유도 없는 거고요.”

“대체 무슨 우상이 당신 자릴 차지했다는 거요?” 그가 말했다.

“황금이라는 우상이요.”

“이런 게 세상의 공평함이지!” 그가 말했다. “가난만큼 멸시받는 것도 없는데, 부를 추구하는 것만큼 엄중하게 비난받는 일도 없으니.”

“당신은 세상을 지나치게 두려워해요.” 그녀가 부드럽게 대답했다. “다른 모든 소망들은 더러운 비난은 받지 않겠다는 그 바람에 묻혀버렸지요. 전 당신의 고귀한 열망들이 차례차례 무너지는 것을 보아왔어요. 그리고, 무엇보다 강력한 욕망, 돈에 대한 욕심이 당신을 삼켜버렸지요. 아닌가요?”

“그게 어떻다는 거요.” 그가 응수했다. “내가 좀 더 현명해졌다고 칩시다, 그게 뭐가 어떻단 거요? 당신에 대한 내 마음은 변하지 않았는데.”

그녀는 고개를 저었다.

“내가 변했단 말이오?”

“우리의 언약은 이미 옛날 일이 되어버렸어요. 우리 둘 다 가난했고, 참고 열심히 노력해서 잘살 수 있는 좋은 시절이 올 때까지는 우리 처지에 만족하자 했던 시절의 이야기죠. 당신은 변했어요. 그 언약을 했던 당신은, 지금과는 다른 사람이었어요.”

"그때 난 철부지였소." 그가 참지 못하고 말했다.

"당신이 느끼는 감정이 지금 당신이 어떤 사람인지 말해주고 있어요." 그녀가 대답했다. "전 그대로예요. 우리가 한 마음이었을 때 행복을 약속해주었던 언약이 둘이 되어버린 지금은 고통을 줄 뿐이에요. 얼마나 많이, 얼마나 간절히 생각을 거듭했는진 말하지 않을게요. 충분히 많이 생각했고, 그래서 당신을 놓아 줄 수 있는 거예요."

"내가 언제 놓아달라고 했소?"

"말로는 하지 않았지요. 한 번도요."

"그럼 뭘로 그랬단 말이오?"

"달라진 성품, 달라진 영혼이요. 달라져버린 삶의 분위기, 그 위대한 결말인 달라진 소망으로요. 당신이 보기에 저의 사랑에 값을 매길 수 있다고 생각되는 모든 것으로요." 부드러운 눈길로, 계속해서 그를 바라보며 여인이 말했다. "우리 사이에 그런 언약이 없었더라면, 말해보세요, 당신이 지금 저를 찾아내어 설득할 필요가 있었을까요? 오, 아니에요!"

그는 자신도 모르게 이러한 가정의 정당함에 굴복한 듯했다. 그럼에도 저항하며 "당신이 그렇다고 생각하는 거지" 하고 말했다.

"달리 생각할 수만 있다면 기꺼이 그리하겠어요. 하느님께 맹세해요!" 그녀가 대답했다. "진실을 깨달았을 때 전 그것이 얼마나 강력하고 저항할 수 없는 것일지 알 수 있었어요. 만약 당신이 오늘도, 내일도, 어제도, 자유로운 몸이라면, 지참금도 없는 처녀를 선택했을까요? 가장 믿었던 순간에조차 모든 것을 이익으로 저울질했던 당신이? 혹여 한순간 당신이 자신의 하나뿐인 원칙을 착각하여 그녀를 선택한다 하더라도 곧이어 후회와 원망이 뒤따를 것임을 제가 어찌 모르겠어요. 알아요. 그래서 당신을 놓아주는 거예요. 온 마음을 다해서, 한때 당신이었던 그 남자를 사랑하는 마음에서요."

그가 막 뭐라고 말을 시작하려는 순간, 그녀가 고개를 돌린 채 말을 이어나갔다.

"당신이 이 일로 고통스러워 할 수도 있어요. 지난 추억들이 반쯤은 당신이 그랬으면 하고 소망하게 만들지만, 그건 잠시, 아주 잠시뿐일 거예요. 그러고 나면 당신은 우리의 기억을 깨어나서 참으로 다행인, 이로울 것 없는 꿈으로 생각하게 되겠지요. 당신이 선택한 인생 안에서 부디 행복하시길!"

그녀는 그를 떠났고, 그렇게 그들은 헤어졌다.

"정령님!" 스크루지가 말했다. "이제 그만! 날 집으로 데려다주시오. 이렇게 고통스러워하는 걸 보는게 즐거우십니까?"

"하나 더!" 유령이 소리쳤다.

"싫소!" 스크루지가 울부짖었다. "그만! 이제 더는 보고 싶지 않아요. 제발, 그만!"

그러나 가차 없는 유령은 그를 두 팔로 꽉 붙들고는 억지로 다음에 일어나는 일을 지켜보게 했다.

그들은 다른 장면, 다른 장소 안에 있었다. 특별히 크거나 잘 차려진 방은 아니었으나 매우 아늑했고 겨울 화로 가까이에

아리따운 젊은 아가씨가 앉아 있었다. 방금 전의 그녀와 너무도 닮아, 스크루지는 이제는 고운 중년의 부인이 되어 딸의 맞은편에 앉아 있는 여인을 보기 전까지는 그녀가 같은 사람이라고 생각했다. 한껏 동요된 스크루지의 마음 상태로는 세는 것이 불가능할 만큼 많은 아이들이 있는 그 방 안은 실로 시끌벅적했다. 시(詩)에서 노래하던, 하나처럼 움직이는 마흔 마리 양*과는 달리 그들은, 아이 하나하나가 마흔 명은 되는 것처럼 움직였다. 그 결과는 믿을 수 없을 정도로 시끄러웠지만 누구도 개의치 않는 것 같았다. 오히려, 엄마와 딸은 배꼽을 잡으며 무척 즐거워했다. 게다가 딸 쪽은 이내 동생들의 놀이에 휩쓸려 들었고, 그 어린 악당들에게 무자비하게 강탈당하고 말았다. 저 아이들 중 하나가 되어 함께 어울릴 수만 있다면 무엇이 아까울까. 하지만 나라면 저리 무례하게 굴지는 못할 것이다, 절대로, 절대로! 세상의 모든 부를 다 준다 해도 저 곱게 땋은 머리를 헝클어트리거나 망가트리지 않을 것이고, 하느님께 맹세코! 내 목숨을 구하기 위한 일이라 해도 저 소중한 작은 신발을 벗겨내지 않을 것이다. 저 용감한 어린 것들이 그러하듯 몸을 부대끼며 허리를 재어보는 것은 상상도 못할 일이다. 차라리 무슨 벌이라도 받아 내 팔이 그 주위로 둥그렇게 자라나 다시는 똑바로 펴지지 않는다는 상상이라면 하겠다. 그렇긴 하나, 직접 그녀의 입술을 만지고, 그녀가 입을 열도록 질문이라도 할 수 있다면, 얼굴을 붉히지 않고, 내리뜬 두 눈의 속눈썹을

*윌리엄 워즈워스의 〈3월에 쓴 시(Written in March)〉에 나오는 표현.

〈선물 등장〉, 일러스트_아서 래컴, 1915년

올려다볼 수만 있다면 얼마나 좋을까. 그녀의 물결치는 머리칼을 풀어 1센티미터라도 가질 수 있다면 값을 매길 수 없는 소중한 기념품이 될 텐데. 간단히 말해, 나는 어린아이의 가벼움을 허락받으면서도 남자로서 그 가치를 충분히 알고 누리고 싶었던 것이다.

그때 문을 두드리는 소리가 들렸고, 모두들 당장 달려 나갔다. 잔뜩 상기되어 한시도 가만히 있지 못하는 아이들의 한복판에 갇힌 처녀는 엉망으로 구겨진 드레스에 웃음을 달고 크리스마스 장난감과 선물을 잔뜩 짊어진 남자와 함께 이제 막 집에 도착한 아버지에게 인사를 올리기에 딱 맞는 시간에 문 앞에 도달했다. 이제 함성과 버둥거림 그리고 기습적인 맹공이 무방비 상태의 짐꾼에게 쏟아졌다! 주머니로 돌진하기 위해 의자를 사다리 삼아 그를 기어오르고, 갈색 종이로 싼 꾸러미들을 풀어내고, 넥타이를 잡아당기고, 목을 껴안아 매달리고, 등을 두들기고, 애정을 주체하지 못하고 다리를 걷어차는 것이었다. 선물 포장이 하나씩 벗겨질 때마다 놀라움과 즐거움의 환호성이 울려 퍼졌다. 아기가 장난감 프라이팬을 입속으로 집어넣는 동작을 했다는 비보가 있었고, 나무 접시에 풀로 붙여놓은 가짜 칠면조를 삼킨 것 같다는 더욱 끔직한 추측이 전해졌다. 그것이 잘못된 정보였음 알게 되었을 때의 안도감이란! 기쁨과 감사와 환희! 말로 다 형용할 수는 없지만 모두 이러하였다. 아이들과 그들의 기쁨이 점차로 거실을 벗어나 한 계단 한 계단 꼭대기 층을 향해 올라가더니 그곳에서 잠자리에 들고서야 잠잠해지더라고만 해두자.

그리고 이제, 스크루지는 어느 때보다 더 주의 깊게 그 집의 가장을 바라보았다. 그는 애정을 듬뿍 담아 몸을 기댄 딸과 그녀의 어머니와 함께 난롯가에 앉아 있었다. 저토록 기품 있고 장래가 촉망되는 존재가 자신을 아버지라고 불렀을 수도, 그의 황량한 겨울 같은 인생에 봄날이 되어줄 수도 있었음을 생각하니 눈가가 축축해졌다.

“벨,” 미소를 지은 채 아내를 돌아보며 남편이 말했다. “오늘 오후에 당신의 옛 친구를 보았다오.”

“누구 말씀이세요?”

“맞춰보구려!”

“제가 어떻게요? 참, 당신도. 누가 모를까 봐요?” 남편이 웃자 그녀도 같은 숨결을 보태며 말을 이었다. “스크루지 씨군요.”

“맞아요, 스크루지 씨였소. 어쩌다 그의 사무실 창문 옆을 지나가게 되었다오. 창문이 열려 있는 데다 촛불이 켜져 있어 보지 않을 수가 없었지. 동업자가 아주 위중하다고 들었거든. 그래서인지 혼자 있더군. 온 세상에 그 사람 혼자인 느낌이었다오.”

“정령님!” 갈라진 목소리로 스크루지가 말했다. “이곳에서 데려고 나가주십시오.”

“이것은 지나간 일들의 그림자라고 말하지 않았느냐.” 유령이 말했다. “있었던 일 그대로일 뿐이야. 내게 뭐라 할 일이 아니지!”

“보내주십시오!” 스크루지가 소리쳤다. “더는 견딜 수가 없습니다!"

스크루지가 유령을 돌아보니, 기이하게도 그것은 지금까지 그에게 보여주었던 모든 얼굴들이 조각조각 다 담겨 있는 것 같은 얼굴로 자신을 바라보고 있었다. 그는 참지 못하고 유령에게 달려들었다.

"날 내버려둬! 돌려보내달란 말이다! 더 이상 괴롭히지 말라고!"

그렇게 다투는 사이에, 눈에 보이는 저항의 움직임이라곤 없었던 유령 쪽에서는 상대의 노력에도 아무런 영향을 받지 않았으므로 그것을 다툼이라고 할 수 있을지 모르겠지만, 스크루지는 그것의 불빛이 더 높이 더 밝게 타오르고 있는 것을 보았다. 그리고 그 빛이 유령의 힘과 관련이 있을지도 모른다고 어렴풋이 짐작하고는 촛불 끄개를 잡아, 순간적으로 유령의 머리 위로 덮어씌웠다.

정령이 그 아래로 주저앉자 촛불 끄개가 그것을 완전히 뒤덮었다. 하지만 스크루지가 온 힘을 다해 내리 눌러도 빛을 다 감출 수는 없었다. 그 아래로 빛이 새어나와 바닥에 빛의 홍수를 만들어냈다.

너무도 지친 데다 저항할 수 없는 수마에 사로잡힌 느낌이었다. 게다가 그는, 지금 자기 침실로 돌아와 있었다. 스크루지는 마지막으로 모자를 꾹 누른 다음 손에 힘을 풀었다. 그러고는 깊은 잠 속으로 가라앉기 전에 가까스로 비틀비틀 침대로 걸어갔다.

# 세 정령 중 두 번째 정령

그는 엄청나게 크게 코를 고는 소리에 잠에서 깨어났다. 생각들을 정리하려고 침대에 일어나 앉은 스크루지는, 누가 말해줄 필요도 없이 다시 한 시를 울리는 종소리가 들려올 것임을 알았다. 제이컵 말리의 중재로 그에게 보내진 두 번째 사자(使者)와의 만남이라는 특별한 목적에 마침 때를 맞추어 의식이 돌아왔다는 생각이 들었다. 새로운 환영이 어떤 커튼을 걷어 젖힐지 궁금해지기 시작하자, 불편하고 오싹해진 그는 자기 손으로 커튼을 모두 걷어버렸다. 그리고 다시 누워 침대 전체를 날카로운 시선으로 둘러보았다. 정령이 나타나는 순간 도전해보고 싶은 마음도 들었고, 놀라거나 불안해하고 싶지 않았기 때문이었다.

세상물정에 밝고 시류에 뒤처지지 않는다고 자부하는, 이른바 화통한 양반들은 동전 따먹기에서 본의 아닌 살인까지 모든 것에 능하다고 강조함으로써 자신이 얼마나 대단한 모험가인지 자랑 삼아 이야기하곤 하는데, 말할 것도 없이 그 양극단 사이에는 온갖 일들이 다 포함될 수 있다. 스크루지가 이 정도로 모험심이 강했다고 할 것은 아니지만, 여러분에게 감히 말하거니와 그는 다양한 종류의 낯선 존재들이 튀어나오는 것에는 또 준비가 되어 있었다. 또한 어린아이건 코뿔소건 그를 크게 놀라게 하지 않는다는 점에서는 별반 다를 것이 없었다.

이렇게 거의 무엇이든 볼 준비가 되어 있던 그이지만 정작 아무것도 보이지 않는 것에 대해서는 준비가 되어 있지 않았다. 따라서, 종소리가 한 시를 쳤는데도 아무것도 나타나지 않자 온몸이 부들부들 떨리기 시작했다. 5분, 10분, 15분이 지나도 아무것도 나타나지 않았다. 그러는 동안 줄곧 그는 자신의 침대 위에, 시계가 정각을 알리는 사이 그 위로 흘러들어온 붉은 빛의 줄기 한복판에 누워 있었다. 그것이 무슨 의미인지, 자신을 어떻게 할 작정인지 도무지 알 수 없는 터라, 단순한 불빛임에도 수십 명의 유령보다 더 두렵게 느껴졌다. 순간 자신도 알지 못하는 사이 자연발화*라는 진기한 사건의 희생자가 되어 버리는 것이 아닌가 걱정되기도 했다. 그러나 마침내 그는 여러분과 내가 한 것과 같은 생각—무엇을 해야 할지 알고 또 그것을 의심의 여지없이 행동으로 옮기는 사람은 곤경에 처한 당사자가 아닌 다른 사람이므로, 우리라면 처음부터 그렇게 했겠

*19세기 널리 퍼져 있던 민간 신화의 하나로, 살아 있는 인간의 신체가 뚜렷한 외부 발화 원인이 없이 연소하는 현상을 말한다.

지만—즉, 저 으스스한 불빛의 원천과 비밀은 옆방에 있을지도 모른다는 생각을 하게 되었다. 그 흔적을 좀 더 따라가 보니 거기로부터 빛이 뿜어져 나오는 것 같았다. 이런 생각에 온전히 마음을 빼앗긴 그는 천천히 일어나 슬리퍼를 신고 문으로 다가갔다.

스크루지가 자물쇠에 손을 올리는 순간, 낯선 목소리가 그의 이름을 부르며 들어오라고 했다. 그는 순순히 그 말을 따랐다.

그곳은 분명 자신의 방이었다. 이점에 대해서는 의심의 여지가 없었다. 하지만 그곳은 놀라운 모습으로 변해 있었다. 벽과 천장에는 살아 있는 초록 식물들이 주렁주렁 달려 있어 완전히 숲속 같았고, 온통 밝게 빛나는 열매들로 반짝거렸다. 호랑가시나무와 겨우살이, 담쟁이의 싱싱한 잎사귀들이 수많은 작은 거울들이 뿌려져 있는 것처럼 그 빛을 반사하고 있었다. 스크루지나 말리가 살던 시절, 아니 그 전에 지나간 수많은 겨울 내내 화석처럼 굳어 있던 난로에서는 그동안 한번도 보지 못했던 강렬한 불길이 굴뚝까지 치솟아 올랐다. 바닥에는 칠면조와 거위 고기, 산새 고기, 닭고기, 멧돼지고기, 큼직한 갈비, 새끼돼지구이, 기다랗게 말린 소시지, 민스파이, 플럼 푸딩, 굴 한 통, 달달 볶은 밤, 버찌 색으로 잘 익은 사과, 즙이 꽉 찬 오렌지, 달콤한 배, 커다란 주현절 케이크*, 펄펄 끓는 펀지를 담은 대접들이 마치 하나의 커다란 왕좌처럼 쌓아 올려져 있었

*크리스마스 시즌의 마지막 날(예수 탄생 12일째인 1월 6일) 먹는 케이크. 전통적인 크리스마스 음식 중의 하나이다.

고, 거기서 나오는 맛있는 증기가 방 안을 뿌옇게 만들고 있었다. 풍채 좋고 쾌활한 거인이 이 음식들의 왕자 위에 편안히 앉아, 마치 풍요의 뿔 같은 모습의 활활 타오르는 횃불을 저 높이 들어 올려 문 근처에서 흘끗거리고 있는 스크루지에게 빛을 비추었다.

"들어오게!" 유령이 소리쳤다. "어서 들어와, 나와 인사나 나누자고, 친구!"

스크루지는 쭈뼛쭈뼛하며 들어가 정령 앞에 고개를 조아렸다. 그는 더 이상 예전의 고집 센 스크루지가 아니었다. 정령의 두 눈이 맑고 따듯했음에도 불구하고 그는 마주보려하지 않았다.

"나는 현재 크리스마스의 유령일세." 정령이 말했다. "날 좀 보게나!"

스크루지는 겸손한 태도로 그 말을 따랐다. 그것은 하얀색 털로 태를 두른 단순한 초록색 가운 혹은 망토를 입고 있었다. 옷을 어찌나 헐렁하게 걸쳤던지, 인위적으로 덮거나 감추는 것을 거부한다는 듯이 큼직한 가슴이 거의 다 드러나 있었고, 볼록하게 주름 잡힌 옷자락 아래 보이는 두 발 역시 맨발이었다. 머리에는 별다른 장식 없이 호랑가시나무 화관만 얹었는데, 곳곳에 반짝이는 고드름이 달려 있었다. 진한 갈색의 곱슬머리는 길고 아무렇게나 자라 있었고, 상냥한 얼굴과 빛나는 두 눈, 활짝 편 손과 쾌활한 목소리, 편안한 태도, 기쁨이 넘치는 분위기도 마찬가지로 자유분방했다. 허리에는 고풍스런 칼집을 차고 있었으나 칼은 들어 있지 않았고 녹이 잔뜩 슬어 있었다.

〈현재 크리스마스의 유령〉, 일러스트_존 리치, 1843년

“나와 같은 자들을 전엔 보지 못한 모양이군!” 정령이 소리쳤다.

“한 번도요.” 스크루지가 대답했다.

“우리 집안의 젊은 식구들과 같이 돌아다닌 적 없었나? 그러니까 내 말은 최근에 태어난 내 형들 말일세. 내가 아주 어린 축에 속하거든.” 유령이 계속하여 말했다.

“아니요.” 스크루지가 말했다. “죄송하지만 없는 것 같습니다. 형제 분이 많으신가요?”

“천팔백 명이 넘지.” 유령이 말했다.

“부양할 가족이 엄청난 모양이군!” 스크루지가 중얼거렸다.

현재 크리스마스의 유령이 몸을 일으켰다.

“정령님.” 고분고분한 태도로 스크루지가 말했다. “어디든 원하시는 곳으로 저를 데려가주십시오. 어젯밤에는 억지로 끌려 다녔습니다. 하지만 그때 배운 교훈들을 지금은 이해합니다. 오늘 밤, 제게 가르치실 것이 있다면 제가 그 가르침을 잘 쓸 수 있게 해주십시오.”

“내 옷에 손을 대게!”

스크루지는 들은 대로 재빨리 그것을 붙잡았다.

호랑가시나무 가지, 겨우살이, 붉은 열매들, 담쟁이, 칠면조, 거위 고기, 산새 고기, 닭고기, 멧돼지고기, 소고기, 돼지고기, 소시지, 굴, 파이, 푸딩, 과일과 펀치, 모든 것이 순식간에 사라져버렸다. 방도, 난로도, 붉은 빛도, 밤이라는 시간마저 사라져, 그들은 크리스마스 날 아침 도시의 거리 한복판에 서 있었다. (지독하게 추운 날이라) 사람들이 집 앞의 보도와 지붕에서 눈을 긁어내느라고 거칠고 서두르는, 하지만 불쾌하지는 않은 일종의 음악을 만들어내고 있었다. 아이들은 지붕 위의 눈이 아래 거리로 털썩 떨어져 내려 작은 눈보라를 만들어내는 것을 보고 즐거워했다.

하얀 천을 펼쳐놓은 것 같은 지붕 위의 눈과 땅 위에 쌓여 조금 더러워진 눈과는 대조적으로, 건물들의 정문은 어두웠고 창문들은 더 어두웠다. 땅 위에 쌓인 눈들은 수레와 마차의 바퀴들에 패어 깊은 고랑을 만들고 있었다. 그 고랑들은 큰 길들이 갈라져 나오는 지점에서 서로 수백 번씩 교차하고 또 교차하여 얼음처럼 차가운 물과 두꺼운 황토가 섞인 진흙창의 복잡한 수로들이 되었다. 하늘을 어두침침했고 가장 짧은 샛길들도 거무죽죽한 안개로 꽉 막혀 있었다. 반쯤은 녹고 반쯤은 얼어 있는 좀 더 무거운 안개의 입자들은 마치 영국의 모든 굴뚝들이 누군가의 허락을 얻어 한꺼번에 불이 붙어 마음껏 불길을 피워 올리기라도 하는 것처럼 거무튀튀한 소나기가 되어 쏟아져 내리고 있었다. 날씨도 마을도 기분 좋을 구석이라곤 보이지 않았으나, 그럼에도 무언가 흥겨운 분위기가, 가장 상쾌한 여름 공기와 눈부신 여름 햇살도 퍼트리지 못했던, 즐거움이 퍼져 있었다.

지붕 위에서 눈을 치워내는 사람들이 즐겁고 신이 나 있었기 때문이었다. 난간에서 서로를 소리쳐 불러대며, 때때로 악의 없는—말로 하는 장난들보다 훨씬 더 온정이 넘치는—눈덩

〈눈싸움〉, 일러스트_아서 래컴, 1915년

이가 오고 갔고, 그것이 명중하기라도 하면 배꼽을 잡고 웃어
댔으며 빗나가더라도 웃음은 그치지 않았다. 새고기 가게는 여
전히 반쯤 열려 있었고, 과일가게는 대목을 맞아 빛을 발하고
있었다. 유쾌한 노신사의 조끼처럼 크고 둥글고 배가 볼록 튀
어나온 밤 바구니들이 문 앞에 널브러져 배가 부르다며 까무
룩, 거리로 굴러 떨어져 내렸다. 스페인 수도사들처럼 잘 먹고
지내 얼굴이 훤한, 혈색 좋은 갈색 얼굴에 뱃살이 두둑한 스페
인 양파들은 선반 위에서 지나가는 아가씨들에게 음탕한 장난
질을 치며 윙크를 보내다가 위쪽에 달린 겨우살이를 점잖은 체
하며 슬쩍 바라보았다. 배와 사과가 저 높이 빛나는 피라미드
들을 이루었고, 가게 주인의 호의로 눈에 잘 띄는 고리에 내걸
린 포도송이들은 지나가는 사람들에게 공짜 침으로 목을 축이
게 해주었다. 이끼가 붙은 갈색의 개암 더미는 발목까지 쌓인
마른 나뭇잎들을 헤치며 기분 좋게 숲속을 산책했던 옛 추억을
떠올리게 하는 향기를 뿜어내고 있었다. 짜리몽땅하고 얼굴이
거무스레한 노퍽 사과들은 오렌지와 레몬의 노란색에 질세라
즙으로 꽉 찬 자기 몸을 들이대며 종이봉투에 넣어 집으로 가
져가서 저녁 식사 후에 먹어달라고 애걸복걸이었다. 이 최고급
과일들 사이에 금색과 은색의 물고기들이 대접에 담겨 있었는
데, 둔하고 피가 잘 돌지 않는 종족이긴 하나 그것도 무슨 일이
일어나고 있는지는 아는 모양이었다. 자기네 작은 세상을 느리
고 열정적이지는 않지만 흥분에 싸여 돌고 또 돌며 숨가빠 하
고 있었다.

식료품점! 오, 식료품점! 덧문을 둘 아니면 하나 정도 내려 거의 문을 닫은 상태였으나 그 틈으로 들여다보이는 그 광경이란! 명랑한 소리를 내며 계산대로 몰려드는 저울들, 휙휙 하고 노끈을 풀어내는 롤러, 저글링 묘기를 부리듯 덜거덕덜거덕 거리며 오르내리는 통들, 거기에 차와 커피 향기가 뒤섞인 냄새에 호사를 누리는 코, 푸짐하게 차려진 귀한 건포도, 아몬드는 새하얗고, 계피 막대는 흰 곳 없이 기다랗고, 잘 구워 녹인 설탕을 입힌 과일들은 가장 침착한 구경꾼들도 어질어질하게 만들었다. 물기 가득하고 과육이 씹히는 무화과, 멋들어지게 꾸며진 상자 속에 든 프랑스 자두는 먹기 좋은 정도의 신맛으로 발그레했다. 모든 것이 먹음직스럽고 한껏 크리스마스 장식으로 멋을 내고 있었다. 한편 손님들은 모두 어찌나 서두르고 그날의 희망찬 약속으로 기대에 부풀어 있던지 허둥지둥 문 앞으로 몰려들다 고리버들 바구니를 서로 부딪치고, 산 물건을 계산대에 두고 갔다가 다시 가지러 달려 들어오고, 너무도 기분이 좋아 벌이는 이런 실수들을 수백 번씩 저질렀다. 식료품점 주인과 점원들은 또 어찌나 정직하고 말쑥하던지 앞치마를 뒤로 고정시키느라 달고 있는 광을 낸 하트 모양 장식이, 누구나 볼 수 있도록, 그리고 크리스마스 갈까마귀가 원한다면 쪼아 먹을 수 있도록 밖으로 꺼내 단 그들의 진짜 심장* 같아 보였

*《오셀로》1막 1장에 등장하는 이아고의 대사 "제 심장을 옷소매에 매달아 놓고서 갈까마귀더러 쪼아 먹으라고 할 겁니다"에서 빌려온 표현. 말이나 행동의 진실함을 강조하는 표현이다.

다. 하지만 얼마 지나지 않아 첨탑의 종들이 선량한 사람들을 모두 교회나 성당으로 불러들였고, 사람들은 가장 좋은 옷을 입고 가장 밝은 얼굴을 하고 무리를 지어 거리로 향했다. 동시에 수십 개의 뒷골목과 좁은 길, 이름 없는 갈림길들에서 빵집으로 자신들의 정찬을 들고 가는* 무수한 사람들이 쏟아져 나왔다. 이 가난하고 흥겨운 사람들의 모습이 정령의 흥미를 동하게 한 모양이었다. 그는 스크루지를 곁에 두고 빵집 출입구에 서서 사람들이 가지고 들어가는 것의 덮개를 하나하나 열어보며 자기 횃불로 그들의 만찬에 향료를 뿌려주었다. 그것은 아주 진기한 횃불이었다. 한 번인가 두 번인가 음식을 가지고 온 사람들이 서로 밀치며 언성을 높이는 일이 있자 그가 횃불로 그들에게 물 몇 방울을 뿌렸고 그러자 즉시 그들의 기분이 다시 좋아졌다. 그들 말에 따르자면, 크리스마스 날에 싸우는 것은 부끄러운 일이었다. 정말 그랬다! 하느님께서 굽어 살피사, 정말로 그렇고말고!

이윽고 종소리가 멈추자 빵집들도 문을 닫았다. 하지만 빵집 오븐 위에 생긴 젖은 얼룩에는 그 모든 만찬과 그것을 조리하는 과정에서 생긴 다정한 그림자가 남아 있었고, 바닥에 깔린 돌들도 함께 구워진 것처럼 김을 모락모락 피워 올리고 있었다.

"정령님이 횃불로 뿌려주시는 향료에 뭔가 특별한 맛이라도 있는 건가요?" 스크루지가 물었다.

*당시의 가난한 가정들에는 주방 시설이 잘 갖춰져 있지 않아 큰 음식들은 빵집으로 가져가 익혀오곤 했다.

“그럼. 나 자신의 맛이지.”

“오늘 차린 모든 만찬에 다 어울리는 맛인가요?”

“정성껏 차린 음식이라면 어느 것이든. 무엇보다 가난한 밥상이 제일이다.”

“어째서 가난한 밥상에 제일 잘 어울립니까?”

“그걸 가장 필요로 하기 때문이지.”

“정령님,” 잠시 생각에 잠겼던 스크루지가 말했다. “우리를 둘러싼 수많은 세상 속 무수한 존재들 가운데서 왜 하필 정령님이 이 사람들이 순수한 기쁨을 느낄 기회를 제한하셔야 하는지 모르겠습니다.”

“내가?” 정령이 소리쳤다.

“정령님이 매주 일요일 만찬을 먹을 수 있는 기회를 빼앗고 계시지 않습니까. 저들에게는 그날이 제대로 차려 먹었다고 말할 수 있는 유일한 날일 텐데요.” 스크루지가 말했다. “그렇지 않은가요?”

“내가?” 정령이 소리쳤다.

“안식일에는 저 가게들이 문을 닫았으면 하시지요?*” 스크루지가 말했다. “그러면 똑같은 일이 벌어집니다.”

“내가 그러길 원한다고?” 정령이 소리쳤다.

“제가 잘못 알았다면 용서하십시오. 하지만 그 일은 정령님

의 이름으로, 아니 적어도 정령님 가족의 이름으로 그리되어
왔습니다." 스크루지가 말했다.

"너희가 사는 이 세상에는," 정령이 대답했다. "우리를 안다
고 말하며 자신의 욕망, 자존심, 원한, 증오, 시기심, 편견, 이
기심에서 기인한 행동을 우리의 이름으로 행하는 자들이 있다.
이자들은 그들이 애당초 존재하지도 않았던 것만큼이나 우리
와 우리 친척과 친구들에게 낯선 자들이다. 그걸 명심해라. 그
리고 그들이 행한 일은 그들에게 물어라, 우리가 아니라."

스크루지는 그러겠다고 약속했다. 그런 다음 그들은 지금껏
그랬던 것처럼 보이지 않는 모습이 되어 도시 외곽으로 나갔
다. 스크루지가 이미 빵집에서 목격하였듯이, 유령은 그 거인
같은 몸집에도 불구하고 어딜 가던지 쉽게 자신의 몸을 그곳에
맞추는 놀라운 능력을 가지고 있었다. 낮은 지붕 아래에서도
천장이 높은 홀에서 그랬던 것처럼 우아하게, 초자연적인 존재
다운 자태로 있을 수 있었다.

이러한 특별한 능력을 보여주는 것이 즐거웠기 때문인지,
아니면 본연의 친절하고 너그러우며 따듯한 성정, 모든 가난한
자들에 대한 동정심 때문인지는 모르나, 정령은 스크루지를 직
원의 집으로 곧장 데리고 갔다. 자신의 옷자락을 잡고 있는 스
크루지를 데리고 그곳으로 간 정령은 문지방에서 잠시 멈춰 서
서 미소를 짓더니 밥 크래칫의 집을 자기 횃불의 불꽃으로 축
복했다. 생각을 해보시라! 밥이란 친구는 일주일에 15밥*밖에
받지 못한다. 매주 토요일마다 자기 세례명이랑 똑같은 돈 열

다섯 개밖에 주머니에 넣지 못하는데, 현재 크리스마스의 유령은 그가 사는 방 네 칸짜리 집을 축복해주었다!

그때 밥의 아내, 크래칫 부인이 일어섰다. 두 번이나 뒤집어 기운 드레스는 초라했으나 저렴한 6펜스짜리 치고는 멋진 리본들을 달아 세련되어 보였다. 부인은 마찬가지로 리본을 달아 멋을 낸 둘째 딸 벌린더 크래칫의 도움을 받아 상을 차리고 있었다. 그사이 피터 크래칫 군은 감자를 삶고 있는 작은 냄비에 포크를 집어넣었다. 거대한 셔츠(밥의 개인 자산으로, 오늘을 기념하여 그의 아들이자 상속인에게 주어진) 깃을 입으로 문 채, 당당하게 차려입은 자신의 모습에 기뻐하며 유행을 따르는 사람들이 모이는 공원으로 가서 자기 린넨 옷을 자랑하고 싶은 마음 가득이었다. 그리고 두 꼬마 크래칫, 남자아이와 여자아이 하나가 바깥의 빵집에서 거위 고기 냄새를 맡았는데 그것이 자기네 것인 줄 진즉에 알았다고 소리치며 눈물이 글썽글썽해서 집으로 들어왔다. 샐비어와 양파를 먹는 호사를 누릴 생각에 어린 크래칫들은 식탁을 돌며 춤을 추었고, 더디게 읽어가는 감자가 거품을 내며 자기를 꺼내서 껍질을 벗겨달라고 냄비 뚜껑을 두드려댈 때까지 불을 지피는 피터 크래칫 군(셔츠 깃이 거의 목을 조를 정도였으나 거만하게 굴지는 않는)을 하늘 끝까지 추켜세웠다.

"너희 소중한 아버지는 어디 계신다니?" 크래칫 부인이 말

*1실링을 가리키는 런던 방언.

했다. "사랑스런 동생 꼬맹이 팀은? 마사도 지난 크리스마스에
는 반 시간 이상은 늦지 않더니."

"마사 여기 있어요, 엄마!" 이렇게 말하며 소녀가 모습을 드
러냈다.

"마사 여기 있어요, 엄마!" 두 꼬마 크래칫이 소리쳤다. "저
것 봐! 커다란 거위야, 마사 누나!"

"아유, 사랑스러운 우리 딸, 왜 이리 늦었어!" 딸에게 수십
번 입을 맞추고, 숄이며 모자를 정성껏 벗겨주면서 크래칫 부
인이 말했다.

"어젯밤까지 끝내야 할 일이 너무 많았어요." 소녀가 대답
했다. "그리고 오늘 아침에는 그걸 다 치워야 했고요!"

"그래. 이렇게 왔으니 됐다." 크래칫 부인이 말했다. "불 옆
으로 와 앉으렴, 애야. 몸을 좀 녹이려무나. 세상에, 우리 딸."

"안 돼요, 안 돼! 아빠가 오고 있어요." 여기저기 쑤시고 다
니던 꼬마 크래칫들이 소리쳤다. "숨어, 마사 누나, 어서 숨
어!"

그래서 마사는 몸을 숨겼고, 그때 아버지인 키 작은 밥이 술
을 제외하고도 족히 90센티미터는 되는 목도리를 앞쪽으로 늘
어뜨린 채 들어왔다. 올이 다 드러난 옷은 기우고 빗질을 잘해서
철에 맞아보였고, 어깨에는 꼬맹이 팀을 태우고 있었다. 가엾은
꼬맹이 팀, 목발을 짚고 다리에는 쇠 받침대를 대고 있었다!

"아니, 우리 마사는 어디 있지?" 주위를 둘러보며 밥 크래칫
이 외쳤다.

〈꼬맹이 팀과 밥〉, 일러스트_프레드 버나드, 1877년

"못 온대요." 크래칫 부인이 말했다.

"못 와?" 팀의 종마가 되어 교회에서 집까지 줄곧 내달리느라 흥분 상태였던 밥이 급작스럽게 풀이 죽어 말했다. "크리스마스 날 못 온다고?"

마사는 장난이라 할지라도 아버지가 실망하는 모습을 보고 싶지 않았다. 그래서 참지 못하고 옷장 문 뒤에서 튀어 나와 밥의 품안으로 달려갔다. 그사이 꼬마 크래칫 남매는 꼬맹이 팀을 떠밀어 세탁실로 데리고 가서 구리솥 안에서 푸딩이 노래하는 소리를 듣게 해주었다.*

"우리 꼬맹이 팀은 어땠어요?" 밥이 마음껏 딸을 껴안는 동안, 그가 정말 잘 속는다고 놀리며 크래칫 부인이 물었다.

"정말 착했어." 밥이 말했다. "아니 그냥 착하기만 한 게 아니었지. 왜 그러는지 혼자 생각에 잠겨 있더니 당신은 들어본 적도 없을 이상한 일들을 생각한 거야. 집으로 오는 길에 그 애가 내게 말하길, 자기는 절름발이니까 교회에서 사람들이 자기를 봤으면 좋겠다는 거야. 그래야 크리스마스 날 절름발이 거지를 걷게 하고 눈먼 자를 눈 뜨게 하신 분을 기억하는 일이 더 즐겁지 않겠냐면서."

가족들에게 이 말을 하는 밥의 목소리는 떨렸고, 꼬맹이 팀이 튼튼하고 씩씩하게 자라는 중이라는 말을 할 때는 더욱 떨

---

*앞의 에피소드에서도 보았듯이 당시 가난한 가정에는 오븐이랄 것이 따로 없었고, 크래칫네도 그것은 마찬가지이다. 우리 시골의 아궁이처럼 아래에서 불을 때게 되어 있는 커다란 구리솥은 보통 빨래를 삶는 용도로 사용되었다. 때문에 꼬마 크래칫들이 팀을 세탁실로 데리고 가는 것이다.

렀다.

씩씩한 작은 목발 소리가 바닥을 울리더니 다음 말이 이어지기 전에 꼬맹이 팀이 들어왔다. 형과 누나가 아이를 난로가의 자기 자리로 부축해주었다. 소매를 걷어 올린 밥은—딱한 친구, 그 옷이 더 헤질 데가 어디 있다고—주전자의 뜨거운 혼합액에 진과 레몬을 섞어 넣고 휘휘 저은 다음 펄펄 끓도록 불 위에 올려 두었다. 피터 군과 어디건 불쑥 불쑥 튀어나오는 꼬마 크래칫 남매가 함께 거위를 가지러 가서는 이내 의기양양 열을 지어 돌아왔다.

여러분이 거위가 새 중에서 가장 귀한 새이고, 일종의 깃털 달린 경이로움으로, 그것에 비하면 검은 백조도 별것 아니라는 생각이 들 정도의 소동이 뒤따랐다. 실제로 그 집에서는 그만큼 귀한 것이기도 했다. 크래칫 부인은 작은 냄비에 미리 만들어둔 그레이비소스를 끓였고, 피터 군은 믿을 수 없을 정도로 씩씩하게 감자를 으깼고, 벌린다 양은 애플소스에 설탕을 넣어 달게 만들고 마사는 데운 접시를 닦았다. 밥은 자기 옆, 식탁의 작은 구석으로 꼬맹이 팀을 앉혔고, 꼬마 크래칫 남매는 모두를 위해 의자를 정리했다. 물론 자신들 의자도 빼먹지 않았다. 고 녀석들은 제 차례가 오기 전에 거위를 향해 소리를 지르게 될까봐 입에 숟가락을 쑤셔 넣은 채, 자기들 초소에서 보초를 섰다. 마침내, 식탁이 다 차려지고, 감사기도가 끝났다. 크래칫 부인이 거위 가슴을 가르려고 준비한 칼을 천천히 바라보는 동안 숨죽인 침묵이 이어졌다. 하지만 배를 가르고, 고대하던 대로 속을 채운 것이 쏟아져 나오던 순간에는 기쁨의 중얼거림이 온 사방에서 쏟아져 나왔다. 꼬맹이 팀까지도 두 꼬마 크래칫들 때문에 덩달아 신이 나서, 신난다고 외치며 나이프 손잡이로 식탁을 두드렸다.

세상에, 그런 거위는 본 적이 없었다. 밥은 자기는 이렇게 근사한 거위 요리가 있으리라곤 생각도 못해봤다고 말했다. 부드럽고 맛 좋고, 크고 싸기까지 한, 만인의 칭송을 받아 마땅한 요리였다. 애플소스와 으깬 감자를 조금씩 아껴 먹으니 온 가족의 만찬으로 모자람이 없었다. 크래칫 부인은 기쁨에 넘쳐 (접시 위에 작은 뼈 조각이 남아 있는 것을 보고) 결국 다 먹지 못했네 하고 말했다! 하지만 모두가 실컷 먹었다. 특히 꼬마 크래칫들이 그랬다. 고 녀석들, 샐비어와 양파에 눈썹까지 담그고 먹었다! 하지만 이제, 벌린다 양이 접시들을 바꾸었고, 크래칫 부인은 혼자—누군가와 함께 하기에는 너무도 긴장이 되어—푸딩을 꺼내 오러 방을 나섰다.

제대로 안 익었으면 어쩌지! 꺼내다가 망가트려버리면! 모두 거위 요리로 즐거운 시간을 보내고 있는 사이, 누군가 뒷마당 담을 넘어 들어와 훔쳐 가버렸으면 어쩐다? 꼬마 크래칫들이 엄청 속상해할 텐데! 온갖 끔찍한 생각들이 다 들었던 것이다.

저기! 저 엄청난 김을 좀 보시라! 푸딩이 구리솥에서 꺼내졌다. 빨래하는 날의 냄새! 그래, 빨래 냄새다. 음식점과 제과점이 나란히 있고 그 옆에 세탁소가 있는 것 같은 냄새! 그게 바로 푸딩이다! 30초도 안되어, 상기된 얼굴의 크래칫 부인이 자랑스러운 미소를 지으면서 푸딩을 가지고 들어왔다. 색이 얼룩 덜룩한 대포알 같이 생긴, 브랜디 반 쿼턴의 반*으로 불을 붙이고 호랑가시나무 가지를 맨 위에 꽂아 장식한 단단하고 속이 여문 푸딩이었다.

이야, 정말 근사한 푸딩이군! 밥 크래칫이 말했다. 그리고 차분한 어조로, 그들이 결혼한 이래 크래칫 부인의 최고 성공작인 것 같다고 말했다. 크래칫 부인은 이제 마음의 짐을 덜었으니 하는 말이지만, 밀가루 양이 적을까봐 걱정했었다고 고백했다. 모두가 그 푸딩에 대해 할 말이 많았지만, 누구도 대가족이 먹기에는 작은 푸딩이라는 소리는, 아니 그런 생각조차 하지 않았다. 그렇게 하는 것은 기운을 빼는 배신행위가 될 것이었고, 크래칫 가족 누구도 그런 말을 언급하는 부끄러운 짓은 하지 않을 터였다.

마침내 식사가 모두 끝나고 식탁보가 치워지자 난로를 청소하고 불을 지폈다. 주전자 속 혼합주를 맛보고 완벽하다는 평가가 내려지자, 사과와 오렌지가 식탁 위에 차려졌다. 삽 위에 한 가득 밤을 얹어 불 위에 올리고, 크래칫 식구들 모두가 난로 주위로 모여들었다. 밥 크래칫은 그걸 원이라고 불렀지만 사실 그건 반원이었다. 밥의 팔꿈치 옆에 온 집안의 유리잔들이 다 진열되어 있었다. 큰 잔 두 개와 손잡이가 떨어져 나간 커스터드 컵 하나.

*약 452그램

하지만 모두가 황금 잔만큼이나 주전자의 뜨거운 음료를 따르는 잔으로 모자람이 없었다. 불 위에 올려둔 밤들이 펑펑 하고 갈라지는 소리를 내는 사이 밥이 기쁨에 넘치는 얼굴로 잔을 채웠다. 그리고 건배를 제안했다.

"메리 크리스마스, 모두들. 사랑하는 우리 가족 모두에게 하느님의 축복이 함께하길!"

가족들이 모두 따라서 외쳤다.

"우리 모두에게 하느님의 축복이 함께하기를!" 마지막으로 꼬맹이 팀이 말했다.

팀은 조그만 자기 의자 위에 앉아 아버지 바로 옆에 붙어 있었다. 밥은 그 아이를 너무도 사랑해서 꼭 곁에 두고 싶다는 듯이, 누군가 빼앗아갈까 두렵다는 듯이 아들의 작고 여윈 손을 꼭 잡고 있었다.

"정령님." 전에는 결코 느껴보지 못했던 관심이 이는 것을 느끼며 스크루지가 물었다. "꼬맹이 팀이 살 수 있을까요?"

"저 가련한 벽난로 구석에," 유령이 대답했다. "빈자리가 보이는군. 정성껏 보관해둔 주인을 잃은 목발도. 그림자들이 미래에도 바뀌지 않는다면, 저 아인 죽게 될 거야."

"안 돼요." 스크루지가 말했다. "오, 안 됩니다, 자비로우신 정령님! 저 아이가 무사할 거라고 말해주십시오."

"저 그림자들이 미래에도 바뀌지 않는다면, 우리 동족 중의 누구도 저 아이를 볼 수 없게 될 걸세." 유령이 대답했다. "그렇다 한들 그게 무슨 상관인가? 죽을 것 같다면 차라리 죽으라지. 그래야 잉여인구도 줄 테고 말이야."

정령이 자신이 한 말을 그대로 인용하는 것을 들은 스크루지는 고개를 떨구고, 후회와 슬픔에 사로잡혔다.

"인간이여," 유령이 말했다. "네가 목석이 아니라 심장이 뛰는 인간이라면 필요 없는 자가 누구인지 어디에 있는지 알지 못하면서 사악한 말을 입에 올려선 안 된다. 누가 살고 누가 죽어야 할지 네가 결정하겠다는 것이냐? 하늘의 눈에는 너의 목숨보다 이 가난한 남자의 아이 같은 이들 수백만의 목숨이 더 가치 있고 살아야할 의미가 있다. 오, 하느님! 저 풀잎 위의 벌레가 먼지 속에 있는 배고픈 형제들에게 너무 많은 삶이 주어진다 지껄이는 것을 들으셨나이까!"

스크루지는 유령의 비난 앞에 고개를 숙이고, 몸을 떨면서 시선을 땅으로 떨어뜨렸다. 하지만 자신의 이름이 들려오자 재빨리 눈을 들었다.

"스크루지 사장님을 위해!" 밥이 말했다. "이런 잔치를 벌일 수 있게 해주신 스크루지 사장님께 건배!"

"퍽이나 도움을 주셨네요!" 크래칫 부인이 얼굴이 벌개져서 외쳤다. "그분이 여기 오셨으면 좋겠어요. 제가 진심에서 우러나온 한 방을 대접해드릴 테니, 맛 좀 보시라고요."

"여보. 애들이 있잖소! 그리고 크리스마스인데."

"크리스마스가 맞긴 하나보네요." 그녀가 말했다. "스크루지 씨 같은 밉쌀스럽고 인색하고 독하고 인정머리 없는 사람을 위해 건배를 하자는 사람이 다 있고. 어떤 사람인지 아시잖아

요, 로버트! 누구보다 당신이 제일 잘 알면서 그래요, 이 딱한
사람!"

"여보." 밥이 부드럽게 대답했다. "크리스마스잖소."

"당신을 위해서, 그리고 이 날을 위해 건배할 게요." 크래칫
부인이 말했다. "그 사람을 위해서가 아니고요. 오래오래 사시
기를! 메리 크리스마스, 새해 복 많이 받으세요! 영감님은 너
무너무 행복하실 거예요, 제가 장담한다니까요!"

아이들도 그녀를 따라 건배했다. 그것이 오늘 만찬에서 그
들이 마음에서 우러남 없이 한 첫 번째 일이었다. 꼬맹이 팀이
마지막으로 마셨지만, 축배에는 조금도 관심이 없었다. 스크루
지는 가족의 괴물이었다. 그의 이름을 입에 담는 것만으로도
파티에 어두운 그림자가 드리웠고 족히 5분 동안은 사라지지
않았다.

스크루지의 그림자가 사라지고 나자 악독한 스크루지를 해
치웠다는 단순한 안도감에 그들은 전보다 열 배는 더 즐거워졌
다. 밥 크래칫은 만약 일이 잘 된다면 주당 5실링 6펜스를 벌게
될 피터 군의 일자리에 대해 이야기했다. 두 꼬마 크래칫들은
피터가 회사원이 된다는 생각에 커다랗게 웃음을 터트렸다. 그
리고 피터 본인은 그 어리둥절할 정도의 수입을 받았을 때 과
연 어떤 투자를 선택하는 것이 더 현명한 일일지 숙고하는 것
처럼 옷깃 사이로 난롯불을 바라보며 생각에 잠겼다. 몇 푼 안
되는 돈을 받고 모자 가게의 견습생으로 일하고 있는 마사가
자기가 어떤 일을 해야 하고, 한 번에 몇 시간 동안이나 일해야

하는지, 또 내일은 집에서 보내는 휴일이니까 내일 아침 얼마나 오래 침대에 누워서 쉴지를 이야기했다. 그리고 며칠 전 자신이 백작 부인과 함께 온 귀족 나리를 보았는데, 그 나리 키가 "피터만 하더라"는 이야기도 해주었다. 그 말에 피터가 옷깃을 어찌나 높이 치켜세웠던지, 여러분이 그 자리에 있었더라면 그 녀석 머리를 볼 수 없을 정도였다. 그러는 사이 밤과 주전자가 돌고 또 돌았다. 그런 다음 가족들은 꼬맹이 팀이 눈 속을 헤매다가 사라진 아이에 관한 노래를 부르는 것을 들었다. 애처롭고 작은 목소리였지만 정말 잘 불렀다.

이곳에 뭔가 높이 평가할 만한 것이 있는 것은 아니었다. 외모가 출중한 집안도 아니었고 옷을 잘 입은 것도 아니었다. 신발은 방수 같은 것과는 거리가 멀었고 옷도 겨우 몸만 가렸을 뿐이었다. 그리고 피터는 아마도 전당포 안이 어떻게 생겼는지 잘 알고 있을 터였다. 하지만 그들은 행복했고, 감사했으며, 서로를 즐겁게 해주었다. 이 시간에 만족했다. 정령이 떠나면서 뿌려준 횃불의 밝은 빛 속에서 더욱 행복해 보이는 그들이 사라져갈 때, 스크루지는 그들, 특히 꼬맹이 팀에게서 마지막까지 시선을 떼지 못했다.

어느덧 날은 점점 어두워지고 눈이 펄펄 내리고 있었다. 스크루지와 정령은 거리를 따라 걸어갔다. 집집마다의 부엌과 응접실, 온갖 종류의 방에서 타오르는 밝은 불빛들이 너무도 아름다웠다. 이쪽 집에선, 불 앞에서 속속들이 데워지고 있는 따뜻한 접시들, 추위와 어둠을 몰아내기 위해 끌어내려질 준비가 된 검붉은 색 커튼, 이렇게 편안한 식사가 준비되었음을 보여주는 불빛들이 아른대었고, 저쪽 집에선 온 집안의 아이들이 형제, 자매, 사촌들, 아저씨와 아주머니를 만나 자기가 제일 먼저 인사를 하겠다고 모두 눈 속으로 뛰어나왔다. 또 이쪽 집 창문에는, 집 안에 모여 있는 손님들 그림자가 어려 있었고, 저쪽 집에선 모자를 쓰고 털을 댄 부츠를 신은 멋진 아가씨들이 한데 모여 수다를 떨며 가까운 이웃집을 잠깐 들려야겠다며 나서고 있었다. 가엾어라, 그들이 들어오는 것을 본 총각이여, 영악한 마녀들이 모를 리가 있나, 화끈 달아오른 그대의 마음을!

친구들과의 모임에 가는 중인 사람들의 숫자로만 보았을 때는, 집마다 굴뚝 높이 절반만큼이나 불을 높이 쌓아올리고 손님을 기다리기는커녕, 그들이 도착했을 때 집에 남아 환영 인사를 할 사람도 없겠거니 생각될 정도였다. 축복하라, 유령이 어찌나 기뻐하였던지! 가슴을 넓게 펴고 큼직한 손바닥을 펼치고 붕붕 떠서는 그 밝고 해맑은 웃음소리를 주변의 모든 곳에 인심 좋게 퍼트리고 있었다. 땅거미가 내린 거리에선 점등원이 등불을 점점이 수놓으며 앞서 달려갔다. 어딘가에서 저녁을 보낼 요량으로 옷을 갖춰 입은 그 점등원 역시 정령 곁을 지나치며 커다란 소리로 웃음을 터트렸다. 크리스마스 날이 가까이 왔다는 것만 알았지, 자기 곁에 누군가 가까이 왔다는 사실은 전혀 알지 못하면서도 말이다.

그리고 지금, 이렇다할 말 한마디 듣지 못한 채, 스크루지는 유령과 함께 황폐하고 버려진 황무지에 서 있었다. 마치 거인들의 매장지처럼 거대한 거친 돌더미가 주변에 널려 있었고, 물은 자신이 원하는 대로, 서리가 가둬두지 않는 한 그렇게 마음 가는 대로 흘러들었다. 이끼와 가시금작화, 거칠고 무성하게 자란 풀 외에는 아무것도 없었다. 타는 듯한 붉은색 자국을 남기며 서쪽으로 기울어가는 태양이 그 황량한 광경을 잠시 뚱한 눈길로 쳐다보다 아래로, 아래로, 아래로 눈을 찌푸리고는 검은 밤의 두터운 어둠 속으로 사라져버렸다.

"여긴 어딥니까?" 스크루지가 물었다.

"대지의 창자 속에서 일하는 광부들이 사는 곳이다." 정령이 대답했다. "하지만 이들도 나를 알고 있지. 보아라!"

불빛 하나가 오두막 창문으로 비쳐 나왔고, 그들은 즉시 그쪽을 향해 나아갔다. 진흙과 돌로 지은 벽을 지나니 난로 주위에 모여 있는 유쾌한 사람들의 무리가 보였다. 나이가 아주 지긋한 노인과 노부인, 그들의 자식들, 그들의 자식의 자식들, 그 다음 세대까지 모두 나들이옷을 화사하게 차려입고 모여 있었다. 노인은 황량한 불모지 위로 부는 바람의 울음소리에 눌려 좀처럼 높이 올라가지 않는 목소리로 그들에게 크리스마스 노래를, 자신이 소년이었을 때 부르곤 했던 아주아주 오래된 노래를 들려주고 있었다. 이따금 다른 사람들도 모두 후렴 부분을 함께했다. 그들이 목소리를 높이면 노인도 무척 즐거워하며 소리를 높였고, 그들이 노래를 멈추면 그의 열정도 다시 잦아들었다.

정령은 이곳에 머무르지 않았다. 스크루지에게 자기 옷을 잡게 하고는 황무지 위로 빠르게 지나갔다. 어디로? 바다 쪽은 아니겠지? 바다다! 그들 뒤로 펼쳐진 마지막 육지의 모습, 섬 뜩한 바윗덩이들을 돌아다본 스크루지는 공포에 질렸다. 대기를 흔들어대는, 포효하는 천둥 같은 물소리에 귀가 멀 것 같았다. 그것은 무시무시한 동굴들 사이에서 사납게 으르렁대며 맹렬하게 땅을 파대고 있었다.

해변에서 몇 리그* 떨어진 물에 가라앉은 바위들의 음울한 암초들 위에, 한 해 내내 바다가 쓸고 지나간 그곳에, 고독한 등대가 하나 서 있었다. 커다란 바닷말 더미가 아래쪽에 매달려 있었고, 바닷말이 바닷물에서 태어나듯이 바람 속에서 태어난다고 하는 바다제비가 자신들이 스쳐지나가는 파도처럼 등대 주위를 오르락내리락하고 있었다.

두 명의 남자가 불이 잘 타오르도록 지키고 있는 이곳에서도 두꺼운 돌 벽에 난 구멍을 통해 무시무시한 바다 위로 한 줄기 불빛이 쏟아져 내리고 있었다. 두 남자는 조악한 둥근 탁자를 사이에 두고 앉아 그 위로 거친 손을 포개 놓은 채, 양철통에 그로그 주**를 마시며 서로에게 크리스마스 인사를 건네고 있었다. 그중 나이든 쪽, 험한 날씨에 시달려 낡은 배의 선수상처럼 얼굴이 온통 상처투성이인 사내가 거센 바람소리 같은 힘찬 노래를 부르기 시작했다.

유령은 검게 일렁이는 바다 위로 다시 길을 재촉하며 계속

*거리의 단위. 약 4,000미터에 해당한다.
**럼에 설탕물을 섞은 것으로, 주로 선원들이 즐겨 마셨다.

나아갔다. 그가 스크루지에게 말한 대로 해변으로부터 충분히 멀리 나아갔을 때, 그들은 어느 배 위로 내려앉았다. 유령과 스크루지는 키를 잡은 조타수, 뱃머리의 망보는 사람, 보초를 서고 있는 장교들 옆에 섰다. 저마다의 자리에서 어둡고 유령 같은 모습으로 버티고 선 사람들. 하지만 그들도 하나같이 크리스마스 노래를 흥얼거리고, 크리스마스 생각을 하고, 낮은 목소리로 곁에 있는 이들에게 그 시절로 돌아가고 싶은 마음을 담아 지나간 크리스마스의 추억들을 이야기하고 있었다. 일을 하고 있건 잠을 자고 있건, 선량한 이건 악한 이건, 배 위의 모든 사람들은 한 해의 다른 어떤 날도 아닌 바로 오늘, 서로에게 다정한 말을 건네었고, 어느 정도까지 축제 기분을 나누었다. 저 멀리 떨어져 있는 사랑하는 사람들을 기억하고, 또 그들이 기쁜 마음으로 자신을 기억할 것을 알았다.

바람의 신음 소리에 귀 기울이며, 그 깊이가 죽음만큼이나 심오한 비밀인 저 깊이를 알 수 없는 심연 위의 외롭고 어두운 바다를 통과하여 나아가는 일이 얼마나 경건한 일인가 하는 생각에 잠겨 있던 스크루지는, 불현듯 들려온 쾌활한 웃음소리에 깜짝 놀라고 말았다. 하나 더욱 놀라웠던 것은 그 웃음소리의 주인이 바로 자신의 조카이며 스크루지 자신은 밝고 쾌적하고 빛나는 방에, 조카의 상냥한 마음에 응원을 보내면서 미소 짓는 얼굴로 곁에 서 있는 정령과 함께 들어와 있다는 것을 알게 된 것이었다.

"하, 하!" 스크루지의 조카가 웃었다. "하, 하, 하!"

있을 법하진 않은 일이나, 만약 여러분이 우연찮게도 스크루지의 조카보다 웃음에 관해 더 큰 축복을 받은 이를 알게 된다면, 내게도 알려주시기 바란다. 소개만 해준다면, 나도 그의 비법을 좀 배워보련다.

질병과 슬픔도 감염이 되지만, 이 세상에 웃음과 즐거운 기분만큼 전염성이 강한 것도 없다는 말은 공명정대하고 올바른, 참으로 숭고한 판단이다. 스크루지의 조카는 바로 이런 식으로, 옆 사람들을 붙잡고, 머리를 흔들고 얼굴을 한껏 일그러트리며 웃고 있었다. 스크루지의 조카며느리 역시 조카만큼이나 호탕하게 웃음을 터트렸다. 함께 모인 친구들도 지지 않고 활기차게 웃어젖혔다.

"하, 하! 하, 하, 하, 하!"

"크리스마스가 쓸데없는 소리라지 뭡니까, 정말입니다!" 스크루지의 조카가 소리쳤다. "정말로 그렇게 생각하신다니까요!"

"그분은 부끄러운 줄 아셔야 해요, 프레드." 스크루지의 조카며느리가 분개하여 말했다. 이 여인들을 축복하소서. 그들은 어느 일이건 어중간하게 하지 않는다. 여인들은 솔직하다.

조카며느리는 매우 어여뻤다. 엄청난 미인이었다. 놀란 것 같은 표정에 보조개가 팬 정말 예쁜 얼굴이었다. 입 맞추고 싶게 만드는 작고 붉은 입술, 과장이 아니다, 턱 주변이 있는 작은 점들이 웃을 때면 서로 한데 녹아들었고, 여러분이 다른 어떤 생명체에서도 보지 못했을 태양처럼 빛나는 두 눈동자, 이 모든 것들이 합쳐져 보는 이를 약 오르게 하는 동시에, 또 만족스럽게 했다. 오, 정말이지 흡족하였다.

"재미있는 분이세요." 스크루지의 조카가 말했다. "사실이에요. 유쾌하다고 말할 순 없겠지만요. 하지만 그분이 한 모욕적인 말들로 인해 스스로 고통 받고 계시니, 저는 그분을 비난할 생각은 조금도 없습니다."

"그분은 부자시잖아요, 프레드." 스크루지의 조카며느리가 넌지시 말했다. "적어도 당신은 항상 그렇게 말했어요."

"그런들 무슨 소용이야!" 스크루지의 조카가 말했다. "여보, 외삼촌의 재산은 그분에게 아무런 도움도 되질 않아요. 그걸로 좋은 일을 하시는 것도 아니고, 편하게 지내시는 것도 아니고, 그렇다고 우리에게 무슨 도움이라도 주시겠다는 생각은, 하, 하, 하! 애시 당초 만족스러운 것과는 거리가 머니 말이야."

"난 그분을 참을 수가 없어요." 조카며느리가 말했다. 그녀의 여동생들과 다른 여인들도 모두 같은 의견이었다.

"아니, 난 참을 수 있어요!" 스크루지의 조카가 말했다. "나는 그분이 가엾어요. 아무리 애를 써도 그분에게 화를 낼 수가 없어요. 그분의 고약한 성미에 상처 받는 사람이 과연 누구일까요? 바로 그분 자신입니다, 언제나요. 자, 그분은 우리를 싫어하기로 마음먹고, 여기 와서 우리와 함께 식사하지 않겠다고 결심하셨지요. 그래서 어떻게 되었나요? 뭐, 그렇다고 대단한 만찬을 놓쳤다고 할 건 아니지만요."

"사실, 그분은 정말 근사한 만찬을 놓치신 거예요." 스크루지의 조카며느리가 끼어들었다. 다른 사람들도 모두 같은 이야 기였다. 방금 전 식사를 마친 만큼 그들에게는 정당한 판결을 내릴 충분한 권한이 있었다. 식탁에는 디저트가 차려졌고, 사람들은 램프 불 곁으로 난로를 둘러싸고 둥글게 모여 있었다.

"그랬나요? 그 말을 들으니 기쁘군요." 스크루지의 조카가 말했다. "사실 전 요즘 젊은 주부들의 솜씨를 믿지 못하고 있었거든요. 자네 생각은 어때, 토퍼?"

자기처럼 가련한 신세의 총각은 그런 주제에 대해 의견을 낼 권리가 없다고 대답한 것으로 보아, 토퍼는 처제들 중 한 사람에게 눈독을 들이고 있었던 게 틀림없었다. 그가 말을 마치자 스크루지 조카며느리의 여동생, 그러니까 장미 무늬 쪽 말고 레이스 깃 장식을 단 쪽의 통통한 처녀가 얼굴을 붉혔다.

"계속해요, 프레드." 스크루지의 조카며느리가 손뼉을 치며 말했다. "저이는 말을 시작해놓고 도통 마무리할 줄을 모른다니까요. 정말 터무니없는 사람이야!"

스크루지의 조카는 그 웃음이라는 병을 떨쳐버리는 것은 불가능하다는 듯이 다시 한 번 시원하게 웃음을 터트렸다. 통통한 처제가 향초(香醋)*로 버텨보려 했지만, 이미 그가 한 번 터트린 웃음은 다른 사람들 모두에게 퍼져나가고 말았다.

"제가 하려했던 말은," 스크루지의 조카가 말했다. "외삼촌이 저희를 싫어하시고 저희와 함께하시지 않은 결과, 제 생각

---

*의식을 잃은 사람 코에 대어 정신을 차리게 하는 약물.

으로는, 그분께 아무런 해도 끼치지 않을 즐거운 시간들을 놓치고 말았다는 겁니다. 그분 머릿속이나 낡고 곰팡이 냄새 나는 사무실, 지저분한 방 안에서 찾으실 수 있는 것보다야 저희가 훨씬 즐거운 동료들일 테니까요. 외삼촌이 좋아하시건 그렇지 않건, 저는 매년 그분께 똑같은 기회를 드릴 생각입니다. 외삼촌이 가엾으니까요. 그분은 돌아가실 때까지 크리스마스에 대해 투덜거리실지도 모릅니다. 하지만 제가 올해도 그다음 해도 계속 그곳에 나타나서, 기분 좋은 태도로, 스크루지 삼촌 안녕하세요? 하고 말한다면 좋아하시게 될 수밖에 없을 거예요. 그렇게 해볼 참입니다. 그분이 가엾은 자기 직원에게 50파운드라도 남겨주실 기분이 들게 할 수만 있어도 그게 어딘가요. 그리고 제가 어제 그분을 흔들어 놓고 왔거든요."

이제 그가 스크루지를 흔드는 모습을 상상하며 나머지 사람들이 웃을 차례였다. 하지만 너무도 사람이 좋고 그들이 무얼 가지고 웃는지 따지고 들 생각도 없는 그인지라, 그리고 어쨌든 다들 웃기는 하였으니, 조카는 그들의 흥을 돋우고 즐거워하며 술병을 돌렸다.

차를 마신 후 그들은 노래를 몇 곡 불렀다. 음악에 조예가 깊은 가족이라 글리나 캐치*를 부를 때는 각자가 어떤 부분을 맡아야 할지 잘 알고 있었다. 정말로 그랬다. 특히 베이스 부분을 맡아 가수만큼이나 훌륭하게 낮은 목소리를 냈던 토퍼는 이

---

*둘 다 반주 없이 부르는 노래들로, 글리는 세 성부 혹은 그 이상으로 이루어진 합창곡, 캐치는 돌림노래이다.

〈장님놀이〉, 일러스트_아서 래컴, 1915년

마에 힘줄이 돋거나 얼굴이 벌게지는 일도 없이 노래를 소화했다. 스크루지의 조카며느리는 하프를 잘 다루었다. 그녀는 다른 사람들의 노래에 맞추어, 짧고 간단한 곡(실로 단순한 곡으로, 여러분이 2분이면 외워서 휘파람을 불 수 있는 것이었지만)을 연주해주었다. 과거 크리스마스의 유령이 다시 기억하게 해주었던, 기숙학교에 스크루지를 데리러왔던 그 아이가 잘 부르던 곡이었다. 그 곡이 들려오자, 지금껏 유령이 보여주었던 모든 것들이 스크루지의 마음에 떠올랐다. 그는 점점 더 온화해졌고, 몇 년 전부터 자주 이 노래를 들었었더라면 제이컵 말리의 시신을 묻은 교회지기의 손에 들린 삽이 아닌 자기 자신의 손으로, 자신의 행복을 위해 온정을 베푸는 마음을 배울 수 있지 않았을까 생각하기에 이르렀다.

그렇다고 그들이 저녁 내내 노래만 한 것은 아니다. 잠시 후 그들은 벌금놀이를 했다. 때로는 어린아이가 되는 것이 좋을 때도 있는 법, 게다가 그 주인공이 다름 아닌 어린아이인 크리스마스라면 더할 나위 없지 않은가. 잠깐! 첫 번째 놀이라면 장님놀이가 제격인데. 물론, 그들은 장님놀이도 했다. 하지만 나라면, 저 토퍼가 제대로 눈을 가렸다고 믿느니 그의 부츠에 눈이 달렸다고 믿겠다. 내 생각에는 토퍼와 스크루지의 조카 사이에 모종의 거래가 있었고, 현재 크리스마스의 유령도 그것을 알고 있었다. 그가 레이스 깃 장식을 단 통통한 처제를 쫓아가는 모양새는 남을 잘 믿는 사람들에게는 분통 터지는 일이었다. 불쏘시개들을 쓸어내고, 의자에 걸려 넘어지고, 피아노를 들이받고, 커튼에 말려 숨 막힐 뻔하고, 그러면서도 처녀가 어딜 가건 따라다녔다. 토퍼는 그녀가 어디 있는지 늘 알고 있었다. 다른 사람은 아예 잡지도 않았다. 여러분이 일부러 그의 앞에 나타난다 해도(실제로 그들 중 누군가가 그렇게 했던 것처럼) 당신을 잡으려 하는 체 하다가(그나마도 사정을 다 아는 사람에게는 모욕이 될 정도였고) 이내 통통한 처제가 있는 방향으로 옆 걸음질 쳐서 빠져나간다. 처녀가 종종 이건 반칙이라고 소리를 쳤다. 사실이 그랬다. 하지만 마침내 토퍼가 그녀를 붙잡았을 때, 그러니까 그 아가씨가 부드럽게 반항하고 재빨리 팔랑거리며 그를 스쳐지나가자 도망갈 구멍이 없는 구석으로 그녀를 몰아넣었을 때, 보인 행동이 가장 형편없는 것이었다. 토퍼는 그것이 그 통통한 처제라는 걸 모르는 체하며, 그녀가 누구인지 알아보겠다며 두건을 만지고 손에 끼워진 반지와 목에 걸린 목걸이를 더듬거렸다. 부도덕하고 터무니없는 행동이었다. 하지만 그 처녀 역시 그에 대한 자신의 의견을 밝힌 것이 분명했다. 다른 술래가 정해졌을 때, 두 사람은 커튼 뒤에서 아주 은밀한 시간을 함께 보냈다.

스크루지의 조카며느리는 장님놀이에 끼지 않았다. 대신 편안한 구석 자리에서 큰 의자와 발 받침대에 편히 앉아 있었다. 유령과 스크루지는 그녀 뒤에 붙어서 있었다. 하지만 알파벳 철자 맞추기에 대한 사랑에 못 이겨, 그녀도 벌금놀이에는 참가했다. '언제, 어디서, 어떻게' 놀이와 마찬가지로 이 게임에도 매우 뛰어난 실력을 가진 그녀는 처제들의 코를 납작하게 하여 스크루지의 조카에게 은밀한 기쁨을 주었다. 그녀의 자매들 역시 매우 똑똑한 여인들임은 토퍼가 여러분에게 증언할 것이다. 젊은 사람 나이든 사람 할 것 없이 스무 명의 사람들이 모두 게임을 했다. 그리고 스크루지도 참여했다. 무슨 일이 일어나고 있는지에 대해설랑은 모조리 잊어버린 채, 자기 목소리가 그들에게는 전혀 들리지 않는다는 것조차 잊고 그는 자신이 생각한 답을 크게 외치곤 했는데, 정답을 맞히는 경우가 많았다. 가장 날카로운 바늘도, 바늘 귀가 부러지지 않는다고 하는 화이트채플 지역 최상품*도 스크루지에 비하면 덜 날카로웠고, 그의 머릿속에 비하면 뭉툭하다 할 것이었다.

유령은 이런 모습의 스크루지를 보고는 몹시 기뻐하며, 그가 어린아이처럼 손님들이 떠날 때까지 머무르게 해달라고 조르는 모습을 즐거운 마음으로 바라보았다. 하지만 그렇게 해도 좋다고 말하지는 않았다.

"새로운 놀이가 시작됩니다." 스크루지가 말했다. "30분만요, 정령님, 딱 30분만!"

그것은 '네 아니오 놀이'라고 하는 게임이었다. 스크루지의 조카가 무언가를 생각하면 나머지 사람들이 그것을 맞히는 놀이였다. 조카는 사람들의 질문에 "네" 혹은 "아니오"로만 대답할 수 있었다. 그가 생각하는 것을 알아내기 위한 질문들의 집중 포격이 이어졌고, 동물, 살아 있는 동물, 다소 유쾌하지 못

*런던 동부의 교외 지역인 화이트채플은 중세 시대부터 금속 관련 산업이 발달해 있었다. 바늘 또한 그 지역의 특산품 중 하나였다.

한 동물, 흉포한 동물, 으르렁대고 툴툴거리지만 때로는 말도 하는 동물, 런던에 살고, 거리를 돌아다니며, 쇼에 나오지도 않고 누군가에게 끌려 다니지도 않으며, 동물원에 살지 않고 시장에서 도살되지도 않는다는 답변을 이끌어냈다. 그것은 말도 아니고 당나귀도 아니고 암소도 황소도 아니며, 호랑이도 개도 돼지도 고양이도 곰도 아니었다. 새로운 질문이 나올 때마다 조카는 다시금 폭소를 터트렸다. 너무도 우스운 나머지 그는 소파에서 일어서서 발을 쾅쾅 구르기까지 했다. 마침내 통통한 처제가 형부와 거의 비슷한 상태가 되어 소리쳤다.

"알았어요! 뭔지 알겠어요, 프레드 형부! 뭔지 안다고요!"

"뭐죠?" 프레드가 외쳤다.

"형부네 외삼촌 스크루―우―우―우―지!"

그게 바로 정답이었다. 혹자는 그 질문에 부정의 대답을 한 것이 답이 스크루지라고 생각했던 이들의 생각을 돌려놓은 데 충분한 역할을 했다는 점을 감안하면, "그것은 곰인가요?" 하는 질문에 대한 대답이 "네"였어야 한다고 이의를 제기하기도 하였으나, 결국 모두가 무릎을 치며 감탄했다.

"외삼촌께서 충분한 즐거움을 주신 것 같군요." 프레드가 말했다. "그러니 그분을 위해 건배하지 않는다면 배은망덕한 일이 되겠지요? 마침 지금 저희 손에 데운 포도주가 든 잔이 준비되어 있습니다. 자, '스크루지 외삼촌을 위해 건배.'"

"스크루지 외삼촌을 위하여!" 모두가 소리쳤다.

"그분이 무슨 동물이시건 간에, 어르신에게 즐거운 크리스마스와 복된 새해가 함께하시길!" 스크루지의 조카가 말했다. "제게서 받지 않겠다 하시지만 그럼에도 받게 되실 겁니다. 스크루지 외삼촌!"

외삼촌은 어느 사이엔가 명랑하고 마음이 가벼워져서, 유령이 시간만 허락했었다면, 자신의 존재를 모르는 그들에게 답례를 하고 들리지 않는 목소리로 감사의 말을 전할 참이었다. 하지만 그의 조카가 마지막 말을 내뱉는 순간 모든 장면은 사라지고 스크루지와 정령은 다시 여행길에 올라 있었다.

이후로도 그들은 많은 것을 보고 멀리 또 멀리 가고 많은 집들을 방문하였으나 그 끝은 언제나 행복했다. 정령이 몸이 아픈 이들의 침대 옆에 서면 그들은 기운을 얻었다. 타지에 나와 있는 사람들은 집에 돌아온 듯 느꼈고, 투쟁하는 사람들은 그들의 위대한 희망 안에서 더욱 인내할 수 있게 되었다. 가난하여도 풍족했다. 고아원, 병원, 감옥, 불행이 거하는 모든 피난처에서, 제가 가진 알량한 권위에 사로잡힌 오만한 인간들*이 문을 걸어 잠그고 그 정령을 내쫓지 않는 모든 곳에서, 그는 축복을 남겨두었고 스크루지에게 교훈을 가르쳐주었다.

단 하룻밤이었으나 실로 기나긴 밤이었다. 하지만 스크루지는 그게 정말 하룻밤의 일인지 의구심이 들었다. 그들이 함께 보낸 시간 속으로 여러 크리스마스가 응축되어 나타난 게 아닐까 하는 생각이 들었기 때문이다. 스크루지의 모습은 전혀 변

*셰익스피어의 《자에는 자로》에서 가져온 표현.

하지 않았는데 유령은 점점 더 뚜렷하게 나이 들어 보이는 것도 이상했다. 스크루지는 이러한 변화를 눈치 챘지만 아이들의 주현절 파티를 떠나올 때까지는 입에 올리지 않았다. 함께 공터로 나온 후 정령을 바라보니 머리가 하얗게 새어 있었다.

"정령님들은 수명이 짧은가요?" 스크루지가 물었다.

"이승에서의 나의 일생은, 매우 짧다." 유령이 대답했다. "오늘 밤 끝이 나니까."

"오늘 밤이요?" 스크루지가 소리쳤다.

"오늘 밤 자정까지지. 자, 그 시간이 다가오고 있다."

그 순간 종소리가 11시 45분을 알렸다.

"제 질문이 적절히 못하다면 용서해주십시오." 정령의 옷을 뚫어져라 바라보며 스크루지가 말했다. "하지만 이상한 것을 보았습니다. 당신에게 속하지 않은 것이 당신의 옷자락에서 나오는 것을요. 저게 발입니까, 아니면 짐승의 발톱인가요?"

"아마 발톱일 게다. 살이 그 위로 자라나고 있으니." 슬픈 목소리로 정령이 대답했다. "자, 보아라."

정령이 옷이 접힌 부분에서 두 아이를 꺼냈다. 비참하고 절망적이고 끔찍하고 흉물스럽고 가엾은 것들. 그 아이들은 무릎을 꿇은 채 유령의 옷 바깥쪽에 매달려 있었다.

"오, 인간아! 이것을 보라. 보아라, 여기 이 아래를!" 유령이 소리쳤다.

하나는 사내아이, 하나는 여자아이였다. 노랗게 뜨고 마르고 누더기를 걸친 늑대 같은 모습, 그러나 몸을 낮추어 엎드린 두 아이. 복된 젊음이 얼굴을 가득 채우고 풋풋한 색조로 어루만져놓았어야 했건만, 늙은이의 것처럼 말라비틀어지고 쪼글쪼글한 손이 꼬집고 비틀어 너덜너덜해진 누더기 같은 얼굴을 하고 있었다. 천사들이 권좌를 차지하고 있어야 할 곳에 악마들이 숨어들어 위협하는 눈길로 쏘아보고 있는 형국. 어떠한 변화도, 어떠한 타락도, 인간성이 얼마나 타락한다 하여도, 놀라운 창조의 신비들을 다 통틀어 본다하여도 저 괴물 같은 아이들의 반만큼도 두렵고 무시무시하지 않을 것이다.

스크루지가 간담이 서늘해져서 뒤로 물러났다. 두 아이를 보게 된 다음이라 어떻게든 아이들이 귀엽다고 말하려 했으나, 단어들이 그렇게 어마어마한 거짓말의 일부가 되느니 차라리 나가지 않겠다는 듯 목에 턱 하고 걸려버렸다.

"정령님의 아이들입니까?" 스크루지는 더는 말을 잇지 못했다.

"저들은 인간의 아이들이네." 아이들을 내려다보며 정령이 말했다. "제 부모를 원망하며 내게 매달려 있는 것이지. 사내아이의 이름은 무지, 여자아이의 이름은 빈곤이라 하네. 두 아이 모두를 경계하게, 모든 면에서. 그러나, 특히 이 사내아이를 경계하게. 아이의 이마에 파멸이라 쓰인 것이 보이기 때문일세. 그 글이 지워지지 않는다면 그리해야 하네." 정령이 도시 쪽으로 손을 뻗으며 외쳤다. "부정해보아라! 너희에게 그리 말해준 이들을 비난해보아라! 당파적인 목적으로 그것을 받아들여 악화시켜보아라. 그리고 그 결말을 기다리라!"

"아이들이 몸을 피하거나 의지할 곳은 없을까요?" 스크루지가 소리쳤다.

"감옥이 없나?" 마지막으로 자신이 했던 말을 되돌려주며 정령이 말했다. "구빈원이 없어?"

종소리가 열둘을 쳤다.

스크루지는 유령을 찾으려 주위를 돌아보았으나 보이지 않았다. 마침내 마지막 종소리가 울림을 멈추었고 그는 옛 친구 제이컵 말리가 했던 예언을 떠올리고는 두 눈을 들어올렸다. 그러자 망토를 머리부터 둘러쓴 근엄한 모습의 유령이 땅 위로 낮게 깔린 안개처럼 그를 향해 다가오고 있었다.

제4절

# 마지막 정령

유령은 천천히, 엄숙하게, 아무런 말도 없이 다가왔다. 그것이 가까이 다가오자, 스크루지는 무릎을 꿇었다. 정령을 둘러싼 공기 자체가 우울과 비참함을 흩뿌리는 것 같았기 때문이다.

그것은 검은 옷에 깊이 둘러싸여 있어서 머리도, 얼굴도, 몸도 보이지 않았다. 볼 수 있는 것이라고는 밖으로 뻗은 한 손뿐이었다. 그것만 아니라면 그 모습을 밤으로부터, 주위를 둘러싼 어둠으로부터 구별하기도 힘들었다.

유령이 다가오자 스크루지는 상대가 키가 크고 위엄 있다고 느꼈고, 그것이 가진 불가사의한 존재감이 두려운 경외감을 품게 하는구나 생각했다.

"제 앞에 계신 분이 아직 오지 않은 크리스마스의 유령이신가요?" 스크루지가 말했다.

정령은 대답하지 않고 손으로 앞쪽을 가리켰다.

“당신은 제게 아직 일어나지 않은 일들, 그러나 다가올 시간 속에 일어날 일들의 그림자를 보여주시려는 것이지요?” 스크루지가 다그쳤다. “그렇지요, 정령님?”

순간, 옷의 윗부분이 마치 정령이 고개를 기울인 것처럼 접혀 들어갔다. 그것이 그가 얻은 유일한 답이었다.

비록 지금껏 유령들과 함께하는 데 제법 익숙해진 스크루지였으나 그 말없는 존재는 너무도 두려워 다리가 후들거렸고, 정작 따라나서려 했을 때에는 제대로 서 있지도 못 할 지경이었다. 정령이 그의 상태를 보고 회복할 시간을 주려는 것처럼 잠시 멈춰 섰다.

하지만 스크루지는 점점 더 상태가 나빠질 뿐이었다. 어스름한 장막 뒤 유령의 두 눈이 그에게 고정되어 있다는 생각에 희미하고 뭔가 알 수 없는 공포로 가슴이 두근거렸다. 아무리 눈을 치켜떠보아도 유령 같은 손과 한 무더기의 어둠 외에는 아무것도 볼 수가 없었다.

“미래의 유령님!” 그가 외쳤다. “저는 당신이 지금껏 만난 어떤 환영보다 더 두렵습니다. 하지만 제게 도움을 주시려함을 알고 있고, 저 또한 지금의 저와는 다른 사람이 되어 살기를 바라고 있으므로 기꺼이 정령님을 따를 것입니다. 충심으로 그리할 것입니다. 그러니 제게 뭐라고 말을 좀 해주시지 않겠습니까?”

그것은 아무런 대답도 하지 않았고. 다만 손을 들어 그들 앞을 가리켰다.

“앞장서십시오!” 스크루지가 말했다. “저를 이끌어주세요!

밤은 너무도 빨리 이지러지나니, 그것이 저에게는 너무도 소중한 시간임을 이제 압니다. 앞장서세요, 정령님!"

유령은 그의 앞으로 다가왔던 것과 마찬가지 움직임으로 멀어져갔다. 스크루지는 그것의 옷이 드리우는 그림자 속에서 뒤따랐다. 그가 생각하기에 유령의 그림자가 자신을 지탱하여 데려가는 것 같았다.

그들이 도시 안으로 들어갔다기보다는 도시가 스스로 움직여 그들을 감싸고, 그들 주위로 솟아올랐다고 말해야 할 것 같다. 아무튼 그들은 바로 그곳에, 도시 한가운데 있었다. 거래소의 상인들 사이에, 바쁘게 오가며 주머니 속 돈을 쨍그랑거리고, 무리 지어 서서 각자 시계를 들여다보고, 자기네 황금 직인을 꼼꼼히 그러나 별것 아니라는 듯 바라보는, 스크루지가 늘 보았던 모습 그대로였다.

정령이 사업가들 몇몇이 모여 있는 옆에 멈추어 섰다. 손이 그들을 가리키는 것을 보고, 스크루지는 그들의 말을 들어보려 앞으로 다가섰다.

"아니." 턱에 두툼한 살집이 잡힌 엄청나게 뚱뚱한 사내가 말했다. "나도 자세한 걸 아는 건 아니오. 그저 그 노인네가 죽었다는 거지."

"언제 죽었답니까?" 다른 남자가 물었다.

"지난밤인가 보더군."

"왜죠? 무슨 문제라도 있었나요?" 큼지막한 담뱃갑에서 코담배를 한줌 꺼내며 세 번째 남자가 물었다. "도통 죽지도 않을 거 같은 사람이었는데."

"누가 알겠소." 첫 번째 남자가 하품을 하며 말했다.

"돈은 다 어쩐답니까?" 마치 숫타조의 얼굴처럼 코끝에 사마귀가 추하게 늘어져 대롱거리는 붉은 얼굴의 남자가 말했다.

"그건 듣지 못했고." 볼이 넓은 남자가 다시 하품을 하며 말했다. "아마도 회사에 남겨지겠지. 어쨌든 나한테는 안 남겼소이다. 내가 아는 건 그것뿐이오."

이 농담에 모두들 웃음을 터트렸다.

"아주 값싼 장례식이 되지 않겠소?" 남자가 다시 말했다. "거길 갈 만한 사람을 도무지 떠올릴 수가 없으니 말이오. 우리가 모임을 만들어 자원봉사자라도 모집해야 하는 거 아닌지 모르겠군."

"점심을 준다면 전 가도 좋습니다." 코에 사마귀가 난 신사가 말했다. "가게 된다면 점심은 꼭 얻어 먹어야겠습니다."

다시 한 번 모두들 웃음을 터트렸다.

"음, 어쨌거나, 내가 제일 욕심이 없는 사람인 모양이군." 첫 번째 남자가 말했다. "난 검은 장갑을 얻어 끼지도 점심을 먹지도 않을 거요. 하지만 누구라도 갈 의사가 있다면 함께하겠소. 생각해보니 내가 그 노인네 가장 각별한 친구가 아니었다는 법도 없겠소이다. 만날 때마다 멈춰 서서 이야기를 나누긴 했거든. 그럼, 실례. 안녕히들 가시오!"

말하던 사람들도 듣던 사람들도 다른 무리 쪽으로 어슬렁거리며 흩어졌다. 스크루지는 그 사람들을 알고 있었다. 그래서 설명을 바라는 눈길로 정령을 바라보았다.

유령은 어느 거리로 미끄러져 들어갔다. 그러고는 손가락으로 서로 이야기를 나누는 두 사람을 가리켰다. 질문에 대한 답이 여기 있겠거니 생각하며 스크루지는 다시 귀를 기울였다.

그 두 사람 역시 그가 잘 아는 사람들이었다. 그들은 사업가로, 매우 부유하고 대단히 중요한 인물들이었다. 스크루지는 언제나 그들의 호감을 사려했다. 물론 그것은 순전히 사업적인 관점에서였다. 엄밀하게 사업적인 관점에서.

"안녕하시오." 한 사람이 말했다.

"안녕하시오." 다른 사람이 대답했다.

"글쎄." 첫 번째 사람이 말했다. "지옥에서 온 늙은 악마가 마침내 제 것을 챙겨갔다지요?"

"나도 그렇게 들었소." 두 번째 사람이 말했다. "날이 춥군요."

"크리스마스 철엔 다 그렇지요. 스케이트는 별로 좋아하지 않으시지요, 그렇지 않습니까?"

"네, 좋아하지 않습니다. 전 다른 걸 생각하고 있어요. 좋은 아침입니다!"

다른 이야기는 없었다. 그들의 만남도 그걸로 끝이었고, 대화도 그것뿐이었다. 그렇게 그들은 헤어졌다.

처음에 스크루지는 정령이 그렇게 일상적인 것처럼 보이는 대화에 중요한 의미를 부여하는 것이 의아했다. 하지만 곧 그것에 숨겨진 의미가 있으며 일이 어찌된 것인지 알아보기 위해 자신이 나서야 함을 깨달았다. 이 모든 게 자신의 옛 동업자 제이컵의 죽음과 관련이 있다고 보긴 힘들었다. 그건 이미 과거의 일이고, 이번 유령의 영역은 미래였기 때문이었다. 그렇다고 그 대화들을 연결시킬 수 있는 자신과 직접적으로 연관된 다른 인물을 떠올리기도 힘들었다. 하지만 그 말들이 누구에 관한 것이든, 그 안에는 자신을 개선시킬 수 있는 숨겨진 교훈이 있을 것이라는 데는 의심의 여지가 없었다. 그래서 스크루지는 자신이 들은 말 하나 하나, 자신이 본 것 하나 하나를 다 담아두기로 결심했다. 특히 자신의 그림자가 나타나면 유심히 살펴야겠다고 생각했다. 미래의 자신이 하는 행동이 그가 찾지 못한 단서를 제공해주면, 이 수수께끼들을 쉽게 풀 수 있을 것이기 때문이었다.

그는 자신의 모습을 찾기 위해 그곳을 유심히 살펴보았다. 그러나 익숙한 길모퉁이에는 다른 사람이 서 있었다. 평소라면 그곳에 있을 시간이었음에도 불구하고 현관으로 쏟아져 나온 많은 사람들 중에서 자신을 닮은 사람은 볼 수 없었다. 그러나 그건 조금도 놀라운 일이 아니었다. 왜냐하면 자신은 이미 삶을 바꾸기로 마음을 먹었고, 새로운 다짐들이 실현되었다고 생각하고 또 그것을 확인하게 되길 바랐기 때문이었다.

어둠 속에서 조용히, 유령은 여전히 한 손을 뻗은 채 그의 옆에 서 있었다. 스크루지가 마음속 탐색에서 깨어나 그 손의 움직임과 자신이 있는 자리를 살펴보노라니 그 보이지 않는 눈이 자신을 날카롭게 주시하고 있다는 생각이 들었다. 이런 생각에 그는 오싹해지며 몸이 떨려왔다.

그들은 번잡한 장소를 떠나 도시의 어두운 구석으로 들어갔다. 그곳의 상황이나 좋지 않은 평판에 대해서는 익히 알고 있었으나 한번도 가본 적은 없는 곳이었다. 길은 좁고 악취가 풍겼으며, 상점이며 주택들도 비참한 모습이었다. 사람들은 반쯤 벌거벗고, 술에 취해 아무렇게나 널브러져 있었고 추했다. 여기저기 널려 있는 시궁창들처럼 골목과 구부러진 길들도 악취와 먼지, 그리고 인생의 위법 행위들을 토해내고 있었다. 지역 전체가 범죄와 오물과 불행의 냄새를 풍겼다.

이 악명 높은 소굴 깊숙이에 외쪽지붕에 낮은 입구가 툭 튀어나온 가게가 하나가 있었는데, 그곳에서는 쇳조각, 넝마, 병, 뼈, 기름투성이 내장 등을 사들였다. 건물 안쪽 바닥에는 녹슨 열쇠와 못, 사슬, 경첩, 줄, 눈금자, 저울 등 온갖 고철 더미들이 쌓여 있었다. 누구도 자세히 알려 하지 않는 비밀들이 볼품없는 넝마들의 산과 부패한 지방덩어리, 뼈들의 무덤 사이에서 태어나고 또 숨겨졌다. 자신이 취급하는 물건들 사이, 오래된 벽돌로 만들어진 숯 난로 옆에 머리가 허옇게 센 악인이 앉아 있었다. 거의 일흔에 가까운 나이로, 여러 가지 누더기가 줄에 드리워져 늘어진 곰팡내 나는 가림 막으로 바깥의 차가운 공기로부터 몸을 가린 채 호화롭고 조용한 여생을 만끽하며 파이프를 피웠다.

스크루지와 유령이 남자가 있는 곳으로 다가가고 있는데, 한 여인이 무거운 짐을 들고 가게 안으로 슬금슬금 들어왔다.

하지만 비슷하게 짐을 진 또 다른 여인이 공교롭게도 같이 들어가려고 하는 바람에 바로 들어오질 못하고 있었다. 그 여인 바로 뒤에는 등짐을 진 남자가 있었는데, 남자 역시 그들을 보고 놀란 것 같았다. 그렇게 그들은 서로를 알아보게 되었다. 잠시 놀라움에 말을 잊고 있자니 파이프를 문 노인이 합류했다. 세 사람 모두 웃음을 터트렸다.

"파출부 먼저 시작하죠! 한 번에 한 사람씩!" 맨 처음 들어왔던 여자 소리쳤다. "그다음은 세탁부, 그리고 장의사가 세 번째. 나 좀 봐요, 조 영감, 이건 기회라고요! 서로 짠 것도 아닌데 우리 셋이 모두 이곳으로 오다니!"

"더 나은 곳도 없었을 걸." 조 영감이 입에서 파이프를 빼내고는 말했다. "응접실로 들어오게. 자네야 벌써 오래전부터 제집 드나들 듯했고, 다른 두 사람도 초행은 아니지. 가게 문 달을 때까지 기다리시게. 아이고! 어찌나 삐걱 거리는지! 여기에도 이놈의 경첩만큼 녹슨 고철은 없다네. 그리고 내 장담하건데 내 것만큼 오래된 뼈들도 없을 게야. 하, 하! 다들 자기 일에 안성맞춤인 게지. 잘 맞고말고. 응접실로 들어오게, 안으로 들어와."

응접실은 넝마들의 막 뒤쪽의 공간을 말했다. 노인은 낡은 양탄자 누르개로 불씨를 한데 긁어모았다. 그러고는 파이프 손잡이로 연기가 심한 램프의 심지를 다듬은 다음(밤이었기 때문에) 다시 입으로 가져가 물었다.

그러는 동안 먼저 말을 꺼냈던 여자가 바닥에 자기 짐을 풀어놓았다. 그녀는 과시하는 듯한 몸짓으로 의자에 앉더니, 팔짱을 끼고 팔꿈치를 무릎 위에 올려놓은 채 대담하고 반항적인 눈빛으로 나머지 두 사람을 쳐다보았다.

"근데 얄궂기도 하지. 이게 무슨 일이래요, 딜버 부인." 여자가 말했다. "뭐, 사람은 누구나 자신을 돌볼 권리가 있죠. 그 영감이 늘 그랬듯이 말이에요."

"맞아, 그렇고말고!" 세탁부가 말했다. "둘째가라면 서러울 걸."

"그럼, 겁이라도 집어먹은 거처럼 그러고 서서 째려보지 말라고요, 이 여편네야. 누가 더 똑똑한데? 지금 서로 약점이라도 잡아보자는 거야?"

"아니, 무슨 그런 소릴!" 딜버 부인과 남자가 함께 말했다. "말도 안 돼."

"그럼, 좋아요!" 여자가 소리쳤다. "됐다고요. 이런 별거 아닌 것들을 잃는다고 누가 더 나빠지기나 한데요? 죽은 사람이? 아닐걸요."

"그럼, 아니고말고." 딜버 부인이 웃으며 말했다.

"죽고 나서도 챙길 요량이었으면, 저 고약한 늙은 구두쇠는 왜 생전에 순리대로 살지 않은 거래요?" 여자가 목소리를 높였다. "그랬으면 사신하고 맞닥뜨렸을 때 누군가 돌봐줄 사람이 있었겠지. 저렇게 자기 혼자 누워 마지막 숨이 턱하고 막히게 되진 않았을 거라고요."

"거, 말 한 번 오른 말이네." 딜버 부인이 말했다. "천벌 받은 거지, 뭐."

"좀 더 무거운 벌이었으면 좋았을걸." 여자가 대답했다. "내가 다른 물건들에도 손을 댈 수 있었으면 분명 그리됐을 거예요. 보따리 열어봐요, 조 영감, 얼마나 값을 쳐줄 건지도 알려주고요. 다 터놓고 얘기하죠. 내 걸 맨 먼저 본데도 겁날 거 없어요. 저 사람들이 본다고 해도 하나도 겁 안 난단다고요. 여기서 만나기 전부터도 각자가 제몫을 챙기고 있다는 건 서로가 뻔히 아는 일이고. 안 그래요? 이건 죄가 아니에요. 열어봐요, 조 영감."

그러나 그녀의 용맹한 친구들이 그러도록 놔두지 않았다. 빛바랜 검은 옷을 입은 남자가 빈틈을 노려 제일 먼저 자신의 약탈품들을 꺼내 보였다. 대단한 것은 아니었다. 인장 한두 개에 필통 하나, 소매 단추 한 쌍, 별로 값나가 보이지 않는 브로치 하나가 다였다. 그것들은 전부 조 영감에 의해서 엄밀히 검사되고 감정되었고, 영감은 자신이 물건 각각에 줄 수 있는 값을 모두 벽에 적었다. 그리고 더 이상 나올 것이 없음을 확인하고는 그 값을 다 더했다.

"이게 자네 물건 값일세." 조가 말했다. "안 그러면 거래를 물리겠다고 해봤자, 6펜스도 더 줄 수 없소이다. 자, 다음은 누구요?"

다음은 딜버 부인이었다. 시트와 수건들, 옷 몇 벌, 은으로 된 낡은 찻숟가락 둘, 각설탕 집게 한 쌍, 부츠 몇 벌이었다. 그녀의 물건 값도 똑같은 방식으로 벽에 쓰였다.

"난 언제나 숙녀 분들에게 후하단 말이야. 그게 내 약점이라오. 늘 그래서 손해를 보지." 조 영감이 말했다. "당신 몫은 이 거요. 1페니라도 더 달라고 한다거나 토를 달면, 헐렁하게 군 걸 후회하고 반 크라운을 확 깎아버릴 거요."

"그럼 이제 내 짐을 풀어봐요, 조." 첫 번째 여자가 말했다.

조는 좀 더 편하게 짐을 풀기 위해 무릎을 굽히고 앉아 여러 번 묶어둔 매듭을 풀고 돌돌 말려 있는 크고 무거운 검은 물건을 끄집어냈다.

"이걸 뭐라고 하더라?" 조가 말했다. "침실 커튼 아니야!"

"아!" 팔짱을 긴 채로 몸을 앞으로 기울여 웃으며 여자가 답했다. "침실 커튼이죠!"

"그 영감이 누워 있는 자리에서 이걸 고리까지 다 끌어내렸다고 말하려는 건 아니겠지?" 조가 말했다.

"아뇨, 그랬어요." 여자가 대답했다. "안 될게 뭐람?"

"타고난 장사꾼이구만." 조가 말했다. "한몫 단단히 챙기겠어."

"손만 뻗으면 가지고 올 수 있는 것들이 있는데 두 손 놓고 있을 순 없잖아요. 그것도 저 노인네 같은 사람을 위해서? 그건 안 될 말이지. 안 그래요?" 여자가 차갑게 대꾸했다. "담요에 기름 떨어트리지 않게 조심해요."

"그 영감 담요라고?" 조가 물었다.

"그럼 누구 거겠어요?" 여자가 대답했다. "이게 없다고 그 영감이 감기가 걸릴 것도 아닐 텐데요, 뭘. 그건 내가 장담해요."

"뭔가 병에 걸려 죽은 건 아니겠지? 응?" 하던 일을 멈추고 올려다보며 조가 말했다.

"걱정 말아요." 여자가 대답했다. "만약 그랬더라면 이딴 것 찾는다고 주변을 어슬렁거리지도 않았을 거예요. 그 영감 옆에 있는 것도 싫은데. 아이고! 눈이 아프도록 들여다봐도, 그 셔츠엔 구멍 난 곳 하나 없을 거예요. 올이 드러난 곳 없고요. 영감이 가진 것 중 제일 상태가 좋은 거예요. 제일 좋은 물건이기도 하고요. 내가 챙기지 않았더라면 사람들이 그걸 낭비해버렸을 거예요."

"그 낭비라고 하는 것이 그러니까……" 조가 물었다.

"그 영감한테 입혀서 매장시켜버리는 거지요, 물론." 여자가 웃으면서 대답했다.

"그런 일을 할 만큼 충분히 바보인 양반이 있었던 모양인데, 내가 다시 벗겨버렸어요. 그런 데에는 무명을 쓰면 되지. 안 그러면 무명 따윌 어디에 쓰겠어요? 시체에는 그게 어울린다고요. 그걸로 싸둔다고 그 영감이 더 추해보일 것도 아니잖아요."

스크루지는 겁에 질려 이 대화를 듣고 있었다. 노인의 램프에서 비치는 약한 불빛에 의지하여, 그는 혐오감스럽고 역겨운 마음으로 그들이 자기네 약탈품 곁에 무리 지어 앉아 있는 것을 바라보았다. 시체를 내놓고 파는 악마들이라 할지라도 더 역겹지는 않았을 것이었다.

조 영감이 돈이 든 플란넬 가방을 꺼내 그들이 얻게 될 이익을 땅 위로 펼쳐놓자 "하, 하!" 하고 여인이 웃었다. "결국 이렇게 끝이 나는군요! 살아 있을 때 그렇게 사람들을 겁줘서 쫓아

〈그의 죽음이 남긴 것〉, 일러스트_아서 래컴, 1915년

내더니 죽어서 우리한테 득이 되려고 그랬나 봐요! 하, 하, 하!"

"정령님!" 머리부터 발끝까지 덜덜 떨면서 스크루지가 말했다. "알겠습니다. 알겠어요. 이 불행한 남자의 운명이 제 것이 될 수도 있단 말씀이지요? 제 삶이 지금처럼 흘러가면요. 자비로우신 하느님. 이건 또 뭡니까?"

장면이 바뀌자 그는 흠칫 놀라 뒷걸음질 쳤다. 어느새 그는 어느 침대에 닿을 정도로 가까이 서 있었다. 벌거벗은, 커튼도 없는 침대. 그 위에 누인, 누더기 같은 천으로 덮어놓은 무언가. 그것은 말을 못하는 것이었음에도 끔찍한 소리로 자신을 알리고 있었다.

방은 무척 어두웠다. 너무 어두워서 스크루지가 어떤 방인지 알고 싶은 은밀한 충동을 못 이겨 주변을 둘러보았음에도 아무것도 보이지가 않았다. 바깥에서 들어온 창백한 불빛이 침대 위로 곧바로 떨어져 내렸다. 그리고 거기에 강탈당하고 빼앗기고 외면당한, 누구도 슬퍼해주지 않고 돌보지 않는 남자의 몸이 놓여 있었다.

스크루지는 유령을 흘깃 바라보았다. 그것의 한결같은 손이 남자의 머리를 가리켰다. 하도 무성의하게 덮여져 있어서 남자가 조금이라도 고개를 들거나 스크루지가 그것에 손가락 하나만 얹어도 벗겨져 얼굴이 드러날 것 같았다. 그렇게 생각하자 그 일이 무척이나 쉽게 느껴졌고 또 그렇게 하고 싶은 마음이 들었다. 그러나 자기 쪽에 서 있는 환영을 떨쳐버릴 힘이 없는 것처럼, 그 베일을 걷어낼 힘도 낼 수가 없었다.

오, 차갑디 차갑고 엄격하고 무시무시한 죽음이여, 여기에 당신의 제단을 세우고 당신의 명에 따라 당신이 가진 것만큼의 공포로 그것을 장식하소서. 이것은 당신의 영토! 그러나 저 사랑받고 존경받고 영광된 머리, 당신은 그 머리카락 한 올도 당신의 무시무시한 목적을 위해, 그 끔찍한 형상을 만드는 데 사용할 수 없습니다. 저 손이 무거워 힘을 풀면 떨어져 내리기 때문이 아니며, 심장과 맥박이 아직 살아 있기 때문도 아닙니다. 그것은 저 손이 열려 있었고, 너그러웠으며, 진실되었기 때문입니다. 그 심장이 용감하며 따뜻하고 상냥하였기 때문입니다. 그리고 그 맥박이 인간의 것이었기 때문입니다. 내리치시오, 그림자여, 내리치시오! 그 상처에서 그가 행한 선행들이 솟아나와 세상에 불멸의 생을 씨 뿌리는 것을 보소서!

스크루지의 귀에는 어떤 목소리도 들려오지 않았으나 그 침대를 내려다보았을 때 그는 이 말들을 들었다. 그는 생각했다. 만약 저 남자가 지금 일어날 수 있다면 무엇이 가장 먼저 떠오를까? 탐욕, 까다로운 흥정, 근심걱정? 바로 그것들이 이다지도 호사로운 종말을 맞게 해주었는데!

남자는 어둡고 텅 빈 집에 누워 있었다, 그가 내게 이런 저런 친절을 베풀었다고, 그의 친절한 한마디에 대한 기억으로 나도 그에게 친절을 베풀 것이라고 말해줄 남자도, 여자도, 아이 하나 없이. 고양이 한 마리가 문간에서 울고, 벽난로 돌 아래에서 쥐들이 갉아대는 소리가 들려왔다. 저들은 이 죽은 자의 방에서 무엇을 원하는가, 왜 저다지도 가만히 있질 못하고 불안해하는가? 스크루지는 감히 생각할 엄두조차 내지 못했다.

"정령님!" 그가 말했다. "여긴 너무 끔찍한 곳입니다. 이곳을 떠나더라도 그 교훈만은 잊지 않을 것입니다. 믿어주십시오. 어서 나갑시다!"

여전히 유령은 그 움직임 없는 손가락으로 남자의 머리를 가리키고 있었다.

"알겠습니다." 스크루지가 대답했다. "할 수만 있다면 그렇게 하겠습니다. 하지만 그럴 힘이 없습니다, 정령님. 그럴 힘이 없어요."

다시 그것이 그를 바라보는 것 같았다.

"이 도시에서 이 사람의 죽음에 대해 뭐라도 느끼는 사람이 있다면," 고통에 차서 스크루지가 말했다. "제게 보여주십시오, 정령님. 부탁입니다! 제발."

유령이 잠시 동안 자신의 검은 옷을 마치 날개처럼 그의 앞에 펼쳤다가 다시 거두어들였다. 한낮의 빛에 어느 어머니와 아이가 있는 방이 모습을 드러냈다.

그녀는 초초하게 누군가가 오기를 기다리고 있었다. 방 안을 계속 왔다 갔다 하고, 무슨 소리만 나면 움찔했으며, 창문을 내다보고, 시계를 쳐다보고 했다. 바느질을 계속하려했으나 소용없는 일이었고 놀고 있는 아이들의 목소리도 참기 힘들었다.

오랜 기다림 끝에 마침내 문을 두드리는 소리가 들렸다. 그녀는 문으로 서둘러 뛰어가 남편을 만났다. 젊은 사람이었음에도 불구하고 그의 얼굴은 절망과 피곤함으로 찌들어 있었다. 하나, 이제는 눈에 띄는 표정이 엿보였다. 그런 감정을 가진 것에 부끄러움을 느끼며 억누르려고 꽤나 몸부림쳤던 것 같은 일종의 강렬한 기쁨이.

남편은 자신을 위해 불가에 따로 남겨두었던 저녁 식사를 하기 위해 자리에 앉았다. 기나긴 침묵이 이어진 후에 아내가 조심스럽게 무슨 소식 없느냐고 물었다. 그는 어떻게 대답해야 할지 당혹스러워 하는 것 같았다.

"좋은 소식이에요? 아님 나쁜 소식?" 그를 도와주려고 아내가 말을 꺼냈다.

"나쁜 소식이야." 그가 대답했다.

"우리 파산했어요?"

"아니, 아직은 희망이 있어요, 캐럴라인."

"그 사람이 동의만 해준다면," 그녀가 놀라서 말했다. "희망이 있겠지요! 가망이 없진 않아요, 그런 기적이 일어나 주기만 한다면 말이에요."

"그는 가망이 없어요." 남편이 말했다. "죽었거든."

얼굴이 사람의 본성을 드러내준다면, 아내는 온화하고 인내심이 강한 사람이었다. 하지만 그 말을 들었을 때 그녀는 마음속으로 기뻐했다. 그리고 손뼉을 치며 그렇게 말했다. 다음 순간 그녀는 용서를 빌며 유감이라고 말했다. 하지만 첫 번째 말이 그녀의 진심이었다.

"내가 그를 만나 한 주만 미뤄달라고 말하려 찾아갔을 때,

어젯밤에 당신에게도 이야기했던 그 반주정뱅이 여인이 그렇게 말했다고 하지 않았소. 나는 그저 날 피하기 위한 구실이겠거니 했는데 그게 사실이었지 뭐요. 단순히 아픈 게 아니라 죽어가고 있었대요."

"우리 빚은 누구에게 넘어가는 거죠?"

"모르겠어. 하지만 그전에 돈을 준비해야지. 설령 우리가 돈을 준비하지 못한다 해도 그의 채권계승자가 그 사람만큼이나 인정사정없는 사람이 될 불운은 흔치 않을 거야. 오늘 밤은 가벼운 마음으로 잘 수 있어요, 캐럴라인!"

그렇다. 그들은 너그러워지고, 마음은 한결 가벼워졌다. 알아듣지도 못하는 이야기를 듣겠다고 숨죽이며 주위로 몰려들었던 아이들의 얼굴도 훨씬 밝아졌다. 남자의 죽음으로 그곳은 더욱 행복한 집이 되었다. 유령이 그에게 보여줄 수 있는, 그 사건으로 야기된 유일한 감정은 기쁨이었다.

"죽음과 관련된 좀 더 다정한 일들을 보여주실 순 없나요?" 스크루지가 말했다. "그러시지 않으면, 정령님, 우리가 방금 떠나온 저 어두운 방이 제게는 영원히 남아 있을 것 같습니다."

유령은 그를 이끌고 익숙한 여러 거리들을 통과해 걸어갔다. 그곳들을 지나가면서 스크루지는 여기저기 둘러보며 자신의 모습을 찾았지만 어느 곳에서도 보이질 않았다. 그들은 가엾은 밥 크래칫의 집으로 들어갔다. 그가 전에 방문했었던 바로 그 집으로, 어머니와 아이들이 난롯가 주위에 앉아 있었다.

조용했다. 너무 조용했다. 그 소란스러운 꼬마 크래칫 남매가 한쪽 구석에 동상처럼 가만히 앉아, 앞에 책을 펼쳐놓고 있는 피터를 올려다보고 있었다. 어머니와 딸들은 바느질에 한창이었다. 하지만 확실히 다들 너무도 조용했다!

"'어린이 하나를 데려다가 그들 앞에 세우시고 그를 안으시며 제자들에게 이렇게 말씀하셨다.'*" 스크루지가 이 이야기를 어디서 들었던가? 꿈을 꾼 것은 아니었다. 소년이 읽은 것이었다. 그와 정령이 문지방을 넘어설 때 소년이 읽은 것이 분명했다. 그런데 왜 계속 읽지 않는 걸까?

어머니는 일감을 탁자 위에 내려두고 손으로 얼굴을 가렸다.

"저 색 때문에 눈이 아프구나." 그녀가 말했다.

그 색깔 때문에? 아, 가엾은 꼬맹이 팀!**

"이젠 다시 좋아졌어." 크래칫 부인이 말했다. "촛불은 눈을 약하게 하지. 너희 아버지가 오셨는데 눈이 약해진 걸 보이고 싶진 않구나. 오실 때가 다 된 것 같은데."

"지났어요." 책을 덮으며 피터가 대답했다. "하지만 요 며칠은 저녁때 평소보다 더 천천히 걸어오시는 것 같아요, 어머니."

다시 침묵이 감돌았다. 마침내 그녀가 차분하고 쾌활한 목소리로 말을 꺼냈다. 단 한 번 그 목소리가 흔들렸다. "너희 아버지가 꼬맹이 팀을 어깨에 태우고 오실 때는…… 태우고 오실 때는 정말 빨리 걸으셨잖니."

*⟨마르코의 복음서⟩ 9장 36절.
**초기 원고에서는 검은 색이라는 표현을 썼었다. 즉, 이들은 상복을 짓고 있었던 것이다.

"저도 봤어요." 피터가 외쳤다. "자주 그러셨죠."

"나도 봤어요." 다른 아이가 외쳤다. 모두들 그렇게 외쳤다.

"하지만 그 아인 아주 가볍잖니." 어머니가 다시 일에 집중하며 말했다. "너희 아버진 그 애를 너무 사랑하시니까 아무렇지도 않으셨단다. 정말 아무렇지도 않으셨어. 저기, 아버지가 문 앞에 오셨구나!"

그녀는 서둘러 남편을 맞으러 갔다. 목도리를 둘러맨—그 가엾은 친구에겐 그것이 꼭 필요했다—키 작은 밥이 들어왔다. 그가 마실 차는 이미 불 위에 올려져 있었고 모두들 앞 다투어 그를 잘 돌보려고 애를 썼다. 두 꼬마 크래칫들은 밥의 무릎 위로 올라가 각각 한쪽 볼을 그의 얼굴 양 옆에 대었다. 마치 "속상해하지 마세요, 아빠. 슬퍼하지 마세요!"라고 말하듯이.

밥은 아이들과 무척 쾌활하게 어울렸고 가족 모두에게 즐거운 듯 말을 건넸다. 그는 탁자 위에 올려둔 일감을 보고는 크래칫 부인과 딸들의 솜씨와 빠른 일처리에 대해 칭찬을 했다. 일요일이 되기 한참 전에 끝날 것 같다고 말했다.

"일요일이라고요! 그럼 오늘 갔었어요, 로버트?" 아내가 말했다.

"그래요, 여보." 밥이 대답했다. "당신도 갔으면 좋았을걸. 거기가 얼마나 푸른지 당신도 보았다면 좋았을 텐데. 하지만 앞으로 자주 보게 될 테니까. 그 애한테 일요일에 거기까지 산책을 갈 거라고 약속했다오. 우리 귀여운, 귀여운 아이에게 말이오!" 밥이 울음을 터트렸다. "우리 귀여운 아들!"

그는 한순간에 무너져 내리고 말았다. 참을 수 있다는 건 그와 아이가 지금보다 훨씬 멀리 떨어지고서야 가능한 이야기였다.

그는 거실을 나와, 불이 기분 좋게 밝혀져 있고 크리스마스 장식이 되어 있는 위층의 방으로 올라갔다. 아이 곁 가까이에 의자가 놓여 있었고, 얼마 전까지 그곳에 누군가 있었던 흔적들이 보였다. 가엾은 밥은 그 의자에 앉았다. 그리고 잠시 생각에 잠겨 마음을 가라앉힌 후 그 조그마한 얼굴에 키스를 했다. 그는 일어난 일을 받아들이고, 다시 행복한 마음으로 아래로 내려갔다.

그들은 불 가까이에 모여 이야기를 했다. 딸들과 엄마는 계속 일을 하고 있었다. 밥은 가족들에게 스크루지 씨 조카가 보여준 남다른 친절함에 대해 이야기해주었다. 사실 그와는 딱 한 번밖에 만난 적이 없었지만, 그날 거리에서 마주치자 자신을 잠시 바라보더니—"알다시피 내가 좀 힘이 없었거든"—무슨 일로 힘들어하는지 물었다는 것이다. "그 사람은 너희가 여태 들어본 적이 없을 정도로 상냥하게 말을 하는 신사라, 그 일에 대해 이야기를 했지." 밥이 말했다. "그랬더니 '정말 유감입니다, 크래칫 씨. 그리고 당신의 훌륭한 부인께도요' 하는 거야. 그런데 말이야, 그가 대체 어떻게 알았는지 모르겠어."

"알다니 뭘요?"

"아니, 당신이 정말 좋은 아내라는 거 말이요."

"모두가 다 아는걸요!" 피터가 말했다.

"아주 잘 봤다, 우리 아들!" 밥이 소리쳤다. "나도 사람들이 잘 알았으면 좋겠구나. '당신의 훌륭한 부인께도 위로의 말씀을 전합니다. 제가 혹여라도 도움이 될 수 있다면,' 그가 내게 명함을 주며 말했어. '저는 이곳에 있으니 꼭 방문해주시기 바랍니다.' 그 사람이 우리에게 무언가를 해줄 수 있어서가 아니라 그 말을 어찌나 상냥하게 했던지 그것만으로도 너무나 마음이 따듯해졌단다. 마치 우리 꼬맹이 팀을 잘 알고 있어서 우리랑 똑같은 심정인 듯했지."

"선량한 영혼을 가진 분이 틀림없어요." 크래칫 부인이 말했다.

"그 사람과 이야기를 나누어보면, 여보, 당신도 확신하게 될 거예요." 밥이 대답했다. "내 말 좀 들어봐요! 나는 그 사람이 피터에게 좀 더 좋은 자릴 마련해준다고 해도 전혀 놀라지 않을 거야."

"들어보기만 하렴, 피터." 크래칫 부인이 말했다.

"그러고 나면," 소녀들 중 하나가 소리쳤다. "피터가 누군가와 사귀고, 그리고 독립하는 거지."

"쓸데없는 소리 하지 마!" 피터가 활짝 웃으며 대꾸했다.

"십중팔구 그렇게 되겠지." 밥이 말했다. "머지않아 말이야. 물론 그렇게 되기까진 좀 더 시간이 걸리겠지만. 하지만 우리가 언제 어떻게 헤어지건, 나는 우리 중 누구도 가엾은 꼬맹이 팀을 잊지 않을 거라고 믿는다. 우리가 맞이한 이 첫 번째 이별을 말이다. 그렇지?"

"절대 잊지 않을 거예요!" 모두가 함께 외쳤다.

“그리고 난 알아.” 밥이 말했다. “알고 있단다, 애들아, 아직 어린아이였지만 그 애가 얼마나 인내심이 강하고 따뜻했는지 우리가 기억한다면 서로 쉽게 싸우지는 않을 거란 걸 말이다. 그러면 가엾은 꼬맹이 팀을 잊는 것이 될 테니까.”

“절대 그러지 않을 거예요!” 모두가 다시 함께 외쳤다.

“기쁘구나.” 키 작은 밥이 말했다. “정말 너무 기쁘구나!”

크래칫 부인이 그에게 입을 맞추었다. 딸들도 그에게 입을 맞추었고, 꼬마 크래칫 남매도 입을 맞추었다. 그리고 피터는 그와 악수를 나눴다. 꼬맹이 팀의 영혼, 너는 신이 주신 어린아이다움의 정수로구나!

“환영이시여.” 스크루지가 말했다. “무언가 나에게 우리가 헤어질 시간이 가까워왔음을 알려주고 있습니다. 그걸 압니다, 하지만 어떻게인지는 모르겠습니다. 우리가 보았던 죽어 누워 있던 남자가 누구인지 말해주시지 않겠습니까?”

아직 오지 않은 크리스마스의 유령이 전처럼—다른 시간대였지만, 사실 그들이 미래에 있다는 것을 제외하면 뒤에 보인 환상들에 딱히 순서는 없는 것 같았다—그를 사업가들이 모이는 자리에 옮겨다주었다. 하지만 스크루지 자신의 모습은 보이질 않았다. 정령은 어느 곳에서도 멈추지 않았다. 마치 이제 끝까지 갈 뿐이라는 듯, 스크루지가 잠시만 멈춰달라고 간청할 때까지 그저 앞으로 나아가기만 했다.

“우리가 서둘러 지나가는 저 건물에 제가 일하던 곳이 있습니다. 오랫동안 일을 했지요. 저기 그 건물이 보이네요. 제가 다가올 미래에 어떻게 되는지 보시지요!"

정령이 걸음을 멈추었다. 그 손이 다른 곳을 가리켰다.

"제 사무실은 건너편에 있습니다." 스크루지가 소리쳤다. "어째서 저 멀리를 가리키시는 겁니까?"

그 거침없는 손가락은 미동조차 하지 않았다.

스크루지는 서둘러 자기 사무실 창문으로 가 안을 들여다보았다. 그곳은 여전히 사무실이었지만 그의 사무실은 아니었다. 가구들도 같은 것이 아니었고 의자에 앉아 있는 인물도 자신이 아니었다. 유령은 전과 마찬가지의 곳을 가리키고 있었다.

그는 자신이 왜, 어디로 사라진 것인지 궁금해하며 다시 유령에게로 돌아왔다. 그리고 유령과 함께 어느 철문 앞에 도착했다. 안으로 들어가기 전 스크루지는 잠시 멈춰 서서 주위를 둘러보았다.

교회 공동묘지. 그렇다면 이곳에, 그가 이제 이름을 알게 될 그 비참한 남자가 이 땅 아래 누워 있는 것이다. 그럴 만한 장소였다. 집들로 사방이 둘러싸인 곳, 이름 모를 풀들이 넘쳐나지만 식물의 생명이 아니라 죽음이 자라나며 너무 많은 것들이 묻혀 있어 목이 메는, 배부른 욕망으로 가득 찬 곳. 너무도 적절한 장소!

정령은 그 무덤들 사이에 서서 그중 하나를 가리켰다. 스크루지는 몸을 떨며 그쪽으로 나아갔다. 유령은 전과 꼭 같은 모습으로 서 있었다. 하지만 그는 그것의 엄숙한 모습에서 새로운 의미를 본 것 같아 두려웠다.

“정령님이 가리킨 비석 가까이 가기 전에,” 스크루지가 말했다. “한 가지만 대답해주십시오. 이것들은 ‘일어날’ 일의 그림자입니까? 아니면 단지 ‘일어날지도 모르는’ 일의 그림자입니까?”

유령은 여전히 어느 무덤 곁에 서서 손을 아래로 내려 그 무덤을 가리키고 있었다.

“인간이 행한 일들은 어떤 결말의 전조가 됩니다. 계속 그렇게 한다면 그것들이 인도하게 될 결말의 전조이지요.” 스크루지가 말했다. “하지만 그것에서 벗어난다면 결과는 바뀔 것입니다! 제게 보여주시는 것도 그러한 의미라고 말해주십시오!”

정령은 여전히 움직이지 않았다.

스크루지는 덜덜 떨면서 그쪽으로 살금살금 다가갔다. 그리고 정령의 손가락을 따라 그 방치되어 있는 비석 위에 적인 이름을 읽어나갔다. **에브니저 스크루지.**

“그 침대 위에 누워 있던 남자가 저였단 말입니까?” 그는 무릎을 꿇고 울음을 터트렸다.

무덤을 가리키던 손가락이 그를 가리켰다가 다시 무덤을 가리켰다.

“안 됩니다, 정령님! 오, 안 돼요, 안 돼!”

손가락은 여전히 한곳을 가리키고 있었다.

“정령님!” 스크루지가 그것의 옷자락을 더 단단히 움켜쥐고 외쳤다. “제 말을 들어주십시오! 저는 더 이상 과거의 제가 아닙니다. 이 만남이 없었더라면 분명 그리 되었을, 그런 사람이

〈무덤의 주인〉, 일러스트_존 리치, 1843년

되지 않겠습니다. 전혀 가망이 없는 거라면 왜 제게 이것을 보여주신 겁니까!"

처음으로, 그 손이 흔들리는 것처럼 보였다.

"선량하신 정령님," 그 앞에 무릎을 꿇으며 스크루지가 말을 이었다. "당신의 본성은 저의 선처를 호소합니다. 저를 불쌍히 여기십시오. 제가 달리 삶으로써 당신이 보여준 그림자들을 바꿀 수 있다고 말씀해주십시오!"

그 친절한 손이 떨렸다.

"온 마음으로 크리스마스를 기념하겠습니다. 그리고 일 년 내내 그 마음을 간직하려 노력하겠습니다. 과거와 현재, 그리고 미래 속에 살 것입니다. 세 분 정령님 모두가 저의 마음속에 함께 하실 것이며 저는 여러분이 주신 가르침을 결코 버리지 않을 것입니다. 오, 제가 이 비석 위에 쓰인 것을 씻어낼 수 있다고 말해주십시오!"

너무도 괴로운 나머지, 스크루지는 유령의 손을 붙잡았다. 유령이 뿌리치려 했으나, 간절한 염원으로 힘이 세진 스크루지에게 붙잡혀 있었다. 그러나 정령이 그보다 더 강했고, 결국 그를 물리쳤다.

두 손을 들어 자신의 운명이 바꿀 수 있게 해달라고 마지막으로 간청하는 동안, 그는 유령의 망토가 변하는 것을 보았다. 그것은 오그라들고 푹 꺼지고 줄어들더니 마침내 침대 기둥으로 변해버렸다.

제5절
# 이야기의 끝

그렇다! 그것은 바로 스크루지의 침대기둥이었다. 침대도 그의 것이고 방도 그의 방이었다. 가장 기쁘고 행복한 일은 그 앞에 놓인 시간이 그 자신의 것, 그가 개선할 수 있는 시간이라는 것이었다!

"과거와 현재, 그리고 미래 속에 살 것입니다!" 침대 밖으로 나오며 스크루지가 되풀이해 말했다. "세 분 정령님 모두가 저의 마음속에 함께 하실 것입니다. 오, 제이컵 말리! 하느님, 그리고 크리스마스에게 축복을! 무릎 꿇고 진심을 담아 말하네, 내 오랜 친구 제이컵, 이렇게 무릎을 꿇고!"

너무도 가슴이 두근거리고 좋은 의도들로 빛나고 있었기에 그의 갈라진 목소리로는 이루 다 말로 설명할 수가 없었다. 마음과는 반대로 그는 크게 흐느껴 울었고 얼굴은 온통 눈물로 젖어 있었다.

"뜯겨나가지 않았어." 침대 커튼을 두 팔로 껴안으며 스크루지가 외쳤다. "뜯겨나가지 않았다고, 고리도, 모두! 다 여기 있어, 나도 여기 있고, 그리 될 수도 있었던 일들의 그림자들은 이제 사라질 수 있어. 그럴 거야. 틀림없이 그렇게 될 거야!"

이렇게 말하는 동안 그는 옷을 챙겨 입느라 분주했다. 뒤집어 입었다가 거꾸로 입었다가, 찢어먹기도 하고, 엉뚱한 곳에 두고 찾기도 하고, 온갖 난리법석을 다 부렸다.

"뭘 해야 할지 모르겠네!" 한 호흡에 웃기도 하고 울기도 하면서, 뱀 대신 양말을 휘감은 라오콘*이 되어 스크루지가 소리쳤다. "난 깃털처럼 가볍고, 천사처럼 행복하고, 학생처럼 즐거워. 술 취한 사람처럼 어지럽네. 메리 크리스마스, 여러분! 세상 사람들! 모두들 새해 복 많이 받으시오. 안녕하세요! 우아! 안녕!"

그는 거실로 뛰어 들어가 지금 그곳에 서 있다. 숨이 턱까지 차올랐다.

"귀리죽이 든 냄비가 저기 있군!" 다시 몸을 움직여 난로 주위를 맴돌며 스크루지가 외쳤다. "저긴 제이컵 말리의 유령이 들어왔던 문이고! 저긴 현재 크리스마스의 유령이 앉아있던 구석이고! 저긴 영혼들이 떠도는 것을 내가 목격했던 창문이지! 맞아, 다 진짜야, 다 일어났던 일들이라고. 하, 하, 하!"

그토록 오랜 세월 동안 웃음이라곤 연습조차 해보지 않은

---

*트로이의 사제(司祭). 트로이 전쟁 때 그리스군의 계략을 알아차리고 목마를 성 안으로 끌어들이는 것에 반대하였기 때문에 포세이돈(혹은 아테나)가 두 마리의 거대한 뱀을 보내 살해했다. 그림이나 조각의 소재가 되곤 하는 그의 마지막 모습은 두 아들과 함께 뱀에 온몸이 칭칭 감겨 있는 것이다.

사람치고는 정말, 근사한 웃음이었다. 가장 모범적인 웃음, 빛나는 웃음들이 이어갈 기나긴 혈통의 아버지 같은 웃음!

"오늘이 며칠인지 모르겠네!" 스크루지가 말했다. "내가 정령들 사이에 얼마나 오래 머물렀던 거지? 모르겠어. 마냥 어린아이 같아. 그럼 어때. 상관 없어. 아이가 되는 편이 더 낫지. 어이! 이봐요! 거기 안녕하시오!"

지금껏 한 번도 들어보지 못한 활기차고 커다란 교회 종소리가 스크루지를 불러 세웠다. 탕 하고 치면 딩동 하고 종이 울리고. 종이 딩동 울리면, 탕 하고 치고. 오, 멋지구나, 근사해!

그는 창문가로 달려 나가, 창문을 열고, 밖으로 머리를 내밀었다. 연기도, 안개도 없었다. 맑고 밝고 기분 좋은, 마음을 흔드는 차가운 날씨. 피가 온몸을 돌며 춤추게 하는 차가운 날씨. 황금 햇살, 천국 같은 하늘, 달콤하고 신선한 공기, 흥겨운 종소리. 오, 멋지구나, 근사해!

"오늘이 며칠이지?" 오늘 같은 날 그가 어찌 지내는지 보려고 주변을 어슬렁거리고 있는, 나들이옷을 입은 소년을 내려다보며 스크루지가 소리쳤다.

"네?" 깜짝 놀라며 소년이 대답했다.

"오늘이 무슨 날이지, 꼬마 친구?" 스크루지가 말했다.

"오늘은!" 소년이 대답했다. "바로, '크리스마스 날'이죠."

"크리스마스라고?" 스크루지가 혼잣말을 했다. "놓치지 않았어. 정령들이 그 모든 걸 하룻밤 새에 다 했구나. 그분들이야 자신이 원하는 것은 뭐든 할 수 있으니까. 암, 그렇고말고. 그렇고말고. 안녕, 꼬마 친구!"

"안녕하세요!" 소년이 대답했다.

"새고기 파는 가게 아니? 이 다음 다음 거리 모퉁이에 있는 거 말이다." 스크루지가 물었다.

"알고 있다고 말씀드리고 싶은데요." 소년이 말했다.

"똑똑한 아이로구나." 스크루지가 말했다. "놀라운 친구야! 거기 매달려 있던 상을 받은 좋은 칠면조가 팔렸는지 아니? 작은 칠면조 말고 큰 놈 말이다."

"아, 저만큼이나 큰 거 말하시는 거예요?" 소년이 되물었다.

"정말 마음에 드는 소년이로군!" 스크루지가 말했다. "함께 이야기하는 게 정말 즐거워. 그래, 멋쟁이 친구!"

"아직도 거기 걸려 있어요." 소년이 대답했다.

"그래?" 스크루지가 말했다. "가서 사와야겠구나."

"제 정신이세요?" 소년이 소리쳤다.

"그럼, 그럼." 스크루지가 말했다. "진심이란다. 가서 그걸 여기로 가져다달라고 전해주렴. 그러면 내가 어디로 가지고 가야할지 말해주겠다고 말이야. 가게 사람이랑 같이 돌아오면 네게 1실링을 주마. 5분 내에 돌아오면 반 크라운을 줄게!"

소년이 총알처럼 사라졌다. 누가 총을 쏘려고 이미 방아쇠에 손을 걸고 있었다 해도 그 반절도 빠르지 못했을 것이다.

"밥 크래칫네 집에 보내야지!" 웃음을 터트리고 두 손을 비비며 스크루지가 속삭였다. "누가 보냈는지 몰라야 해. 그놈 덩치가 꼬맹이 팀 두 배던데. 조 밀러*도 그걸 밥네 집으로 보내는 것 같은 농담은 하지 못했지, 앞으로도 그럴 거고!"

주소를 적는 손이 떨려왔지만 그는 어찌어찌 적어냈고, 새 고기 가게 사람이 오는 것을 맞이하기 위해 아래층으로 내려가 길로 난 문을 열었다. 거기에 서서 가게 사람이 도착하는 것을 기다리고 있자니 노커가 눈에 들어왔다.

"내가 살아 있는 동안 내내 널 좋아하마!" 손으로 그것을 토닥이며 스크루지가 소리쳤다. "전에는 좀처럼 이걸 들여다보질 않았는데, 얼굴에 떠오른 저 정직한 표정을 보라지! 정말 멋진 노커야! 저기 칠면조가 오는군! —안녕하시오! 이야! 잘 지내셨소! 메리 크리스마스!"

그것이 바로 칠면조였다! 그 새는 한 번도 자기 다리로 서본 적이 없었을 터였다. 그랬다간 봉랍(封蠟)이 부러지듯 순식간에 다리가 부러졌을 테니까.

"이런, 자네가 이걸 캠던 타운까지 들고 가긴 힘들겠군. 삯마차가 있어야겠어."

이 말을 하며 그는 킥킥 웃었고, 칠면조 값을 치르면서도 삯마차 값을 내면서도 킥킥거렸고, 소년에게 수고비를 줄 때도 킥킥 웃었다. 그는 너무 웃어서 숨을 못 쉴 지경이 되어 의자에 다시 앉았고 눈물이 날 때까지 웃어댔다.

*18세기에 드루어리 레인 극장을 중심으로 활약했던 인기 희극배우. 그가 사망한 지 1년 후인 1739년 극작가 존 모틀리가 그의 이름을 딴 《조 밀러의 농담 책(Joe Miller's Jests, or the Wit's Vade-Mecum)》을 발간해 큰 인기를 얻었다. 책에 실린 농담 중 실제 조 밀러의 것은 많지 않으나 이 책으로 인해 그는 재담가의 전형으로 자리 잡게 되었다. 디킨스는 물론이고 한 세대 후의 제임스 조이스도 《율리시스》에서 그를 언급한 바 있다.

손이 계속 떨려서 면도도 쉬운 일이 아니었다. 면도란 집중을 요하는 일이 아니던가. 그 일을 하면서 춤을 추어서는 안 된다. 하나, 만약 그러다 코를 베었어도, 스크루지는 석고 반죽을 한 덩이 그 위에 올려놓고 만족스러워 했을 터였다.

그는 '한껏' 차려 입고, 마침내 거리로 나섰다. 현재 크리스마스의 유령과 함께 보았던 것처럼 이제 사람들이 거리로 쏟아져 나오고 있었다. 뒷짐을 지고 걸어가며, 스크루지는 한 사람 한 사람을 기쁜 마음으로, 미소 지으며 바라보았다. 그가 너무도 즐거워 보이자 쾌활한 행인 서넛이 "좋은 아침입니다, 선생님! 메리 크리스마스!" 하고 말을 건넸다. 이후로도 종종 스크루지는 여태껏 들어본 듣기 좋은 말들 중에서도 그 말이 제일 듣기 좋았다고 이야기했다.

얼마 가지 않아 그는 전날 사무실로 걸어 들어와 "스크루지와 말리 상회이지요?"라고 말했던 그 풍채 좋은 신사가 다가오는 것을 보았다. 그들이 마주치면 신사가 자신을 어찌 볼지 생각하자 가슴이 아파왔다. 하지만 그는 자기 앞에 똑바로 놓인 길을 보고 그 길을 따랐다.

"친애히는 선생님," 발걸음을 빨리하며 스크루지가 말했다. 그리고 두 손으로 노신사를 붙잡았다. "어떻게 지내십니까? 어제 일이 잘 되셨길 바랍니다. 찾아와주셔서 정말 감사했습니다, 메리 크리스마스!"

"스크루지 씨?"

"네, 그렇습니다." 스크루지가 말했다. "그게 제 이름입니다. 선생님께는 유쾌한 이름이 아닐까 두렵긴 하지만요. 저를 용서해주시길 부탁드립니다. 그리고 신의 가호가 함께하시길."

이 말을 마친 후 스크루지는 신사의 귀에 대고 속삭였다.

"오, 이런!" 신사가 숨을 멈추고는 소리쳤다. "친애하는 스크루지 선생, 진심이십니까?"

"허락해주신다면요." 스크루지가 말했다. "1파딩*도 빼지 않고요. 말씀 드리자면, 그 안에는 밀린 돈들이 많이 포함되어 있습니다. 받아주시겠습니까?"

"선생님," 그의 손을 잡고 악수를 하며 신사가 말했다. "뭐라고 말씀드려야 할지 모르겠습니다, 이런……"

"아무 말씀 말아주십시오." 스크루지가 말했다. "그냥 한번 들러주십시오. 그래 주실 수 있겠습니까?"

"가고 말고요!" 노신사가 소리쳤다. 신사가 그렇게 하리라는 것은 너무도 분명한 일이었다.

"감사합니다." 스크루지가 말했다. "정말로 감사드립니다. 그 말을 쉰 번은 해도 모자랄 것 같군요. 축복이 가득하시길!"

스크루지는 교회로 갔다. 그리고 거리를 돌아다니며 분주히 오가는 사람들을 바라보았다. 아이들의 머리를 쓰다듬고 거지들에게 안부를 묻고 각 가정의 부엌을 들여다보고 창문을 올려다보았다. 그 모든 것이 참을 수 없는 기쁨을 주었다. 그는 그런 산책이, 아니 그러한 종류의 어떤 일도 자신에게 이렇게 커

*4분의 1페니.

다란 행복을 가져다주리라고는 상상도 하지 못했었다. 오후가 되자 그는 조카의 집 쪽으로 발걸음을 옮겼다.

현관 앞을 십여 번은 지나치고서야 문을 두드릴 용기를 낼 수 있었다. 하지만 결국 마음을 먹고 문을 두드렸다.

"애야, 주인어른 집에 계시니?" 스크루지가 소녀에게 말했다. 참으로 착한 소녀였다!

"네, 선생님."

"그래, 어디에 계시니?" 스크루지가 말했다.

"식당에 계세요, 사모님과 함께요. 제가 위층으로 안내해드릴까요?"

"고맙구나. 하지만 난 주인어른과 아는 사이란다." 벌써 식당 문 손잡이에 손을 올린 채 스크루지가 말했다. "그냥 이리 들어가마."

그는 부드럽게 손잡이를 돌린 후 문 옆에 서서 살짝 얼굴을 들이밀었다. 그들은 식탁을(음식이 잔뜩 차려진) 바라보고 있었다. 젊은 주부들은 이런 일엔 늘 예민하기 마련이라 모든 일이 잘 되었는지 확인하려 하기 때문이었다.

"프레드!" 스크루지가 말했다.

이런 세상에, 그의 조카며느리가 얼마나 깜짝 놀라던지! 그 순간 스크루지는 그녀가 한쪽 구석에 발받침을 두고 앉아 있다는 것을 완전히 잊어버리고 말았던 것이다. 그렇지 않았다면 절대로 그렇게 놀라게 만들지 않았을 것이다.

"아니 세상에!" 프레드가 소리쳤다. "이게 누구십니까?"

"나다. 네 외삼촌 스크루지. 저녁 식사나 하러 들렀단다. 들어가도 되겠니, 프레드?"

들어가도 되냐고? 어찌나 힘차게 악수를 했던지 팔이 떨어져나가지 않은 게 다행이었다. 스크루지는 5분도 채 지나지 않아 자기 집처럼 편안해졌다. 어떤 환대도 그보다 더 따듯할 순 없었다. 조카며느리도 똑같이 다정한 모습이었고, 토퍼가 들어왔을 때도 그랬다. 통통한 조카며느리의 동생도 그랬고, 그곳에 들어오는 모든 사람이 그랬다. 근사한 파티, 근사한 놀이, 근사한 만장일치, 근—사한 행복!

그러나 다음 날 아침, 그는 일찌감치 회사에 나갔다. 아주 일찍부터 나가 있었다. 맨 처음으로 가야 밥 크래칫에게 늦었다고 말할 수 있을 테니까. 스크루지는 바로 그렇게 할 작정이었다.

그리고 그의 생각대로 되었다. 그렇다, 딱 그렇게 되고 말았다! 시계가 9시를 쳤다. 밥은 오지 않았다. 15분이 지났다. 밥은 오지 않았다. 그는 출근시간을 18분 하고도 30초나 넘기고서야 나타났다. 밥이 술통만 한 자기 방으로 들어가는 것을 볼 수 있도록 스크루지는 문을 열어 놓고 앉아 있었다.

그는 문을 열기 전에 모자를 벗었다. 목도리도 벗었다. 그러고는 곧바로 자리에 앉아, 9시에 못 온 것을 따라잡기라도 하려는 듯 황급히 펜을 돌렸다.

"이봐!" 최대한 평소와 같은 목소리를 내려고 하며 스크루지가 으르렁거렸다. "이렇게 늦게 오는 건 대체 무슨 의미지?"

"죄송합니다, 사장님." 밥이 말했다. "제가 좀 늦었습니다."

〈지각이야, 밥!〉, 일러스트_아서 래컴, 1915년

"늦어?" 스크루지가 따라 말했다. "그래, 나도 그렇게 생각하네. 이리로 좀 와보게."

"일 년에 딱 한 번입니다, 사장님." 술통에서 나오며 밥이 간청했다. "다시는 이런 일 없을 겁니다. 어제 좀 축하를 거하게 했어요."

"지금부터 내가 하는 말을 잘 듣게, 친구." 스크루지가 말했다. "난 더 이상 이런 일을 참지 않을 생각이야." 의자에서 내려와 밥의 조끼를 쿡 찌르며 그가 말을 이었고, 밥은 깜짝 놀라 다시 자기 사무실 쪽으로 물러섰다. "그래서, 자네 월급을 올려줘야겠어!"

밥이 떨면서 자기가 쓰던 자가 있던 쪽으로 조금 더 다가섰다. 그는 잠시, 그걸로 스크루지를 쓰러뜨린 다음 붙잡아두고는 마당이 있는 사람들에게 도와달라고, 구속복이라도 가져다 달라고 해야 하지 않을까 생각했다.

"메리 크리스마스, 밥!" 그의 등을 두드리며, 듣는 사람이 느끼지 않을 수 없는 진심을 담아 스크루지가 말했다. "내가 지난 수년 동안 자네에게 줄 수 있었던 것보다 훨씬 더 많은 기쁨을 느낄 수 있는 크리스마스가 되길 바라네, 밥, 이 착한 친구. 자네 월급을 올려줌세. 그리고 고생하는 자네 가족들을 도울 수 있도록 최선을 다하겠네. 오늘 오후에 당장, 스모킹비숍*이나 한 잔하면서 얘기를 나눠보자고. 불을 지피게. 그리고 석탄

*오렌지에 데운 적포도주를 붓고 설탕과 향신료를 넣은 음료. 주교(bishop)를 상징하는 자주색을 띤다고 해서 붙여진 이름이다.

한 통 더 사오고. 자네가 떠느라고 'i'자 위에 점을 하나 더 찍기 전에. 어서, 밥 크래칫!"

스크루지는 자기가 한 말보다 훨씬 잘해주었다. 모든 걸 다 해주었고 더 많은 것을 베풀었다. 그리고 죽지 '않은' 꼬맹이 팀에게는, 또 한 사람의 아버지가 되어주었다. 좋은 친구가 되었고 훌륭한 사장이 되었으며, 오래되고 친숙한 세상에서 그 오래되고 친숙한 도시가 아는, 아니 다른 모든 오래된 도시들이, 시내가, 동네가 아는 가장 좋은 사람이 되었다. 어떤 이들은 그가 이렇게 변한 것을 보고 비웃었다. 하지만 스크루지는 그들이 웃도록 내버려두었고 그들 말에 귀 기울이지 않았다. 현명하게도 세상에 무언가 좋은 일이 일어나면 처음에는 마음껏 웃어대는 사람들이 있게 마련임을 알고 있었기 때문이었다. 그들이 눈먼 자들임을 알기에 그는 그들이 눈가에 주름이 잡히도록 웃는 것이 덜 매력적인 형태의 병을 갖게 되는 것보다 낫다고 생각했다. 그는 마음으로 웃고 있었고 그것으로도 충분했다.

더 이상 정령들과 만나는 일은 없었고, 그 후로도 그런 일에 대해서는 자제하며* 지냈다. 그에 대해 사람들은 늘 이렇게 이야기했다. 크리스마스를 어떻게 기념할지 아는 사람이라고. 만약 살아있는 사람이 그런 지식을 가질 수가 있다면 말이다. 우

*원문에서 디킨스는 완전한 금주원칙(Total Abstinence Principle)이란 표현을 사용하여 Spirits(정령들/증류주)를 사용한 말장난을 하고 있다. 그러나 우리말에서 그 의미를 모두 살리기는 어렵다고 판단되어 "자제한다"는 말로 옮겼다.

리들에 대해서도 그런 말이 이야기될 수 있기를, 우리 모두에게! 그리고, 꼬맹이 팀이 말했던 대로, 우리 모두에게 하느님의 축복이 함께하기를!

〈메리 크리스마스!〉 일러스트_아서 래컴, 1915년

# 유령의 선물

〈유령의 선물〉, 일러스트_존 테니얼, 1848년(초판본의 표제지)

〈제1장〉, 일러스트_존 테니얼, 1848년

제1장

# 주어진 선물

모두가 그렇게 말했다.

모두가 하는 말이 반드시 사실이라고 주장할 마음은 조금도 없다. 모두가 옳을 수도 있지만 또 그만큼 자주 틀린다. 일반적인 경험에 비추어보건대, 모두가 틀렸던 경우가 너무도 많고, 또 대개의 경우 그것이 얼마나 잘못된 것인지 깨닫는 데는 실로 지난한 시간이 필요하다. 그러니 '모두가'라는 말은 사실 믿을 만한 것이 못 된다. 모두가 하는 말이 때론 옳기도 하다. 하지만 옛 노래 속에서 질 스크로긴스의 유령이 말했듯이, "늘 그러라는 법은 없다".*

저 무시무시한 말, '유령'이 나를 다시 불러낸다.

---

*옛 노래 속의 질 스크로긴스(Giles Scroggins)는 결혼을 앞두고 불귀의 객이 된 남자로, 유령이 되어 약혼자에게 나타나 자신과 함께 가자고 한다. 이에 약혼자가 자신은 아직 죽지 않아 갈 수 없다고 하자, 유령은 "늘 그러라는 법은 없지" 하고 응수한다.

모두가 그는 귀신 들린 사람 같다고 말했다. 모두가 하는 말에 대한 지금 당장의 내 견해 내에서만 보자면 그들이 전적으로 옳았다. 그는 귀신 들렸었다.

움푹 팬 볼, 쑥 들어간 안광이 형형한 눈, 검은 옷을 뒤집어쓴 모습이나 건장하고 균형 잡힌 몸매임에도 불구하고 느껴지는 뭐라 설명하기 힘든 음울함, 마치 그 자신이 평생에 걸쳐 거대한 인간의 바다에서 밀려드는 파도에 까이고 두들겨 맞은 외로운 표적이었다는 듯이 그의 백발 섞인 머리가 헝클어진 해초처럼 얼굴을 휘감고 있는 것을 본 사람이라면, 누군들 그가 귀신 들린 것 같다고 하지 않을 수 있겠는가.

말수가 적고, 사려 깊고, 우울한, 습관적인 신중함으로 그늘져 좀처럼 남과 어울리지 않고, 명랑한 것과는 거리가 멀며, 철 지난 장소와 흘러간 시간으로 되돌아가 괴로움에 잠겨 있거나 마음속의 오래된 메아리들에 귀 기울이는 그의 모습을 본 사람이라면, 누군들 그것이 귀신 들린 사람의 태도라 하지 않을 수 있겠는가.

느리게 말하는 깊고 낮은 그의 목소리, 본연의 깊이와 선율을 지녔으나 정작 그 주인은 외면하고 멈추고 싶어하는 듯한 그 목소리를 들은 사람이라면 누군들 그것이 귀신 들린 자의 목소리라 하지 않을 수 있겠는가.

반은 서재이고 반은 실험실인—널리 알려져 있듯이 그는 화학을 공부한 학자로, 매일 수많은 귀와 눈이 그의 입술과 손짓에 열광하며 매달리는 이름 높은 교수였으므로—내실에 있는 그를 본 사람이라면, 겨울밤 그곳에서, 혼자, 온갖 약품과 기구들과 책들에 둘러싸여 있는 그를 본 사람이라면, 그를 둘러싼 진기한 물건들 위로 반짝이는 불빛에 의해 솟아오른 온갖 유령 같은 형태들 사이에 움직임 없이 도사리고 앉은, 벽 위에 걸린 무시무시하게 큰 딱정벌레, 아니 그늘진 램프 빛이 만들어내는 그림자, 이들 중 몇몇 유령(액체를 담고 있는 유리그릇들에 비친 영상)은 자신들을 분리해서 그 조각들을 불과 수증기로 되돌려버릴 수 있는 그의 힘을 알기라도 한다는 듯 마음속으로 떨고 있는 그곳에서, 일을 마치고 녹슨 난로 철망과 붉은 불꽃 앞 자기 의자에 앉아 마치 말을 하는 것처럼 그 가는 입술을 움직이나 여전히 싸늘한 침묵만을 남긴 채 곰곰이 생각에 잠긴 그의 모습을 본 사람이라면, 누군들 그 방도 사람도 귀신 들린 것 같다고 하지 않을 수 있겠는가.

그에 관한 모든 것이 귀신 들린 듯하다고, 그가 귀신 들린 땅에 살고 있다고, 가벼이 상상의 나래를 펼치지 않을 사람이 누구이겠는가.

그가 살고 있는 곳은, 한때는 확 트인 공간에 세워진 근사한 새 건물이었으나 이제는 잊혀버린 건축가들의 한물간 변덕으로 남은, 학생들을 위해 기증된 옛 건물의 낡고 구석진 부분, 연기가 세월을 새기고 날씨가 그늘을 드리운, 대도시의 성장에 이리 치이고 저리 치여, 오래된 우물처럼 돌과 벽돌에 목이 꽉 메인, 아무도 찾지 않는 건물의 지하성당 같은 구석이었다. 세월이 흐르면서 그곳의 묵직한 굴뚝 위로 지어진 건물들과 새로

난 거리들로 인해 만들어진 구덩이 위에 놓인 작은 사각형 안뜰, 날씨가 변덕스럽고 연기가 약할 때면 저 아래로 축 처지는 이웃 건물들의 연기에 능욕당하는 오래된 나무들, 흰곰팡이가 핀 땅을 뚫고 잔디를 피워보려고, 아니 타협의 기미라도 얻어보려 애를 쓰는 잔디밭. 사람들의 발길에 익숙지 못한, 아니 어느 길 잃은 얼굴이 위쪽에서 내려다보며 여긴 도대체 어디야, 궁금해하는 때가 아니고는 사람의 눈길에도 익숙하지 못한 침묵에 싸인 그 포도(鋪道). 수백 년 동안 햇살이 한 번도 발길을 들인 적이 없으며, 해가 방치해둔 탓에 다른 어떤 곳에도 눈이 없을 때도 몇 주건 눈이 쌓이고, 다른 모든 곳이 조용하고 고요할 때도 검은 동풍이 커다란 팽이처럼 윙윙 소리를 내며 도는, 벽돌로 막아 놓은 조그만 구석에 있는 해시계.

그 건물 가장 깊은 곳, 닫힌 문들 안, 난로가의 그가 머무는 곳은 내려앉고 오래되고 엉망이었으나 천정의 벌레 먹은 나무 기둥은 아직 건재했고 벽난로 위 커다란 참나무 선반 아래로 기울어진 바닥도 튼튼했다. 도시에 등 떠밀려 주위를 둘러치고 단을 올렸으나 유행도 시대도 관습과도 동떨어졌으며, 너무도 조용하였으나 멀리서 들려오는 목소리나 문이 닫히는 소리에도 천둥 같은 메아리를 울렸다. 그 메아리는 수많은 낮은 통로와 텅 빈 방들에만 울리는 것이 아니라, 반원형 아치가 반쯤 땅에 묻혀 있는 잊혀진 지하성당의 무겁게 가라앉은 공기 속으로 잦아들 때까지 연신 우르릉 구르릉 거렸다.

한겨울 땅거미가 질 때, 자신의 거처에 있는 그의 모습을 보셨어야 한다.

흐릿해진 태양이 내려앉고 날카롭고 재빠른 바람이 부는 그 때. 너무도 어두워 사물들의 형태가 잘 분간되지 않고 커다랗게만 보이는, 허나 완전히 사라진 것은 아닌 그때. 난롯가에 앉은 사람들이 석탄 속에서 험상궂은 얼굴과 형상들, 산과 심연과 매복한 자들과 군대를 보기 시작하는 그때. 거리의 사람들이 고개를 숙이고 날씨가 바뀌기 전에 돌아가려 걸음을 재촉하는 그때. 어쩔 수 없이 궂은 날씨와 맞닥뜨린 사람들이 성난 모퉁이에 멈춰 서서 언 땅에 흔적을 남기기에는 너무도 조금씩 떨어지고 또 너무 빨리 날아가버리는, 그들 눈썹 위로 내려앉은 눈송이들에 희롱당하는 그때. 개인 주택들의 창문이 꽉 닫히고 덮혀지는 그때. 사람들이 바삐 움직이는 조용한 거리 위로 가스등이 갑자기 확 켜지거나 그렇지 않으면 컴컴해지는 그때. 길을 따라 떨면서 지나가다 길을 잃은 행인들이 부엌에서 피어오르는 불길을 내려다보고 온 동네의 저녁 식사 냄새를 코로 들이마시고는 날카로워진 식욕을 더욱 부채질하는 그때.

육로로 여행하는 사람들은 살을 에듯 춥고, 돌풍 속에서 바스락거리고 떨리는 우울한 풍경들에 진력이 나는 때. 얼어붙은 바다에서 밤을 지새우는 선원들이 폭풍우가 휘몰아치는 무시무시한 바다 위로 내던져지고 이리저리 흔들리는 때. 바위며 곶 위의 등대들이 고독하고 주의 깊게 아래를 내려다보면, 어리석은 바닷새들이 그 크고 무거운 등불로 기어오르다 떨어져 죽는 그때. 난롯가에서 이야기책을 읽는 어린아이들이 카심 바

〈등대〉, 일러스트_C. F. 스탠필드, 1848년

바*가 네 조각으로 잘려 도둑들의 동굴에 매달리는 것을 생각하며 두려움에 떨거나, 침대로 가는 그 길고 춥고 어두운 길에 상인 아부다의 침실에 있는 상자 속에서 뛰쳐나왔던 목발을 짚은 사나운 작은 노파**를 계단에서 마주치거나 할까봐 불안에 떠는 그때.

시골길 저 끝으로 태양의 마지막 빛이 저물어가고 그 위로 둥글게 가지를 늘어뜨린 나무들은 어둑하니 검은 물이 들어가는 그때. 공원과 숲속에서 젖은 머리를 든 고사리와 흠뻑 젖은 이끼와 쌓인 낙엽과 나무의 몸통들이 불투명한 그림자 덩어리가 되어 보이지 않게 되는 그때. 제방 위로, 늪과 강 위로 안개가 피어오르는 그때. 오래된 저택과 오두막 창문으로 비치는 불빛이 유쾌한 광경이 되는 그때. 방앗간이 멈추고, 수레목수도 대장장이도 작업장을 닫고, 통행료 징수소도 문을 닫는 그때. 쟁기와 써레는 들판에 외로이 버려지고, 일꾼과 가축들이 집으로 돌아가고, 교회의 시계는 정오보다 더 깊은 소리를 울리며 교회묘지의 뒷문도 그날 밤은 더 이상 흔들리지 않는 그때.

황혼이, 낮 동안 가두어두었던 그림자들을 여기저기 풀어놓

---

*《아라비안나이트》의 〈알리 바바와 40인의 도적〉 이야기에 등장하는 알리 바바의 욕심 많은 형. 동생의 행운을 시기하여 동굴에 들어갔다가 도적들에게 발각되어 살해당했다.
**《지니 이야기(The Tales of the Genii)》에 나오는 바그다드의 부유한 상인. 매일 밤, 그의 방에 있는 상자에서 노파가 나타나 아리만의 부적을 찾아내지 않으면 부(富)를 잃게 될 것이라 경고한다. 18세기 후반 영국작가 제임스 리들리가 발표한 이 작품은 《아라비안나이트》에 기원을 둔 것으로 같은 이유로 디킨스의 흥미를 끌었던 듯하다. 그의 《위대한 유산》에도 관련된 이야기가 등장한다.

아, 이제는 그것들이 무리 지어 다니는 유령들처럼 한데 몰려드는 그때. 그 그림자들이 방 모퉁이에 축 처져서 서 있거나 반쯤 열린 문 뒤에서 나와 노려보는 때. 그것들이, 주인 없는 빈 방들을 완전히 차지하는 때. 난롯불이 확 하고 타올랐다 썰물처럼 물러나며 낮아지는 동안, 사람이 살고 있는 방들의 마루와 벽과 천정에서 춤을 추는 그때. 간호사를 사람 잡아먹는 귀신처럼 보이게 하고, 흔들 목마를 괴물로, 반쯤 겁에 질리고 반쯤 신난 호기심에 찬 아이는 나그네로, 난로 위에 놓인 집게는 손을 허리에 대고 다리를 벌린 거인, 영국인 냄새를 맡고 자기 빵에 넣어 먹겠다며 사람들 뼈로 가루를 내는 거인*으로 보이게 하는 그때.

그 그림자들이 더 나이 든 사람들 마음에는 다른 생각들을 가져와 다른 이미지들을 보여주는 그때. 그것들이 과거로부터, 무덤으로부터, 있었을 수도 있는 그러나 결코 존재하지 않았던 것들이 떠돌아다니는 저 깊고 깊은 심연으로부터 가져온 모습과 얼굴들로 가장하고, 숨어 있던 곳으로부터 슬며시 빠져나오는 그때.

앞서 말했던 것처럼 그가 자리에 앉아 난롯불을 지긋이 바라보고 있던 그때. 그 불이 피어올랐다 사그라짐에 따라 그림자들이 나타났다 또 사라져갈 때. 그가 육신의 눈으로는 그것

---

*영국 민화 〈거인을 죽인 잭〉에 나오는 이야기. 〈잭과 콩나무〉와 유사한 구조를 가진 이 이야기에서 거인 블런더보어가 주인공의 기색을 눈치 채고 "영국 놈 냄새가 난다. 놈이 살아 있던 죽었던 뼈를 가루로 만들어 빵을 만들어 먹을 테다" 하고 외친다.

을 주의 깊게 보지 않으나, 난롯불에 시선을 고정시키고 그 그림자들을 나타나게 하거나 사라지게 할 때. 그때, 그를 보셨어야 한다.

황혼의 부름에 화답하여 은신처에서 나온 소리들이 그림자들과 함께 일어나 그의 주변을 온통 더욱 깊은 정적으로 감쌀 때. 굴뚝에서 웅성거리던 바람이 집 안을 떠돌며 노래를 흥얼거리다 때로는 울부짖는 그때. 바깥의 나이 든 나무들이 흔들리고 두들겨 맞는 소리에 잠을 이루지 못해 짜증이 난 늙은 떼까마귀가 이따금씩 아주 약하고 졸린 듯이 높은 소리로 "까악!" 하고 항의하는 그때. 일정한 간격을 두고 창문이 몸을 떨면, 작은 탑 위의 녹슨 풍향계가 불평을 해대고, 그 아래 시계가 또 15분이 흘렀음을 이야기하거나 불길이 달가닥 소리를 내며 무너져 내는 그때.

—바로 그때, 그가 그렇게 앉아 있는데, 짧게 문을 두드리는 소리가 들려 상념에 잠긴 그를 깨웠다.

"거기 누구요?" 그가 말했다. "들어와요!"

물론 그의 의자 뒤편에 기대고 선 사람도 없었고, 그를 내려다보고 있는 얼굴도 없었다. 그가 깜짝 놀라서 고개를 들고 그렇게 말했을 때, 바닥에 닿은 발이 미끄러지는 소리도 들리지 않았다. 방 안에는, 그의 모습이 잠시 그 표면에 그림자를 던질 거울조차 없었다. 그런데, 무언가가 어슴푸레 휙 하고 지나가더니 이내 사라졌다!

"저녁이 너무 늦은 게 아닌지 모르겠습니다, 교수님." 혈색 좋고 바지런한 사내가 들고 있는 나무 쟁반을 안으로 들일 수 있도록 발로 문을 열면서 말했다. 쟁반을 들고 몸을 안으로 들이고 나자 사내는 문이 닫히는 소리가 시끄럽지 않도록 부드럽게 아주 조금씩 문을 닫았다. "윌리엄 부인이 자꾸 넘어지는 바람에…….."

"바람 때문에? 저런! 바람 부는 소리가 들리는 거 같더니."

"……바람 때문입니다, 교수님. 어쨌든 집에 왔으니 다행이지요. 아이고, 세상에, 네, 네. 바람이었습니다, 레들로 교수님. 바람 때문이었어요."

지금껏 그는 저녁 식사를 준비해온 쟁반을 내려놓고, 램프를 켜고 탁자 위에 식탁보를 펴느라 정신이 없었다. 그 일을 서둘러 마치고는 불을 섞고 당기고, 그런 다음 한데 모아두었다. 그가 불을 밝힌 램프와 그의 손길 아래에서 일어나는 불길에 방 안의 모습이 순식간에 바뀌어 마치 그 사내가 혈색 좋은 붉은 얼굴과 활달한 움직임을 가지고 들어온 것만으로도 유쾌한 변화가 일어난 것 같았다.

"윌리엄 부인이야 늘상 그렇지요. 4대 원소에 다 중심을 잃는답니다. 애초에 그걸 감당하게 만들어지질 않았어요."

"그렇지." 레들로 씨가 퉁명스럽지만 온화하게 대답했다.

"그렇습니다, 교수님. 윌리엄 부인은 대지에 의해서도 중심을 잃습니다. 예를 들어 지난주 일요일, 새로 맞은 시누이와 차를 마신다고 질척하고 번들번들한 길을 나섰을 때도 그랬습니다. 지나가는 사람들에게 얼룩 하나 없는 차림으로 보일 거라며 자랑스러워했는데 말이지요. 윌리엄 부인은 공기 때문에도 중심을 잃습니다. 페컴에서 열린 품평회에서 친구가 그녀에게 그네를 타보라고 자꾸만 부추기는 바람에 그렇게 되었지요. 그게 그 사람에게는 곧바로 증기선처럼 작용을 했던 겁니다. 윌리엄 부인은 불에 의해서도 균형을 잃습니다. 장모님 댁에서 나지도 않은 불이 났다고 소식이 오는 통에 나이트캡을 쓴 채 2마일을 달려갔을 때 그랬지요. 윌리엄 부인은 물에 의해서도 균형을 잃습니다. 배터시*에서 조카놈 찰리 스위저 주니어와 함께 부두로 노를 저어갔을 때 그랬지요. 이제 열두 살인 그 녀석은 배가 먼지도 몰랐는데 말입니다. 그런데 이것들이 4대 요소란 말입니다. 윌리엄 부인의 기질이 제 힘을 발휘하려면, 4요소에서 빠져나와야 하는 게 틀림없습니다.”

사내는 대답을 기다리느라 잠시 말을 멈췄다. 그러자 전과 같은 어조의 “그렇지”라는 대답이 들려왔다.

“그렇습니다, 교수님. 아이고, 세상에 그렇다마다요!” 여전히 식사 준비를 하는 중인 스위저 씨가 차려 놓은 것들을 다시 확인하며 말했다. “일이 바로 그렇게 된 겁니다, 교수님. 제가 늘 말씀드리지만요, 그렇게나 스위저들이 많습니다!—여기, 후추. 왜, 저희 아버님 말입니다, 나이가 들어 이제 관리인 직에서 은퇴하신, 여든일곱 되신 저희 아버님이요. 그분도 스위저시죠!—스푼.”


*템스 강 남쪽에 있는 공원. 보트를 탈 수 있는 호수가 있다.

"그렇지, 윌리엄." 그가 다시 말을 멈추자 침착하고 멍한 대답이 들려왔다.

"그렇습니다, 교수님." 스위저 씨가 말했다. "제가 늘 드리는 말씀이 바로 그겁니다, 교수님. 그분을 나무의 몸통이라고 할 수 있을 겁니다!—빵. 그런 다음 그분의 후손들로 내려가면 보잘 것 없는 제 자신과—소금—윌리엄 부인이 있는데 저희 둘 다 스위저지요—나이프와 포크. 그 다음엔 제 형제들과 그 가족 스위저들이 있습니다. 남자와 여자, 사내아이와 계집아이. 아, 글쎄, 사촌이며 작은아버지들, 작은어머니들, 그 친척들에다가 또 다른 쪽엔 뭐라더라, 결혼에, 새로 낳은 아이들에, 뭐 또 그런 스위저들이 있고요—컵—아마 손을 잡고 원을 만들면 영국 땅을 다 두르고도 남을 겁니다!"

자신이 말을 걸었던 신중한 남자로부터 이번엔 아무런 대답도 돌아오지 않자, 윌리엄 씨는 그 쪽으로 가까이 다가가 포도주 단지를 탁자에 내려놓다가 잘못 친 척하며 톡톡 소리를 내 그를 깨웠다. 그 일에 성공하자 윌리엄 씨는 말없이 재빠르게 하던 일을 계속해 나갔다.

"그렇습니다, 교수님! 제가 늘 드리는 말씀이 그겁니다. 윌리엄 부인과 저는 종종 그런 이야기를 하지요. '스위저는 이제 충분해. 우리가 나서서 보태지 않아도 말이지'라고요—버터. 사실, 교수님, 저희 아버지 한 분만으로도—여기, 피마자 유— 한 가족을 부양할 품이 드니까요. 다행스럽게도 저희는 슬하에 자식이 없지요. 그게 윌리엄 부인을 다소 말이 없는 사람으로 만들기도 했지만요. 닭고기와 으깬 감자 괜찮으십니까, 교수님? 윌리엄 부인이 제가 관리사무소를 떠날 때 10분이면 요리가 다 된다고 했답니다.”

“좋지.” 상대방이 꿈속을 걷는 것처럼 천천히 앞뒤로 왔다 갔다 하며 말했다.

“윌리엄 부인이 또 거길 다녀왔지 뭡니까!” 불 앞에서 접시를 데우고 서서 관리인이 말했다. 사내의 유쾌한 얼굴이 접시 위로 그림자를 드리웠다. 레들로가 걸음을 멈추었고 그의 얼굴에 흥미롭다는 기색이 떠올랐다.

“제가 늘 드리는 말씀이 그겁니다, 교수님. 꼭 그런다니까요! 윌리엄 부인의 가슴에는 사라져야 할, 그리고 사라지게 될 모성애 같은 게 있답니다.”

“그녀가 뭘 어쨌기에 그러나.”

“아니, 글쎄 말입니다, 교수님, 여기저기에서 튀어나오는 젊은 녀석들 모두에게 엄마 역할을 하는 걸로는 모자라서 이 오래된 건물에서 교수님 강의까지 듣습니다요. 이런 엄동설한에 이 도자기 그릇이 어찌나 온기를 잘 유지하는지 거 참 놀라울 따름입니다!” 이렇게 말하고 그는 접시를 뒤집고 손가락을 식혔다.

“그런가?” 레들로 씨가 말했다.

“제가 늘 드리는 말씀이 그겁니다, 교수님.” 윌리엄 씨가 기꺼이 찬성할 준비가 되어있다는 듯이 어깨 너머로 대답했다. “바로 그렇습니다, 교수님! 윌리엄 부인을 그렇게 보는 학생들이 한둘이 아닙니다. 매일, 수업이 끝나기만 하면 그 녀석들이 뭔가 그 사람에게 말할 것, 물어볼 것을 가지고 한 놈 한 놈 관리사무소로 머리를 들이밉니다. 녀석들 사이에서 평소 윌리엄 부인을 부르는 호칭이 '스위지'라지 뭡니까. 교수님, 제 말씀 좀 들어보십시오. 정말 좋아서 그러는 거라면 저렇게 이름 가지고 아무렇게나 부르느니 아예 상관없는 이름으로 부르는 것이 낫지 않겠습니까! 이름이 뭡니까? 어떤 사람을 알게 해주는 것이지요. 윌리엄 부인이 자기 이름보다 더 나은 무언가로 알려진다면—윌리엄 부인의 자질이나 기질 같은 것 말입니다— 엄밀히 말하면 스위저이지만 이름 따위는 신경 쓰지 않아도 됩니다. 스위지건 위지건, 브리지건—세상에! 런던 브리지, 블랙프라이어스, 첼시, 퍼트니, 그도 아니면 해머스미스 브리지*건 저희들 좋을 대로 부르라지요."

이렇게 의기양양 연설을 마무리한 윌리엄 씨는 접시가 완전히 데워졌다고 생각하고는 그것을 가지고 탁자로 다가와 반쯤은 떨어뜨릴 뻔하며 탁자 위에 내려놓았다. 그때 그가 여태껏 칭송하였던 대상이 또 다른 쟁반과 등불을 가지고 들어왔고, 그 뒤를 백발을 길게 늘어뜨린 나이가 지긋해 보이는 노인이 따라 들어왔다.

윌리엄 씨와 마찬가지로 윌리엄 부인도 소박하고 순진한 모습의 사람이었다. 자기 남편의 정복 조끼 색깔을 유쾌하게 되받은 생기 넘치는 홍조가 매끄러운 볼에 떠올라 있었다. 하지

---

*앞의 스위지(Swidge), 위지(Widge), 브리지(Bridge)에 연결된 말장난으로, 모두 런던 내에 있는 다리의 이름들이다.

만 윌리엄 씨의 밝은 색 머리카락이 머리 주위로 온통 쭈빗쭈빗 서 있고 위로 치켜 올라간 두 눈이 무엇에든 준비가 되어 있다는 듯이 극도로 부산하게 보이는 반면, 윌리엄 부인의 짙은 갈색 머리카락은 차분히 가라앉아, 테를 두른 깔끔한 모자 아래에서 너무도 단정하고 섬세하게 물결치고 있었다. 윌리엄 씨의 바지가 자기네 진회색 본성에 주위를 둘러보지 않고 쉬는 일은 절대 어울리지 않는다는 듯이 발목 위로 훌쩍 추켜올려져 있는 반면, 윌리엄 부인의 맵시 있는 꽃무늬 치마—그녀의 귀여운 얼굴처럼 하얗고 빨간 꽃이 수놓인—는 문밖에서 부는 매서운 바람도 주름 하나 흐트러트리지 못할 것처럼 차분하고 정돈되어 있었다. 남편의 코트가 깃과 가슴 부분에서 펄럭대고 반쯤 벗겨져 있는 반면, 아내의 보디스*는 단정하고 깨끗해서 거칠기만 한 사람들을 대할 때면 보호대가 되어주는 듯했다. 하나, 대체 누가 그 평온한 가슴을 비탄으로 부풀어 오르게 하고, 두려움으로 지끈거리게 하며, 부끄러운 생각으로 두근거리게 만들려 하겠는가! 순수한 어린아이의 잠과 같은 그 마음의 평화와 휴식을 방해하는 것들에 맞서지 않을 자 누구이겠는가!

"제시간에 딱 맞춰 도착했소, 밀리." 그녀의 쟁반을 들어주며 남편이 말했다. "그러지 않으면 당신이 아니지. 여기 윌리엄 부인이 왔습니다, 교수님!"

"오늘 밤은 전에 없이 외로워 보이시는군." 쟁반을 들고 가며

---

*몸통에 꼭 맞게 재단된 드레스의 상체 부분.

그가 아내에게 속삭였다. "훨씬 더 유령 같아 보이시기도 하고."

서두르거나 소란스럽지 않게, 스스로를 드러내는 기색조차 없이, 그녀는 너무도 조용하고 차분했다. 밀리가 가지고 온 음식들을 탁자 위로 올려놓았다. 윌리엄 씨는 쨍그랑 거리며 주변을 뛰어다닌 끝에 그레이비소스 그릇 하나를 손에 넣고는 식탁에 올릴 준비를 하고 서 있었다.

"노인장이 팔에 들고 있는 것은 무언가?" 쓸쓸히 혼자 식사를 하려고 자리에 앉으면서 레들로 교수가 물었다.

"호랑가시나무입니다, 교수님." 밀리의 차분한 목소리가 대답했다.

"제가 늘 드리는 말씀이 그겁니다, 교수님." 소스 그릇을 불쑥 들이 밀며 윌리엄 씨가 끼어들었다. "호랑가시나무 열매라니 이 시기에 꼭 어울리지요—여기, 브라운 그레이비소습니다!"

"또다시 크리스마스가 찾아오고 또 한 해가 가는군!" 우울한 한숨을 지으며 화학교수가 중얼거렸다. "죽음이 하릴없이 그 모든 것을 한데 뒤섞어 모두 지워버릴 때까지 우리가 고통 속에 기억하고 또 기억해야 하는 것들이 더 늘어나게 되는 거야. 그렇지 않나, 필립?" 윤기가 흐르는 호랑가시나무 다발을 팔에 안고 한쪽에 서 있는 노인에게 이렇게 말을 건네는, 갈라진 목소리가 튀어나왔다. 윌리엄 부인은 시아버지가 안고 있는 다발에서 작은 가지들을 꺼내 소리 하나 내지 않고 가위로 다듬어 방을 장식했고, 노인은 며느리가 하는 작업을 무척 흥미

〈밀리와 필립 영감〉, 일러스트_프랭크 스턴, 1848년

롭게 바라보고 있었다.

　"제가 먼저 말씀을 올렸어야 했는데 그랬군요." 노인이 대답했다. "하지만 레들로 교수님, 아시지요, 감히 말씀드리건데, 잠시만 제 말씀을 기다려주십시오! 메리 크리스마스, 교수님, 새해 복 많이 받으시오. 그리고 오래오래 사시길. 저야 즐거운 크리스마스, 복된 새해를 너무 많이 맞았지요—하하!—그래도 그리 바래봅니다. 전 올해 여든일곱이랍니다!"

　"기쁘고 행복한 날들이 그리 많았는가?" 상대방이 물었다.

　"아이고 교수님, 많다마다요." 노인이 대답했다.

　"나이가 들어 기억력이 나빠진 건가? 아니면 이제 그리될 것처럼 보여?" 아들 쪽을 돌아보며, 낮은 목소리로 레들로가 말했다.

　"전혀요, 교수님." 윌리엄 씨가 대답했다. "제가 늘 드리는 말씀이 그겁니다, 교수님. 저희 아버님만한 기억력을 가진 사람이 없습니다. 세상에서 제일 놀라운 분입지요. 당최 잊는다는 것이 뭔지를 모르신다니까요. 제 말을 믿으신다면 말입니다만, 제가 늘 윌리엄 부인에게 놀라는 것도 바로 그 점이지요."

　스위저 씨는, 어찌되었던 묵인된 것처럼 보이길 바라는 공손한 욕심에서, 그 말에는 눈곱만큼의 모순도 없고 이 모든 것이 전폭적이고 무한정한 동의 속에 말해졌다는 듯이 이야기를 했다.

　화학교수는 접시를 멀리 치우고 탁자에서 일어나 방을 가로질러 노인이 서 있는 곳으로 갔다. 필립은 자기 손 안에 놓인 작은 호랑가시나무 가지를 들여다보고 있었다.

"다가왔다 멀어져간 수많은 세월들을 떠올리게 하는군." 노인의 어깨에 손을 올리고 유심히 바라보며 그가 말했다. "그렇지 않은가?"

"오, 많고 많은 그 세월들!" 상념에 잠겨 있다 반쯤 깨어 필립이 말했다. "제 나이 올해 여든일곱입니다."

"기쁘고 행복했던, 그렇지?" 화학교수가 낮은 목소리로 물었다. "기쁘고 행복하지 않았나, 친구?"

"더는 행복할 수 없을 만큼요." 무릎 조금 위쪽으로 손을 내밀고, 추억에 잠겨 레들로를 바라보며 노인이 말했다. "제가 처음 기억하는 순간도 그렇습니다. 어느 춥고 화창한 날이었지요. 산책을 나갔는데, 누군가 그건 새들의 먹이란다 하고 이야기해주었답니다. 아마 저희 어머니였을 겝니다. 교수님이 여기서 계시는 것만큼이나 확실합니다. 그해 크리스마스에 병으로 돌아가셔서 얼굴은 어땠는지 기억이 나지 않지만요. 그 조그마한 친구는, 네, 바로 저 말씀입니다, 교수님도 아시겠지만요, 새들의 눈이 저리 반짝이는 것은 겨울 동안 그 새들이 먹는 열매가 이렇게 반짝이기 때문이구나 생각했더랬죠. 기억납니다. 이제 제 나이 여든일곱이지만요!"

"기쁘고 행복한!" 애틋한 미소를 띠우고 그 짙은 두 눈을 내려 굽은 허리의 노인을 바라보며 레들로가 회상에 잠겼다. "기쁘고 행복한…… 그리고 잘 기억하는?"

"그럼요, 그렇고말고요!" 그 마지막 말에 노인이 다시 말을 이었다. "학창 시절에 보았던 것도 기억이 납니다. 한 해 한 해 흥겹게 놀았던 기억들이요. 그때만 해도 저도 건장한 청년이었답니다, 레들로 교수님. 축구라면 근방 10마일 내에서는 당할 자가 없었지요, 믿어주신다면 말입니다만. 그런데 제 아들 윌리엄은 어디 있지요? 윌리엄, 축구라면 근방 10마일 내에서는 당할 자가 없었단다!"

"제가 늘 드리는 말씀이 바로 그거예요, 아버지!" 더없는 존경의 마음을 담아 아들이 곧바로 대답했다. "아버님은 스위저시잖아요, 전형적인 우리 가문 사람이시지요!"

"여보!" 호랑가시나무를 다시 바라보고는 고개를 흔들며 노인이 말했다. "녀석의 어미와 저는, 저 아이 윌리엄이 저희 막내입니다, 수많은 세월 동안 그들 모두와, 사내아이와 계집아이, 어린아이들과 아기들 사이에 앉아 있었습니다. 바로 이것과 같은 열매들이 주변을 온통 둘러싸고 있었지만 그들의 밝은 얼굴에 비하면 절반도 밝지 않았지요. 그중 많은 이들이 세상을 떠났고, 제 아내도 세상을 떴습니다. 그리고 제 아들 조지, 다른 어떤 아이보다 아내의 더 큰 자랑거리였던 우리 큰아들은 타락의 길을 걷고 말았지요. 하지만 여길 바라보고 있으면 그들이 보입니다, 그 시절 그 모습 그대로요. 그리고 그 아이도 보입니다, 순수했던 그 시절 그 모습으로요. 하느님 감사합니다, 여든일곱인 저에게는 축복이지요."

간곡한 진심을 담아 그에게 고정되어 있었던 간절한 시선이 점차 땅으로 내려갔다.

"정당한 대접을 받지 못한 탓에 제 형편이 이전만큼 좋지 못하게 되었을 때, 처음 이리로 와서 관리인 자리를 맡게 되었지요." 노인이 말했다. "그게 50년은 더 거슬러 올라가는 이야기랍니다—제 아들 윌리엄은 어디 있지요? 반세기도 더 된 이야기란다, 윌리엄!"

"제가 늘 드리는 말씀이 바로 그거예요, 아버지!" 좀 전과 마찬가지로 예의바르게, 곧바로, 아들이 대답했다. "바로 그렇습니다. 0 곱하기 2는 0이고, 5 곱하기 2는 10, 그렇게 백이 되지요."

"이곳 설립자 중 한 분을 안다는 것은 정말로 기쁜 일이지요." 자신이 말하는 것에 대해, 그리고 자신이 그걸 알고 있다는 사실에 대해 더 없는 긍지를 느끼며 노인이 말했다. "좀 더 정확하게 말하자면 엘리자베스 여왕 시대에 여기 기부를 해주신 학식 있는 신사 분들 중 한 분을 말입니다. 이곳이 세워진 게 그 시절 이전이었으니까요. 그분의 뜻에 따라 크리스마스가 오면 저희에게 남겨주신 유산 중 일부를, 사실 호랑가시나무 가지를 사기에는 너무 많은 돈이긴 하지요, 벽과 유리창을 장식하는 데 씁니다. 거기엔 뭔가 아늑하고 친숙한 게 있으니까요. 아직 이곳에 낯설기만 했던 그 시절엔, 크리스마스 철이 다가오면 저 열 명의 가난한 신사들이 일 년치 하숙비를 주고 다니시기 전에는 저희 만찬장으로 쓰였던 곳에 걸려 있는 그분의 초상화가 어찌나 마음에 꼭 들던지요. 뾰족한 턱수염을 기르고 목에 주름이 잡힌 깃을 두른 신사 분의 초상화 말씀입니다. 그 아래에 옛 영어로 '주님! 저의 기억이 언제까지나 시들지 않게 하소서!'라고 적혀 있었지요. 그분을 아시지요, 레들로 교수님?"

"거기 걸려 있던 초상화라면 나도 안다네, 필립."

"네, 그럼요. 그 그림은 벽의 장식판 위 오른쪽에서 두 번째에 걸려 있었지요. 그러니까 제가 드리려는 말씀은, 그분이 저의 기억이 시들지 않도록 도와주셨다는 겁니다. 실로 감사드릴 일이지요. 그분 덕에, 바로 지금 저희가 하고 있듯이, 매년 이 건물 주위를 돌며 이 가지와 열매들로 저 텅 빈 방들과 텅 빈 제 낡은 뇌에 생기를 불어 넣고 있답니다. 한 해가 다른 한 해를, 그리고 또 다른 한 해를, 다른 많은 세월들을 불러들입니다! 그러면, 마침내 우리 주님이 탄생하신 날이 제가 사랑하고, 슬퍼하고, 즐거워했던 그 모든 것들이 태어난 날인 양 느껴진답니다. 추억들이 너무도 많습니다. 이제 제 나이 여든일곱이니까요!"

"기쁘고도 행복한." 레들로가 혼자 중얼거렸다.

그러자 기이하게도 방이 어두워지기 시작했다.

"그럼, 이만 가보겠습니다, 교수님." 말을 계속하는 사이 창백하고 차가운 볼은 붉게 데워지고 파란 눈은 빛을 더한 늙은 필립이 말을 이었다. "지금 이 시기를 떠올릴 때면 기억나는 것들이 참으로 많습니다. 그런데, 우리 말없는 생쥐는 어디 있지요? 수다스러운 것이 제 평생의 죄입지요. 아직 건물을 반은 더 돌아야 하는데 이를 어쩌나. 물론 추위가 저희를 먼저 얼려버리거나 바람이 저희를 불어 날려버리거나 어둠이 저희를 삼켜버리지 않는다면 말입니다."

말없는 생쥐의 차분한 얼굴이 노인의 곁으로 다가와 그가 말을 다 마치기 전에 조용히 그의 팔을 잡았다.

"가자, 아가." 노인이 말했다. "그러지 않으면 레들로 교수님이 저것들이 겨울처럼 차가워지도록 식사를 시작하지 못하시겠구나. 두서없는 말들을 늘어놓은 것 용서해주시기 바랍니다, 교수님. 안녕히 주무세요, 그리고 다시 한 번 행복한……"

"잠깐!" 식탁의 자기 자리에 다시 앉으며 레들로가 말했다. 하지만 그의 태도로 보아 그렇게 한 것은 뭘 먹어야겠다는 생각에서라기보다는 나이 든 관리인을 안심시키기 위해서인 것 같았다. "나와 잠시만 더 함께 있어주지 않겠나, 필립. 윌리엄, 자넨 자네의 훌륭한 부인을 명예롭게 할 만한 무언가를 내게 말해줄 테지. 자네가 칭찬하는 말을 듣는 것이 그녀에게도 불쾌한 일은 아닐 테고 말이야. 그렇지 않나?"

"이런, 참, 그렇지, 그게 말입니다, 교수님." 윌리엄 스위저 씨가 눈에 띄게 당혹스런 눈길로 아내를 쳐다보며 대답했다. "윌리엄 부인이 저를 지켜보고 있지 않습니까."

"하지만 자네가 윌리엄 부인의 눈을 두려워할 게 무어란 말인가?"

"아이고, 아닙니다, 교수님." 스위저 씨가 대답했다. "제 말이 바로 그 말입니다. 두려워할 일이 아니지요. 그 눈빛에 무슨 다른 의도라도 담겨 있다면 저리 부드럽진 않을 테니 말입니다. 하지만 저는 그가 싫습니다, ―밀리! ―교수님도 아시겠지만, 저 아래 건물에 있는 그 녀석 말입니다."

윌리엄 씨는 식탁 건너편에 서서 어쩔 줄 몰라 하며 그 위에 놓인 물건들을 뒤적거렸다. 그는 설득하는 듯한 시선을 윌리엄 부인에게 던지고는 그녀더러 앞으로 나서라는 듯 레들로 쪽으로 고개와 엄지손가락을 휙 제쳤다.

"그 녀석 말이야, 여보, 알지?" 윌리엄 씨가 말했다. "저 아래 건물에 있는. 여보, 말 좀 해! 나한테 비하면 당신은 셰익스피어의 작품 같은 사람이잖소. 저 아래 건물에 있는, 알잖아, 여보, 그 학생 녀석."

"학생?" 레들로가 고개를 들며 되풀이했다.

"제 말이 그 말입니다, 교수님!" 윌리엄 씨가 아주 반색을 하며 소리쳤다. "저 아래 건물에 있는 녀석이 가난한 학생이 아니라면 무엇 때문에 교수님께서 윌리엄 부인의 입을 통해 그 얘기를 듣고자 하셨겠습니까? 윌리엄 부인, 여보, 그 건물 말이야."

"윌리엄이 그 얘기를 했을 줄은 몰랐습니다." 서두르거나 당황하는 기색 없이, 솔직한 태도로 밀리가 말했다. "그랬더라면 저는 여기 오지 않았을 거예요. 제가 그이에게 그러지 말라고 일렀는데. 병을 앓고 있는 젊은입니다, 교수님. 아주 가난한 것 같아요, 가엾게도요. 너무 아파서 이 명절에도 집에 가지 못하고, 아무도 모르게 저 아래 예루살렘 건물의 남자 분용 숙소에 묵고 있지요. 그것뿐입니다, 교수님."

"어째서 내게 그 이야길 하지 않은 거요? 왜 내가 지금껏 그 이야길 듣지 못했지?" 황급히 일어서며 화학교수가 말했다. "어째서 그가 처한 상황을 내겐 알리지 않은 거요? 아프다고? ─모자와 외투를 주게. 가난해? ─어느 건물이요? ─몇 호지?"

"오, 이런, 가시면 안 됩니다, 교수님." 시아버지의 곁을 떠나 침착한 작은 얼굴 앞으로 두 손을 모아 쥔 채, 밀리가 조용히 그를 막아섰다.

"가면 안 된다?"

"교수님, 제발!" 너무도 분명하게 그런 일은 불가능하단 걸 알고 있다는 듯이 고개를 흔들며 밀리가 말했다. "생각도 하지 말아주세요!"

"그게 무슨 소리요? 왜 안 된다는 거지?"

"그게 말입니다, 교수님." 윌리엄 스위저가 설득력 있는 어조로 은밀하게 말했다. "글쎄, 제 말이 바로 그겁니다. 그 젊은 친구는 자기랑 같은 성(性)을 가진 사람한테라면 절대 사정을 말하지 않았을 겁니다. 윌리엄 부인이 그의 신뢰를 얻기야 했지만 그건 완전히 다른 이야기지요. 학생들은 모두 윌리엄 부인을 신뢰하니까요. 모두들 그녀는 믿는답니다. 남자는, 교수님, 그에게서 속삭이는 말도 들을 수가 없습니다. 하지만 여자는, 그리고 윌리엄 부인은 화합할 수 있었지요!"

"일리도 있고, 사려 깊은 이야기였네, 윌리엄." 그의 어깨 참에 있는 온화하고 침착한 얼굴을 바라보며 레들로 씨가 대답했다. 그러고는 손가락을 입술 위에 대고 살그머니 그의 지갑을 그녀의 손에 쥐어주었다.

"오, 제발요. 안 됩니다, 교수님!" 지갑을 다시 돌려주며 밀리가 외쳤다. "이건 더욱 곤란합니다, 안 돼요! 꿈에도 생각지 말아주세요!"

너무도 침착하고, 타고난 주부인 그녀는 그렇게 서둘러 거절하는 짧은 순간에도 냉정을 잃지 않고 바로 다음 순간, 앞서 호랑가시나무를 다듬을 때 가위와 앞치마를 빗겨나가 바닥에 떨어진 잎사귀 몇 개를 집어 깔끔하게 정리했다.

구부렸던 몸을 펴니 레들로가 놀라움과 의아함을 담은 시선으로 여전히 자신을 쳐다보고 있는 것이 보였다. 말리는 잠시 주변을 둘러보며 혹시 자신이 놓친 조각이 또 없는지 살펴보고는 조용히 자신이 한 말을 되풀이했다.

"오, 제발요, 교수님! 그분은 세상없어도 교수님에게는 알려지면 안 된다고, 교수님 강의를 듣는 학생이긴 하지만 도움은 받을 수 없다고 말했어요. 교수님께 비밀을 지켜달라고 하지는 않겠습니다. 교수님의 명예로움에 온전히 맡기겠어요."

"그가 왜 그런 이야기를 한 거요?"

"사실은 저도 모릅니다." 잠시 생각한 후 밀리가 말했다. "교수님도 아시다시피 저는 똑똑한 사람이 아니에요. 그저 그분 주변을 깨끗하고 편안하게 만들어 도움이 되고 싶었고, 그렇게 했을 뿐이지요. 다만 그분이 가난하고, 외롭다는 것은 압니다. 그리고 제 생각엔, 다소 외면 받고 있는 거 같아요. ―

아, 왜 이렇게 어둡지?"

방이 점점 더 어두워졌다. 화학교수의 의자 뒤쪽으로 매우 무겁고 어두운 그림자가 모여들고 있었다.

"그에 대해 더 해줄 이야기는 없소?"

"형편이 허락하는 대로 결혼을 할 생각이라고 해요." 밀리가 말했다. "그리고 돈을 벌 수 있는 자격을 얻으려고 공부를 하는 모양이에요. 열심히 공부하면서도 자꾸만 자책하는 모습을 오랫동안 보아왔답니다. ―왜 이렇게 어둡죠?"

"게다가 점점 추워지고 있구나." 두 손을 비비며 노인이 말했다. "이 방은 춥고 으스스한 느낌이 들어. 우리 윌리엄은 어디 있지? 윌리엄, 아들아, 램프를 켜고 불을 더 지피려무나!"

부드럽게 연주되는 조용한 음악처럼 밀리의 목소리가 다시 들려왔다.

"저에게 털어놓고 난 다음, 어제 오후에는 잠에서 깨어 누군가 돌아가신 분에 대해, 무언가 크게 잘못되어 결코 잊을 수 없는 일에 대해 중얼거렸어요(이건 그녀 자신에게 한 말이었다). 그에게 일어난 일인지 아니면 다른 누군가에게 일어난 일인지는 저도 몰라요. 하지만 그가 저지른 일은 아닌 게 확실해요."

"그리고, 요컨대 윌리엄 부인은―아시지요, 레들로 교수님, 내년이건 내후년이건 여기서 멈출 생각이었다면 애당초 말을 꺼내지도 않을 사람이라는 걸요." 윌리엄 씨가 그에게로 다가와 귓속말을 했다. "그 사람에게 정말 많은 도움을 주었답니다! 정말로 잘 보살펴주었지요! 저희 집이야 여전합니다. 아버님은 포근하고 아늑하게 지내시고, 교수님이 50파운드를 현금으로 내놓으신다 해도 쓰레기 부스러기 하나 찾지 못할 정도지요. 윌리엄 부인은 하나도 달라지지 않았어요. 하지만 이리 갔다 저리 갔다, 이리 갔다 저리 갔다, 위로 아래로, 위로 아래로 뛰어다니겠지요. 그 녀석 엄마라도 되는 것처럼요!"

방이 더 어둡고 추워졌고, 의자 뒤쪽에 모인 어두운 그림자는 점점 더 무거워졌다.

"그걸로도 모자라서, 교수님, 윌리엄 부인은, 바로 오늘 밤, 집에 오는 도중에, 글쎄, 이게 채 몇 시간도 지나지 않은 이야깁니다, 어린아이라기보다는 차라리 어린 들짐승에 가까운 것이 문간에서 떨고 있는 걸 찾아가지고 왔지 뭡니까. 윌리엄 부인이 어떻게 했냐 하면 그걸 집으로 들여 말려주고 먹여주고 풍요로운 크리스마스 아침에 우리 음식과 옷들까지 다 집어 달아나도록 데리고 있었지요! 평생 불길을 쐬어본 일이라곤 이번이 전부인 것 같았습니다. 낡은 저희 집 벽난로 앞에 앉아 다시는 감기지 않을 것 같은 굶주린 두 눈으로 불꽃을 노려보고 있거든요. 아무튼 그놈은 바로 거기 앉아 있답니다!" 생각해보고 말을 바꾸어 윌리엄 씨가 말했다. "아니, 달아나지 않았다면요!"

"하늘이 그녀의 행복을 지켜주시길!" 화학교수가 큰소리로 말했다. "그리고 자네도 필립! 자네도 윌리엄! 이 일을 어찌할지 생각을 해봐야겠네. 그 학생을 만나고 싶어질 것 같네만, 더 이상 여러분을 붙들어놓을 생각은 없소. 안녕히들 주무시길!"

"감사합니다, 교수님, 감사합니다!" 노인이 말했다. "우리 생쥐도, 우리 아들 윌리엄도, 저도 감사드립니다. 우리 윌리엄은 어디 있지? 윌리엄, 네가 등불을 들고 앞서 가거라. 저 길고 어두운 복도들을 지나서, 작년에도 그 전해에도 그랬던 것처럼 말이다. 하하! 나는 기억한단다. 여든일곱 살인데도 말이야! '주님, 저의 기억이 언제까지나 시들지 않게 하소서!' 아주 유용한 기도문입니다, 레들로 교수님, 일전에 우리 가난한 열 분의 신사들이 다니시기 전에는 저희 만찬장으로 쓰였던 곳 벽의 장식판 위 오른쪽에서 두 번째에 걸려 있는, 뾰족한 턱수염을 기르고 목에 주름이 잡힌 깃을 두른 학식 있는 신사 분의 기도문이지요. '주님, 저의 기억이 언제까지나 시들지 않게 하소서!' 유용하고도 경건합니다. 아멘! 아멘!"

그들이 나가고 문이 닫히자 방이 더 어두워졌다. 묵직한 문이 큰 소리를 내지 않도록 조심스럽게 붙잡고 있었으나, 마침내 닫혔을 때는 천둥 같은 잔향(殘響)이 오래도록 이어졌다.

그가 자신의 의자에 앉아 홀로 깊은 생각에 잠기자 싱싱했던 벽에 걸린 호랑가시나무가 시들더니 죽은 가지들이 떨어져 내렸다.

어두운 그림자가 모여들어 그 자리에서 짙어지더니 그의 뒤쪽에서 두터워져, 아주 천천히―아니, 인간의 감각으로는 흔적도 찾을 수 없는, 무언가 비현실적이고 실체가 없는 방식으로, 끔찍하게도 그와 똑같은 모습이 되었다.

납빛 얼굴과 손은 으스스하고 차갑고 창백했으나 그의 모

〈레들로와 유령〉, 일러스트_존 리치, 1848년

습을 하고 있었다. 빛나는 두 눈과 반백의 머리, 어둡고 칙칙한 옷차림, 그것은 움직임도 소리도 없이 그를 닮은 끔찍한 형상을 만들어냈다. '그'가 의자 팔걸이에 팔을 기대고 불 앞에서 생각에 잠겨 있을 때, '그것'은 의자 등에 기대고 그의 머리 바로 위로 간담을 서늘케 하는 그와 똑같은 얼굴로 그가 바라보는 곳을 바라보고 있었다. 그가 지은 것과 똑같은 표정으로.

그러나 이것은 무언가 전에도 이미 일어났던 일이었다. 그것은 귀신 들린 자의 무시무시한 짝이었다!

잠깐 동안은 그가 그것에 신경을 쓰지 않듯이 그것도 그를 신경 쓰지 않았다. 어딘가 저 멀리서 크리스마스 웨이츠*가 연주를 하고 있었고, 생각에 잠겨 있었음에도 불구하고 그도 음악에 귀를 기울이는 듯 보였다. 그것도 귀를 기울이는 것 같았다.

한참을 그렇게 있다가 그가 입을 열었다. 몸을 움직이지도 고개를 들지도 않은 채였다.

"또 시작이군!" 그가 말했다.

"또 시작이야." 유령이 대답했다.

"불 속에 네가 보여." 귀신 들린 남자가 말했다. "음악 속에 네가 들리고, 바람 속에도, 밤의 죽은 듯한 고요 속에도 네가 들려."

유령이 그렇다는 듯 고개를 움직였다.

"왜 너는 내게로 와서 이렇게 나를 따라다니는 거지?"

*거리와 집들을 돌아다니며 캐럴을 부르거나 연주하고 돈을 받았던 영국의 전통적인 음악단.

“나는 내가 부름을 받을 때 온다.” 유령이 대답했다.

“아니, 난 부르지 않았어.” 화학교수가 소리쳤다.

“부르지 않은 손님이라도,” 환영이 말했다. “그걸로 충분하다. 나는 여기 있다.”

그때까지는 난로의 불빛이 그곳을 향하고 있는 두 얼굴—만약 의자 뒤의 그 무시무시한 형상도 얼굴이라고 부를 수 있다면—모두를 비추었고, 처음에는 어느 쪽도 상대를 바라보지 않았다. 그런데 지금, 귀신 들린 남자가 갑자기 몸을 돌려 유령을 쏘아보았다. 유령이 갑작스럽게 몸을 움직여 의자 앞으로 가서는 그를 쏘아보았다.

살아 있는 남자와 움직이는 그의 죽은 이미지가 그렇게 서로를 바라보고 있었다. 어느 겨울 밤, 외딴 곳에 쓸쓸이 쌓여 있는 낡고 텅 빈 건물 더미 속 무시무시한 풍경, 언제 어디로 가는지, 세상이 시작된 이래로 아무도 아는 이 없는 신비로운 여행을 떠나는 바람들, 상상할 수도 없이 많은, 그곳에서 보자면 이 세상은 한 알의 밀알에 불과하며 수없이 흘러간 세월도 그저 어느 어린 시절에 지나지 않는, 영원의 공간을 넘어 반짝이는 별들.

“나를 봐!” 환영이 말했다. “젊은 시절 무시당하고, 묻혀 있던 광산에서 지식을 파내 다 해진 두 발이 휴식을 취하고 그것을 딛고 일어설 수 있게 되기까지 몸부림치며 고통 속에 살았고, 여전히 고통 속에 몸부림치는 비참하도록 가난한 사내다.”

“내가 그 사내지.” 화학교수가 되받았다.

"'나'를 도와줄 어미의 자기희생적인 사랑도 아비의 조언도 없었다." 유령이 말을 이었다. "아직 어린아이였던 시절 낯선 자가 내 아비의 자리를 차지했고, 나는 너무도 쉽게 어미의 마음속에서 이방인이 되어버렸다. 나의 부모는, 관심도 이내 거두고 의무도 이내 내던지는, 기껏해야 그런 부류였다. 저 새들 마냥 일찍 새끼를 치고 잘 자라면 가치가 있다 말하고 아프면 불쌍하다 했다."

그것이 잠시 말을 멈추고 그 얼굴과 말하는 방식과 미소로 그를 유혹하고 못살게 굴려하는 것 같았다.

"내가 그 사내다." 유령이 말을 이었다. "위로 올라가고자 하는 그 몸부림 속에 친구를 만났다. 내가 그를 만들었고, 얻었고, 내게 묶어두었다! 우리는 나란히 함께 일했다. 더 젊었던 시절 출구가 없었던, 표현할 길을 찾지 못했던 내 모든 사랑과 신뢰를 그에게 바쳤다."

"그렇지 않아." 쉰 목소리로 레들로가 말했다.

"그래, 그렇지 않아." 유령이 대답했다. "내겐 여동생이 있었지."

귀신 들린 남자가 두 손 위에 머리를 얹고 대답했다. "내게 있었다!" 유령이 사악한 미소를 지으며 가까이 다가와 의자 등받이 위로 두 손을 포개고, 포개진 두 손 위로 턱을 괴고는 불길로 가득 찬 것 같은 두 눈으로 탐색하듯이 그의 얼굴을 내려다보며 말을 이었다.

"내가 알고 있는, 잠시라도 스쳐본 고향의 불빛이란 모두 그 아이에게서 흘러나온 것이었어. 얼마나 젊고 얼마나 아름답고 얼마나 사랑스러웠던가! 생전 처음 가진 내 방, 그 볼품없는 지붕 밑 다락방으로 그 애를 데리고 갔지. 그 애는 어둡기만 한 내 삶에 들어와 불을 밝혀주었어—그녀가 내 눈앞에 있다!”

“이제 나는 그 애를 저 불빛 속에서 본다. 음악 속에서, 바람 속에서, 밤의 죽은 듯한 고요 속에서.” 귀신 들린 남자가 대답했다.

“그가 그녀를 사랑‘했’던가?” 생각에 잠긴 그의 말투를 흉내 내며 유령이 말했다. “한때는 그러했지. 그래, 사랑했었어. 그 애가 자신을 덜 사랑할수록, 보다 덜 비밀스럽게, 덜 소중하게, 더 많이 나누어진 더 얕아진 심장으로 그를 대할수록, 그는 더욱 더 그녀를 사랑하게 되었어!”

“잊게 해줘!” 화가 난 듯 손을 내저으며 화학교수가 말했다. “내 기억 속에서 지워달라고!”

환영은 동요하지 않고, 깜박이지도 않는 잔인한 두 눈을 그의 얼굴에 계속 고정한 채, 말을 이었다.

“그 애의 꿈과 꼭 같은 꿈이 내 삶에 살며시 다가왔지.”

“그래.” 레들로가 말했다.

“그 아일 꼭 닮은 사랑이,” 유령이 말을 이었다. “나의 못난 본성이 간직할 수 있었던 사랑이 내 마음속에 솟아올랐어. 너무도 가난했던 나는 한 조각 약속이나 애원으로 그 애의 관심을 내 운명에 묶어 둘 순 없었어. 나는 그 아일 너무도 사랑했고 그럴 수 있는 방도를 찾아 헤맸지. 하지만 난 살아남기 위해 몸부림쳐야했어, 올라가기 위해 발버둥 쳐야 했어! 1센티미터만 더 올라가면 뭔가 정상 가까운 곳에 갈 수 있을 것 같았지. 힘겹게 올라갔어! 내가 일을 마친 늦은 휴식 시간, 나의 여동생은(내 사랑스런 동반자!) 다 타들어간 불씨와 식어가는 벽난로를 두고 그때까지 나와 함께했지, 날이 밝아 올 때까지, 내가 보았던 미래의 그림들을!”

“이제 나는 그것들을 저 불빛 속에서 본다.” 레들로가 중얼거렸다. “그것들은 음악 속에서, 바람 속에서, 밤의 죽은 듯한 고요 속에서, 해마다 돌아오는 시간들 속에서 내게로 돌아오지.”

“장차 갖게 될 내 가족에 대한 그림, 고된 내 삶에 힘이 돼주었던 그녀와 함께할 나날들. 내 친우를 대등한 조건으로—그에게는 물려받은 재산이 있었으나 우린 없었으므로—내 여동생과 결혼시키는 그림, 행복이 넘치는 노년에 대한 그림, 우리를, 우리 자식들을 빛나는 화관 안에 한데 묶어둘, 저만치 미래로 뻗어나가는 황금 고리들에 대한 그림들.” 유령이 말했다.

“그 그림들은,” 귀신 들린 남자가 말했다. “망상이었어. 어찌하여 나는 그것들을 이다지도 선명하게 기억하는 저주 받을 운명에서 벗어나지 못하는 것인가!”

“망상들.” 변함없는 목소리로, 변함없는 시선으로 그를 노려보며 유령이 되풀이했다. “나 자신만큼이나 믿었던 나의 친구가, 나와 내 희망과 투쟁이 뒤얽힌 삶의 중심을 가르고 그 아일 자기 것으로 만들었고, 내 연약한 세상을 산산조각 내었지. 나의 집에서라면 곱절로 사랑스럽고, 곱절로 헌신적이며, 곱절로 유쾌했을 내 여동생은 내가 유명해지는 것을, 이젠 목적을 잃어버린 내 오랜 야망이 그렇게 보답 받는 것을 보았어. 그리고……."

"그리고, 죽었지." 남자가 끼어들었다. "더없이 온화하고, 행복하게, 제 오라비 외에는 어떤 걱정거리도 없이 숨을 거두었지. 평온하게!"

유령이 말없이 그를 지켜보았다.

"기억나!" 잠시 후 귀신 들린 남자가 말했다. "그래. 너무도 생생히 기억이 나. 세월이 흐르고, 지금도 내 눈엔 오래전 사라진 소년의 사랑만큼 부질없고 비현실적인 것은 없어. 나는 마치 그것이 내 동생이나 자식이기라도 한 양 안쓰러운 생각이 들어. 가끔 궁금하지, 그녀의 마음이 그에게 처음 기운 것은 언제일까, 그것이 내게 어떤 영향을 미친 걸까. 언젠가도 생각해 보았지만 가볍게는 아니야. 하지만 그건 아무것도 아니지. 일찍이 시작된 불행과 내가 사랑하고 믿었던 손에 의해 받은 상처, 그리고 그 무엇으로도 대신할 수 없는 상실에 그 생각들은 묻혀버렸어."

"그렇게," 유령이 말했다. "나는 슬픔과 과오를 간직하게 되었지. 그렇게 나 스스로를 괴롭혔고, 그렇게 기억은 내게 저주가 되었어. 나의 슬픔과 나의 과오를 잊을 수만 있다면 그리 하겠다!"

"비웃는 자여!" 벌떡 일어나 분노에 찬 손으로 또 다른 자신의 목을 움켜잡으며 화학교수가 말했다. "어째서 내게 그런 조

롱의 말을 계속 흘려 넣는 것이냐!"

"진정해!" 환영이 끔찍한 목소리로 소리쳤다. "내게 손을 대면 너도 죽는다!"

마치 그 말이 그를 마비시키기라도 한 것처럼, 교수가 동작을 멈추고 가만히 서서 그것을 바라보았다. 그것은 그를 빠져나와, 경고하는 듯이 손을 높이 들어올렸다. 그렇게 그것이 의기양양하게 그 검은 모습을 일으켜 세울 때 그 섬뜩한 얼굴 위로 미소가 흘렀다.

"나의 슬픔과 나의 과오를 잊을 수 있다면 그리 할 것이다," 유령이 반복했다. "나의 슬픔과 나의 과오를 잊을 수 있다면 그리 할 것이다!"

"나의 사악한 영혼," 떨리는 낮은 목소리로 귀신 들린 남자가 말했다. "그 멈추지 않는 속삭임으로 인해 나의 삶은 더 어두워졌다."

"그건 메아리야." 유령이 말했다.

"내 생각의 메아리—그래, 나도 이제 알아." 귀신 들린 남자가 다시 말을 이었다. "그런데, 왜 내가 괴로워해야 하지? 이건 이기적인 생각이 아냐. 난 감당할 수 없을 정도로 고통 받고 있어. 모든 인간은, 남자건 여자건 다 자기 몫의 슬픔을 가지고 있지—그들 대부분이 과오를 저질러. 은혜를 배반하고 추악한 질투를 하고 인생의 매 단계마다 제 욕심을 챙기려 하지. 누군들 자신의 슬픔과 과오를 잊고 싶지 않겠나?"

"진심으로 원하지 않는 자가 있다면 그가 더 행복하고 더 나

〈레들로와 유령〉, 일러스트_존 테니얼, 1848년

은 자인가?” 유령이 말했다.

“해마다 돌아오는 이런 기념일들, 그게 뭘 떠오르게 하는 가!” 레들로가 말을 이었다. “그것이 슬픔을, 번민을 다시 불러 일으키지 않는 사람들이 있는가? 오늘 밤 이 자리에 있던 노인 의 추억이란 게 대체 뭐란 말인가? 슬픔과 번뇌의 덩어리들에 지나지 않아.”

“하지만 보통 사람들,” 그 무표정한 얼굴에 사악한 미소를 띠며 유령이 말했다. “무지한 정신과 평범한 영혼의 소유자들 은 고등교육을 받고 심오한 생각을 하는 인간들처럼 그걸 심각 하게 느끼거나 따지고 들지 않아.”

“유혹자여,” 레들로가 대답했다. “말로 형용할 수 없을 정도 로 두려운, 너의 공허한 시선과 목소리, 무언가 더 두려운 것의 불길한 전조가 말하는 동안 내게 스며들고 있다. 다시 나는 내 마음의 메아리를 듣는다.”

“내가 가진 힘의 증거라고 생각해.” 유령이 되받았다. “내 말을 들어! 네가 알고 있는 저 슬픔과 과오와 번민을 잊어!”

“그것들을 잊는다!” 그가 되풀이했다.

“내겐 그 기억들을 지울 힘이 있어. 아주 희미하고 불분명한 흔적들만 남긴 채. 그나마도 곧 사라지겠지만.” 환영이 되받았 다. “말해! 그렇게 해줄까?”

“잠깐!” 겁에 질려 한 손을 높이 들어 제지하며 귀신 들린 남자가 소리쳤다. “나는 너에 대한 불신과 의심으로 몸서리치 고 있다. 네가 내게 드리운 그 희미한 공포는 내가 감당할 수 없는 이름 모를 공포로 깊어져만 가. 다정한 기억들, 여전히 유효한 공감의 감정들, 이런 것들을 없애고 싶진 않아. 만약 동의하면, 난 뭘 잃게 되지? 내 기억에서 또 무엇이 사라지는 거냐?"

"지식은 사라지지 않아. 연구의 결과들도. 서로 의지하고 서로를 부추기는 얽혀 있는 감정들과 연상의 고리, 추방된 기억들만이 사라지지."

"그 기억들이 많은가?" 놀라서 잠시 생각에 잠긴 채 귀신 들린 남자가 말했다.

"그것들은 불 속에, 음악 속에, 바람 속에, 밤의 죽은 듯한 고요 속에, 되돌아오는 시간들 속에 모습을 드러내었었지." 경멸스럽다는 듯이 유령이 되받았다.

"또 다른 건?"

유령은 아무 말도 하지 않았다.

하지만, 잠시 동안 말없이 그의 앞에 서 있다가 벽난로 쪽으로 움직였다. 그러곤 다시 멈춰 섰다.

"결정해!" 그것이 말했다. "기회가 사라지기 전에!"

"잠시만!" 불안해하며 남자가 말했다. "하늘에게 맹세코, 나는 나와 같은 인간들을 싫어하지 않았다. 주변의 누구에게도 언짢아하거나 무관심하거나 냉정히 대하지 않았어. 이곳에서 혼자 살면서, 내가 무언가 일어났던 혹은 있어날 수도 있었던 일을 과장했거나 일어난 일을 소홀히 하였다면, 그 죄는 나의 몫이지 다른 누구에게도 향하지 않는다. 그런데 내 몸 안에 독이 있고, 내게 그 해독제는 있으나 어떻게 사용하는지 모른다면, 그걸 사용해야 할까? 내 마음 속에 독이 있고 이 끔찍한 그림자의 도움으로 그것을 내보낼 수 있다면, 그 독을 내보내야 할까?"

"말해!" 환영이 말했다. "그렇게 해줄까?"

"잠시만 더!" 그가 서둘러 대답했다. "'할 수 있다면 그걸 잊고 싶다!' 나 혼자만 그렇게 생각한 것인가, 아니면 그건 수천 수백만이, 세대를 거치며 생각해온 것일까? 인간의 기억이란 슬픔과 번뇌투성이지. 나의 기억도 여느 사람들과 같아. 하지만 다른 이들에겐 이런 선택의 기회가 주어지지 않았지. 좋아, 거래를 선택하겠다. 그래! 나는 내 슬픔을, 내 과오를, 내 번뇌를 '잊을' 것이다!"

"말해!" 환영이 말했다. "그렇게 해줄까?"

"그래."

"'그래.' 여기 내가 버린 자여 이것을 간직하라! 내가 준 선물, 너는 그것을 네가 가는 곳마다 다시 주게 될 것이다. 너를 굴복시킨 이 힘에서 벗어나지 못하고 이후로도 쭉 네가 다가서는 자들 모두에게서 그것을 파괴할 것이다. 네가 가진 지혜가, 슬픔과 과오와 번민의 기억은 인간 모두의 것이며 인류는 그 기억들 없이, 다른 기억들 속에서 더 행복하리라는 것을 깨달았다. 가라! 그 선물의 후원자가 되어라! 지금 이 순간부터 그러한 기억들에서 벗어나 저도 모르게 그 자유의 축복을 간직하리니. 그것을 전파하는 일은 너로부터 떼어낼 수도 빼앗을 수도 없다. 가라! 네가 얻은 복음 속에서 네가 전할 복음 속에서 행복하라!"

이렇게 말하는 동안, 유령은 마치 어떤 불경한 기도나 공포라도 하는 것처럼 그 핏기 없는 손을 그의 머리 위에 올리고 점차 그에게 눈을 가까이 가져다 대었다. 레들로는 그것의 얼굴에 떠오른 끔찍한 미소와는 별개로 두 눈은 웃고 있지 않으며, 변함없고 한결같은 공포만이 고정되어 있음을 볼 수 있었다. 그리고, 유령은 그 앞에서 녹아내려 사라져버렸다.

공포와 놀라움에 사로잡혀 그 자리에 못 박힌 채, 희미하게, 점점 더 희미하게 잦아드는 우울한 메아리 속에서 "네가 다가서는 자들 모두에게서 그것을 파괴할 것이다!" 이 말이 반복되는 것을 듣고 있을 때, 날카로운 비명 소리가 그의 귓가에 들려왔다. 그것은 문 저편의 복도에서가 아니라 그 오래된 건물의 다른 구석에서 들려왔다. 누군가, 어둠 속에서 길 잃은 자가 내지르는 소리 같았다.

자신이 누구인지 확인이라도 하듯, 그는 혼란스러운 눈길로 자신의 손과 팔을 올려다보았다. 그리고 그 비명에 답하듯 큰 소리로 미친 듯이 소리를 질렀다. 그 역시 길을 잃은 것처럼 낯설고 두려워졌기 때문이었다.

비명 소리가 다시 한 번, 이번에는 더 가까이서 들려오자 그는 램프를 집어 들고 벽에 있는 무거운 커튼을 들어 올렸다. 그의 방과 연결되어 있는 강의실로 드나드는 통로로 쓰이는 커튼이었다. 자신이 등장하면 순간 눈을 반짝이던 얼굴들로 가득했던, 천장이 높은 원형 강의실이었다. 그렇게 젊음과 생기에 어울리는 장소였으나, 그 모든 살아 있는 존재들이 지워진 지금은 마치 죽음의 상징처럼 으스스한 장소가 되어 그를 빤히 바라보고 있었다.

"이봐." 그가 소리쳤다. "이봐! 이쪽이야! 불빛 쪽으로 나와!" 그가 한 손으로 커튼을 들고 다른 손으로 램프를 들어 올린 채 그곳을 가득 채운 어둠을 꿰뚫어보려 하고 있을 때, 무언가 살쾡이처럼 날쌔게 그의 앞을 지나 방 안으로 뛰어 들어가 한쪽 구석에 웅크리고 앉았다.

"저게 뭐지?" 그가 허둥지둥하며 말했다.

지금처럼 한쪽 구석에 몰아넣고 자세히 들여다보고 있어 그것을 잘 볼 수 있는 상태였더라도, 그는 "저게 뭐지?" 하고 물었을 것이다.

한 손에 움켜쥔 누더기 옷은 크기를 보든 모양새를 보든 어린아이의 것에 가까웠으나 탐욕스럽고 필사적인 그 작은 손의 아귀힘은 사악한 노인의 것이었다. 대여섯은 될까 한 둥글고 부드러운 얼굴은 세파에 패이고 뒤틀려 있었다. 눈은 빛났으나 어리지는 않았고, 벌거벗은 두 발은 아이답게 여린 맛이 있었으나 갈라지고 피와 먼지가 엉겨 흉측했다. 어린 들짐승, 새끼 괴물, 아이인 적 없었던 아이, 인간의 겉모습을 하고 있으나 그저 짐승으로 살고 짐승으로 죽을, 그렇게 살아온 생명체.

이미 두려움에 질리고 짐승처럼 쫓기는 데 익숙해져 있는 소년은 웅크리고 앉아 앞을 보았다 뒤를 보았다 하며 다가올

주먹질을 막으려고 팔을 들어올렸다.

"날 때리면," 아이가 말했다. "물어뜯어버릴 거야!"

그 모습이 화학교수의 마음을 아프게 했으나 아픔은 채 몇 분도 지나지 않아 사라져버렸다. 이제 그는 냉정하게 그것을 바라보고 있었다. 하지만 자신도 알지 못하는 무언가를 기억해내려고 애를 쓰며, 그는 소년에게 그곳에서 무엇을 하고 있었으며 어디서 왔는지 물어보았다.

"그 여잔 어디 있어?" 소년이 대답했다. "그 여잘 만나고 싶어."

"누굴 말이냐?"

"그 여자. 날 여기 데려와서 커다란 불 옆에 앉아 있으라고 한 여자. 한참 동안 오질 않아서 찾으러 온 거야. 그러다 길을 잃었고. 당신은 필요 없어. 그 여자, 어디 있어?"

별안간 소년이 벌떡 일어나 달아났고 커튼 가까운 곳 바닥을 두드리는 벌거벗은 발의 둔탁한 소리가 울렸다. 레들로는 소년의 누더기를 움켜잡았다.

"놔! 보내달라고!" 이를 악물고 발버둥 치며 소년이 중얼거렸다. "당신한텐 아무 짓도 안 했어. 제발, 그 여자한테 보내줘!"

"그쪽이 아냐. 더 가까운 길이 있어." 소년을 잡아둔 채 조금 전처럼 무언가, 이 괴물 같은 존재와 관련되어 있음이 분명한 어떤 것을 기억해내려 애쓰며 멍하게 그가 말했다. "이름이 뭐지?"

〈레들로와 소년〉, 일러스트_존 리치, 1848년

“없어.”

“어디에 살고 있나?”

“살아? 그게 뭔데?”

소년은 머리를 흔들어 눈에서 머리카락을 치워내고는 잠시 교수를 바라보았다. 그런 다음 그의 다리 주변에서 몸을 비틀며 몸싸움을 벌이다가 다시 했던 말을 반복했다. “보내줘, 제발, 그 여자한테 갈 거야!”

화학교수는 아이를 문으로 데리고 갔다. “이쪽.” 여전히 혼란스러운 눈빛으로, 그러나 냉정함에서 우러나온 반감과 회피하는 듯한 태도로 소년을 바라보며 그가 말했다. “내가 그녀에게 데려다주지.”

그 어린 것의 머리에 달린 날카로운 눈이 방 안을 두리번거리더니 저녁 식사를 하고 남은 음식이 올려져 있는 탁자 위에 멈추었다.

“저거 좀 줘!” 아이가 탐욕스럽게 말했다.

“그녀가 먹을 걸 주지 않았나?”

“내일이면 다시 배가 고파질 테니까. 그것도 몰라? 배는 매일 고프잖아.”

그가 놓아주자 아이는 작은 맹수처럼 탁자로 달려들어 빵과 고기와 자기 누더기 옷들을 다 같이 끌어안았다. “거기! 이제 나를 그 여자한테 데려다줘!”

새삼 아이를 만지고 싶지 않아진 화학교수가 단호한 몸짓으로 아이에게 따라오라고 했다. 문을 나서던 그는 순간 몸을 떨며 멈춰 섰다.

"내가 네게 준 선물, 너는 그것을 네가 가는 모든 곳에 다시 주게 될 것이다!"

바람결에 유령의 말이 날아들었고, 매서운 바람이 그를 오싹하게 했다.

"오늘 밤엔 그곳에 가지 않겠어." 희미한 목소리로 그가 중얼거렸다. "오늘 밤엔 아무데도 가지 않을 거야. 꼬마! 이 긴 아치형 복도를 쭉 따라 내려가 뒤뜰로 향하는 커다랗고 어두운 문을 지나면, 불이 밝게 빛나는 창문이 보일 거다."

"그 여자 불빛이야?" 소년이 물었다.

그가 고개를 끄덕이자 벌거벗은 두 발이 재빨리 달아났다. 그는 램프를 가지고 돌아와 서둘러 문을 잠그고는 마치 자기 자신에게 놀라기라도 한 듯 손으로 얼굴을 감싸며 의자에 앉았다.

이제 그는, 정말로 혼자였다. 혼자, 혼자.

# 널리 퍼진 선물

한 작은 남자가, 작은 가게와 온통 신문지 조각들을 덕지덕지 붙인 작은 칸막이로 나누어놓은 것이 고작인 작은 응접실에 앉아 있었다. 남자 곁에는 조그마한 아이들이—여러분이 굳이 아이라고 부르고 싶다면 그렇게 보이기는 하는—수없이 몰려 있었다. 아이들은 그 좁은 공간에서도 그 수(數)만으로는 대단히 눈에 띄는 결과를 만들어내고 있었다.

그 작은 물고기들 중 두 녀석이 어떤 강력한 정책에 의해 구석의 침대로 보내져 있었다. 녀석들은 천진하게 잠들기에 충분히 편하게 누워 있으면서도 계속 잠은 자지 않고 침대에서 들락날락하며 실랑이를 벌였다. 아직 자지 않고 있는 세계로 득달같이 달려들게 하는 직접적인 원인은 다른 두 어린 녀석이 구석에 굴 껍데기로 벽을 쌓고 있었기 때문이다. 침대에 있는 두 놈은 이 요새를 침략하러 내려왔다가 (대부분의 영국 젊은

이들을 골머리 썩게 했던 고대사 수업에 등장하는 저 저주받은 픽트족과 스코트족처럼*) 다시 자기네 영토로 물러가곤 했다.

이러한 침략과 침략 당한 쪽의 보복, 맹렬히 추격하여 약탈자들이 피신해 있는 침대보로 달려드는 통에 일어난 소동에 더하여, 또 다른 작은 침대에서는 또 다른 자그마한 소년이 부츠를 던져 자신의 혈통에 되로 주고 말로 받을 공헌을 하고 있었다. 다시 말하면, 휴식을 방해하는 자들에게 부츠와 다른 여러 가지 크게 다치지 않을 작은 물건들을 던졌고, 그렇기는 하지만 단단한 물건은 투척 병기로 간주되어 곧 그에 대한 응징이 이어졌던 것이다.

그 옆에는—개중 가장 크지만 여전히 어린—또 다른 어린 소년이 한쪽으로 몸을 구부린 채 앞뒤로 비틀거리고 있었다. 안고 있는 커다란 갓난아이의 무게 때문에 무릎이 아파 어찌할 줄 모르는 모양이었으나, 매우 낙관적인 가정들에서 때때로 헛되이 믿고 있듯이 아이를 달래서 재울 것으로 기대받고 있었다. 그러나, 오, 아기의 눈은 아직 아무것도 모르는 소년의 어깨 너머, 보고 느낄 거리들이 무한히 펼쳐진 세상으로 이제 막 시선을 넌시기 시작했을 뿐이었다.

만족을 모르는 그 제단에 어린 오라비의 모든 것을 매일 제물로 바치길 요구하는 어린 몰록**. 한 장소에서 내리 5분을 조

---

*로마 제국이 브리튼 섬에 진출한 이후 북방의 픽트족과 스코트족을 방어하기 위해 세웠던 하드리아누스의 성벽과 이를 둘러싼 공방전을 빗댄 표현. 로마와의 분쟁 외에도 픽트족과 스코트족 사이의 수세기에 걸친 세력 다툼이 벌어진 곳으로 이 시기의 역사는 실로 복잡하다.

용히 있지 못하고 잘 시간엔 절대 자려 들지 않는 것이 그것의
특징이었다. "테터비네 아이"는 이웃들 사이에선 우체부 혹은
사환이란 별명으로 널리 알려져 있었다. 그것은 어린 조니 테
터비의 팔에 안겨 이 집 문간에서 저 집 문간으로 돌아다녔다.
곡예사나 원숭이 뒤를 따라다니는 어린아이들 무리 맨 뒤에 한
참을 뒤쳐져서 따라다녔고, 월요일 아침부터 토요일 밤까지 재
미있는 일이 생기는 곳에는 어김없이, 한참을 늦게 한쪽 구석
으로 불쑥 모습을 드러냈다. 아이들이 모여드는 곳이면 어디에
서나 그 작은 몰록이 조니를 기진맥진하게 하는 모습을 볼 수
있었다. 조니가 어디든 잠시 멈춰 쉬려고 하면 작은 몰록이 성
을 냈고 한자리에 가만히 있으려 하지 않았다. 조니가 밖으로
나가려 하면 몰록이 잤고 그러면 조니는 지키고 앉아 있을 수
밖에 없었다. 조니가 집에 있으려 할 때면 몰록이 깨어나 데리
고 나가야 했다. 하지만 조니는 진심으로 그것이 영국 내에는
비할 이가 없는 완벽한 아기라고 믿고 있었고, 아기의 치마 뒤
나 축 처져 펄럭이는 모자 위까지 모든 것을 그 온순한 눈길로
두루 살피며, 가져갈 사람도 없고 배달될 곳도 없는 커다란 짐
꾸러미를 진 작디작은 짐꾼처럼 동생을 안고 주위를 비틀거리
며 돌아다녔다.

　이 난리 통의 한복판에서 한가로이 신문을 읽어보겠다는 헛
된 시도를 반복하고 있던, 작은 응접실에 앉은 작은 남자는 이

<br>

**성경에 등장하는 암몬족의 신. 어린아이를 제물로 바치는 제사를 지냈다.

가족의 가장으로, 그 작은 가게의 정면에 새겨진 '테터비 상회, 신문판매소'라는 회사의 사장이었다. 사실 회사라고 해봤자 있는 사람이라곤 그 하나뿐인지라, 엄밀히 말하면, '상회'라는 말은 전혀 근거도 없고 실체도 없는 그저 어떤 시적인 개념일 뿐이었다.

테터비 상회는 예루살렘 건물의 한쪽 구석에 있는 가게였다. 날짜 지난 그림 신문들과 날강도나 다름없는 해적판들*이 주종을 이루는 근사한 서적류가 가게 진열창을 장식하고 있었고, 지팡이나 구슬도 판매 품목에 들어 있었다. 한때는 가벼운 과자류까지 망라하였으나, 단지에서 꺼내 먹어주었으면 하는—단지까지 먹지는 말고—소망이 완전히 사라질 때까지 여름에 녹았다가 겨울에 다시 굳어지기를 반복하며 점차 그 양이 줄어드는 눈깔사탕 단지들을 제외하면 그런 품목은 전혀 남아 있지 않을 걸 보면, 사실 이런 삶의 여유를 대변하는 품목들은 예루살렘 건물 인근에서는 수요가 없는 듯했다.

테터비 상회는 여러 가지 사업에 손을 댔다. 한때는 장난감 산업에 발을 살짝 담갔는데, 그런고로 다른 단지 안에는 다리가 다른 것의 머리에 붙고 머리는 다리에 붙고, 온통 뒤죽박죽으로 엉켜 붙어 있는 작은 밀랍 인형 한 무더기가 들어 있었다. 단지 바닥에는 부러진 팔다리가 침전물처럼 가라앉아 있었다.

*아직 저작권 개념이 정립되지 않았던 당시에는 인기 있는 서적들을 무단으로 도용한 값싼 해적판들이 난립했는데, 디킨스도 그 피해자 중 한 사람이었다. 《피크위크 페이퍼스》와 《올리버 트위스트》가 큰 인기를 얻자 《페니 피크위크》, 《올리버 트위스》 같은 표절작들이 출간되어 큰 피해를 보았던 것이다.

모자 제조에도 손을 뻗어, 이를 증명이라도 하듯, 뻣뻣하게 말라붙은 모자 비슷하게 생긴 것들이 진열창 한쪽 구석에 남아 있었다. 담배 수입을 생계 수단으로 삼을 수 있겠다는 헛된 생각도 했던 터라, 그 연초를 피우고 있는 대영제국 세 속주 각각의 주민들을 그려 놓은 포스터도 붙여 두었다. 거기 모인 사람들이 앉아서 농담을 하게 되는 이유에 대한 시적인 설명문 하나가 덧붙여진 채였다. 하나는 담배를 씹고, 하나는 코로 맡고, 하나는 피웠다. 하지만 거기에선 파리들을 제외하곤 아무것도 나오지 않았다.

모조 보석에 헛된 믿음을 가졌던 때도 있어서, 판유리 안에 싸구려 인장 하나와 필통 하나, 무엇에 쓰는 것인지는 모르나 9펜스짜리 가격표가 붙은 검은 부적 하나가 끼워져 있었다. 하지만 그때까지도, 예루살렘 건물에서 그것들 중 하나라도 사가는 사람은 없었다.

간단히 말해, 테터비 상회는 이런 저런 방도로 예루살렘 건물에서 생계를 꾸려보려 열심히 노력했으나 그 모든 것에서 변변치 못한 성과를 거두었을 뿐이고, 결국 회사에서 제일 좋은 목은 너무도 명백하게 '상회(商會)', 배고픔과 목마름 같은 저속한 불편으로 마음이 소란스러워지지 않고, 구빈세*도 세금도 부과되지 않으며 부양할 어린아이도 없는 실체 없는 상업상의 조합으로서의 '상회'에 있었던 것이다.


*구빈원 운영과 빈곤층 구제를 위해 징수했던 지방세.

그러나 테터비 본인은 앞서 언급했던 것처럼 그의 작은 응접실에서 너무도 떠들썩한 방식으로 그에게 자신들의 존재를 각인시켜주는 어린아이들을 무시할 수도 없고 조용히 신문을 정독할 수도 없는지라 신문을 내려놓고 집중을 방해하는 것들 쪽으로 몸을 홱 돌린 다음 방향을 잡지 못한 전서구처럼 응접실을 몇 차례 돌고 나서 그의 앞을 스쳐가는 잠옷 차림의 날짐승들 한둘에게로 헛되이 달려들었다가, 갑자기 그 집안에서 해를 끼치지 않는 유일한 존재, 작은 몰록의 유모에게 돌진하여 귀를 잡아당겼다.

"이 못된 녀석!" 테터비 씨가 말했다. "사악한 장난질로 휴식을 방해하고 요즘 소식이라도 들어보려는 것도 못 하게 하니, 추운 겨울날 아침 5시부터 피곤과 근심에 절어 보낸 이 아비가 불쌍하지도 않더냐? 이봐, 조니 선생, 네 형 덜퍼스가 안개와 추위 속에서 뼈 빠지게 일하는 동안 팔자 편하게 아이랑 뒹굴면서 하고 싶은 대로 다 하는 걸로는 모자라?" 테터비 씨는 마치 이 말들이 축복의 정점을 이루기라도 하는 것처럼 말을 높이 쌓아올렸다. "그런데 네놈은 온 집 안을 쑥대밭으로 만들고 부모를 미치게 만들어? 꼭 그래야 하겠니, 조니? 어?" 질문을 하나 할 때마다 테터비 씨는 다시 귀를 잡아당기려는 듯하다 그만두고는 손을 접었다.

"아빠!" 조니가 훌쩍이며 말했다. "일은 안 하고 있었대도, 저는 정말로 샐리를 돌보고 있었어요. 재우고 있었어요!"

"마누라가 어서 집에 돌아오면 좋으련만!" 테터비 씨가 그 말에 마음을 가라앉히고 후회하는 듯한 어조로 말했다. "마누라가 집에 어서 오면 좋으련만! 난 저 녀석들을 다룰 수가 없어. 저놈들이 머리를 돌게 만든다고. 도통 당해낼 수가 없네. 조니야! 너희 어머니가 네게 소중한 여동생을 낳아주었으면 된 것 아니냐?" 몰록을 가리키며, "여자애 하나 없이 너희 사내놈들만 일곱이다가 너희 어머니가 너한테, 너희 모두한테 어린 여동생 하나 갖게 해주겠다고 그 일을 해냈잖니. 해냈어! 그걸로는 부족한 게냐? 꼭 이렇게 내 머리를 어지럽게 해야겠어?"

본래의 애정과 상처받은 아들에 대한 안타까운 마음이 점차 살아나면서, 점점 더 부드러워진 테터비 씨가 그를 껴안았다. 그리고 곧바로 진짜 문제아들 중 한 놈을 잡으러 달려 나갔다. 제대로 출발을 한데다 방향을 잘 잡아 잠시 만에 따라잡고는, 침대 위아래로 몇 번 힘겨운 오르내리기를 하고 복잡하게 뒤얽힌 의자들 사이를 왔다 갔다 한 끝에 그 꼬맹이 녀석을 붙잡는 데 성공한 그는 침대에 파묻는 적절한 벌을 주었다. 그 본보기가 되는 처벌이 부츠를 가지고 장난질 하던 녀석에게 강력하고 분명하고 넋을 빼놓는 효과를 발휘해, 방금 전까지만 해도 신바람이 나서 깨어 돌아다니던 녀석이 곧장 깊은 잠에 빠져들었다.

그것은 소리 소문 없이 재빠르게 옷장 바로 옆의 침대로 철수한 두 젊은 건축가들에게도 효과를 발휘했고, 잡힌 녀석과 함께 있던 아이 역시 비슷한 신중함을 보이며 자기 보금자리로 움츠려들었다. 한숨 돌리던 테터비 씨는 예상치 못하게 주위가 조용해진 것을 알았다.

“우리 마누라가 직접 해도,” 상기된 얼굴을 문지르며 테터비 씨가 말했다. “이보다 더 잘 할 순 없을 거야! 우리 마누라가 한번 해봤어야 하는데, 정말로!”

테터비 씨는 이럴 때 아이들의 마음에 강한 인상을 남기기에 적합한 구절을 찾느라고 칸막이에 붙여진 신문 조각들을 뒤졌다. 그리고 다음과 같은 글을 읽었다.

“‘모든 위대한 사람들은 위대한 어머니를 두었고 세상을 떠난 후에는 자신의 가장 친한 친구로서 존경했다.’ 위대한 너희 어머니를 생각하렴, 애들아.” 테터비 씨가 말했다. “그리고 어머니가 아직 너희와 함께할 때 그 소중함을 알아야 해!”

그는 다시 난롯가의 자기 의자에 앉아 다리를 꼰 채 신문에 집중하기 시작했다.

“누구든, 누구라도 상관없다, 침대에서 다시 나오는 놈이 있으면,” 매우 부드러운 어조로 무슨 성명서라도 읽듯이, 테터비 씨가 말했다. “친애하는 우리 시대의 동지에겐 깜짝 놀랄 선물을 준비할 것이오!” 이 표현도 테터비 씨가 칸막이 위에서 고른 것이었다. “조니, 애야, 네 하나뿐인 여동생, 샐리 좀 잘 돌보거라. 그 아인 네 이마에 빛나는 가장 밝은 보석이니까.”

조니는 조그만 의자에 앉아 몰록의 무게를 받치느라 용을 쓰고 있었다.

“세상에, 그 아이가 네겐 얼마나 큰 선물이니, 조니!” 아버지가 말했다. “너는 정말 고마워해야 해! 조니야, ‘일반적으로 알려진 바와 같이……’” 그는 다시 칸막이를 인용하고 있었다.

"'다음과 같이 높은 비율의 신생아들이 두 살을 채 넘기지 못한다는 것이, 정확한 산출에 의해 확인되었다. 다시 말해…….'"

"오, 그만하세요, 아빠, 제발!" 조니가 소리쳤다. "샐리가 그렇게 된다고 생각하면 견딜 수가 없어요."

조니의 깊은 진심을 느낀 테터비 씨는 아들의 눈물을 닦아주고 여동생을 조용히 시켰다.

"네 형 덜퍼스가," 불을 쏘시며 아버지가 말했다. "오늘 밤엔 늦는구나, 조니. 얼음덩이가 되어 오겠어. 너희 소중한 어머니는 또 어찌 된 일인지."

"아버지, 저기 어머니가 오세요, 덜퍼스 형도요!" 조니가 소리쳤다. "그런 것 같아요."

"네 말이 맞다!" 귀를 기울이던 아버지가 대답했다. "그래, 저건 우리 조그만 귀염둥이 발소리야."

테터비 씨가 어찌하여 그의 아내를 조그만 귀염둥이라고 부르게 되었는지는 그만이 알 일이었다. 대충 보아도 그녀는 남편 덩치의 두 배는 너끈히 되어 보였다. 한 개인으로 말하자면, 그녀는 그저 다소 활기차고 체격이 좋은 여인이었다. 그러나 남편과 비교하여 보자면 엄청나게 큰 덩치라고 할 수 있었다. 몸집이 워낙에 작은 그녀의 일곱 아들을 두고 살펴보아도 달리 보기는 힘들었다. 그러나 샐리의 경우를 보면 마침내 테터비 부인도 적당한 비율로 보여지는 것이었다. 하루 온종일 그 까다로운 우상의 무게와 크기를 실감할 수밖에 없는 희생자 조니만큼 그 사실을 잘 아는 사람도 없었다.

장을 보러 갔던 테터비 부인은 바구니를 들고 들어와, 모자와 숄을 뒤로 젖히고는 피곤에 젖은 기색으로 자리에 앉아, 조니에게 자기가 키스할 수 있도록 그의 사랑스러운 짐을 당장 가지고 오라고 명령했다. 조니는 그 명을 충실히 이행하고는 자기 의자로 돌아와 다시 주저앉았다. 이번에는 마치 끝도 없이 계속 이어지는 것 같은 선명한 색깔의 목도리를 상체에서 풀어내고 있는 아덜퍼스 테터비 군이 같은 요청을 해왔다. 조니는 다시 임무를 완수하고 다시 자리로 돌아가 다시 주저앉았다. 불현듯 테터비 씨도 아버지로서의 당연한 권리를 주장해야겠다고 생각했다. 이 세 사람의 요구는 희생양 조니를 완전히 나가떨어지게 만들었고, 자리로 돌아갈 숨도 남지 않은 그 아이는 다시 주저앉아 가족들 곁에서 숨을 헐떡였다.

"조니야, 무슨 일이 있어도," 고개를 흔들며 테터비 부인이 말했다. "그 애를 잘 돌봐야 한다. 그렇지 않으면 다신 엄마 얼굴을 볼 생각 말아."

"형 얼굴도." 아덜퍼스가 말했다.

"아버지 얼굴도, 조니." 테터비 씨가 덧붙였다.

이러한 자신에 대한 조건적 추방에 크게 놀란 조니는 아기가 아직도 괜찮은가 싶어 몰록의 두 눈을 내려다보았다. 그러고는 솜씨 좋게 아기의 등을 두드리며 두 발로 아기를 얼렀다.

"젖었구나, 덜퍼스, 우리 아들." 아버지가 말했다. "여기 와서 내 의자에 앉아 몸을 말리려무나."

"괜찮아요, 아버지, 감사합니다." 손으로 몸을 매만지며 아덜퍼스가 말했다. "많이 젖진 않은 것 같아요. 얼굴이 많이 번들거려요?"

"그래, 왁스칠을 해놓은 것 같구나, 애야." 테터비 씨가 대답했다.

"날씨가 그래요." 낡은 재킷 소매로 볼을 문지르며 어덜퍼스가 말했다. "비에다 진눈깨비에다 바람에, 눈에, 안개까지. 안 그래도 얼굴에 가끔씩 뾰루지가 나는데, 번들거리기까지 하다니, 이런, 안 돼!"

아덜퍼스 군도 부친과 마찬가지로 신문 업계에 종사하고 있었다. 아버지 회사보다는 훨씬 장사가 잘되는 회사에 고용되어 기차역에서 신문을 팔았는데, 누더기를 입은 큐피드 같이 토실토실한 모습과 아이다운 날카롭고 작은 목소리(그는 이제 열 살을 조금 넘긴 참이었다)가 이제는 들고나는 기관차들의 헐떡거리는 목 쉰 소리만큼이나 익숙한 풍경이 되어 있었다. 아이다운 천진함으로 그는 어린 나이에 생업에 종사하게 된 괴로움을 덜어낼 무해한 배출수단을 하나 찾아냈는데, 스스로를 즐겁게 할 방편으로 만들어낸 그 행운의 발명이 뭔고 하니 긴 하루를 자기가 해야 할 일을 잊지 않고 즐길 수 있도록 잘게 나누는 것이었다. 이 천재적인 발견은 다른 많은 위대한 발명들이 그러하듯이 그 단순함에서 더욱 빛을 발했다. 그것은 '신문'의 첫 번째 모음을 하루의 각 분기에 맞추어 문법에 맞게 다른 모음들로 바꾸어 넣는 것이었다. 그리하여, 겨울철 해가 뜨기 전이면 조그마한 방수포 모자와 망토, 커다란 목도리를 걸친 그 아이는 무거운 공기를 뚫고 "아침 신―문!" 하고 외쳤는데, 정오가 되기 한 시간 전쯤에는 "아침 산―문!" 하고 바꿔 불렀고, 두 시쯤이 되면 "아침 선―문!"으로, 몇 시간 뒤에는 "아침 손―문!"으로 바꿔 불렀다. 그러다 해가 저물 무렵 "저녁 순―문!" 하고 음이 내려가면 그 나어린 신사는 그렇게 안심이 되고 편안할 수가 없는 것이었다.

앞서 말한 바와 같이 모자와 숄을 홱 젖히고 앉아 깊은 생각에 잠긴 듯 손가락에 끼워진 결혼반지를 빙글빙글 돌리던 그의 모친 테터비 부인은 이제 일어서서 외출복을 벗어던지고는 저녁을 차리기 위해 식탁보를 정돈하기 시작했다.

"어머나, 세상에, 저런, 저런!" 테터비 부인이 말했다. "세상일이 다 그렇다니까."

"뭐가 그렇다는 거요, 여보?" 주위를 둘러보며 테터비 씨가 물었다.

"아, 아무것도 아니에요." 테터비 부인이 말했다.

테터비 씨는 눈썹을 치켜 올리며 신문을 다시 접은 다음, 위로 훑어보았다 아래로 훑어보았다 가로 질러 보았다 했으나 정신이 딴 데 팔려 있어 실제로는 읽고 있는 것이 아니었다.

그때 테터비 부인은 식탁보를 깔고 있었는데, 가족들 저녁 식사를 차린다기보다는 마치 탁자를 벌주기라도 하는 것 같았다. 나이프와 포크를 불필요하게 세게 내려놓고, 접시로 탕탕 내리치는가 하면, 소금 통으로 두들겨 움푹 들어가게 하고 빵 덩이를 툭 던져 놓는 것이었다.

"어머나, 세상에, 저런, 저런!" 테터비 부인이 말했다. "세상 일이 다 그렇다니까."

"우리 귀염둥이." 남편이 다시 돌아보며 말했다. "그 말은 조금 전에도 했어요. 세상일이 뭐가 어떻다는 거요?"

"아무것도 아니에요." 테터비 부인이 말했다.

"소피아!" 남편이 항의했다. "'그 말'도 벌써 하지 않았소."

"뭐, 원하시면 다시 해드리죠," 테터비 부인이 대꾸했다. "아무것도 아니에요—여보! 다시 해드려요? 아무것도 아니에 요—지금은!"

테터비 씨가 사랑하는 아내에게로 눈을 돌리고는 살짝 놀란 듯이 말했다. "우리 사랑스런 마누라, 뭐 때문에 기분이 나쁜 거요?"

"나도 몰라요." 그녀가 항의했다. "묻지 마세요. 대관절 누가 기분이 나쁘데요? 난 절대 그런 말 안했어요."

테터비 씨는 신문을 제대로 읽기란 애시 당초 틀린 일이라 단념하고 어깨를 으쓱하고는 뒷짐을 진 채 천천히 방을 가로질러—그 다운 체념의 방식과 너무도 잘 맞아떨어지는 걸음걸이로—가장 연장자인 두 자식들에게 말을 걸었다.

"저녁이 곧 준비될 거다, 덜퍼스." 테터비 씨가 말했다. "비도 오는데 너희 어머니가 그걸 사러 식당에 다녀오지 않았겠니. 얼마나 상냥한 어머니시냐. '너'도 곧, 이제 곧 저녁을 먹게 될 거다, 조니. 너희 어머니가 소중한 여동생을 잘 돌보았다고 아주 좋아하시는구나, 아들아."

테터비 부인은 아무 말 없이, 그러나 이제는 탁자를 향한 적의를 가라앉히기로 결심한 듯 식탁 정리를 끝내고 볼록한 바구니에서 종이로 싼 큼지막한 피즈 푸딩* 한 조각과 받침으로 덮어놓은 그릇 하나를 꺼냈다. 덮어 놓은 것을 열자 너무도 맛있는 냄새가 풍겨 나와 두 침대에 누워 있던 세 쌍의 눈이 일제히 활짝 열려 그 만찬에 고정되었다. 테터비 씨는 와서 앉으라는 이 무언의 초청을 모른 체하고 서서, 그의 뒤에서 이런저런 후회하는 티를 내고 있던 테터비 부인이 그의 목을 껴안고 흐느껴 울 때까지 천천히 앞서 한 말을 되풀이했다. "그래, 그래, 저녁이 곧 준비될 거다, 덜퍼스. 비도 오는데 너희 어머니가 그걸 사러 식당에 다녀오지 않았겠니. 얼마나 상냥한 어머니시냐."

"오, 덜퍼스!" 테터비 부인이 말했다. "내가 대체 왜 그랬을까요."

이러한 화해가 아들 아덜퍼스와 조니에게는 어찌나 감동적이었던지 두 아이가 한마음이 되어 작게 환성을 질렀다. 그 소리에 침대 위의 동그랗게 뜬 눈들이 일제히 감겼고 식사 도중 무슨 일이 생겼나 싶어 그제 막 옆쪽의 옷장에서 나온 나머지 두 꼬마 테터비들은 살그머니 다시 들어갔다.

"맞아요, 덜퍼스," 테터비 부인이 흐느꼈다. "집으로 오면서 태어나지 못한 그……"

테터비 씨는 그 이야기를 꺼내고 싶지 않은 눈치였으나 그

*말린 완두콩을 푹 삶은 것에 햄이나 돼지고기를 곁들인 요리.

〈테터비 가족〉, 일러스트_존 리치, 1848년

래도 아내를 위해 말을 꺼내주었다. "아이 말이지, 여보."

"……아이 생각밖엔 없었어요." 테터비 부인이 말했다. "조니 날 보지 말고 아기를 보렴. 안 그러면 그 앤 네 무릎에서 떨어져 죽고 말거야. 그러면 넌 마음이 너무 아파 몸부림치며 죽어버리고 말겠지. 그렇게 되면 좋겠니? 그 아이 생각밖엔 없었어요. 그런데 집에 오니까 짜증이 나서, 하지만 뭔가 덜퍼스……." 테터비 부인이 말을 잠시 멈추고 손가락에 끼워진 결혼반지를 빙글빙글 돌렸다.

"알았다!" 테터비 씨가 말했다. "알았어! 우리 귀염둥이 마누라가 속이 상했군. 험한 시절, 험한 날씨, 험한 일이 때때로 우릴 힘들게 하지. 알겠어, 이런 세상에! 그건 새삼 놀랄 일도 아니잖소!" "돌프, 애야." 테터비 씨가 포크로 그릇을 뒤적이며 말을 이었다. "여기 너희 어머니가 식당에서 사온 것을 좀 보려무나. 피즈 푸딩에다가 잘 구운 돼지 다리의 발목 하나가 통채로 들어 있구나. 거기에다 구운 돼지 껍질이 잔뜩 얹고 그레이비소스랑 겨자까지 왕창 뿌렸는걸. 접시를 받거라. 그리고 아직 뜨거울 때 먹으렴."

아덜퍼스 군은 두 번 부를 필요도 없이 다가와 자기 몫을 받아 들고는 배고픔에 눈가가 촉촉해져서는 자기 자리로 물러나 음식에 코를 박고 먹기 시작했다. 조니도 잊히지 않았다. 그는 아기에게 그레이비소스가 튀기지 않도록 유의하며 자기 배급량의 음식을 빵 위에 받아 들었다. 비슷한 이유로 해서, 그는 당장 먹고 있지 않을 때는 푸딩을 호주머니에 넣어두었다.

도가니 살도 있었다. 식당의 고기 써는 사람이 귀한 손님을 위해 잊지 않고 발라준 것이 분명했으나 양념을 아낌없이 친 통에 기분 좋게 맛을 속이는, 그저 꿈결처럼 이건 돼지고기다 하는 장식품이라 할 것이었다. 피즈 푸딩 역시 그레이비소스와 겨자가 동쪽 장미의 향기가 나이팅게일에 배듯*, 결코 돼지고기가 아님에도 그 비슷한 맛을 냈다. 그렇게 다 합쳐놓으면 중간 크기의 돼지 맛이었다. 평화롭게 잠들었다고 공언하던 침대 위의 테터비들이 참지 못하고 살금살금 빠져나와 부모님 몰래 제 형들에게 형제간의 애정을 음식으로 좀 표현에 달라 조용히 떼를 쓰고 있었다. 마음이 모질지 못한 두 형은 먹다 남은 음식들을 주었고 그 바람에 바로 뒤에 있던 일단의 잠옷을 입은 척후병들이 저녁을 먹는 내내 응접실을 멋대로 달려 다녔다. 결국 그에 잔뜩 시달린 테터비 씨가 한 번인지 두 번인지 그 유격병들이 사방으로 난리를 피우며 물러나게 만들었다.

테터비 부인은 저녁을 즐기지 못했다. 무언가 테터비 부인의 마음을 누르고 있는 것 같았다. 한번은 이유도 없이 웃음을 터트리더니 다음에는 또 이유도 없이 울고, 마침내는 정신이 나간 것처럼 울다가 웃다가 하여 남편을 당황하게 만들었다.

"사랑스러운 마누라," 테터비 씨가 말했다. "세상일이 다 그렇다 하니 뭔가 일이 잘못되어 당신을 숨 막히게 하나 보오."

*페르시아 설화에 바탕을 둔 토머스 무어의 시집 《랄라 루크(Lalla Rookh)》(1817)에 수록된 〈코라산의 베일 쓴 예언자〉에서 가져온 표현. 시 속에서 장미나무 곁을 맴돌던 나이팅게일은 그 꽃과 같은 향을 내게 되었다.

"물 좀 주세요." 자신과 싸우며 테터비 부인이 말했다. "그리고 지금은 말 시키지 마세요. 신경 쓰지도 말고요. 그러지 말라고요!"

테터비 씨는 물을 가져다주고는 갑자기 불운한 조니(이미 잔뜩 마음 아파하고 있는) 쪽으로 몸을 돌려 아기라도 보면 어머니가 기운을 되찾을 텐데, 데리고 갈 생각은 않고 왜 그 모양으로 먹고 뒹굴거리고 있느냐고 묻는 것이었다. 조니가 아기의 무게를 감당하지 못해 축 처진 상태로 곧바로 다가왔다. 그러나 테터비 부인은 자신을 달래려는 그런 시도를 참아줄 상태가 못 된다는 듯이 손을 내저었고, 조니는 가장 소중한 사람들로부터 계속되는 미움에 고통스러워하며 한 걸음도 더 다가서지 못한 채, 결국 자기 자리로 물러나 전처럼 주저앉았다.

잠시 후, 테터비 부인은 이제 나아졌다고 말하며 웃기 시작했다.

"사랑스러운 마누라," 미심쩍은 듯이 남편이 말했다. "나아진 게 확실하오, 소피아? 아니면 바람이나 쐬러 나가면 어떻겠소?"

"아니에요, 덜퍼스, 아니에요." 아내가 대답했다. "나 정말 괜찮아요." 이 말을 하며 그녀는 머리를 매만지고 손바닥으로 두 눈을 누른 다음 다시 웃었다.

"잠시라도 그런 생각을 하다니 이 형편없는 바보!" 테터비 부인이 말했다. "가까이 와요, 덜퍼스, 마음 진정시키고 말할게요. 무슨 일이었는지 말할게요."

테터비 씨가 의자를 가까이 가져가자 테터비 부인이 그를 껴안으며 웃음을 터트리고는 눈물을 닦았다.

"있잖아요, 여보. 덜퍼스." 테터비 부인이 말했다. "처녀였을 때, 내가 무던히 방황을 했었더랬어요. 한번은 네 명이 동시에 따라다녔어요. 그중 둘이 군신의 아들들이었는데."

"우린 모두 국민의 아들들이잖소, 여보." 테터비 씨가 말했다. "그리고 국가의 아들이기도 하고."

"그 말이 아니라," 아내가 대답했다. "군인들 말이에요, 병사들."

"아!" 테터비 씨가 말했다.

"여보, 델퍼스, 난 한 번도 그들을 아쉬워하지 않았어요. 좋은 남편을 얻었다고 확신했고 내 남편을 좋아한다는 걸 얼마든지 증명할 수 있다고 믿었어요, 그런데⋯⋯."

"세상의 모든 아내들이 그러하듯이," 테터비 씨가 말했다. "그렇지, 그래."

테터비 씨가 3미터 정도 되었더라면 테터비 부인의 공기 요정 같이 훤칠한 키를 지금처럼 우러러보지는 못했을 것이다. 또한 테터비 부인의 키가 60센티미터였더라도 그것이 그녀에게 더 적합하다고는 느끼지 못했을 것이다.

"당신도 아시겠지만요, 덜퍼스." 테터비 부인이 말했다. "쉴 수 있는 사람들은 다 쉬고, 돈 있는 사람들은 다 쓰고, 나도 좀 그랬지만요, 그러는 크리스마스 때가 되니까, 좀 전에 거리에 나가 있을 때 마음이 불편하더라고요. 그 맛있는 것들, 그렇게 보기 좋은 물건들, 너무나 갖고 싶은 것들을 잔뜩 팔고 있는데, 나는 흔하디흔한 물건 하나 사려고 6펜스짜리 하나를 꺼내면서도 계산하고 또 계산해야 하잖아요. 게다가 바구니는 또 왜 그리 큰지, 그 안에 넣고 싶은 게 너무 많은데 내가 가진 돈은 너무 적고, 그렇게 옹색하게 살아야 한다는 게……, 여보 내가 싫어졌죠, 그렇죠, 덜퍼스?"

"천만에," 테터비 씨가 말했다. "그러려면 아직 멀었어."

"그래요! 당신께 전부 다 말할게요." 아내가 뉘우치며 말을 이어나갔다. "듣고 나면 당신은 아마 나를 싫어하게 될 거예요. 그런 마음이 너무 절절했어요. 추운 날씨에 터덜터덜 걷는데, 그렇게 커다란 바구니를 든 채 계산을 하고 있는 다른 얼굴들을 보고 있자니 내가 더 잘 살 수 있지 않았을까, 더 행복해질 수 있지 않았을까 하는 생각이 들기 시작했어요. 만약…… 내가……." 결혼반지가 다시 빙글빙글 돌아갔다. 테터비 부인은 반지를 돌리며 아래로 떨군 고개를 흔들었다.

"알겠소." 차분한 목소리로 남편이 말했다. "만약 당신이 결혼을 하지 않았더라면, 혹은 다른 사람과 결혼했었더라면 말이지?"

"네." 테터비 부인이 흐느꼈다. "정말 그렇게 생각했어요. 이제 내가 싫어졌죠, 덜퍼스?"

"이런, 아니야," 테터비 씨가 말했다. "아직 멀었어. 그런 마음은 전혀 들지 않아요."

테터비 부인은 남편에게 감사의 키스를 하고 이야기를 계속했다.

"이젠 당신이 날 미워하지 않았으면 하는 생각이 들어요, 덜퍼스. 아직 당신에게 가장 나쁜 것은 말하지 않았지만요. 내게 무슨 일이 일어난 건지 모르겠어요. 아팠던 건지 미쳤던 건지. 어떻게 된 건지 모르지만 우릴 서로 이어주고 있는 것 같았던, 나의 운명을 받아들이게 해주었던 것들을 하나도 떠올릴 수가 없었어요. 우리가 가졌던 그 모든 기쁨과 즐거움, '그것들'이 너무도 초라하고 무의미해 보이는 거예요. 싫었어요. 다 짓밟아버리고 싶었어요. 우리가 가난하다는 거, 그리고 집에 얼마나 많은 식구들이 있는지밖에 생각나지 않았어요."

"알아요, 알아, 여보." 기운을 돋아주려는 듯 그녀의 손을 흔들며 테터비 씨가 말했다. "어쨌든 그게 사실 아니오. 우린 가난해. 그리고 먹여 살려야 할 식구들도 많고."

"아! 하지만 돌프, 돌프!" 그의 목에 팔을 두르고 아내가 소리쳤다. "착하고 친절하고 침착한 사람, 그리고 집에 와서 잠시 있으니까, 얼마나 달라졌는지 몰라요! 오, 돌프, 여보, 정말 너무나 달랐어요! 기억들이 한꺼번에 다시 내게 몰려드는 것 같았고 그게 단단했던 내 마음을 부드럽게 해주었어요. 심장이 터질 때까지 가득 채웠어요. 먹고살기 위한 우리의 노력, 결혼 이후 우리가 서로에 대해, 아이들에 대해 가졌던 근심의 세월, 걱정의 시간, 그 모든 걱정과 바람이 내게 말을 걸어왔어요. 그들이 우리를 하나로 만들었다고, 그리고 난 아내이자 어머니인 지금 나 외에 어떤 것도 아니었고, 될 수 없었고, 되지 않았을 거라고요. 그러자 내가 그렇게 잔인하게 짓밟아버릴 뻔했던 그 값싼 즐거움들이 너무도 소중하게 다가오는 거예요. 오, 그건 값을 매길 수가 없죠. 그리고 여보! 내가 얼마나 그릇된 판단을 했는지 생각하자 참을 수가 없었어요. 말할게요. 백번이라도 다시 말할게요. 어떻게 내가 그랬을까요, 덜퍼스? 어떻게 내가 그런 마음을 먹었을까요!"

그 선량한 남자는 아내의 진심어린 후회와 다정한 마음에 휩쓸려 그녀와 한마음으로 울고 있었다. 그때 아내가 비명을 지르기 시작하며 남편 뒤로 달아났다. 그 목소리가 어찌나 겁에 질려 있던지 아이들도 잠에서 깨어 침대에서 빠져나와 그녀에게 매달렸다. 방 안으로 들어온 검은 외투를 입은 창백한 남자를 향한 그녀의 눈빛도 목소리의 공포가 거짓이 아님을 보여주고 있었다.

"저 사람 좀 보세요! 저기요! 무얼 원하는 거래요?"

"여보," 남편이 대답했다. "날 좀 놓아주면 가서 무슨 일인지 물어보리다. 왜 이리 떠는 거요?"

"조금 전에 나갔을 때 길에서 저 남자를 봤어요. 내 옆에 서서 나를 쳐다봤어요. 저 사람이 무서워요."

"무섭다고? 대체 왜?"

"왜인지는 몰라요, 난, 잠깐만요! 여보!" 그가 낯선 사람 쪽으로 가는 것을 보고 테터비 부인이 소리쳤다. 그녀는 한 손을 머리에 대고 다른 손은 가슴에 대었다. 무언가를 잃어버리기라도 한 것 같은 이상한 두근거림이 테터비 부인을 온통 휩쓸고 지나갔고 그녀는 불안하게 두 눈을 두리번거렸다.

"여보, 어디 아프오?"

"다시 무슨 일인가가 내게 일어나고 있어요, 그게 뭘까요?" 낮은 목소리로 그녀가 중얼거렸다. "뭔가 사라지고 있는데 그게 뭘까요?" 그러더니 불쑥 남편의 질문에 대답했다. "아프다고요? 아뇨, 난 괜찮아요." 그러고는 멍하니 서서 바닥을 내려다보았다.

남편은 처음에 아내가 보였던 공포로부터도, 지금 그녀가 보여주는 안심할 수 없게 하는 이상한 태도로부터도 완전히 벗어나지 못한 채로, 시선을 바닥으로 향한 채 조용히 서 있는 검은 망토를 입은 창백한 방문자에게 말을 걸었다.

"저희에게," 그가 물었다. "무슨 볼일이라도 있으십니까, 선생님?

"말도 없이 들어와서 놀라진 않으셨는지 모르겠소." 방문자가 대답했다. "그런데 당신이 하는 말이 잘 들리지가 않소."

"제 아내가 말하길, 그녀가 하는 말을 들으셨을 텐데," 테터비 씨가 말했다. "오늘 밤 선생님이 자기를 놀라게 한 게 이번이 처음이 아니라는군요."

"그 일은 미안하오. 거리에서, 단지 잠시뿐이었지만, 부인을 바라보았던 게 기억납니다. 놀라게 할 의도는 없었소."

이렇게 말하며 남자가 고개를 들자 테터비의 아내도 고개를 들었다. 그녀가 어찌나 그를 두려워하던지, 그리고 그 모습을 지켜본 그는 또 어찌나 공포에 질렸던지, 그러면서도 어찌나 주의 깊게 면밀히 살펴보던지 참으로 괴이한 광경이었다.

"내 이름은," 남자가 말했다. "레들로요. 근처에 있는 오래된 대학에서 왔소. 학생 신분인 젊은이가 여기 있다고 들었소만. 이 집에 하숙을 하고 있다고. 맞습니까?"

"던햄 씨말입니까?" 테터비가 말했다.

"그렇소."

그건 아주 자연스럽고 거의 알아채기 힘들 만큼 가벼운 동작이었다. 그 키 작은 남자는 다시 말을 시작하기 전에 이마에 십자를 긋고 마치 공기 중의 무언가가 바뀐 것을 느끼기라도 한 것처럼 재빨리 방을 둘러보았다. 그 순간 화학교수는 아내 쪽을 향했던 두려움에 가득한 시선을 남편에게로 옮기고는 뒤로 물러났다. 그의 얼굴이 창백해졌다.

"남자들 숙소는 위층에 있습니다. 좀 더 편리한 전용 출입구가 있지만, 이미 여기 들어와 계시니 이쪽의 작은 계단을 이용하십시오. 날도 추운데 밖으로 나가시지 말고요." 응접실과 바로 연결된 통로를 보여주며 테터비가 말했다. "그를 만나고 싶으신 거라면 이쪽으로 올라가시면 됩니다."

"네, 그를 만나고 싶습니다." 화학교수가 말했다. "불 좀 빌릴 수 있을까요?"

교수의 초췌한 모습에 대한 경계심과 그 모습을 더욱 어두워 보이게 만드는 설명할 수 없는 불신감이 테터비 씨를 괴롭혔다. 그는 말을 멈추고, 넋이 나가거나 뭔가에 홀린 사람처럼 한 1분 정도를 상대방을 뚫어져라 바라보며 서 있었다.

〈제2장〉, 일러스트_존 테니얼, 1848년

마침내 그가 입을 열었다. "제가 불을 비춰드리지요. 저를 따라오십시오."

"아니," 화학교수가 대답했다. "누가 같이 가는 것도 그에게 알려지는 것도 싫소. 그는 내가 오는 줄 모릅니다. 나 혼자 가는 것이 좋겠소. 남는 불이 있으면 내게 주십시오. 길은 찾아가 겠습니다."

이러한 바람을 서둘러 표현하고자 신문판매소 사장으로부터 촛불을 가져오면서, 교수는 그의 가슴에 손을 올렸다. 그러고는 마치 실수로 그를 상처 입히기라도 한 것처럼 (왜냐하면 자신의 새로운 힘이 자신의 신체 어느 곳에 머무는지, 또 어떻게 전달되며 어떤 방식으로 다른 여러 사람들에게 받아들여지는지 전혀 알지 못했기 때문에) 얼른 손을 물리고는 몸을 돌려 계단으로 올라갔다.

하지만 꼭대기까지 올라갔을 때 그는 멈춰 서서 아래를 내려다보았다. 아내는 손가락에 끼워진 반지를 빙글빙글 돌리면서 여전히 같은 자리에 서 있었다. 남편은, 고개를 가슴 쪽으로 숙이고는 시무룩한 표정으로 심각하게 생각에 잠겨 있었다. 아이들은 여전히 어머니 주위에 주렁주렁 매달려 겁먹은 시선으로 방문자를 좇다가 그가 내려다보는 것을 보고는 서로를 껴안았다.

"자!" 아버지가 거칠게 말했다. "이젠 됐다. 가서 잠이나 자!"

"너무 불편해, 좁기도 하고." 어머니가 덧붙였다. "너희가 없어도 충분히 좁다고. 어서 침대로 가버려!"

놀라고 상처받은 무리 전체가 슬금슬금 사라졌다. 어린 조니와 아이가 맨 끝으로 처졌다.

어머니는 식탁을 치우는 일을 막 하려다 말고 몸에 붙은 음식 부스러기를 털어내더니 자리에 앉아 아무것도 하지 않고 낙심한 듯 생각에 잠겼다. 아버지는 벽난로 한구석으로 가서 작은 불씨들을 한데 긁어모으더니 마치 그걸 모두 독점이라도 하겠다는 듯 그 위로 몸을 구부렸다. 그들은 서로 한 마디도 나누지 않았다.

아래쪽에서 일어난 변화를 바라보며 나아가기도 되돌아가기도 겁이 난 화학교수는 이전보다 더 창백해져서는 도둑마냥 위쪽으로 슬그머니 모습을 감추었다.

"내가 뭘 한 거지!" 혼란에 빠져 어쩔 줄 몰라 하며 그가 말했다. "이제 어떻게 해야 하는 거야!"

'인류의 후원자가 되는 거지.' 머릿속에서 어떤 목소리가 대답하는 것이 들려왔다.

주위를 둘러보았으나 그곳엔 아무것도 없었다. 이제 복도에 가려 그 작은 응접실은 보이지 않았다. 그는 앞쪽을 주시하며 가던 길을 쭉 걸었다.

"어젯밤부터야." 그가 우울하게 중얼거렸다. "나 혼자 틀어박혀 있는데도 모든 것이 낯설게 느껴지기 시작한 것은. 나 자신도 낯설어. 이곳에 온 것도 마치 꿈속의 일인 것만 같아. 이곳에 대체 왜 흥미를 가졌던 거지? 아니, 그 어느 곳이든 내가 기억할 수 있는 게 있을까? 머리가 먹통이 되어버렸어!"

앞쪽에 문이 하나 나왔고, 교수는 그것을 두드렸다. 안에서 어떤 목소리가 들어오라고 말했고, 그는 그렇게 했다.

"친절하신 제 간호사신가요?" 목소리가 말했다. "하긴 물어볼 것도 없지. 여기 올 사람이 또 누가 있겠어." 목소리가 즐거운 듯이, 그러나 힘없는 소리로 말했고, 교수는 등을 문 쪽으로 돌린 채 벽난로 앞에 놓인 침상에 누워 있는 그 청년에게로 주의를 돌렸다.

아픈 사람의 볼처럼 파리하고 움푹 팬 초라한 난로가, 난방에는 거의 도움이 될 것 같지 않은 벽난로 중앙에서 벽돌로 아래를 받친 채 불을 품고 있었고, 청년은 그쪽으로 머리를 돌리고 있었다. 바람 부는 지붕에서 너무도 가까워서 불길도 금방 다 타버렸고, 이내 바지런한 소리를 내며 아직 불이 붙어 있는 재를 떨어트렸다.

"재가 튀어나올 때 타닥타닥 소리가 나요." 미소를 지으며 젊은이가 말했다. "그러니까, 떠도는 이야기들처럼 저건 관이 아니라 지갑인가 봐요.* 신이 허락하신다면 언젠가는 부자가 될 거예요. 그리고 아마도 밀리 님의 이름을 딴 제 딸을 사랑스럽게 지켜볼 수도 있겠지요. 이 세상에서 가장 선량한 성품과 다정한 마음을 가졌던 분을 기억하면서요."

*재로 길흉을 점치던 당시 풍속에 따르면 재가 튀면서 딱 하고 갈라지면 지갑(재산)을, 갈라지지 않고 그대로 타면 관, 즉 죽음을 의미했다. 또는 튀어나온 재가 네모나면 관, 둥글면 재산을 가리킨다고 보기도 했다.

그는 그녀가 잡아주길 바라며 손을 들어올렸다. 하지만 쇠약해진 터라 몸을 일으키진 못했고 얼굴을 다른 한 손 위에 올린 채 돌아보지 않고 있었다.

화학교수는 방 안을 둘러보았다. 교과서와 종이 뭉치가 책상 한구석에 쌓여 있었고, 근처에 이제는 금지되어 한쪽으로 치워진 불 꺼진 그의 독서용 램프가 놓여 있었다. 이렇게 병마에 시달리기 전의 열심이었던 시간들을 말해주는 것이었지만 그것이 병의 원인인지도 몰랐다. 하릴없이 벽에 걸려 있는 외출복 같은, 건강하고 자유로웠던 옛 시절의 흔적들. 다른 곳의, 좀 더 덜 고독한 풍경의 기념품들, 벽난로 선반에 놓인 모형들과 고향의 그림. 그리고 그의 선망, 아마도 어떤 의미에서는 개인적 애착의 표현인 듯한 교수의, 그 방관자의 판화초상화가 액자에 끼워져 있었다.

얼마 전, 아니 어제만 해도 여기 있는 물건들 중 어느 하나, 레들로에게 지금 그의 앞에 살아 숨 쉬는 인물에 대해, 아주 조금일 뿐이라 할지라도 관심을 불러일으키지 않는 것이 없었을 것이다. 그러나 이제, 그것들은 그저 물건들일 뿐이었다. 만약 어떤 가느다란 인연이라도 있었다 하더라도 멍하니 의문에 잠겨 주위를 둘러보고 서 있는 그에게 기억을 일깨우기보다는 당혹스럽게 하는 데 그치고 말았을 것이다. 그토록 오랫동안 아무런 반응이 없자 그 야윈 손을 다시 거둬들인 학생이 침상에서 몸을 일으키고는 고개를 돌렸다.

"레들로 교수님!" 벌떡 일어서며 그가 소리쳤다.

레들로가 팔을 뻗었다.

"가까이 오지 말게. 난 여기 앉아 있을 테니, 자넨 그 자리에 그대로 있어!"

그는 문 가까이에 있는 의자에 앉아, 침상에 손으로 기대고 선 젊은이를 한 번 바라보고는 다시 땅으로 시선을 피한 채 말했다.

"우연히, 그게 어떤 우연인지는 중요하지 않네, 내 강의를 듣는 학생 중 하나가 혼자 앓고 있다는 이야기를 들었네. 그가 이 거리에 살고 있다는 것 외엔 더 자세한 설명은 듣지 못했지. 그런데 공교롭게도 내가 탐색을 시작한 첫 번째 집에서 그를 찾은 거야."

"그동안 아팠습니다, 교수님." 단순히 겸손하게 구느라 주저하는 것이 아니라 그를 두려워하는 듯한 태도로 학생이 대답했다. "하지만 이제 훨씬 좋아졌습니다. 열이 나서, 아마도 두통 때문인 것 같습니다, 몸이 약해졌었지만 이젠 많이 나아졌습니다. 병을 앓고 있었지만 혼자였다고는 말할 수 없습니다. 그런 말을 한다면 곁에서 저를 돌보아준 손길을 잊어버리는 것이 될 테니까요."

"관리인의 아내를 말하는 거로군." 레들로가 말했다.

"네." 말없이 경의를 표한다는 듯이 학생이 고개를 숙였다.

그의 내부에 자리한 냉기, 한결같은 무관심으로 인해 살아 있는 사람이라기보다는 어제 처음 그 학생의 일을 들었을 때 저녁 식사 자리를 박차고 나왔던 남자의 무덤에 세워진 대리석

조각 같아 보이는 화학교수는, 침상에 손으로 기대고 선 학생을 다시 한 번 바라보고는 아래로 시선을 떨구었다가, 자신의 어두운 마음을 밝혀줄 빛이라도 찾는 것처럼 다시 공중으로 시선을 던졌다.

"조금 전 아래층에서 자네 이름을 들었을 때 생각이 났지. 얼굴도 기억이 났어. 우린 사적인 이야기는 거의 나누지 않았지?"

"거의 없었습니다."

"자넨 다른 누구보다도 더 나를 멀리했어, 그렇지 않나?"

학생이 동의를 표했다.

"그런데 왜 그랬지?" 최소한의 흥미가 아니라 뭔가 기분 나쁘고 어쩔 수 없는 듯한 호기심을 드러내며 화학교수가 말했다. "왜인가? 어째서 자넨 특별히 나를 피해야겠다고 생각하게 된 건가? 다른 사람들은 모두 사라지고 자네 혼자 앓고 있는 이런 때에 말이네. 그 이유가 무언지 알고 싶네."

점점 더 불안해하며 그의 말을 듣고 있던 젊은이가 아래로 향했던 시선을 들어 교수의 얼굴을 바라보더니 손을 덥석 잡고 떨리는 입술로, 갑작스럽게 열의에 차서 소리쳤다.

"레들로 교수님! 저를 찾아내셨군요. 제 비밀을 아시는 거죠?"

"비밀?" 화학교수가 큰소리로 말했다. "내가 안다고?"

"네! 많은 학생들이 교수님을 좋아하게 만들었던 그 관심과 동정심과는 너무도 달라진 교수님의 태도, 달라진 목소리, 교수님이 하시는 모든 말과 표정에 드러난 불편함이," 학생이 대답했다. "교수님이 알고 계시다고 경고해주고 있으니까요. 지금도 교수님이 그걸 숨기려고 하시는 것 자체가 제게는 교수님의 친절하신 성품을, 우리 사이에 놓인 장벽을 보여주는 증거입니다. 하느님께 맹세코 저는 결코 원하지 않았지만요!"

그에 대한 교수의 답은 공허하고 경멸하는 듯한 웃음뿐이었다.

"하지만 레들로 교수님." 학생이 말했다. "남자로서, 그리고 선량한 사람으로서, 교수님을 괴롭혔던 과오나 겪고 계신 슬픔에 관련된 그 이름과 혈통을 제외하면 제가 얼마나 무고한 사람인지 헤아려주십시오."

"슬픔?" 웃음을 터트리며 레들로가 말했다. "과오? 그게 다 무어란 말인가?"

"제발," 학생이 몸을 움츠리며 간청했다. "저와 몇 마디 말씀을 나누신 것으로 이렇게 변하시다니요! 절 모르셔도 됩니다. 그냥 전처럼 신경 쓰지 말아주세요. 교수님이 가르치는 이들 속에, 눈에 띄지 않게 저만치 떨어져 있던 원래의 제자리로 돌아가게 해주십시오. 제가 드린 거짓 이름으로만 저를 아시고, 저 롱퍼드……"

"롱퍼드!" 상대가 소리쳤다.

레들로가 양손으로 머리를 움켜쥐고는, 잠시 동안 본연의 총명하고 사려 깊은 얼굴로 젊은이를 바라보았다. 하지만 찰나의 햇살 같은 그 짧은 순간이 지나고 나자 그 얼굴은 전처럼 다시 침울해졌다.

"제 어머니의 성입니다, 교수님." 흔들리는 목소리로 청년이 말했다. "어머니가 가졌던, 아마도 그녀가 더욱 영광스런 다른 이름을 가졌을 때 가졌던 성이지요." 머뭇거리며 그가 다시 말했다. "레들로 교수님. 전 제가 그 이야기를 알고 있다고 생각합니다. 제가 가진 정보가 멈추어 선 곳에서 저의 추측들이 진실과 그리 많이 떨어져 있지 않은 무언가를 제공해주었습니다. 저는 어울리지 않는, 아니 행복하지 않은 결혼의 소생입니다. 어린 시절부터 교수님에 대해 존경과 경애의 마음을 담아 이야기하는 것을 들어 왔습니다. 그건 거의 숭배에 가까웠습니다. 교수님의 헌신에 대해, 용기와 애정에 대해, 인간을 찍어 누르는 장애물들에 대한 저항에 대해 너무도 많이 들어와서 제 어머니로부터 배운 그 짧은 가르침 이후 저의 마음은 교수님의 이름 위에 찬란한 빛을 드리워왔습니다. 그러니, 가난한 학생인 제가 교수님이 아닌 그 누구에게 가르침을 청할 수 있었겠습니까?"

움직이지도, 어떠한 변화도 없이, 눈살을 찌푸리며 그를 바라보던 레들로는 아무런 말도 아무런 내색도 하지 않았다.

"어떻게 말을 해야 할지 모르겠습니다." 상대가 말을 이었다. "저희 학생들 사이에서, 그중 가장 보잘것없는 이들에게도 감사와 신뢰의 마음으로 기억되는, 레들로 교수님의 배려들에서 지나간 자애로움의 흔적을 발견하고 제게 얼마나 깊은 인상을 받았는지, 얼마나 감동하였는지, 표현해보려 아무리 노력해도 되질 않습니다. 교수님과 저는 나이도 위치도 너무나 다릅니다. 그리고 저는 교수님을 멀리서 바라만 보는 데 너무 익숙해 있어서, 아무리 가볍게라 하더라도 언제쯤이면 감히 그 이야길 꺼내도 될지 알 수가 없었습니다. 그분에게, 그러니까 한때 제 어머니에게 특별한 관심을 가지고 계셨던 그분에게, 이제는 모두 지나간 일이 되어버린 일을, 저 자신을 숨기고 그분을 바라보며 제가 경험했던 그 말로 설명할 수 없는 애착을 가지고 이야기하는 것이, 과연 귀 기울일 만한 가치가 있는 일일지 알 수가 없었습니다. 격려의 말씀 한마디가 저를 풍요롭게 하는 때에도, 거리를 두어야만 한다는 것이 얼마나 고통스럽고 또 견딜 수 없이 싫었는지요. 그러나 교수님 곁에 있되 알려지진 말자는 저의 결심을 꺾지 않은 것이, 이제는 또 얼마나 적절한 일로 여겨지는지요." 힘없는 목소리로 학생이 말했다. "레들로 교수님, 말씀드리려 했던 것을 제대로 말씀드리진 못한 것 같습니다. 아마도 아직 기운이 돌아오지 않은 탓이겠지요. 그러나 이름을 속인 제 행동에 무어라도 적절치 못한 것이 있다면 부디 용서해주십시오. 다른 모든 것에 대해서도 용서를 구합니다!"

레들로는 찌푸린 얼굴로 계속 학생을 응시했다. 조그만 표정의 변화도 없던 그는 학생이 이렇게 말하며 앞으로 다가오자, 마치 그 말이 학생 손에 들린 횃불이라도 되는 양 흠칫 물러서며 소리를 질렀다.

"가까이 오지 말게!"

그가 어찌나 놀라고 혐오감을 뚜렷이 드러내었던지 청년은 충격을 받고 자리에 멈춰 섰다. 그리고 생각에 잠겨 이마에 성호를 그었다.

"과거는 과거일 뿐." 화학교수가 말했다. "짐승들처럼 죽어가기 마련이지. 나의 과거, 그 흔적들에 대해 이야기하는 사람? 헛소리가 아니면 거짓말을 하는 자다! 자네의 병적인 공상과 내가 무슨 관련이 있다는 거지? 돈을 원하는 거라면, 자, 여기 있네. 이걸 주러 왔어. 그게 내가 여기 온 이유 전부일세. 다른 것은 가져왔을 리가 없어." 그가 다시 양손으로 머리를 움켜쥐며 중얼댔다. "다른 것은 '있을' 수가 없네, 그런데……."

레들로는 지갑을 탁자 위로 던졌다. 그렇게 교수가 스스로에 대한 흐릿한 생각 속으로 빠져들고 있을 때, 학생이 지갑을 집어 들어 그에게 내밀었다.

"다시 가져가십시오, 교수님." 그는 화가 나서가 아니라 자신감을 가지고 말했다. "이것과 함께 당신이 하신 말과 제안에 대한 기억도 제게서 가져가주시기 바랍니다."

"그러길 원하나?" 사나운 눈빛으로 레들로가 따지고 들었다. "그러길 바라?"

"그렇습니다!"

화학교수가 처음으로 젊은이에게 다가와 지갑을 받아들고 팔을 잡아 몸을 돌려세우며 그의 얼굴을 마주보았다.

"슬픔과 병으로 인한 괴로움이 있어, 그렇지?" 웃음을 지으며 교수가 물었다.

갑작스러운 행동에 의아해하며 학생이 대답했다. "네."

"불만과 불안과 초초함, 그 모든 육체적 정신적 비참함 속에 말이야." 섬뜩하게도 기뻐 어쩔 줄을 모르며 화학교수가 말했다. "잊는 게 상책이야, 그렇지 않나?"

학생은 대답하지 않았다. 그러나 당황하며 다시 이마 위로 성호를 그었다. 레들로가 아직 그의 소매를 붙잡고 있는데, 밖에서 밀리의 목소리가 들려왔다.

"이제 아주 잘 보여." 그녀가 말했다. "고맙구나, 돌프. 울지 마라, 애야. 아버지와 어머니는 내일이면 다시 편안해지실 거야. 집안도 다시 평화로워질 거고. 신사 분이 함께 계시다고?"

레들로는 잡고 있던 손을 풀고 귀를 기울였다.

"처음부터 그녀를 만날까봐 두려웠어." 그가 혼자 말로 중얼거렸다. "그녀에겐 변하지 않는 선함이 자리하고 있어. 내가 그것에 영향을 미치면 어쩌지. 내가 그녀 가슴속에 있는 가장 따뜻하고 선한 것을 죽이게 될지도 몰라."

그녀가 문을 두드리고 있었다.

"쓸데없는 예감이라고 치부해버려야 하나, 아니면 계속 그녀를 피해?" 불편한 듯 주위를 둘러보며 레들로가 중얼거렸다.

밀리가 다시 문을 두드렸다.

"이곳을 드나드는 이들 중에 내가 가장 피하고 싶었던 사람이야." 그가 두려움에 쉬어버린 목소리로, 청년을 돌아보며 말했다. "날 숨겨주게!"

학생이 다락방 지붕이 바닥으로 기울어지기 시작하는 곳과 좁은 내실을 연결하는 벽의 낡은 문을 열었다. 레들로는 서둘러 안으로 들어가 문을 닫았다.

그런 다음 학생은 다시 침상 위의 자기 자리로 돌아가 그녀에게 들어오라고 말했다.

"에드먼드 씨," 주위를 둘러보며 밀리가 말했다. "여기 어떤 신사 분이 계시다고 하던데요."

"여긴 저밖에 없어요."

"누가 있기는 했었고요?"

"네, 그래요, 누군가 있었어요."

그녀는 가져온 작은 바구니를 탁자 위에 두고 내민 손을 잡으려는 듯이 다시 침상으로 돌아왔다. 그러나 손은 사라지고 없었다. 약간 놀라서, 하지만 늘 그렇듯 조용히, 그녀가 학생의 얼굴을 바라보며 그의 이마에 부드럽게 손을 올렸다.

"오늘 밤은 괜찮아요? 오후만큼 이마가 차갑지는 않네요."

"쳇!" 성질을 부리며 학생이 말했다. "별로 아프지 않아요."

조금 더 놀란 표정이었지만, 여전히 비난하는 기색 하나 없이 그녀는 탁자의 반대편으로 물러나 바구니에서 작은 바느질 감 꾸러미를 꺼냈다. 하지만 다시 생각을 해보더니 그것을 내려놓고 소리 없이 방 안을 돌아다니며 모든 것을 정확히 제자리로, 가장 말끔한 순서로 정리해놓았다. 침상 위의 방석에도 손을 뻗었지만 어찌나 부드럽게 매만졌던지 벽난로 불꽃을 바라보며 누워 있는 학생은 거의 의식도 하지 못했다. 모든 것이 다 정리되고 벽난로까지 닦고 나자, 그녀는 자리에 앉아 작고

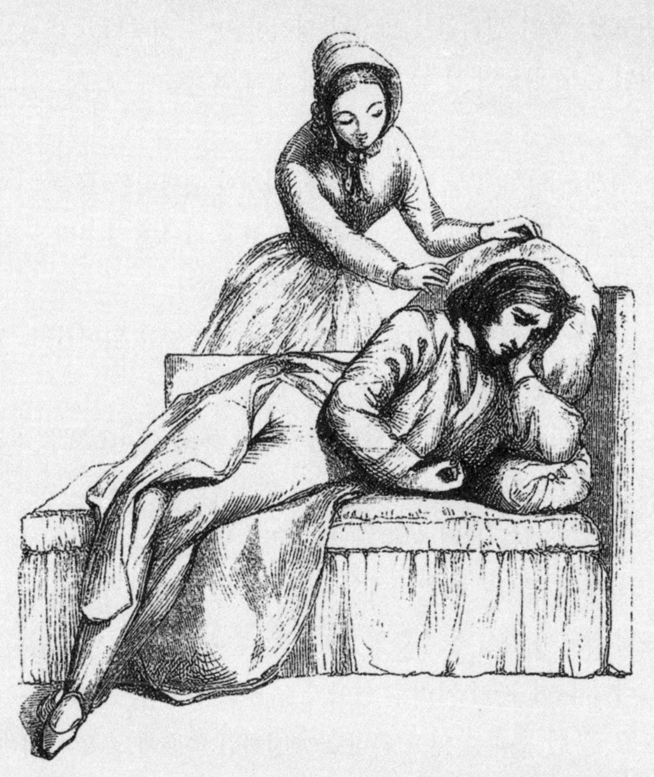

〈밀리와 에드먼드〉, 일러스트_프랭크 스턴, 1848년

수수한 모자를 쓴 채 곧바로 조용히 일에 몰두하기 시작했다.

"창문에 달 새 모슬린 커튼이에요, 에드먼드 씨." 바느질을 해나가며 밀리가 말했다. "비싼 건 아니지만 아주 깨끗하고 말끔해 보일 거예요. 햇빛으로부터 당신 눈을 보호해주기도 할 거고요. 우리 윌리엄이 말하길 당신이 많이 회복되기 전까진 방이 너무 밝으면 안 된대요. 환한 빛이 어지럽게 할 수도 있다고요."

학생은 아무 말도 하지 않았다. 하지만 뒤척이는 모습에 짜증과 초조함이 배어 있어, 밀리가 바삐 움직이던 손가락을 멈추고는 걱정스러운 표정으로 그를 바라보았다.

"베개가 불편한가 봐요." 하던 일을 내려놓고 일어서며 그녀가 말했다. "제가 금방 정리해줄게요."

"괜찮아요." 학생이 대답했다. "제발 절 좀 내버려둬요. 당신은 매사에 너무 지나쳐요."

그는 고개를 들어 이렇게 말하고는 밀리를 바라보았는데, 그 눈빛에 감사의 마음이라곤 전혀 없어, 그가 다시 엎드리고 나자 그녀는 잠시 동작을 멈추고 어쩔 줄 몰라 하며 서 있었다. 그러나 다시 자기 자리로 돌아가 바늘을 집어 들고 불만스런 눈길 한 번 보내지 않고 곧바로 이전처럼 바쁘게 손을 놀리기 시작했다.

"생각을 해봤는데요, 에드먼드 씨. 제가 옆에 있을 때 보면 종종 늦게까지 생각에 잠기시더라고요. 역경이 최고의 스승이란 말이 얼마만큼이나 진실일까 하고요. 아프고 난 다음엔 건강이 전에 없이 소중한 것이 되었지요? 그리고 몇 년 후에 다시 이 시절이 돌아와, 여기에 혼자 아파 누워 있었던 날들을 떠올릴 때면 병에 걸렸다는 소식으로 소중한 사람들을 괴롭히지 않아도 되었으니 다행이다, 홀로 아팠던 덕에 고향집이 두 배로 소중하고 두 배로 고마워졌다, 생각하시게 될 거예요. 그러니까, 그 말은 의미가 있는, 진실된 말이 아닐까요?"

그에 대한 대답으로 젊은이가 자신을 향해 어떤 표정을 지을까 기다리기에는, 밀리는 너무도 일에 열심이었고, 너무도 자신의 말에 진심이었고 너무도 침착하고 조용했다. 그리하여 젊은이의 배은망덕한 시선은 날카로움을 잃었고 그녀를 상처 입히지도 못했다.

"아!" 바쁘게 움직이는 자신의 손을 따라가며 아래를 내려다보고 있던 밀리가 생각에 잠긴 듯 자그마한 머리를 한쪽으로 기울이며 말했다. "저는 당신과는 너무도 다르잖아요, 에드먼드 씨. 배운 것도 없고 제대로 생각한다는 게 무언지도 모르고요. 하지만, 그런 저도 아프고 난 후부터 당신이 사물을 바라보는 그런 관점에 깊은 인상을 받았어요. 아래층의 가난한 사람들이 보여준 관심과 친절에 깊이 감동하는 모습에서 그러한 경험 또한 건강을 잃은 것에 대한 보상이라고 생각한다고 느꼈어요. 당신의 얼굴에서, 책을 읽듯이 분명하게, 어려움과 슬픔이 없었더라면 우리는 결코 우리 곁에 있는 좋은 것들을 절반도 알지 못할 거라는 생각을 읽었어요."

에드먼드가 침상에서 일어나 그녀의 말을 가로막았다. 그러지 않으면 그녀가 계속 이야기를 할 것이기 때문이었다.

"좋은 점만 과장할 필요는 없어요, 윌리엄 부인." 경멸하는 투로 그가 말했다. "아래층 사람들은 머지않아 그들이 제게 해 준 사소한 봉사들에 대해 보상을 받게 될 겁니다. 아마 손해 볼 걱정은 하지 않으셔도 될 거예요. 당신께도 정말 감사드리고요."

그녀가 손을 멈추고, 에드먼드를 바라보았다.

"하지만 당신이 사실을 과장하는 것에 대해서는 감사를 드릴 수가 없습니다. 당신이 제게 관심을 가져주신 것에 대해서는 잘 알고 있고, 또 무척 고맙게 생각하고 있습니다. 뭘 더 원하시는 겁니까?"

그가 참을 수 없다는 듯이 앞뒤로 걸어 다니다가 때때로 멈춰 서는 모습을 조용히 바라보던 밀리의 무릎 위로 바느질감이 툭 떨어졌다.

"다시 말씀 드리지만, 정말 고맙게 생각하고 있습니다. 제가 당신에게 신세를 지고 있다는 것을 잘 알고 있는데, 왜 자꾸 물으시는 겁니까? 고난, 슬픔, 역경, 고통! 누구라도 제가 여기에서 수없이 많은 죽음의 고통을 겪고 있다는 걸 알 겁니다!"

"에드먼드 씨," 자리에서 일어나 그에게 가까이 다가가며 밀리가 물었다. "제가 이 집의 저 가난한 사람들과 무슨 관련이 있어서 그런 말을 했다고 생각하시나요? 제가요?" 가슴에 손을 얹고, 놀란 마음에 단순하고 순수한 미소를 지으며 그녀가 말했다.

"오! 선량하신 분, 그런 생각은 하지 않았습니다." 그가 대답했다. "당신의 배려가, 보세요, 저는 배려라고 말합니다, 그 장점을 너무 부풀리려 한다는 게 조금 불편하게 느껴졌던 것뿐입니다. 이제 그만하죠. 영원히 계속할 순 없는 일이니까요."

에드먼드는 차가운 태도로 책을 집어 들고 탁자에 앉았다.

밀리가 잠시 그를 바라보더니, 미소를 완전히 거두었다. 그러고는 바구니를 두었던 곳으로 돌아가서는 부드럽게 말했다. "에드먼드 씨, 혼자 있는 게 더 나으시겠어요?"

"제가 당신을 여기에 가둬둘 이윤 없지요."

"저는 단지……." 머뭇거리는 태도로 하던 일을 보여주며 밀리가 말했다.

"아! 커튼," 거만하게 웃으며 그가 대답했다. "그거라면 머물 가치도 없어요."

밀리는 작은 꾸러미를 다시 챙겨 바구니에 넣었다. 그러고 나서 그의 앞에 끈질기게 간청하는 듯한 태도로 서 있어 에드먼드도 그녀를 바라보지 않을 수가 없었다. 그녀가 말했다. "저를 필요로 하시면 기꺼이 돌아올게요. 당신이 저를 필요로 했을 때 기쁘게 왔던 것처럼요. 그 일에 무슨 가치는 없을 거예요. 제 생각엔 이제 나아지고 있으니까 제가 방해가 될까 걱정이 되신 거 같아요. 제가 그러지 않았어야 했는데요. 당신이 약해지고 움직일 수 없었을 때까지만 왔었어야 했어요. 제게 신세 지신 것 없으세요. 하지만 저를 여자로서, 당신이 사랑하는 여인에게 그러하듯이 공정하게 대하셨어야 옳아요. 그리고 만약 제가 아픈 당신의 방을 편안하게 만들기 위해 노력했던 작은 일들을 비열하게 부풀리려 한다고 생각하신다면, 당신 스스로에게, 제게 하신 것보다 훨씬 더 큰 잘못을 저지르시는 거예요. 그 점에 대해선 죄송하게 생각합니다. 정말 죄송하게 생각해요."

그녀가 조용했던 만큼 격정적이고, 침착했던 만큼 화를 내고, 부드러웠던 만큼 얼굴에 노기를 띠고, 낮고 분명했던 만큼 목소리를 높였더라면, 그녀가 떠나고 난 후 방 안에 홀로 남겨진 학생에게 닥쳐온 것만큼 커다란 상실감을 남기지는 못했을 것이다.

레들로가 숨어 있던 곳에서 나와 문으로 다가갔을 때, 에드먼드는 그녀가 떠난 자리를 쓸쓸하게 바라보고 있었다.

"병마가 네게 다시 손을 내밀 때," 고개를 돌려 사납게 노려보며 레들로가 말했다. "곧 그렇게 될 것이다, 여기에서 죽어라! 여기에서 썩어라!"

"무슨 짓을 한 겁니까?" 그의 망토를 잡으며 상대가 대꾸했다. "제게 무슨 변화를 일으킨 거지요? 제게 무슨 저주를 거신 겁니까? 제 자신을 돌려주십시오!"

"'나' 자신을 돌려줘!" 레들로가 미친 사람처럼 소리를 질렀다. "나는 병들었다! 나는 병을 옮기는 자다! 내 마음의 독, 온 인류가 품은 마음의 독으로 인해 내가 변했다. 내가 흥미를, 연민을, 동정을 느끼는 곳에서 나는 돌로 변한다. 이기심과 배은망덕이, 모든 걸 엉망진창으로 만드는 내 발자국에서 솟아난

다. 단지 나 자신, 내가 불행하게 만든 자들보다 훨씬 더 천하
진 않다는 이유만으로 나는 그들이 변화되는 순간에 그들을 미
워할 수 있다.”

이렇게 말하면서—청년이 여전히 그의 외투를 붙잡고 있었
기 때문에—레들로는 청년을 떨쳐내려고 그를 후려쳤다. 그러
고 나서 바람이 불고, 눈이 내리고, 뜬구름이 쓸려가고, 달이
희미하게 빛나는 밤의 공기 속으로 서둘러 뛰쳐나갔다. 그곳에
서 바람에 흔들리고 눈과 함께 떨어지며 구름과 함께 흩날리
고, 달빛 속에 빛나며, 어둠 속에 어렴풋이 유령의 말이 되살아
났다. “내가 준 선물, 너는 그것을 네가 가는 곳마다 다시 주게
될 것이다!”

어디를 가던 그는 그곳이 어딘지 알려 하지도 상관하지도
않았다. 그래야 사람들을 피할 수 있었으므로. 자신의 내부에
서 느껴지는 변화가 번화한 거리를 사막으로 만들고, 그 자신
을 사막으로 만들고, 다양한 시련을 겪고 서로 다른 삶의 방식
을 가진 주위의 많은 사람들을 바람이 휩쓸어가 아무렇게나 쌓
아두고 파괴적인 혼돈으로 만들어버리는 거대한 모래 더미로
만들어놓았다. 유령이 “그나마도 곧 사라지리라” 했던 그의 가
슴에 남은 이러한 흔적들이 아직은 그 소멸의 길로 멀리 떠나
가진 않았으나, 자신이 어떤 사람인지 다른 이들을 어떻게 만
들었는지 충분히 알고 있기에, 그는 혼자 있기를 원했다.

그렇게 홀로 길을 가던 중에 불현듯, 레들로는 자신의 방으
로 뛰어 들었던 소년이 생각났다. 그러고 보니 유령이 사라진

이후 그가 만났던 사람들 중 어떤 변화의 징조를 보이지 않은 것은 소년이 유일하다는 생각이 떠올랐다.

그 야생의 존재가 괴물 같고 혐오스럽게 느껴졌음에도 레들로는 그것을 찾아 정말 그런지 확인해보기로 결심했다. 그리고 그 순간 머릿속에 떠오른 다른 생각 때문에도 그것을 찾아야할 것 같았다.

그리하여 교수는 소년이 어디에 있는가라는 문제를 해결하기 위해 오래된 대학 쪽으로, 정문을 지나 홀로 학생들의 발길에 닳아 있는 포도로 발걸음을 옮겼다.

관리인의 집은 철문 바로 안쪽에, 사각형 중앙 안뜰의 한 면을 이루고 있었다. 바깥쪽으로 작은 회랑이 나 있어 그곳에서 비바람을 피해 그들이 평소에 사용하는 방을 들여다볼 수 있었고 누가 그 안에 있는지 알 수 있었다. 철문은 닫혀 있었다. 하지만 문의 장금장치를 잘 알고 있는 레들로는 기둥들 사이로 손목을 밀어 넣어 잠금장치를 다시 밀치고는 조심스럽게 몸을 통과시켜 안으로 들어갔다. 그런 후 문을 다시 닫고 얇게 깔린 눈의 막을 발로 바스러뜨리며 창문으로 기어올랐다.

지난 밤 그가 소년에게 알려주었던 난로가 유리창을 통해 비쳤고, 그 불빛이 바닥에 환히 빛나는 장소를 만들고 있었다. 반사적으로 그것을 피해 돌아가며, 레들로는 창문을 들여다보았다. 처음에는 불길이 천정의 낡은 대들보와 어두운 벽을 붉게 물들이고 있을 뿐, 아무도 없다고 생각했었다. 그런데 더 가까이 들여다보니 찾고 있던 대상이 벽난로 앞 바닥에 몸을 말고 잠들어 있는 것이 보였다. 그는 재빨리 현관으로 다가가 문을 열고 안으로 들어갔다.

그 생명체는 너무나 불 가까이 누워 있던 터라 화학교수가 멈춰 서서 그를 깨우자 불길에 앞머리를 그을리고 말았다. 교수의 손이 닿자마자 소년은 잠결에 누더기 옷을 그러쥐고는 달아나야겠다는 본능적인 생각으로 반은 구르고 반은 달려서 한쪽 구석으로 가 자신을 방어하려는 듯 발길질을 퍼부었다.

"일어나!" 레들로가 말했다. "날 잊은 것은 아니지?"

"저리 가!" 소년이 대답했다. "여긴 그 여자 집이야…… 당신 집이 아니라고."

화학교수의 흔들림 없는 시선이 다소간 그를 진정시켰다. 혹은 소년에게 일어서서 자신을 쳐다보게 하기에 충분한 복종심을 불러일으켰다.

"누가 멍들고 터진 곳들을 씻기고 붕대를 감아주었지?" 상처가 달라진 모습을 가리키며 교수가 물었다.

"그 여자가."

"네 얼굴을 씻어준 것도 그녀겠지?"

"그래, 그 여자야."

레들로는 소년의 시선을 끌기 위해 그 질문들을 한 것이었다. 그리고 마찬가지 의도로, 지금은 소년에게 손을 대는 것이 끔찍하게 싫었음에도 불구하고, 그의 턱을 잡고 뒤엉킨 머리를 뒤로 넘겨주고 있었다. 소년은, 그가 다음에 무엇을 할지 몰라, 마치 그렇게 하는 것이 자신을 보호하기 위해 꼭 필요한 일이라고 생각이라도 하는 양 그의 눈을 뚫어져라 바라보았다. 레들로는, 소년에게는 어떠한 변화도 찾아오지 않았음을 분명히 알 수 있었다.

"그들은 어디에 있지?" 교수가 물었다.

"여자는 나갔어."

"그건 알고 있어. 머리가 하얗게 샌 노인과 그 아들은 어디 있지?"

"여자의 남편 말하는 거야?" 소년이 물었다.

"아, 그래, 그 두 사람은 어디 있지?"

"나갔어. 무슨 일이 있나봐. 나더러 여기 있으라고 하고는 서둘러 나갔어."

"따라와." 화학교수가 말했다. "그러면 너에게 돈을 주겠다."

"어디로? 얼마나 줄 건데?"

"네가 지금까지 본 적도 없는 돈을 주겠다. 그리고 곧 다시 돌려보내주지. 네가 온 곳으로 가는 길을 알고 있나?"

"이거 봐." 갑자기, 소년이 그의 손에서 빠져나오려고 몸을 뒤틀었다. "거기로 당신을 데리고 가지 않을 거야. 날 내버려둬. 안 그럼 불을 끼얹어버릴 거야!"

소년이 그 앞에 앉아 작고 거친 손으로 불타는 석탄을 꺼낼 준비를 했다.

그가 지닌 저주받은 힘이 자신이 만난 사람들에게 스며드는 것을 보았을 때 느꼈던 감정은 이 새끼 괴물에게 그 힘이 통하지 않는 것을 보았을 때 느꼈던 차갑고 알 수 없는 공포에 비하면 아무것도 아니었다. 사납고 악의에 찬 얼굴로 그를 올려다보며 갓난아이처럼 조그만 손으로 벽난로 창살을 붙들고 있는, 어린아이의 모양을 한 그 요지부동으로 변하지 않는 것을 바라보는 것은 실로 피가 오싹 얼어붙는 일이었다.

"꼬마야," 그가 말했다. "너무도 불행하거나 너무도 사악한 사람들에게 가기 위해서는 네가 원하는 곳으로 날 데려가야 한다. 난 그들에게 도움이 되길 원하지 해치려는 게 아냐. 이미 말했던 대로 너는 돈을 받게 될 것이고, 난 너를 여기로 다시 데려다줄 거야. 자, 일어나! 어서 가자!" 그녀가 돌아오진 않을까 두려워하며 교수는 서둘러 문 쪽으로 걸음을 옮겼다.

"나 혼자 걸어가게 해줄 거야? 잡거나 만지지 않고?" 위협하던 손을 천천히 거두어들이고 몸을 일으키며 소년이 말했다.

"그렇게 하마!"

"내가 앞에 가든 뒤에 가든, 가고 싶은 대로 내버려둘 거지?"

"약속한다!"

"먼저 내게 돈을 줘, 그런 다음, 가."

소년이 손을 뻗자 화학교수가 몇 실링 정도를 하나하나 손바닥에 내려놓았다. 수를 세는 법을 모르는 아이는 매번 "하나" 하고 말하며, 주어진 돈과 문을 탐욕스럽게 바라보았다. 손에서 동전을 꺼낸 소년은 달리 그것을 둘 곳이 없자 자기 입 속에다 집어넣었다.

그런 다음 레들로는 노트를 한 장 찢어 연필로 소년이 자신과 함께 있다고 적어 탁자 위에 올려놓은 후, 소년에게 따라오라고 신호를 보냈다. 늘 그렇듯, 자신의 누더기를 한데 모아 쥔 소년은 그를 따라 모자도 쓰지 않은 채, 맨발로 추운 겨울밤 속으로 길을 나섰다.

밀리를 만나게 될 위험만은 피하고 싶었던 교수는, 조금 전에 자신이 들어왔던 철문으로 나가는 대신 소년이 길을 잃고 헤매던 복도들을 지나 자신이 살고 있는 곳 옆에 있는 작은 문을 통해 나갔다(열쇠는 그가 가지고 있었다). 거리로 나서자, 그는 걸음을 멈추고 황급히 자신에게서 떨어지는 길잡이에게 여기가 어딘지 아느냐고 물었다.

그 들짐승은 이곳저곳을 상세히 살펴본 후 고개를 끄덕이며 자신이 가고자 하는 방향을 손으로 가리켰다. 레들로가 바로 길을 나섰고, 이제는 조금 의심을 던 것 같은 소년이 그 뒤를 따랐다. 그러는 동안, 소년은 입에서 돈을 꺼내 손으로 옮겼다가 다시 입으로 집어넣었다가 하며 그러는 사이 사이, 슬그머니 동전을 너덜너덜한 옷에 문질러 광을 내었다.

그렇게 가는 동안 그들은 세 번 나란히 서게 되었다. 세 번, 나란히 선 채 걸음을 멈추었다. 세 번, 화학교수가 소년의 얼굴을 내려다보며 그 얼굴이 무언가를 떠오르게 한다는 듯이 몸서리를 쳤다.

첫 번째는 그들이 오래된 교회묘지를 지나고 있을 때였다. 레들로가 무덤들 사이에 멈춰 서더니 대체 어떤 상냥하고 부드

〈추운 밤〉, 일러스트_C. F. 스탠필드, 1848년

럽고 위안을 주는 생각으로 그들을 대해야 할지 몰라 당황스러워했다.

두 번째는 달이 떠올라 교수가 하늘로 시선을 던지게 되었을 때였다. 그가 그 이름과 인간의 과학이 그것에 붙인 이야기들을 아직 기억하고 있는, 저 수많은 별들에 둘러싸인 채, 달이 밝게 빛나고 있었다. 하지만 그는 밝은 달밤, 하늘을 올려다보며 늘 보았던 것들 외엔 아무것도 보지 못했고, 늘 느꼈던 것 외에는 아무것도 느끼지 못했다.

세 번째는 그가 어떤 애처로운 선율의 음악에 귀를 기울이기 위해 멈춰 섰을 때였다. 그러나 악기들과 자기 귀의 기계적인 움직임이 만들어내는 소리, 내면의 신비에 말을 걸지도 않고 과거나 미래를 속삭이지도 않으며, 작년에 흘러간 물소리나 작년에 불었던 바람 소리와 마찬가지로 아무런 영향도 미치지 못하는 소리 외에는 들을 수가 없었다.

그렇게 세 번 모두에서 레들로는 두 사람 사이의 커다란 지적 능력의 차이에도 불구하고, 또한 신체의 어느 부분도 서로 닮지 않았음에도, 소년의 얼굴에 드러난 표정에서 자기 자신의 표정을 보았다.

그들은 조금 더 나아갔다. 이제는 사람들이 많은 장소를 지나고 있어서 교수는 자신의 길잡이가 사라진 것은 아닌가 싶어, 가끔씩 어깨 너머로 뒤를 돌아보았으나 대개 반대편, 자신의 그림자가 드리우는 범위 내에서 그를 발견하곤 했다. 이제는 너무도 조용한 길을 걷고 있어서 뒤에서 들려오는 짧고 빠른 발가벗은 발소리를 헤아릴 수 있을 정도였다. 그런 뒤 그들은 폐허가 된 집들이 모여 있는 곳에 도달했고, 소년이 그를 건드려 멈춰 서게 했다.

"저기!" 소년이 창문으로 빛을 뿌리고 있는, 문간에 희미한 등불을 단 어느 집을 가리키며 말했다. "여행자 숙소"라고 쓰인 곳이었다.

레들로는 주위를 둘러보았다. 그곳 집들로부터 시선을 내려, 무너져 내리고 울타리도 없고 물이 고여 있는 데다 불도 밝혀지지 않은, 완만한 배수로로 둘러싸인 그 집들이 서 있는, 아니 아직 다 무너지진 않은 그 버려진 공터까지, 그곳으로부터 경사지며 내려가는 아치들의 선들을 따라, 근처의 구름다리 혹은 다리들로 둘러싸인 채 점차로 줄어들어 마침내는 그냥 개집만 해진, 벽돌 더미에서 가져온 마지막 벽돌들까지 시선을 던졌다. 그리고, 그곳으로부터 추위에 떨며 몸을 웅크리고는, 한쪽 발은 몸을 덥히려고 다른 쪽 다리에 감아두고 한 발로 느릿느릿 움직이며 자신에게로 다가온 아이를 바라보았다. 그러나 이 모든 것을 바라보는 자신의 표정과 비슷한 것이 아이의 얼굴에 명확히 떠오른 것을 보고는 소스라치며 소년에게서 떨어졌다.

"저기야!" 다시 그 집을 가리키며 소년이 말했다. "난 여기서 기다릴래."

"날 들여보내줄까?" 레들로가 물었다.

"의사라고 해." 고개를 끄덕이며 소년이 대답했다. "아픈 사람들이 많아. 들여보내줄 거야."

현관 쪽으로 이어진 자신이 가야할 길을 돌아다보던 레들로는 소년이 먼지 위로 몸을 질질 끌고 마치 쥐새끼처럼 가장 작은 아치 안의 은신처로 기어들어가는 것을 보았다. 가엾다는 느낌은 없었고 그저 두려웠다. 그리고 그것이 자기 굴 속에서 머리를 내밀고 쳐다보자 그는 마치 후퇴하듯 서둘러 집 쪽으로 걸어갔다.

"슬픔, 과오, 시련," 무언가 저 먼 추억에 괴로워하며 화학 교수가 말했다. "그것들이 이곳에 어둡게 깃들어 있는 한, 여기에 그것을 잊게 하는 망각을 가져오는 자가 해를 끼칠 수는 없겠지." 이렇게 말하며, 레들로는 손쉽게 열리는 문을 밀고 안으로 들어갔다.

그곳에는 졸린 듯 허망한 듯 머리를 아래로 숙여 손과 무릎 위에 올려놓은 여인이 있었다. 그녀 쪽에서는 교수가 다가가는 것을 전혀 의식하지 못하고 있었기 때문에 여인을 밟지 않고 지나가는 것이 쉽지 않았다. 레들로는 멈춰 서서 그녀의 어깨에 손을 대었다. 올려다보는 여인의 얼굴은 매우 젊었으나, 황량한 겨울이 자연의 섭리를 거스르고 봄을 죽여버린 것처럼, 꽃과 언약은 모두 사라진 채였다.

그에게는 거의, 아니 전혀 신경 쓰지 않고, 여인은 길을 내주기 위해 벽 쪽으로 좀 더 가까이 옮겨 앉았다.

"누구십니까?" 부러진 계단 난간에 손을 올린 채 잠시 멈춰 서서, 레들로가 물었다.

"내가 누구라고 생각하세요?" 다시 그를 올려다보며 여인이 대답했다.

레들로는 너무 늦게 만들어지고 너무도 빨리 무너져버린, 폐허가 된 하느님의 신전을 올려다보았다. 그때 무언가 연민은 아니되—그처럼 가엾은 이들에 대한 진실한 연민의 마음이 솟아날 샘들은 그의 가슴속에서 이미 다 말라버렸기 때문에—점차 어두워지고 있으나 아직 완전히 어두워진 것은 아닌 그의 영혼의 밤에서 일어났던 다른 어떤 감정적 투쟁보다도 그에 가까운 어떤 것이 다음과 같은 그의 말 속에 부드러움을 섞여들게 했다.

"저는 이곳에 위안을 주러 왔습니다, 제가 할 수 있다면 말입니다." 레들로가 말했다. "무언가 잘못된 일에 대해에 대해 생각하고 있습니까?"

여인이 그를 노려보더니 웃음을 터트렸다. 그 웃음은 이내 떨리는 한숨으로 바뀌었고 그녀는 고개를 다시 떨구고 머리카락을 손으로 움켜쥐었다.

"무언가 잘못된 일에 대해 생각하고 있습니까?" 레들로가 다시 물었다.

"내 삶에 대해 생각하고 있어요." 잠시 그를 바라보고는 여인이 말했다.

여인이 자신의 발치에 축 처져 있는 것을 보았을 때, 레들로는 그녀가 자신이 수없이 보아온 그 많은 사람들 중 하나라는 것을 알 수 있었다.

"부모님은 무얼 하십니까?"

"나도 한때 집이 있었지요. 아버지는 정원사였어요. 이 나라, 저 먼 곳에서."

"돌아가셨습니까?"

"내겐 이미 돌아가신 분이죠. 그런 것들은 이제 모두 죽은 거나 다름없어요. 당신 같은 신사 분은 모르실거예요!" 여인이 다시 눈을 들어 그를 보며 웃음을 터트렸다.

"아가씨!" 엄숙한 어조로 레들로가 말했다. "그 모든 것이 죽어버리기 전에, 무언가 나쁜 일이 일어나진 않았소? 당신이 무슨 수를 써도 떨쳐낼 수 없는 괴로운 추억이 있진 않습니까? 그것 때문에 계속해서 불행한 것 아닙니까?"

여인이 울음을 터트렸을 때, 그 모습에 여성스러운 면이라곤 거의 남아 있지 않은 것을 보고 놀란 레들로는 그냥 우두커니 서 있었다. 그러나 그를 더욱 놀라고 불안하게 했던 것은, 그 과오에 대한 기억을 되살리는 여인에게서 인간성이 시들고 따사로운 마음이 얼어붙는 징조를 보았기 때문이었다.

그는 조금 물러섰고, 그러면서 여인의 팔이 시퍼렇게 멍들고 얼굴은 베이고 가슴에 상처가 난 것을 보았다.

"어느 잔혹한 자가 당신을 이리 상처 입힌 겁니까?" 레들로가 물었다.

"나요. 내가 그랬어요."

"말도 안 돼."

"맹세코, 내가 그런 거예요! 그 사람은 손대지 않았어요. 나

266

를 이 나락으로 내던진 그 열정에 사로잡혀 나 스스로 그런 겁니다. 그 사람은 근처에도 오지 않았어요. 결코 내게 손대지 않았어요!"

그를 이 거짓과 대면시키는, 여인의 창백한 얼굴에 떠오른 결연한 표정 속에서 레들로는 저 불행한 가슴에 살아남은 마지막 선의가 왜곡되고 뒤틀리는 것을 보았고, 그녀 곁에 다가간 것을 후회했다.

"슬픔, 과오, 그리고 시련!" 겁에 질린 시선을 돌리며 그가 중얼거렸다. "그녀가 잃어버린 자리와 관련된 모든 것이 그것에 뿌리를 내리고 있다! 제발 나를 지나가게 해주시오!"

여인을 다시 보는 것이 두렵고, 다시 만지는 것이 두렵고, 그녀가 하늘의 자비를 구하던 마지막 가닥마저 끊어버렸다는 생각을 하게 될까 두려워, 그는 외투로 몸을 감싸고 재빨리 계단을 미끄러지듯 올라갔다. 층계참의 반대편에 문이 있었다. 문은 살짝 열려 있었고, 레들로가 계단을 올라가자 한 손에 촛불을 든 남자가 문을 닫으러 그곳에서 나왔다. 그러다 그를 보고는 뒤로 물러났는데, 마치 갑작스레 자신의 이름이 크게 불리는 것을 들은 듯한 그 태도에는 많은 감정이 실려 있었다.

그 모습을 보고 놀란 교수는 멈춰 서서 그 창백하고 놀란 얼굴을 기억해내려고 애썼다. 그러나 미처 생각해볼 겨를도 없이, 더욱 놀랍게도 필립 영감이 그 방에서 나와 그를 손으로 붙잡았다.

"레들로 교수님!" 노인이 말했다. "교수님 맞으시죠, 교수님! 이야기를 들으시고는 도움을 주시려 저희를 뒤쫓아 오신 거지요? 아, 너무 늦었습니다. 너무 늦었어요!"

당황한 표정의 레들로가 방으로 이끌려 들어갔다. 바퀴 달린 침대 위에 한 남자가 누워 있었고, 윌리엄 스위저가 침대 곁에 서 있었다.

"너무 늦었습니다!" 애석하다는 표정으로 화학교수의 얼굴을 쳐다보며 노인이 중얼거렸다. 눈물이 그의 뺨을 타고 흘러내렸다.

"제 말씀이 바로 그겁니다, 아버지." 낮은 목소리로 아들이 끼어들었다. "바로 그렇습니다. 우리가 할 수 있는 일이라곤, 그가 자는 동안 가능한 한 조용히 있는 것뿐입니다. 아버님 말씀이 옳아요."

레들로는 침대 옆에 서서 매트리스 위에 누워 있는 사람을 내려다보았다. 장년의 사내인 것이 틀림없었으나 다시는 태양이 그에게 비추지 않을 것 같은 느낌이었다. 사십 혹은 오십 년 동안의 악행이 그에게 낙인 찍혀, 그것이 사내의 얼굴에 남긴 흔적에 비하면 그를 바라보고 있는 노인의 얼굴은 세월의 혹독한 손길도 자비롭게 어루만지기만 한 듯했다.

"누굽니까?" 주위를 둘러보며 화학교수가 물었다.

"제 아들 조지입니다, 레들로 교수님." 손을 부들부들 떨며 노인이 말했다. "다른 어떤 자식보다 어미의 더 큰 자랑이었던 장남 조지입니다."

노인의 흰 머리 위를 맴돌던 레들로의 시선이, 침대 위로 잠시 내려갔다가 다시 그들로부터 거리를 두고 방 가장 외진 구석에 서 있는, 자신을 알고 있는 듯한 남자에게로 옮겨갔다. 나이는 자신과 비슷할 것 같았고, 그토록 끔찍하게 쇠약해지고 낙심한 사람을 본 적이 없었지만, 등을 돌리고 서 있다가 이제 막 문을 나서려고 하는, 돌아선 남자의 모습에는 그로 하여금 불안한 마음으로 이마에 성호를 긋게 하는 무언가가 있었다.

"윌리엄," 그가 우울한 목소리로 속삭였다. "저 사람은 누구지?"

"아시겠지만요, 교수님." 윌리엄 씨가 대답했다. "제 말씀이 바로 그겁니다. 왜 사람은 도박 같은 것을 하러다니고 더 이상 잃을 것이 없을 때까지 자신의 위신을 하나하나 깎아먹게 되는 걸까요?"

"'그'가 그랬단 말인가?" 조금 전과 마찬가지로 불편한 동작으로 남자에게 시선을 던지며 레들로가 물었다.

"바로 제가 들은 그대로입니다, 교수님." 윌리엄 스위저가 대답했다. "그 사람이 약에 대해 좀 아는 것 같습니다. 여기 보시는 제 불운한 형과 함께 런던 방면으로 여행을 하던 중에," 윌리엄 씨가 코트 소매로 두 눈을 닦았다. "밤에는 위층에서 머물렀던 모양인데, 그러니까 제 말씀은 저 이상한 동행들이 종종 함께 여기 왔었다는 겁니다. 형을 보러 잠시 들렀다가 그의 부탁을 받고 우리를 부르러 온 모양입니다. 어찌나 서글픈 광경인지요, 교수님! 바로 그렇습니다. 저희 아버지가 다 돌아가실 지경입니다!"

이 말에 레들로는 눈을 들었고, 그가 머물렀던 곳, 함께 있었던 사람들, 그가 품고 있던 저주—너무 놀라서 잊고 있었던—를 떠올리고는 황급히 그들로부터 조금 떨어졌다. 그리고 순간 이 집을 떠나야 할지 아니면 남아 있어야 할지 혼자 생각에 잠겼다.

자신이 헤쳐 나가야 할 상황의 일부인 것처럼 보이는 어떤 음울한 고집에 굴복하여 그는 남아 있는 쪽에 표를 던졌다.

"바로 어제였어," 레들로가 말했다. "내가 저 노인의 기억이 슬픔과 시련이 겹겹이 쌓여 이루어진 것임을 알게 된 것이. 그런데 오늘 밤 다시 그것이 흔들릴까 두려워해야 하는 걸까? 내가 사라지게 할 수 있는 그런 기억들이 내가 두려워해야 할 정도로 이 죽어가는 남자에게 소중한 것이라고? 아니! 나는 여기 남겠어."

하지만 그는 자신이 한 말들로 인해 더욱 공포에 떨고 있었다. 마치 이곳에 있는 자신이 악마이기라도 한 것처럼 느끼며, 검은 외투로 몸을 감싸고 얼굴을 그들에게서 돌린 채 침대로부터 멀리 떨어져 그들이 하는 말을 듣고 있었다.

"아버지!" 혼수상태에서 약간 의식을 되찾은 환자가 중얼거렸다.

"아들아! 우리 조지야!" 필립 영감이 말했다.

"방금 전 제가 오래전에, 어머님이 제일 좋아하는 아들이었다는 이야길 하셨죠. 이제 와서 그 옛일들을 생각하는 게 얼마나 끔찍한 일인지!"

“안 돼, 안 된다, 안 돼.” 노인이 말했다. “그땔 생각해보렴. 그저 끔찍하다는 말일랑 하지 말고. 내겐 전혀 끔찍하지 않단다, 아들아.”

“제가 아버지 마음에 상처를 줬습니다.” 노인의 눈물이 그에게로 떨어져 내리고 있었다.

“그래, 그래.” 필립이 말했다. “그랬지. 하지만 내겐 좋은 추억이야. 그 시절을 생각하는 건 지독하게 슬픈 일이지만, 내겐 다 좋은 추억이란다, 조지. 그걸 생각하렴, 그걸 생각해봐. 그러면 네 마음도 점점 더 부드러워질 거다! 우리 아들 윌리엄은 어디 있지? 윌리엄, 아들아, 너희 어머니는 형을 마지막까지 진심으로 사랑했단다. 마지막 숨을 거두면서 이렇게 말했지. ‘내가 용서한다고 전해주세요. 그 아일 축복한다고, 그 앨 위해 기도할 거라고.’ 이게 네 어머니가 내게 한 말이다. 난 한 번도 그 말을 잊은 적이 없단다. 내 나이 여든일곱이긴 하지만 말이다!”

“아버지!” 침대 위의 남자가 말했다. “전 죽어가고 있습니다. 알아요. 이젠 너무 멀리 와버려서 제가 가장 고민하고 있는 일에 대해서도 말할 수가 없습니다. 이 침대 너머에 저를 위한 희망이 남아 있을까요?”

“희망은 있단다.” 노인이 대답했다. “마음을 너그러이 하고 뉘우치는 사람들 모두에게 말이다. 그들에겐 희망이 있어.” 그가 손뼉을 치고 위를 올려다보며 외쳤다. “오! 어제만 해도 이 불행한 아들이 순진한 아이였을 때를 기억하고 있음에 감사했지. 그런데 이젠 하느님께서도 그를 기억하실 테니 이 얼마나 다행스런 일이냐!"

레들로는 두 손을 펼쳐 얼굴을 감싸고 마치 자신이 남자의 살인범이라도 되는 듯 움츠러들었다.

"아!" 침대 위의 남자가 희미한 신음소리를 내었다. "그 후로 얼마나, 얼마나 많은 시간을 속절없이 흘려보냈던가!"

"하지만 한때는 조지도 어린아이였지." 노인이 말했다. "다른 아이들과 놀다가, 밤에 침대에 누워 죄 없는 휴식 속으로 빠져들기 전이면 가엾은 제 어미 무릎에 기대 기도를 올리곤 했어. 그 애가 그러는 걸 수도 없이 봤단다. 그러면 네 어머니는 아이의 머리를 가슴에 안고 키스를 해주었지. 조지가 나쁜 길로 빠지고 그 애에 대한 우리의 희망과 계획들이 모두 부서졌을 때, 그 일을 떠올리는 건 그 사람에게도 내게도 슬픈 일이었다만 그 아인 여전히 우리에게 다른 누구도 줄 수 없는 추억을 주었단다. 오, 지상의 그 어떤 아비보다 훨씬 더 인자하신 아버지. 오, 당신의 아이들이 저지른 잘못으로 인해 누구보다 더 괴로워하신 아버지! 이 방황하는 아이를 돌려받으소서! 지금의 이 모습이 아니라 그 시절의 어린아이로, 그토록 자주 저희에게 그러했던 것처럼 당신께 울며 매달리게 하소서!"

노인이 떨리는 손을 들어 올리자, 탄원의 대상인 아들은 마치 실제로 그 어린아이가 된 양 아버지의 가슴에 힘없는 머리를 기대고 위로와 평안을 구했다.

뒤이어 찾아온 침묵 속에서 남자가 몸을 떨자 레들로도 몸을 떨었다. 그는 '그 일'이 그들에게도 일어날 것임을, 그것이 임박해 있음을 알았다.

"남은 시간은 너무 없습니다. 저의 숨이 점점 짧아지고 있어요." 한 팔로 몸을 지탱하고 다른 팔로는 허공을 더듬으며 병든 이가 말했다. "방금 전 여기 계셨던 남자 분과 관련되어 무언가 마음에 걸리는 것이 있어요. 아버지, 윌리엄. 잠시만요! 거기에 정말로 검은 옷을 입은 누군가가 있나요?"

"그래, 그래, 정말로 있단다." 그의 나이 든 부친이 말했다.

"남자인가요?"

"내 말이 바로 그 말이야, 조지 형." 다정하게 몸을 기울이며 동생이 끼어들었다. "그분은 레들로 선생님이야."

"그를 꿈에서 본 것 같아. 그분께 이리 와달라고 해주겠니?"

죽어가는 남자보다 더 창백해진 화학교수가 그의 앞에 나타났다. 남자의 손짓에 따라 그는 침대 위에 앉았다.

"가엾으신 아버지의 모습을 지켜보고," 가슴에 손을 얹고, 그가 느끼는 육신의 말없는 고통이 응축되어 있는 듯한 얼굴로 병든 이가 말했다. "제가 일으켰던 그 모든 고통과 저의 문 앞에 놓인 그 모든 과오와 슬픔을 생각을 생각하니……."

여기서 멈추게 하였던 것은 그에게 찾아온 극도의 고통이었던가, 아니면 또 다른 변화의 시작이었던가.

"……내가 올바로 할 수도 있었던, 이토록 멀리, 이토록 빨리 달리는 나의 마음으로 그렇게 하리라 노력해볼 수 있었던 것들을 생각하니 마음이 갈가리 찢어집니다. 여기 또 한 남자가 있습니다. 그가 보이십니까?"

레들로는 아무 말도 할 수가 없었다. 이마 위를 헤매는 그 손에서, 이제는 자신이 너무도 잘 알고 있는 파국의 징조를 보았을 때 목소리가 입술 위에서 말라버리고 말았기 때문이었다. 그러나 미약한 긍정의 표시는 할 수 있었다.

"무일푼에 굶주린, 곤궁한 처지입니다. 완전히 무너졌고 의지할 곳도 없습니다. 그를 돌봐주십시오! 시간이 없습니다! 저는 압니다, 그가 자살할 마음을 품고 있다는 것을요."

'그것'이 작용하고 있었다. 그의 얼굴에 나타났다. 남자의 얼굴이 바뀌고 있었다. 표정이 굳어지고 곳곳의 음영이 짙어졌으며 거기 깃들었던 모든 슬픔이 사라지고 있었다.

"기억이 나오? 그를 알겠소?" 레들로가 다그쳤다.

남자는 이마 위를 헤매던 손을 내려 잠시 얼굴을 감싸고 있더니, 다시 무자비하고 난폭하고 냉담하게 레들로에게로 떨어트렸다.

"이런, 빌어먹을!" 그가 주위를 노려보며 말했다. "지금 내게 무슨 짓을 한 거야! 난 용감하게 살아왔고, 또 용감하게 죽으려 했어. 제기랄, 꺼져버려!"

그러고는 다시 침대에 드러누워 머리와 두 귀를 팔로 감쌌다. 그 순간부터 외부와의 모든 접촉을 차단하고 무심함 속에 죽기로 결심했다는 듯이.

레들로가 번개를 맞았어도, 그 침대 맡에서 그랬던 것처럼 크게 놀라진 않았을 것이다. 아들이 그와 이야기를 나누는 사이 잠시 자리를 떠났다, 이제 다시 돌아온 노인이 마치 혐오스럽기라도 하다는 듯 재빨리 침대를 피해갔던 것이다.

"우리 아들 윌리엄은 어디 있지?" 노인이 다급하게 말했다. "윌리엄, 여기를 떠나자꾸나. 집에 가야지."

"집으로요? 아버지!" 윌리엄이 대답했다. "아들을 버려두고 떠나시겠다는 건가요?"

"내 아들이 어디 있단 말이냐?" 노인이 대답했다.

"어디라니요? 아니, 저기 있지 않습니까!"

"저건 내 아들이 아니야." 원통함에 몸을 떨며 필립이 말했다. "저런 못된 놈은 신경 쓸 것 없다. 내 자식이라면 응당 번듯해서, 날 부양하고 내 음식과 술을 마련해야지. 쓸데가 있어야 할 것 아니냐. 난 그럴 권리가 있다! 난 여든여덟 살이야!"

"더는 늙을 수 없을 정도로 늙으셨지요." 주머니에 손을 넣은 채 마지못해 그를 바라보며 윌리엄이 중얼거렸다. "아버지가 제게 무슨 도움이 되는지 모르겠어요. 아버지가 없으면 저 흰 더 즐겁게 살 수 있을 텐데요."

"내 아들, 레들로 교수님, 저놈도 내 아들이라네요!" 노인이 말했다. "제게 아들 이야기를 하자는군요! 그래, 저 녀석이 언제 내게 즐거움을 준 적이 있었답디까? 어디 한번 알아보자고요."

"아버지는 언제 '제게' 즐거움을 준 적이 있나요." 윌리엄이 볼멘소리를 했다.

"생각 좀 해보자." 노인이 말했다. "따듯한 내 보금자리에 앉아 차가운 밤바람을 맞지 않아도 된 게, 그러니까 크리스마스를 몇 번 넘겼더라? 저기 있는 저놈처럼 불편하고 끔찍한 꼴에 방해 받지 않고 좋은 기분으로 보냈던 게 말이다. 스무 번째냐, 윌리엄?"

"거의 마흔 번쯤 되는 것 같네요." 윌리엄이 중얼거렸다. "그렇습니다, 교수님, 저희 아버지를 볼 때면 그 생각을 하게 되지요." 그가 새삼스레 짜증을 참지 못하며, 레들로에게 말했다. "저분 마음속에 먹고 마시고 편하게 지내던 수많은 시절들의 기록 외엔 아무것도 없는 걸 볼 때면, 그것도 언제나 언제까지나요, 제 속이 다 뒤집힙니다."

"나…… 나는 여든일곱이야." 어린애처럼 힘없이 늘어지는 말투로 노인이 말했다. "내가 언제고 이렇게 분한 적이 있었나 모르겠군. 저 애가 내 아들이라고 부르는 놈 때문에 이제 와서 다시 시작하진 않을 거야. 저 사람은 내 아들이 아냐. 즐거운 시절들이 많았지. 한번 떠올려볼까? 안 돼, 기억이 나질 않아. 도무지 모르겠는걸. 친구 녀석이랑 크리켓 게임을 한 적이 있는데, 그게 웬일인지 잘 기억이 나질 않는군. 그게 누구였더라—내가 그 친굴 좋아했었나? 그가 어떻게 되었는지 모르겠군—죽었나? 모르겠어. 하지만 무슨 상관이람. 전혀 상관없어."

노인이 졸리는 듯한 목소리로 킬킬거리다가 고개를 흔들고는 두 손을 조끼 주머니에 집어넣었다. 한쪽 주머니에서 (아마도 지난밤부터 그곳에 남아 있었을) 호랑가시나무 조각을 발견

한 그는 그것을 꺼내 들여다보았다.

"호랑가시나무 열매, 응?" 노인이 말했다. "아! 먹을 수 없다니 아쉽구먼. 기억나는군, 내가 저만큼 훌쩍 큰 청년이었을 때, 사귀었는데 말이야—가만 있어보자—누구랑 사귀었더라? 이런, 어땠는지 기억이 나질 않아. 내가 누구랑 특별히 사귄 적이 있었는지도 기억나지 않는걸. 내가 누굴 좋아했었나, 누가 날 좋아했었어? 호랑가시나무? 어라? 호랑가시나무 열매가 있는 철은 기분이 좋지. 그래, 내 몫을 차지하고 계속 기다려야지. 그럼 따듯하고 편안해질 거야. 난 여든일곱 살에, 가난한 늙은이니까. 난 여— 든일곱이야. 여— 든일곱!"

이 말을 되풀이하며 잎사귀들을 야금대다 남은 조각들을 뱉어내는 그 한심하고 쓸데없는 행동도, 그런 아비를 무심하게 바라보는 (이제는 달라져버린) 막내아들의 차가운 눈길도, 자신의 죄악을 철면피하게 모른 척하는 장남의 단호한 무관심도, 레들로에게는 더 이상 보이지 않았다. 마치 두 발이 고정된 양 붙박여 있던 그 장소에서 떨어져 나와 건물 밖으로 뛰쳐나갔기 때문이었다.

미처 그 아치들에 닿기도 전에, 그의 길잡이가 자신의 은신처에서 기어 나와 그를 맞이할 준비를 하고 있었다.

"그 여자 집으로 돌아가?" 소년이 물었다.

"돌아가자, 어서!" 레들로가 대답했다. "도중에 어디에서도 멈추어선 안 돼!"

이전에 소년이 인도했던 길도 짧았지만, 돌아오는 길은 걸는다기보다 날아가는 것에 가까워 소년의 벌거벗은 두 발로 성큼성큼 걸어가는 화학교수의 큰 걸음을 따라잡기란 쉬운 일이 아니었다. 마치 그 펄럭이는 옷자락이 닿기라도 하면 어떤 치명적인 감염이라도 일어날 수 있다는 듯이 외투를 바짝 끌어당겨 몸을 감싸고 지나치는 모든 이들을 피해가며, 교수는 그들이 통과해 나온 그 문에 닿을 때까지 한 걸음도 멈춰 서지 않았다.

그는 열쇠로 문을 잠그고 소년과 함께 안으로 들어가 자신의 방으로 이어지는 어두운 복도들을 서둘러 통과했다.

그가 문을 닫는 것을 지켜보던 소년은 교수가 주변을 둘러보는 동안 탁자 뒤로 물러섰다.

"이리 와!" 교수가 말했다. "날 만지지는 말고! 넌 네게 돈을 받아가려고 이리로 날 데리고 온 게 아니냐."

레들로는 땅 위에 몇 푼을 더 던져주었다. 소년은 돈을 숨기려는 듯 재빨리 그 위로 몸을 날렸는데, 교수가 그 돈을 보고 다시 돌려달라고 할까 두려운 모양이었다. 그러다 교수가 두 손으로 얼굴을 감싼 채 램프 곁에 앉아 있는 것을 보고는 슬그머니 그것을 집어 들었다. 그렇게 하고서는 난로 가까이로 살며시 다가와 그 앞에 놓인 커다란 의자에 앉았다. 품속에서 부서진 음식찌꺼기를 꺼내, 불꽃을 바라보며 또 가끔씩 한 손에 가득 쥐고 있는 동전들에 슬쩍 시선을 던지기도 하면서 우적우적 씹기 시작했다.

"그럼, 이것이." 소년을 바라보던 레들로가 두려움과 반감

⟨난롯가의 어린 짐승⟩, 일러스트_존 리치, 1848년

이 커져만 가는 것을 느끼며 말했다. "세상에 남겨진 내 유일한 동반자란 말인가!"

자신이 그토록 끔찍해하는 그 생명체에 대한 생각에서 깨어나기까지 얼마의 시간이 흘렀는지—반시간일 수도 있고 온 밤의 반일지도 모른다—그는 알지 못한다. 어쨌든 방 안을 맴돌던 그 침묵은 소년이 (문밖에 귀를 기울이고 있었던 모양이었다) 벌떡 일어서 문으로 달려 나가는 바람에 깨어졌다.

"그 여자가 오고 있어!" 소년이 소리쳤다.

그녀가 문을 두드리는 순간, 화학교수가 소년을 도중에 멈춰 세웠다.

"그 여자한테 보내줘, 응?" 소년이 말했다.

"지금은 안 돼." 화학교수가 대답했다. "여기 있어라. 지금은 누구도 이 방에 들어오거나 나가서는 안 돼. 누구요?"

"저예요, 교수님." 밀리가 소리쳤다. "교수님, 제발, 들어가게 해주세요!"

"안 돼! 절대 안 돼!" 레들로가 말했다.

"레들로 교수님, 레들로 교수님, 제발요, 교수님, 들여보내 주세요."

"무슨 일인가?" 소년을 붙잡은 채 그가 말했다.

"교수님이 만난 그 가엾은 남자가 더 나빠졌습니다. 뭐라고 말을 해도 그 끔찍한 열병에서 깨어나게 할 수가 없어요. 아버님은 한순간에 어린아이처럼 되어버리셨고, 윌리엄도 변해버렸어요. 충격이 그 자신에게도 너무 갑작스러울 정도로요. 그

일 이해할 수가 없습니다. 도무지 그 사람 같지가 않아요. 오, 레들로 교수님, 제발 저에게 조언을 해주세요, 도와주세요!"

"안 돼! 안 돼! 안 돼!" 그가 대답했다.

"레들로 교수님! 교수님! 조지 아주버님은 잠에 취해서 교수님이 그곳에서 본 남자 분에 대해, 자살할까봐 두려워했던 그 남자에 대해 계속 중얼거리고 있어요."

"내게 가까이 오는 것보다는 그러도록 내버려두는 것이 낫소."

"조지 아주버님은 의식을 잃고 헤매면서 교수님이 그분을 안다고 말해요. 오래전, 한때 교수님의 친구였다고요. 여기 학생의 몰락한 아버지시래요. 앓고 있는 그 청년의 아버지가 아닐까 걱정돼요. 어떻게 해야 하죠? 그분은 어떻게 되는 걸까요? 어떻게 하면 도울 수 있을까요? 레들로 교수님, 제발, 오 제발요, 말씀 좀 해주세요! 도와주세요!"

그러는 동안 내내 레들로는, 그를 벗어나 밀리에게 가려고 반미치광이처럼 날뛰는 소년을 붙들고 있었다.

"유령들이여! 불경한 생각의 징벌자여!" 괴로움에 사로잡혀 주위를 둘러보며 레들로가 소리쳤다. "나를 보라! 내 마음 어두운 곳에서 나와 참회의 희미한 빛을 더욱 빛나게 하고 나의 불행을 비추어라! 내가 오랫동안 가르쳤던 저 물리적 세계에선 아무것도 해를 입지 않는다. 그 경이로운 구조 내에서는, 위대한 우주에 빈 공간이 만들어지지 않고서야 움직임 하나 원자 하나 사라지지 않는다. 이제 나는 안다, 인간의 기억 속에서 선과 악도, 기쁨과 슬픔도 이와 같음을. 날 불쌍히 여겨다오! 날 구원해다오!"

"도와주세요, 도와주세요, 들여보내주세요!" 하는 여인의 외침과 그녀에게 가려고 하는 소년의 발버둥 외에는 어떤 대답도 들려오지 않았다.

"나 자신의 그림자여! 내 어두운 시절들의 영혼이여!" 넋이 나간 채 레들로가 소리쳤다. "돌아와, 밤이고 낮이고 나를 괴롭혀도 좋으니 이 선물을 가져가라! 그게 아니라면, 그것이 내게 남아 있어야 한다면, 다른 사람에게 퍼트리는 그 끔찍한 힘만이라도 거두어다오. 내가 한 일들을 되돌려다오. 나를 밤 속에 가두고 내게 저주받은 이들에게 낮을 돌려다오. 처음부터 이 여인에게서는 떨어져 있었다. 다시는 문밖으로 나가지 않고 여기에서, 아무도 보살펴주는 자 없이 죽을 터이니 나에 반하는 증거인 이 생명을 지켜다오. 듣고 있는가!"

여전히 들려오는 대답이라고는, 그가 뒤에서 붙잡고 있어 여인에게 가려고 발버둥치는 소년과 점차 높아져만 가는 그 외침뿐이었다. "도와주세요! 들어가게 해주세요. 그분은 한때 교수님의 친구였어요, 그분은 어떻게 되는 걸까요? 어떻게 하면 도울 수 있을까요? 모두가 변해버렸어요. 저를 도와줄 사람이 아무도 없어요, 제발, 제발, 들여보내주세요!"

제3장
# 파기된 선물

여전히 하늘엔 밤이 낮게 드리워 있었다. 희미한 지평선 위로, 언덕 위에서, 바다 위 고독한 배들의 갑판에서 시작해 탁 트인 벌판으로 저 멀리 낮게 이어지는 선이 머지않아 빛으로 바뀔 채비를 하고 있었다. 하나 그것은 너무도 멀고 의심스러운 약속이었고, 지금은 달이 밤 구름과 부단히 투닥이고 있었다.

그림자들이 서로 꼬리를 물고 레들로의 마음속으로 비 오듯 이어져, 달과 지구 사이에서 맴도는 구름들이 지상에 어둠의 베일을 드리우듯 그의 마음을 어둡게 하였다. 밤 구름이 드리우는 그늘처럼 변덕스럽고 불분명한 그 마음속 그림자들은 모습을 숨겼다 얼핏 비추었다 하였고, 또한 밤 구름에 싸인 달빛에 그러하듯, 빛이 순간 모습을 드러내었다 하더라도 이내 그림자에 쓸려 나갔고 어둠은 더욱 깊어만 졌다.

그 오래된 건물 더미 위로 깊고 엄숙한 침묵이 드리워, 부벽

〈제3장〉, 일러스트_존 테니얼, 1848년

과 곳곳의 모서리들이 땅 위에 알 수 없는 어두운 형상들을 만들어내었다. 그 형체들은 매끄럽고 하얀 눈 속으로 물러나 있다 달의 걸음이 흐려질라 치면 다시 밖으로 튀어나왔다. 그 안에 있는 화학교수의 방은 꺼져가는 램프 불 아래 흐릿하고 탁해 보였다. 밖에서 들려오는 목소리와 문 두드리는 소리가 그치자 으스스한 침묵이 이어졌다. 이따금씩 그 마지막 숨을 내쉬는 하얗게 타버린 난로의 재에서 들려오는 낮은 소리 외에는 아무것도 들리지 않았다.

벽난로 앞 바닥에는 소년이 곤히 잠들어 있었다. 화학교수는 자기 의자에 앉아 있었는데, 마치 돌로 변해버린 사람처럼 문밖의 목소리가 멈춘 이후로 줄곧 그렇게 앉아 있었다.

그때, 전에도 들은 적이 있는 크리스마스 음악이 연주되기 시작했다. 그가 그 음악을 처음 들은 것은 교회 공동묘지에서였다. 그러나 지금 그것은 조용히 연주되며, 낮고 부드럽고 우울한 선율을 밤의 공기에 실어 그에게로 보내오고 있었다. 그는 자리에서 일어서 팔로 안을 수 있는 친구, 그의 외로운 손이 그곳에서 쉬어도 그가 아무런 해도 끼칠 수 없는 친구가 거기 있기라도 한듯 주위로 손을 뻗었다. 이렇게 하는 동안 그의 얼굴에 어떤 변화가, 놀라움이 떠올랐다. 부드러운 떨림이 전신을 덮쳐왔다. 마침내 두 눈은 눈물로 가득 차, 그는 두 손으로 눈을 가린 채 아래로 머리를 숙였다.

슬픔과 과오와 시련에 대한 그의 기억들은 돌아오지 않았다. 레들로는 그 기억들이 복원되지 않았음을 알았다. 그러리란 일

시적인 희망이나 믿음도 없었다. 그러나 그 안의 무언가 둔한 통증이 저 멀리 울리는 음악 속에 숨겨진 무언가에 의해 그가 다시 감명을 받을 수 있음을 알게 해주었다. 그것이 그에게 자신이 잃어버린 것들의 가치를 서글픈 어조로 말해주기만 한다면, 그는 더없는 감사의 마음으로 하늘에 감사할 것이었다.

마지막 화음이 그의 귓가에서 사그라졌을 때, 그는 길게 이어지는 떨림을 듣기 위해 고개를 들었다. 소년 너머로, 유령이 서 있었다. 잠든 소년을 그 발치에 두고, 그것은 움직이지도 않고 소리도 없이 그에게 시선을 고정시키고 있었다.

어느 때보다 섬뜩한 모습이었으나 어느 면에서는 잔인하지도 가차 없지도 않았다. 혹은 몸을 떨며 그것을 올려다본 교수가 그렇게 생각했거나 바랐는지도 모르겠다.

그런데 저것은 누구의 유령인가? 그것의 옆에 서 있는 저 형상은 밀리의 유령인가? 아니면 그녀의 그림자? 초상? 그녀가 늘 그러하듯, 그 말없는 머리가 인사를 하였고 그녀의 두 눈은 마치 가엾어하는 듯 잠든 아이를 바라보고 있었다. 밝은 빛이 그녀의 얼굴로 떨어졌으나 유령의 얼굴에는 닿지 않았다. 그녀 곁에 아주 가까이 있었음에도 전과 마찬가지로 어둡고 창백하기만 했다.

"환영이여!" 그 모습에 다시금 괴로워하며 화학교수가 말했다. "내, 그녀에 대해서는 고집스럽지도 무례하게 굴지도 않았다. 여기 데려오지 말아다오. 내게서 떼어놓아다오!"

"이것은 단지 그녀의 그림자일 뿐이다." 유령이 말했다. "빛나는 아침 해가 여기, 내가 네 앞에 보여주는 이미지의 진짜 주인을 찾을 때면."

"그렇게 하는 것이 피할 수 없는 나의 운명인가?" 화학교수가 소리쳤다.

"그렇다." 유령이 대답했다.

"그녀의 평화를, 그녀의 선함을 파괴하는 것, 그녀를 지금의 나처럼, 내가 다른 이들에게 그리하였듯이 만드는 것!"

"나는 '그녀를 찾으면'이라고 말했다." 유령이 대답했다. "그 이상은 아무 말도 하지 않았어."

"오, 말해다오." 그 말 속에 숨겨져 있을지도 모르는 희망에 매달리며 레들로가 소리쳤다.

"안 돼." 유령이 말했다.

"나 자신을 돌려달라고 하는 것이 아니다." 레들로가 말했다. "내가 버린 것, 나는 그것들을 나 자신의 자유의지로 버렸다. 온당하게 잃은 것이지. 그러나 그 치명적인 선물을 전달한 이들에게, 결코 그것을 원하지 않았던 그들, 경고도 받지 못하고 알지도 못한 채 그들로선 피할 도리가 없는 저주를 받은 그들에게 내가 해줄 수 있는 일이 없단 말이냐?"

"없다." 유령이 말했다.

"내가 할 수 없다면, 누가 할 수 있느냐?"

유령은, 조각상처럼 서서, 잠시 동안 그를 뚫어져라 응시했다. 그러더니 갑자기 머리를 돌려 자기 옆에 있는 그림자를 바라보았다.

"아! 그녀인가?" 여전히 그 그림자에서 시선을 떼지 않으며 레들로가 소리쳤다.

유령은 지금껏 잡고 있던 손을 놓고 밀리의 그림자에게 물러가라는 손짓을 했다. 그 손짓에, 아직 같은 자세를 취하고 있던 그녀의 그림자가 움직이더니 녹아 없어지기 시작했다.

"가지 마." 더는 어떻게 표현할 도리가 없는 진심을 담아 레들로가 소리쳤다. "잠시만! 자비를 베풀어다오! 조금 전 허공에서 그 소리가 들렸을 때 어떤 변화가 찾아 왔음을 안다. 말해다오, 내가 이제 그녀에게 해를 끼칠 힘을 잃은 것이냐? 두려워하지 않고 그녀에게 다가가도 좋은 것이냐? 오, 그녀가 내게 어떤 희망의 표시라도 주게 해다오!"

유령이 그를 따라 그림자를―그가 아니라―바라보았다. 하지만 아무런 대답도 하지 않았다.

"이것만 말해다오. 지금부터 그녀가 내가 저지른 일들을 바로잡을 수 있는 힘을 알게 되는 것이냐?"

"그렇지 않다." 유령이 대답했다.

"그녀가 자신은 알지 못한 사이 힘을 부여받은 것인가?"

유령이 대답했다. "그녀를 찾아라." 그러자 그녀의 그림자가 서서히 사라졌다.

둘은 다시 얼굴을 마주하고 서로를 바라보았다. 그 선물이 주어졌을 때처럼 골똘히, 끔찍하게, 그들 사이의 바닥에, 유령의 발치에 아직도 누워 있는 그 소년 너머로.

"무시무시한 스승이여." 그 앞에 무릎을 꿇고 애원하며 화학교수가 말했다. "나를 버렸으나 다시 내게 찾아온 스승이여, (더 부드러워진 태도로 다시 찾아온 그대에게서 나는 희망의 빛을 보았다고 믿는다) 아무것도 묻지 않고, 내가 인간으로서는 보상할 수 없는 상처를 준 이들을 위해 내 고통스러운 영혼이 외친, 혹은 그리하게 될 외침만을 기원하며, 그대를 따를 것이다. 그러나 한 가지……"

"여기 누워 있는 것을 말하느냐?" 손가락으로 소년을 가리키며 유령이 말을 잘랐다.

"그렇다." 화학교수가 대답했다. "내가 물으려 하는 것이 무언지 알 것이다. 어찌 하여 이 아이 하나만 내 힘의 반증으로 남았는가? 그리고 왜, 나는 그것의 생각 속에서 끔찍한 동질감을 감지하는 것인가?"

"이것은," 소년을 가리키며 유령이 말했다. "네가 포기한 것과 같은 기억들이 전혀 없는 인간 존재의 가장 완전한 예이다. 이 아이에게서 슬픔과 과오와 시련의 기억들을 엷게 하는 것은 불가능하다. 이 가련한 인간은 태어날 때부터 짐승보다 못한 환경에 버려져, 다른 삶은 알지 못했고, 그 단단한 가슴에 기억이 싹을 띄우게 할 인간다운 손길을 한 번도 받지 못했기 때문이다. 이 고독한 존재 안에는 온통 메마른 황무지뿐이다. 네가 체념한 것을 잃은 모든 인간들에게도 똑같은 황무지가 존재한다. 그러한 자 화 있으리라! 여기 누워 있는 이 아이와 같은 괴물들을 길러낼 그 나라에 백배 천배 큰 화 있으리라!"

레들로는 자신이 들은 이야기에 놀라 움츠러들었다.

"인간이 '반드시' 거두어들여야 할 수확을 씨 뿌리지 않는 자들이 없다. 하나가 아니다. 이 아이 안에 있는 그 악의 씨들 하나하나로부터 폐허의 땅이 자라나 그 안에 모이고 저장되고 다시 세상 곳곳에 뿌려진다, 그 땅들이 사악함으로 뒤덮여 또 다른 노아의 홍수를 불러일으킬 때까지. 도시의 거리에서 공공 연하게 자행되는 처벌받지 않은 살인도 이러한 광경을 용인하 는 일보다는 죄가 덜하다."

그것은 잠든 소년을 내려다보는 듯했다. 레들로 역시 새로 운 감흥 없이 그를 내려다보았다.

"이 아이들이 지나갈 때 낮이건 밤이건 옆에서 걸어줄 아비 가 없다." 유령이 말했다. "이 땅의 저 모든 자애로운 어머니들 중에 이들의 어미는 없다. 이러한 어린 시절을 보내고서 저 극 악무도한 행위에 관여되지 않을 자 없다. 세상에 저주를 불러 들이지 않는 나라가 없고, 부정되지 않을 종교가 없다. 부끄러 이 여기지 않을 사람이 없다."

화학교수는 두 손을 꽉 움켜잡고 두려움과 가엾음에 몸을 떨며 잠든 소년에게서 그를 손으로 가리키고 있는 유령에게로 시선을 옮겼다.

"보라," 환영이 계속했다. "나는 너의 선택이 나을 결과의 가장 완벽한 유형을 말하노라. 너의 저주는 여기에선 힘을 잃 는다. 이 아이의 가슴에는 네가 지울 수 있는 것이 없기 때문이 다. 아이의 생각은 네 생각의 '끔찍한 동료'이다. 네가 아이의 비정상적인 상태에 다다라 있기 때문이다. 아이는 인간의 무관심이 자라난 것이고, 너는 인간의 오만함이 자라난 것이다. 하늘의 은혜로운 의도가 너희 각자에게서는 전복되었고, 그 보이지 않는 나라의 양 끝에서 출발한 너희가 합쳐진 것이다."

화학교수는 소년 옆의 땅바닥에 몸을 굽히고, 이제는 그 자신에게 느끼는 것과 같은 종류의 연민을 아이에게 느끼며 자는 아이를 안아주었다. 더 이상 혐오감이나 무관심으로 아이를 피하지 않고서.

얼마 지나지 않아, 지평선을 따라 저 멀리 펼쳐진 선이 밝아왔고, 어둠은 희미해졌다. 태양은 붉고 눈부시게 떠올랐고, 높은 굴뚝과 박공들은 도시의 연기와 수증기를 황금빛 구름으로 바꾸어놓는 청명한 대기 속에서 반짝이고 있었다. 바람이 소리 없이 회오리치는 그늘진 구석에 있던 바로 그 해시계가 밤 동안 그의 낡고 따분한 얼굴 위에 쌓여 있었던 눈의 고운 입자들을 털어내고 자기 주변을 소용돌이 모양이로 빙글빙글 감싸고 있는 작고 하얀 눈의 화환들 사이로 밖을 내다보았다. 아침이, 반원형 아치들이 땅에 반쯤 묻혀 있는, 저 차갑고 흙냄새 나는 잊혀진 지하성당까지 더듬더듬 손길을 뻗어가고 있었다. 태양이 떠올랐다는 소식을 살며시 전하며, 벽에 매달린 게으른 초목들 속 수액을 휘저어 그 경이롭고 섬세한 창조물의 작은 세계 속 느린 삶의 규칙들을 서둘러 돌아가게 했다.

테터비 가족들은 모두 일어나 움직이고 있었다. 테터비 씨는 가게의 덧문들을 열고, 예루살렘 건물에서는 그 매력을 발휘하지 못하는 진열창의 보물들을 하나하나 눈으로 점검하고 있었다. 아덜퍼스는 이미 한참 전에 집을 떠나 이제 "아—침 산—문!" 하고 외칠 때가 되어가는 참이었다. 다섯 꼬마 테터 비들은, 비누와 마찰로 벌게진 열 개의 눈을 동그랗게 뜨고 부 엌 뒤편에서 냉수마찰 고문을 당하는 중이었다. 테터비 부인은 감시 중이었다. 아기 몰록이 심사가 뒤틀리는 통에 (언제나 그 러긴 했지만) 허겁지겁 화장실에서 떠밀려 나온 조니는 몰록 을 안고 평소보다 곱절은 힘들어하며 가게 문 앞에서 비틀비틀 대고 있었다. 성기게 짠 니트에 모자, 파란색 긴 양말로 무장한 몰록의 무게가 그 방한 장비들로 인해 부쩍 늘어나 있었기 때 문이었다.

그 아기의 기이한 특징이라고 하면 늘 이가 나고 있는 중이 라는 것이었다. 안 났다고도, 다 났다고도, 다시 빠져버렸다고 도 말하기가 힘들었다. 그러나 테터비 부인을 볼 때면, 불 앤드 마우스 여관 간판처럼* 잇몸을 드러내며 씩 웃는 입 모양을 짓 기에 충분할 만큼은 나 있었다. 허리에(그 몰록의 턱 바로 아래 에 위치한) 젊은 수녀의 묵주로 써도 충분할 것 같은 커다란 뼈 고리를 달고 있었음에도 불구하고, 온갖 종류의 물건들이 그 잇몸을 문지르는 데 징발되었다. 가게 물건들 중에서는 칼 손 잡이, 우산 꼭대기, 지팡이 손잡이, 식구들의 손가락 전부, 특 히 조니의 손가락, 육두구 강판, 빵 껍질, 문손잡이며 부지깽이

*전통적으로 각 상점의 간판에 간단한 상징물을 새기거나 그려놓곤 했는데, 런던 의 유명한 숙박업소 중 하나였던 불 앤드 마우스 여관은 황소 아래에 잇몸을 드러 내고 씩 웃는 사람의 얼굴을 새겨놓았다. 런던 서민들의 위트를 상징하는 장식 중 의 하나이다.

〈조니와 몰록〉, 일러스트_존 리치, 1848년

끄트머리까지 주변에서 흔히 볼 수 있는 기구들이 마구잡이로 아이를 달래는 데 쓰였다.

테터비 부인은 매번 "이가 나오는 중이다. 다 나오고 나면 원래대로 돌아갈 거야" 하고 말하곤 했다. 그리고 이는 아직도 다 나오지 않았고 아이도 여전히 원래대로가 아니었다.

꼬마 테터비들의 기분은 몇 시간 만에 슬픔으로 바뀌었다. 테터비 부부 본인들은 자기 자식들보다 더 많이 바뀌지는 않았다. 보통의 그들은 용심이 없고 성품이 고우며 다툼이 없어서 배불리 먹지 못하는 일이 있어도 (그런 일이 자주 있었는데) 만족해하고 너그러웠으며, 매우 적은 음식으로 엄청난 즐거움을 누렸었다. 그런 그들이 이제 다투고 있었다. 비누와 물 때문이 아니라, 그것도 아직 나오지도 않은 아침 식사 때문에. 모든 꼬마 테터비들의 손이 다른 꼬마 테터비들의 손에 맞섰고, 심지어 조니의 손까지, 그 인내심 강하고 잘 참는 헌신적인 조니까지 아기에 맞서 손을 들었다!

그렇다, 테터비 부인이 문으로 향하던 차에 조니가 아기가 입은 갑옷의 약한 부분을 맹렬히 찾아 상처 내는 것을, 그 소중한 아기를 때리는 것을 본 것은 정말 우연한 일이었다.

테터비 부인은 조니의 옷깃을 잡고 응접실로 끌고 간 다음, 단숨에 그 폭력에 고리대금 이자를 얹어 되갚아주었다.

"짐승 같은 놈, 이 살인자 녀석아." 테터비 부인이 말했다. "어쩜 그럴 수가 있니?"

"그럼 왜 저 녀석 이는 나오질 않는 건데요, 날 그렇게 귀찮게 하기만 하고." 크고 반항적인 목소리로 조니가 대꾸했다. "엄마라면 좋으시겠어요?"

"난 좋기만 하구나!" 조니에게서 그 모욕당한 짐을 가져오면서 테터비 부인이 말했다.

"그래요, 좋아요." 조니가 말했다. "엄만 좋으시다고요? 전혀 아닐걸요. 엄마가 나였으면 군대에 지원이라도 했을 거예요. 나도 그럴 작정이에요. 군대엔 아기가 없으니까요."

이 장면에서 막 도착한 테터비 씨는 그 반역자를 바로잡는 대신 생각에 잠겨 턱을 문질렀다. 아무래도 군대 생활에 대한 아들의 관점에 다소 충격을 받은 것 같았다.

"저 애 말이 맞는다면 차라리 내가 군대에 갔으면 좋겠네요." 테터비 부인이 남편을 처다보며 말했다. "여기 내 삶엔 평화라곤 없으니까요. 난 노예예요. 버지니아 노예.*" 아마도 담배 무역을 힘도 써보지 못하고 망한 것에 대한 어떤 본능적인 연상 작용이 테터비 부인으로 하여금 이런 과장된 표현을 쓰게 한 것 같았다. "일 년 내내 휴일도 없고, 즐거운 일 하나 없잖아요! 아이고, 주님 저 어린 것을 구원하소서." 테터비 부인이 그토록 경건한 염원과는 전혀 어울리지 않게 짜증스런 손길로 아기를 흔들면서 말했다. "애는 또 뭐가 문제라니?"

아기를 흔들어 어르는 것으로는 그 문제를 드러나게 할 수

---

*담배는 미국 버지니아 주의 대표적 농산물이다. 직접 목화를 생산하지는 않았으나 노예제도가 뿌리 깊은 지역이었고, 1842년 미국과 캐나다를 방문한 이래로 지속적으로 노예제도에 대한 강력한 비판의 목소리를 높여왔던 디킨스인 만큼 이러한 표현이 단순히 테터비 부인 개인의 연상이라고 볼 수만은 없을 것이다.

도 바꿀 수도 없자, 테터비 부인은 아기를 요람에 집어넣고는 팔짱을 낀 채, 발로 성난 듯이 요람을 흔들어대었다.

"거기서 뭐 하는 거예요, 덜퍼스." 테터비 부인이 남편에게 말했다. "뭐라도 좀 하시지그래요."

"아무것도 하고 싶지 않은걸." 테터비 씨가 대답했다.

"'나도' 하고 싶지 않아요." 테터비 부인이 말했다.

"내 맹세하는데, '나는' 하고 싶지 않아." 테터비 씨가 말했다.

조니와 그의 다섯 형제들 사이에서도 변화가 일어났다. 가족들의 식사를 준비하던 아이들 사이에 빵 덩어리를 잠시라도 차지하기 위한 충돌이 벌어졌고, 서로를 쥐고 흔드느라 난리를 피웠다. 그중 가장 어리지만 머리는 트인 녀석 하나가 서로 얽혀 있는 전투원들의 고리 바깥을 맴돌며 그들의 다리를 공략하고 있었다.

이 난투극의 한복판으로 테터비 부부 두 사람 모두가, 마치 그것이 그들이 합의할 수 있는 유일한 화제이기라도 하듯, 씩씩 대며 달려들었다. 이전의 상냥함은 온 데 간 데 없이, 수많은 처형을 무자비하게 자행한 다음 그들은 각자의 위치로 다시 돌아갔다.

"아무것도 안 하고 빈둥대느니 신문이라도 읽지그래요." 테터비 부인이 말했다.

"신문에 뭐 읽을 게 있어야 말이지." 지나치게 불만스러워하며 테터비 씨가 대답했다.

"읽을 거요?" 테터비 부인이 말했다. "사건 사고."

"그게 무슨 의미가 있나." 테터비 씨가 말했다. "사람들이 뭘 하는지, 무슨 일을 당하는지 내가 뭐 하러 신경을 쓴단 말이오."

"자살 사건들은요?" 테터비 부인이 제안했다.

"내 알 바 아니지." 남편이 대답했다.

"출생, 사망, 결혼, 이런 것들이 죄다 아무것도 아니라고요?" 테터비 부인이 말했다.

"누가 태어나는 일이야 온 사방에, 영원히 있을 일이고 오늘도 있고, 죽음이야 내일을 떼어내는 일이 시작되는 것인데, 이제 내 차례가 다가오는구나 생각이라도 하지 않는 한 그게 내 흥미를 끌 이유가 뭐 있겠소." 테터비 씨가 툴툴거렸다. "결혼에 대해 말하자면, 나 자신 이미 치른 일이고. 그것에 대해서야 질릴 만큼 잘 알지."

불만족스러운 것이 역력한 얼굴 표정이나 태도로 판단하자면 테터비 부인 역시 남편과 같은 의견인 것 같았다. 하지만 그녀는 오직 그와 다투고 있다는 것에서 만족감을 느끼며 남편의 의견에 반대했다.

"으이구, 참 한결같기도 한 양반이지." 테터비 부인이 말했다. "그렇지 않아요? 당신이 신문 쪼가리들로 만들어 놓은 저 칸막이를 가지고, 애들한테 읽어주겠다고 반 시간이나 붙들고 앉아 있더니!"

"늘 하는 말이지만, 당신이 원한다면," 남편이 대꾸했다. "더는 하지 않으리다. 나도 이제 철이 들었으니 말이오."

"허! 철이 들어?" 테터비 부인이 말했다. "당신이 더 나아졌다고요?"

그 질문은 테터비 씨의 가슴속에 어떤 불협화음을 울렸다. 그는 맥없이 곰곰 생각에 잠기더니 이마에 성호를 긋고 또 그었다.

"낫다라!" 테터비 씨가 중얼거렸다. "우리 중 누군들 더 나아진 사람이 있는지, 더 행복해진 사람이 있는지 모르겠소. 그게 나아진 건가?"

그는 칸막이로 돌아가 자신이 찾고 있던 어떤 문단을 찾아낼 때까지 손가락으로 그것을 쭉 훑어나갔다.

"기억나. 이건 우리 가족이 제일 좋아하는 이야기들 중 하나였어." 쓸쓸하고 멍해 보이는 태도로 테터비가 말했다. "아이들은 눈물을 흘렸고, 그 애들 사이에 사소한 말다툼이나 불평불만이 있을 때면 이 글이 얌전하게 만들어주었지. 숲속의 개똥지빠귀 이야기 다음으로 좋아했었는데. '극빈 가정의 우울. 어제, 한 왜소한 남자가 부유한 치안판사 앞에 나서 다음의 의견을 개진했다. 팔에는 갓난아이를 안고 10세에서 2세 사이의 다양한 연령의 누더기를 걸친 대여섯 명의 아이들에게 둘러싸인 그 남자와 아이들은 모두 빈사지경이었으며……' 하! 이해가 안 가는군. 거 참." 테터비 씨가 말했다. "이게 우리랑 무슨 상관인지 도통 모르겠어."

"어쩜 저렇게 늙고 초라해 보일까." 그를 바라보며 테터비 부인이 말했다. "어쩜 저렇게 사람이 변하지. 아! 세상에, 이런, 이런, 이건 희생이야!"

"뭐가 희생이라는 거요?" 남편이 심술궂게 물었다.

테터비 부인은 고개를 저었다. 그러고는 아무런 대답도 하지 않고 요람을 난폭하게 흔들어 아기 주변에 폭풍우를 일으켰다.

"만약 당신이 결혼한 게 희생이었다면, 여보⋯⋯." 남편이 말했다.

"그런 말 안 했어요." 아내가 말했다.

"저런, 그럼 내 말은 말이오." 테터비 씨가 그녀만큼이나 못마땅한 기색으로 퉁명스럽게 말을 이었다. "그 일에는 두 가지 면이 있다는 거요. 어떤 면에선 내가 희생자였고, 그 희생이 받아들여지지 않았더라면 좋았을 거라는 거지."

"그랬더라면 얼마나 좋았을까요. 온 마음과 영혼을 다해 빌어요. 정말이에요." 아내가 말했다. "당신이 나보다 더 간절할 순 없을걸요, 테터비 씨."

"난 대체 그녀에게서 뭘 봤던 거지." 신문판매소 사장이 중얼거렸다. "그래, 맞아. 뭔가 본 것이 있었더라도 지금은 사라진 게 확실해. 어젯밤 저녁을 먹은 후 난롯가에서 그렇게 생각했지. 뚱뚱하고 나이 들고, 다른 어떤 여자하고도 비교가 안 되잖아."

"평범한 얼굴에, 분위기라곤 없지. 키도 작잖아. 이제 허리도 구부러지기 시작한 데다 머리까지 벗겨진다고." 테터비 부인이 중얼거렸다.

"결혼이라니 반쯤 돌았던 게 틀림없어." 테터비 씨가 중얼거렸다.

"정신이 나가버렸던 모양이야. 나 자신에게 그걸 설명할 수 있는 길은 그것뿐이라고." 고심하며 테터비 부인이 말했다.

이런 분위기에서 그들은 아침 식사를 하려고 자리에 앉았다. 식사가 이렇게 앉아서 하는 일이라고는 생각도 해보지 못하고 춤이나 종종걸음이거니 했던 꼬마 테터비들은 마치 무슨 야만적인 의식이라도 치르는 양, 날카로운 비명을 질러대며 버터 바른 빵을 휘두르고 서로 뒤엉켜서 거리로 뛰쳐나갔다가 다시 들어왔고, 그러한 예식에서 빠지면 안 되는 절차라도 되는 것처럼 문간에서 콩콩대었다.

이제, 테터비 아이들 간의 분쟁은 물 탄 우유의 국면에 접어들어 있었다. 모두가 같이 먹으라고 탁자 위에 올려둔 그 우유단지는 와츠 박사*의 추억에 찬물을 끼얹기에 충분할 만큼 유감스러운 성난 욕심이 창궐하는 장면을 연출하고 말았다. 테터비 씨가 무리들을 몽땅 현관문 밖으로 쫓아내고 나서야 잠시나마 평화를 되찾을 수 있었으나 그나마도 조니가 슬그머니 돌아와 바로 그 순간에 단지에 얼굴을 처박고 복화술사 같은 소리를 내며 탐욕스럽고 추잡하게 우유를 빨아들이는 통에 깨어지고 말았다.

"쟤들 때문에 정말 못 살겠어요." 범인을 쫓아내고는, 테터비 부인이 말했다. "죽으려면 빨리 죽는 게 낫지."

*영국 찬송가의 아버지라 불리는 18세기 작곡가. 크리스마스 캐럴로도 많이 연주되는 〈기쁘다 구주 오셨네〉를 비롯한 750여 곡의 찬송가를 작곡한 인물로, 여기에서 말하는 것은 《아이들을 위한 성가집》에 수록된 〈형제 자매간의 사랑〉이라는 곡으로 형제들 간에 성난 욕심을 부리지 말 것을 권고하고 있다.

"가난한 자들은, 자식을 갖지 말지어다." 테터비 씨가 말했다. "그들은 우리에게 아무런 기쁨도 주지 못하나니."

테터비 씨는 아내가 무례하게 자신 쪽으로 밀친 잔을 잡아드는 중이었고, 테터비 부인은 자기 잔을 입술로 가지고 가는 참이었다. 그 순간 마치 얼어붙은 듯이 두 사람 모두 동작을 멈추었다.

"여기 좀 보세요! 엄마! 아빠!" 방으로 달려 들어오며 조니가 소리쳤다. "저기 길 아래에서 윌리엄 부인이 오고 있어요!"

이 세상이 시작된 이래로 어린 소년이 노련한 노 간호사 같은 손길로 요람에서 아이를 꺼내 부드러이 어르고 토닥이고, 신이 나서 아이를 데리고 휘청 대며 나간 일이 있다면, 그 소년이 바로 조니고, 그 아이는 바로 몰록일 터였다. 이제 그들은 함께 밖으로 나갔다!

테터비 씨가 잔을 내려놓았다. 테터비 부인이 잔을 내려놓았다. 테터비 씨가 이마를 문질렀다. 테터비 부인이 이마를 문질렀다. 테터비 씨의 얼굴이 부드럽고 밝아졌다. 테터비 부인의 얼굴이 부드럽고 밝아졌다.

"이런, 세상에." 테터비 씨가 혼잣말을 했다. "내가 대체 어떤 사악한 기운에 굴복하였던 걸까? 여기에서 대체 무슨 일이 일어났던 거지?"

"어젯밤 그렇게 고백하고 후회했던 것은 어떡하고 그이에게 다시 그렇게 심하게 대한 걸까!" 앞치마로 눈물을 훔치며 테터비 부인이 흐느꼈다.

"난 짐승보다 못한 놈이야." 테터비 씨가 말했다. "선한 마음이 조금이라도 남아 있다면 어찌 그런단 말인가? 소피아! 여보!"

"여보, 덜퍼스." 아내가 대답했다.

"나는…… 도저히 생각만으로도 참을 수가 없는 마음으로 있었다오, 소피아." 테터비 씨가 말했다.

"내 마음에 비하면 그건 아무것도 아니에요, 돌프." 슬픔에 복받쳐 아내가 소리쳤다.

"우리 소피아." 테터비 씨가 말했다. "그러지 말아요. 난 내 자신을 용서할 수가 없소. 당신의 마음을 아프게 할 뻔했잖소, 알아요, 알아."

"아니에요, 돌프, 아니에요. 그건 나예요! 나요!" 테터비 부인이 소리쳤다.

"여보." 남편이 말했다. "그러지 말아요. 당신이 그렇게 고귀한 영혼을 내비칠 때면 나는 나 자신을 견딜 수 없이 책망하게 된다오. 소피아, 여보, 당신은 내가 무슨 생각을 했는지 모르오. 분명, 그건 너무도 나쁜 짓이었소. 내가 대체 무슨 생각을 한 건지!"

"오, 여보, 돌프, 그러지 마세요! 그러지 말아요!" 아내가 소리쳤다.

"소피아." 테터비 씨가 말했다. "내 꼭 밝혀야겠소. 말하지 않고서는 내 양심이 견딜 수가 없을 것 같소. 여보……"

"윌리엄 부인이 거의 다 왔어요!" 문간에서 조니가 소리를 질렀다.

"여보, 내가 말이오." 의자에 몸을 기대며 숨을 헉 하고 내쉬며 테터비 씨가 말했다. "내가 당신을 어떻게 그리 존경했던 것일까 의구심을 품었다오. 당신이 내게 준 저 소중한 아이들을 잊고, 당신이 내가 바라는 만큼 날씬해 보이지 않는다 생각했다오. 나…… 나는 기억이 나질 않았소." 스스로를 엄중히 책망하며 테터비 씨가 말했다. "당신이 내 아내로서 해준 보살핌들이 말이오. 나 때문에 당신이 다른 남자, 나보다 더 잘살고 더 운이 좋은 남자(장담컨데 그런 남자는 누구라도 쉽게 찾을 수 있을 것이오)를 만나지 못했을지도 모른다는 생각은 하지 못하고, 당신이 내 인생을 밝혀주었던 그 힘든 시절에 조금 나이가 든 것을 가지고 당신에게 불평을 했다오. 믿을 수 있겠소, 여보? 난 믿기지가 않는구려."

웃음과 울음의 돌개바람 속에서, 테터비 부인은 두 손으로 남편의 얼굴을 감싸 앉았다.

"오, 돌프!" 그녀가 소리쳤다. "당신이 그렇게 생각했다니 너무 기뻐요. 그렇게 생각해줘서 정말 고마워요! 난 당신이 평범한 일굴이리고 생각했는걸요, 돌프. 하지만 여보, 그렇기 때문에, 당신의 선량한 두 손으로 감겨주기 전까진 내 두 눈에 가장 평범하고 익숙한 모습은 당신일 거예요. 난 당신이 키가 작다고 생각했어요. 하지만 그렇기 때문에, 난 당신을 많이 아낄 수 있고, 나의 남편 당신을 사랑하기 때문에 더욱 더 아낄 수 있어요. 당신 허리가 이제 굽기 시작했다고 생각했어요. 하지</p>

만 그렇기 때문에, 당신이 나에게 기댈 수 있고, 또 난 당신을 잘 따라갈 수 있도록 최선을 다할 거예요. 나는요, 당신이 분위기가 없다고 생각했어요. 하지만 그렇지 않아요. 당신에게 있는 것, 그건 바로 가정적인 분위기예요. 가장 순수하고 가장 좋은 것. 하느님이 다시 한 번 이 집을 축복하시니 모든 것이 그 안에 있도다. 오, 돌프!"

"야호! 윌리엄 부인이다!" 조니가 소리쳤다.

그렇게 그녀가, 모든 아이들과 함께 왔다. 밀리가 들어오자 아이들은 그녀에게 키스를 했고, 서로에게 키스를 했고, 아기에게, 그들의 아버지와 어머니에게 키스를 했다. 그런 다음 다시 달려 나갔다 무리를 지어 그녀를 둘러싸고 춤을 추었다. 의기양양하게 그녀와 함께 행진을 했다.

테터비 부부 역시 밀리를 따뜻하게 맞이하는 데 조금도 뒤처지지 않았다. 그들도 아이들만큼이나 그녀에게 매료되어 있었다. 그녀에게로 뛰어가 그녀의 손에 키스를 하고 그녀 주위로 몰려들었다. 아무리 열성적으로, 열렬히 환영을 해도 모자란 것만 같았다.

"와! 여러분 모두 저를 반겨주시는 거예요? 이 화창한 크리스마스 아침에?" 기분 좋게 놀란 밀리가 손뼉을 치며 말했다. "어머, 너무 기뻐요!"

아이들에게선 더 많은 환호가, 더 많은 키스가 쏟아졌다. 모두가 그녀 주위로 몰려들었다. 더 많은 행복, 더 많은 사랑, 더 많은 기쁨과, 더 많은 영광이, 도처에서 그녀가 감당할 수 없을

〈밀리와 아이들〉, 일러스트_프랭크 스턴, 1848년

만큼 쏟아졌다.

"오, 세상에!" 밀리가 말했다. "이토록 기쁨에 가득 찬 눈물을 흘리게 만드시다니요. 이런 대접을 받을 자격이 없는데. 제가 무슨 일을 했기에 이렇게 사랑 받는 걸까요?"

"누구라도 그럴 겁니다." 테터비 씨가 소리쳤다.

"누구라도 그래요!" 테터비 부인이 소리쳤다.

"누구라도 그래요!" 아이들이 즐거운 목소리로 어머니의 말을 받아 합창했다. 그러고는 다시 그녀 주위로 몰려들어 춤을 추었다. 그녀에게 매달리고 상기된 얼굴을 그녀의 옷자락에 대고 키스하고 부비었다. 윌리엄 부인이건 그녀의 옷이건 아무리 부벼대어도 만족스럽지 못하다는 듯이.

"오늘 아침만큼 감동했던 적은 없어요." 눈물을 닦으며 밀리가 말했다. "마음을 가라앉히고 말을 할 수 있게 되면……꼭 여러분께 말하고 싶어요. 해가 뜰 무렵에 레들로 교수님이 저에게 오셔서, 제가 그분의 소중한 따님이라도 되는 것처럼 너무도 자상하게, 조지 아주버님이 아파 누워 있는 곳으로 함께 가자고 간청하셨어요. 그래서 함께 갔었고, 가는 동안 내내 그분은 너무도 친절하고 부드러우셨고, 제게 너무도 큰 믿음과 희망을 주셔서 기꺼이 그분을 도와드리지 않을 수가 없었어요. 그 집에 도착했을 때 교수님과 저는 문 앞에서 어떤 여자분을 만났는데(안타깝게도 누군가에게 맞아 상처를 입으신 거 같았어요),저를 손으로 붙들더니 제가 지나갈 때 축복을 해주셨어요."

"그럴 수밖에요!" 테터비 씨가 말했다. 테터비 부인도 그녀가 옳은 일을 했다고 말했다. 아이들도 모두 함께 그녀가 옳은 일을 했다고 소리쳤다.

"그것만이 아니에요." 밀리가 말했다. "위층으로 올라가 방으로 들어가자 침대에 아주버님이 누워 있었는데, 너무도 오랜 시간 그러한 상태로 있어서 어떻게 해도 깨울 수가 없었던 그분이 침대에서 일어나 눈물을 흘리며 제게 팔을 뻗는 거예요. 지금껏 자신은 삶을 낭비해왔고 이제는 진심으로 후회하고 있다고 말이에요. 지난날에 대한 그분의 슬픔은 거대한 수평선에 자욱했던 먹구름이 사라져버린 것처럼 선명해졌고, 제게 가엾으신 아버님께 자신을 용서하고 축복을 빌어주십사 말해달라고, 그리고 침대 곁에 머물러 기도해달라고 간청을 했답니다. 제가 그렇게 했을 때, 레들로 교수님도 오셔서 함께 열심히 기도하셨어요. 그리고 저에게 거듭 감사의 말을 전하시고, 하느님께 감사를 올리셨어요. 아프신 분이 저에게 곁에 앉아달라고 하셨을 땐, 마음이 너무도 벅차올라 흐느껴 우는 일밖엔 할 수 없었답니다. 그러고 나니 조금 진정이 되었어요. 제가 거기 앉자 그분은 잠이 드실 때까지 제 손을 붙잡고 계셨어요. 그러고 나서야 그분에게서 손을 거두어들이고 이리 올 수 있었지요. (레들로 교수님께서는 진심으로 제가 그리하길 바라셨답니다.) 그분의 손이 제 손을 찾아 더듬거리셔서 누군가 다른 사람이 저를 대신해야 했고 제가 다시 돌아올 거라는 믿음을 주어야 했거든요. 오, 세상에, 세상에." 밀리가 흐느꼈다. "이 모든 일에 대해 얼마나 감사하고 행복해야 할런지요! 제가 얼마나 행복하고 감사한지 모르실 거예요."

그녀가 이야기하는 동안, 레들로가 들어왔다. 그는 잠시 멈
춰 서서 밀리를 둘러싼 무리들을 지켜보고는 조용히 위층으로
올라갔다. 그 위층에 이제 그가 다시 모습을 드러낸 것이다. 레
들로는 젊은 학생이 그를 지나쳐 아래층으로 내려가는 동안 그
곳에 남아 있었다.

"상냥한 간호사, 가장 자비롭고 선하신 분." 윌리엄 부인 앞
에 무릎을 꿇고 그녀의 손을 붙잡으며 학생이 말했다. "너무도
잔인했던 저의 배은망덕한 행동을 용서해주십시오!"

"오, 이런, 오, 이런!" 밀리가 천진난만하게 소리쳤다. "여기
또 다른 분이 계시네요. 오, 세상에, 저를 좋아해주시는 분이
또 계셨어요. 제가 어쩌면 좋을까요!"

한 점 죄 없이, 너무도 단순한 방식으로 이 말을 하였고 또
한 그렇게 두 손을 들어 눈물을 닦고 기쁨의 눈물을 흘렸기에
그 광경은 보기 좋을 뿐 아니라 감동적이었다.

"저는 제가 아니었습니다." 학생이 말했다. "그게 무엇인지
는 모르겠으나, 제가 엉망으로 굴었던 것의 어떤 결과물이 아
니었을까 싶은데, 제가 미쳤나 봅니다. 그러나 이젠 아닙니다.
이 말을 하는 지금, 저는 거의 제 자신으로 되돌아왔습니다. 아
이들이 당신의 이름을 외치는 것을 들었을 때, 그 그림자가 저
에게서 빠져나갔습니다. 오, 울지 마세요! 사랑스러운 밀리, 제
마음을 읽으실 수 있다면 어떤 애정과 감사의 마음이 자라나고
있는지 아실 겁니다. 그러니 당신이 우는 모습을 보게 하지 마

세요. 그것은 너무도 가혹한 처벌입니다."

"아니에요, 아니에요." 밀리가 말했다. "그렇지 않아요. 정말 아니에요. 기뻐서 그래요. 어째서 당신이 그런 사소한 것으로 제게 용서를 빌어야 하는지 모르겠지만, 그런 당신의 모습은 너무도 큰 기쁨입니다."

"그럼 다시 와주시겠습니까? 그 작은 커튼을 마무리해주시겠어요?"

"아니요." 눈물을 닦고는 고개를 저으며 밀리가 말했다. "이제 제 바느질 일은 신경 쓰지 않으셔도 돼요."

"그 말씀은 저를 용서하신다는 건가요?"

밀리가 그를 한쪽으로 손짓하여 부르더니, 귀에 대고 속삭였다.

"고향에서 온 소식이 있어요, 에드먼드 씨."

"소식이요? 어떻게?"

"아팠던 동안 당신이 편지를 쓰지 않았던 것이나 몸이 좋아지고 나서 필적이 바뀐 것이 사정을 짐작하게 했던 거죠. 하지만 그렇다 해도, 나쁜 소식만 아니라면, 그 소식에 당신 건강이 나빠지지는 않을 거예요, 그렇죠?"

"물론입니다."

"자, 저기 누군가 오고 있어요!" 밀리가 말했다.

"저희 어머니신가요?" 계단으로 내려오는 레들로 쪽을 저도 모르게 바라보며 학생이 물었다.

"쉿! 아니에요." 밀리가 말했다.

"다른 사람일리가 없어요."

"정말요?" 밀리가 말했다. "확신하세요?"

"다른 사람이……" 그가 말을 더 잇기 전에 밀리가 손을 들어 그의 입을 막았다.

"아니, 있어요!" 밀리가 말했다. "저 젊은 아가씨가(그 초상화와 정말 닮았어요, 에드먼드 씨. 하지만 그녀가 훨씬 예쁘던걸요) 불안한 마음 달랠 길이 없어 슬퍼하다 어젯밤 어린 하녀 하나만을 데리고 올라왔어요. 당신이 늘 학교에서 편지를 부쳤기 때문에 거기로 간 모양이에요. 오늘 아침 레들로 교수님을 만나기 전에 그녀를 만났어요. '그녀도' 저를 좋아해요!" 밀리가 말했다. "오, 세상에, 또 한 사람 있네요!"

"오늘 아침이요? 그럼 지금 어디 있습니까?"

"그 아가씨는 지금," 그의 귀로 입술을 가져가며, 밀리가 말했다. "제 작은 응접실에 있어요. 당신을 볼 수 있길 기다리면서요."

에드먼드는 그녀의 손을 꼭 쥐었다 놓고는 재빨리 달려가려 했다. 그러나 밀리가 그를 붙들었다.

"레들로 교수님이 정말 많이 달라지셨어요. 오늘 아침 그분께선 기억이 많이 손상되었다고 말씀하셨어요. 그분을 잘 돌봐드려야 해요, 에드먼드 씨. 우리 모두의 배려가 필요하시답니다."

청년은 그녀의 권고가 잘못 전해지지 않았음이 확실히 드러나는 표정이었다. 그리고 나가는 길에 화학교수의 곁을 지나며 그에 대한 관심을 분명히 드러내는 태도로 공손히 인사를 했다.

레들로는 그 인사에 공손하게, 어찌 보면 겸손하기까지 한 태도로 답했고, 청년이 지나가는 모습을 계속 눈으로 따라갔다. 자신이 잃어버린 무언가를 다시 불러일으키려는 듯, 그는 다시 머리를 손 위로 떨구었다. 하지만 그것은 돌아오지 않았다.

지난 밤 들었던 음악과 다시 나타난 유령과의 만남 이후 지속적인 변화가 레들로에게 일어났다. 이제 그는 자신이 얼마나 많은 것을 잃었는지 절실하게 느끼고 있었다. 주위의 다른 사람들이 가지는 자연스러운 상태와는 너무나도 다른 자신의 처지를 가엾이 여겼다.

이렇게, 주위의 다른 사람들에 대한 관심이 다시 살아났고, 때때로 나이를 먹으면서, 무감각과 무심함이 그 질병 목록에 더해지지는 않더라도 정신력이 약해지면 자연히 얻어지는 것을 닮은 그의 재난에 대한 온순하고 수동적인 감각이 나타났다.

밀리를 통해 점차 자신이 행한 악덕을 만회해나가면서, 또한 그녀와 함께하는 시간이 많아짐에 따라 레들로는 이 변화가 자신 안에서 스스로 발전되어가는 것을 알 수 있었다. 그러므로, 그리고 그녀가 그에게 불러일으킨 애착(그러나 다른 희망은 가질 수 없었다)을 통해, 그는 자신이 그녀에게 무척이나 의지하고 있음을, 그녀가 그의 고통의 일부임을 느끼게 되었다.

그래서, 밀리가 시아버지와 남편이 있는 집으로 돌아가는 것이 어떻냐고 했을 때, 다소 불안해하면서도 선뜻 "그럽시다" 하고 대답했던 것이다. 레들로는 그녀에게 팔을 두르고 그녀와 나란히 걸어갔다. 마치 그가, 자연의 신비들이 그에게는 펼쳐

놓은 책에 불과한 현명하고 학식 높은 교수가 아니고, 그녀가
교육을 받지 못한 평범한 아낙이 아니며, 두 사람의 위치가 뒤
바뀌기라도 한 것처럼. 그렇게, 그는 아무것도 모르고, 그녀는
모든 것을 안다는 듯이.

그는, 밀리와 자신이 집 밖으로 나가자, 아이들이 그녀 주변
으로 몰려들어 그녀를 어루만지는 모습을 보았다. 낭랑히 울려
퍼지는 그 웃음과 기쁨에 가득 찬 목소리를 들었다. 아이들의
밝게 빛나는 얼굴이 그들 주위로 꽃처럼 무리 지어 피어올랐
고, 부모의 애정과 행복은 더욱 새로워졌다. 그는 다시 평온을
되찾은 그 가난한 가정의 담백한 공기를 들이마시며 자신이 그
곳에 드리웠던, 그리고 아마도 그녀가 아니었다면 지금도 퍼져
나가고 있을 그 해롭고 어두운 그림자를 떠올렸다. 그러니 그
가 밀리 곁을 고분고분하게 걸으며 그녀의 다정한 가슴을 자신
의 가슴 가까이 끌어당긴 것도 놀랄 일은 아니었다.

그들이 관리인의 집에 도착했을 때, 노인은 눈을 바닥에 고
정시킨 채 난롯가에 있는 자기 의자에 앉아 있었다. 그리고 그
의 아들은 벽난로의 반대편에 기대고 서서 그를 바라보고 있었
다. 밀리가 문 안으로 들어가자 두 사람은 흠칫 놀라 그녀 쪽으
로 몸을 돌렸고, 그들의 얼굴이 밝아지기 시작했다.

"오, 세상에, 세상에, 이것 보세요, 저 두 사람도 다른 사람
들처럼 저를 보고 반가워하네요!" 잠시 멈춰 서서, 너무나 기
뻐 박수를 치며 밀리가 소리쳤다. "여기 두 명 더 있어요!"

얼마나 보기 좋은 모습인가! 단순히 보기 좋다는 말은 여기

딱 맞는 표현이 아니다. 그녀는 자신을 안기 위해 넓게 펼친 남편의 품속으로 달려갔다. 윌리엄은 그녀의 머리를 자기 어깨에 기대게 한 채 이 짧은 겨울날 내내 아내를 그곳에 두었으면 하는 기색이었다. 하지만 노인이 그녀를 양보하려 들지 않았다. 그 역시 밀리를 향해 팔을 뻗었고 품 안에 그녀를 가두어버렸다.

"아니, 우리 조용한 생쥐가 하루 종일 어딜 갔었던 게냐?" 노인이 말했다. "한참이나 사라져버리다니. 난 우리 생쥐 없인 살 수가 없다는 걸 깨달았단다. 나는…… 우리 윌리엄은 어디 있지? 나는 내가 꿈을 꾸고 있나 생각했단다, 윌리엄."

"제 말씀이 바로 그겁니다, 아버지." 아들이 대답했다. "제 생각에도 아주 끔찍한 꿈을 꾸었던 것 같습니다. 아버지는 어떠세요? 괜찮으세요?"

"튼튼하고 용감하단다, 아들아." 노인이 대답했다.

윌리엄 씨가 부친의 손을 잡고 악수를 나누는 모습은 참으로 훈훈한 광경이었다. 그는 마치 부친에게 아무리 정성을 다해도 충분하지 않다는 듯이 악수를 하고 그의 등을 두드리고 부드럽게 쓰다듬었다.

"아버지, 아버지는 얼마나 놀라운 분이신지 몰라요! 괜찮으세요, 아버지? 그래도 정말 혈기왕성하시기도 하고요." 그와 다시 악수를 나누고, 다시 등을 두드리고, 다시 부드럽게 쓰다듬으며 윌리엄이 말했다.

"내 평생 어느 때보다 팔팔하고 생생하단다, 아들아."

"얼마나 놀라운 분이신지 몰라요! 정말 그렇다니까요." 열정적으로, 윌리엄이 말했다. "아버지가 겪으신 모든 일을 생각하면, 저분의 기나긴 일생을 두고 일어났던 모든 기회와 변화들, 슬픔과 시련들을 생각하면, 그 세월 아래 머리가 하얗게 새시고 해가 갈수록 점점 늘어가는 주름들을 생각하면, 우리가 아버지를 제대로 공경하고 노년을 편하게 보내시도록 살피는 일은 아무리 정성을 다해도 모자란 일 일거야. —괜찮으세요, 아버지? 정말로 괜찮으세요?"

아들이 그랬던 것처럼 나이 든 관리인 역시 화학교수가 있는 것을 알아차리지 못했다면, 윌리엄 씨는 이 질문을 반복하며 다시 악수를 나누고 다시 등을 두드리고, 다시 부친을 쓰다듬는 일을 결코 그만두지 않았을 터였다.

"죄송합니다, 레들로 교수님." 필립이 말했다. "거기에 계신 줄 몰랐습니다. 알았으면 이렇게 무람없이 굴진 않았을 텐데요. 레들로 교수님, 교수님께서 학생이던 시절 어느 크리스마스 아침에 여기에서 교수님을 뵌 것이 생각납니다. 어찌나 공부를 열심히 하셨던지 크리스마스 때에도 도서관 여기저기에 모습을 드러내셨지요. 하! 하! 전 그걸 기억할 만큼 나이가 많답니다. 제 나이 여든일곱이지만 아주 잘 기억하고 있고말고요. 제 가엾은 아내가 세상을 떠난 건 교수님이 이곳을 떠나신 다음이었지요. 제 아내 기억하시겠습니까, 레들로 교수님?"

화학교수는 그렇다고 대답했다.

"그렇습니다." 노인이 말했다. "참으로 사랑스러운 사람이었지요. 어느 크리스마스 아침엔가 교수님이 젊은 여자 분과 함께 오셨던 게 기억나네요. 실례가 아닌지 모르겠습니다만, 아마 교수님이 무척 아끼던 여동생 분이셨지요, 그렇지요, 레들로 교수님?"

화학교수가 그를 바라보더니 고개를 저었다. "여동생이 있었다." 공허한 목소리로 그가 말했다. 하지만 그는 더 이상은 알지 못했다.

"어느 크리스마스 아침이었습니다." 노인이 계속했다. "교수님이 그분과 함께 여기 오셨어요. 눈이 오기 시작해서 제 아내가 숙녀 분께 들어오셔서서 난롯가에 앉으시라고 청했지요. 크리스마스 날이면 언제나 그렇듯이 하루 종일, 열 명의 가난한 신사 분들이 오시기 전에는 저희 만찬장으로 쓰였던 그곳에서 불타고 있던 그 벽난로 가까이로요. 저도 거기 있었습니다. 제가 그 숙녀 분의 작은 발을 따듯하게 해드리려고 불길을 돋우고 있을 때, 그분이 그 초상화 아래의 두루마리에 쓰인 글을 크게 읽으셨지요. '주님, 저의 기억이 언제까지나 시들지 않게 하소서!' 숙녀 분과 제 아내는 그것에 대해 이야기를 나누었습니다. 지금 생각해보면 참 이상한 일이지요. 두 사람 모두 그것이 좋은 기도문이라고, 만약 그들이 젊어서 세상을 떠나게 되면 (둘 다 그리 죽을 것 같진 않았었는데) 가장 소중한 사람들에게 그 기도문을 외울 거라고 말했답니다. "우리 오라버니," 젊은 숙녀 분이 말했습니다. "우리 남편," 제 아내가 말했습니다. "'주님, 이들이 저를 생생하게 기억하게 해주시고, 저를 잊지 않게 해주시옵소서.'"

그의 전 생애를 통해 가장 고통스럽고 아픈 눈물이 레들로의 얼굴에 흘러내렸다. 필립은 자신의 이야기를 기억해내느라고 여념이 없어서 그러한 사실을 미처 눈치채지 못했고, 이제 그만했으면 하는 밀리의 바람도 알지 못했다.

"필립!" 그의 팔에 손을 올리며 레들로가 말했다. "나는 병든 자일세. 신의 섭리가 무겁게, 그러나 마땅하게 내려앉아 있지. 내가 이해할 수 있도록 이야기를 해주게, 친구. 난 이제 기억을 잃었다네."

"신이시여, 자비를!" 노인이 소리쳤다.

"나는 슬픔과 과오와 시련의 기억들을 잃었네." 화학교수가 말했다. "그리고 그와 더불어 내가 기억해야 할 모든 사람들도 잊어버리고 말았지!"

필립 영감이 그를 가엾어하는 것을 보고, 그가 몸을 쉴 수 있도록 자신의 커다란 의자를 돌리는 것을 보고, 그가 잃어버린 것에 대해 침통해하며 그를 내려다보는 것을 보자면, 어느 정도는, 노년 시절에 그러한 기억들이 얼마나 소중한지 알 수 있었다.

소년이 안으로 달려 들어와 밀리에게 뛰어갔다.

"다른 방에 그 남자가 있어요." 아이가 말했다. "난 '그 사람' 싫어요."

"저 애가 무슨 소릴 하는 거지?" 윌리엄 씨가 물었다.

"쉿!" 밀리가 말했다.

그녀의 신호에 따라 윌리엄과 그의 부친은 조용히 물러났

다. 그들이 눈에 띄지 않게 밖으로 나가자, 레들로가 소년에게
이리 오라고 손짓을 했다.

"난 이 여자가 제일 좋아." 밀리의 치마를 붙잡고 소년이 대
답했다.

"네 말이 맞다." 희미한 미소를 지으며 레들로가 말했다.
"하지만 내게 오는 걸 겁낼 필요는 없어. 지금 난 그때보다 훨
씬 친절하단다. 가엾은 아이야, 세상 누구보다 너에게는 말이
다."

처음에는 계속 망설이던 아이가, 밀리의 부추김에 조금씩
마음을 열더니 다가오는 걸 동의했다. 심지어는 그의 발치에
앉기도 했다. 레들로는 동정심과 동지애를 담아 소년을 바라보
며 아이의 어깨에 한 손을 올리고 다른 한 손은 밀리에게 두었
다. 밀리가 그의 얼굴을 들여다보려고 그쪽에서 허리를 굽혔
고, 잠시 말이 없더니 이렇게 말했다.

"레들로 교수님, 제가 말씀을 드려도 될까요?"

"그러시오." 그녀에게 시선을 고정시키고 올려다보며 레들
로가 대답했다. "당신의 목소리는 내게 음악이나 다름없으니
까."

"뭘 좀 여쭈어봐도 될까요?"

"그러고 싶다면."

"어젯밤 교수님 방문을 두드렸을 때 제가 한 말 기억하세
요? 한때 교수님의 친구였던 분 이야기요. 이제는 무너지기 직
전이라고 했던."

“그래, 기억나오.” 조금 머뭇거리며 레들로가 말했다.

“무슨 말인지 이해하시겠어요?”

그는 아이의 머리를 쓰다듬으며 잠시 그녀를 뚫어져라 쳐다보더니 고개를 저었다.

“그분을,” 맑고 부드러운 목소리로, 그를 바라보는 그녀의 따듯한 눈이 더 맑고 부드럽게 만든 목소리로 밀리가 말했다. “얼마 지나지 않아 제가 찾았어요. 그 집으로 돌아가, 하느님의 도움으로, 그를 뒤쫓을 수 있었어요. 제때에요. 조금만 늦었어도 너무 늦고 말았을 거예요.”

레들로는 아이에게서 손을 들어 밀리의 손등 위로 올려놓으며 그녀를 좀 더 주의 깊게 바라보았다. 수줍은 듯했으나 진심이 담겨 있는 그녀의 손길이 그녀의 목소리나 눈길 못지않게 그의 마음을 울렸다.

“그분이 바로 저희가 조금 전에 보았던 에드먼드 씨의 부친이세요. 그분의 진짜 이름은 롱퍼드죠. 그 이름 기억하시겠어요?”

“기억나오.”

“그 사람도요?”

“사람은 기억나지 않소. 그가 내게 뭔가 잘못한 일이 있소?”

“그래요!”

“아! 그럼 희망이 없군, 희망이 없어.”

그는 머리를 가로젓고는, 마치 말없이 그녀의 위로를 청하는 듯이 잡고 있는 손을 부드럽게 토닥였다.

"어젯밤에는 에드먼드 씨에게 가지 않았어요." 밀리가 말했다. "그 모든 걸 기억하시는 것처럼 제 말에 귀기울이실거죠?"

"당신이 하는 말 한 마디 한 마디에."

"그때는 그분이 진짜 그의 아버지인지 모르기도 했고, 또 얼마 전까지 아팠던 사람이니까 그 사실을 알면 어떻게 될지 두렵기도 해서였어요. 하지만 그분이 누구인지 알게 된 이후에도 갈 수가 없었어요. 거기엔 또 다른 이유가 있었어요. 그분은 자기 아내와 아들과 너무 오랫동안 떨어져 있었어요. 제가 그분에게 들은 바로는 거의 아들이 갓난아이였을 때부터 집에 들어가지 않으셨다고 해요. 가장 소중히 여겨야 할 사람들을 버리고 떠났던 거예요. 그러는 동안 내내, 그분은 신사의 삶에서 점점 멀어지고 말았어요……." 그녀가 황급히 일어서더니 잠시 밖으로 나갔다가 레들로가 지난밤 보았던 만신창이의 남자와 함께 돌아왔다.

"나를 아시오?" 화학교수가 물었다.

"아니라고 할 수 있었으면 기쁘겠소." 상대가 대답했다. "기쁘다는 말을 내가 쓴다는 게 어색하긴 하지만 말이오."

화학교수는 그 앞에 선 채 자기 비하에 빠져 있는 남자의 모습에서 무언가 알아내기 위해 헛되이 애를 쓰며 그를 좀 더 바라보려는 참이었다. 그때 밀리가 조금 전처럼 교수의 옆으로 가, 그의 주의 깊은 시선을 자기 얼굴로 향하게 했다.

"보세요, 저분이 얼마나 깊이 주저앉았는지, 얼마나 방황하고 있는지!" 화학교수의 얼굴을 보지 않고 남자 쪽으로 팔을 뻗으며 그녀가 속삭였다. "교수님이 저분과 관련된 모든 것을 기억하실 수 있다면 교수님이 사랑하셨던 누군가를 떠올리며 저분을 가엾게 여기시게 되지 않을까요? 우리, 그게 얼마나 오래전 일인지, 혹은 그가 앗아간 것이 어떤 믿음이었는지는 신경 쓰지 말아요."

"그러길 바라오." 그가 대답했다. "그러리라 믿소."

교수의 시선이 문 옆에 서 있는 사람 부근을 헤매다가 재빨리 밀리에게로 돌아왔다. 그녀의 목소리 하나하나에서, 그녀의 눈길 하나하나에서 어떤 교훈을 배우고자 노력하고 있는 듯이 주의 깊게 바라보았다.

"저는 배운 게 없어요, 교수님은 많으시지만요." 밀리가 말했다. "전 생각하는 데 익숙하지 않아요. 하지만 교수님은 늘 생각을 하시죠. 제가 우리에게 일어난 나쁜 일들을 기억하는 게 왜 우리에게 도움이 된다고 생각하는지 말씀드려도 될까요?"

"그러시오."

"용서할 수 있게 해주니까요."

"하느님, 당신의 고귀한 권능을 저버린 저를 용서하소서!" 고개를 들어 올리며 레들로가 말했다.

"그리고 만약에," 밀리가 말했다. "만약, 우리가 바라고 기원했던 것처럼, 언젠가 교수님의 기억이 회복된다면 그 과오와 그것에 대한 용서가 함께 기억되는 것이 축복 아닐까요?"

그는 문 옆에 있는 사람을 쳐다보고는, 주의 깊은 시선을 서둘러 그녀에게로 옮겼다. 한 줄기 맑은 빛이, 그녀의 밝은 얼굴로부터 그의 마음으로 들어와 빛을 밝혀주었다.

"저분은 자신이 버린 집으로 돌아갈 수가 없어요. 그곳으로 가고 싶어 하지 않으세요. 자신이 그토록 잔인하게 버렸던 이들에게 수치와 시련밖에 줄 수 있는 것이 없음을, 지금 그들에게 해줄 수 있는 최고의 보상은 그들을 피하는 것뿐임을 알기 때문이에요. 조심스럽게 아주 조금의 돈만 주어진다면, 멀리 떨어진 곳으로, 그분이 아무런 해도 끼치지 않고 살 수 있는 곳으로 가실 수 있을 거예요. 자신이 저지른 과오를 속죄하면서요. 그분의 아내인 불운한 여인과 그분 아들에게는 이것이 그들의 친구가 줄 수 있는 가장 요긴하고 친절한 도움이 될 거예요. 그들이 결코 알아서는 안 되는 도움이요. 명예를 잃은 그분에게, 몸도 마음도 황폐해진 그분에겐 그것이 구원이 될 거예요."

교수가 그녀의 머리를 두 손으로 감싸 들어 입을 맞추고는 이렇게 말했다. "그리 될 것이오. 당신이 나를 위해, 지금 당장, 아무도 모르게 그리 해줄 것이라 믿어요. 그리고 그에게, 내가 그게 무엇인지 알게 되어 기쁜 때가 되면 그를 용서할 것이라 전하시오."

밀리가 일어나 자신의 중재가 성공적이었음을 암시하는 빛나는 얼굴을 타락한 남자 쪽으로 돌리자, 남자가 눈을 들지 못한 채 앞으로 한 걸음 나아가 직접 레들로에게 말을 건넸다.

"자네 앞에 있는 이 모습을 보며 징벌을 가하고 싶은 마음이

이는 것을 몰아내다니, 자네는 너무도 너그럽군." 그가 말했다. "언제나 그랬던 것처럼 말이네. 나는 그러지 못했네, 레들로. 할 수 있다면 믿어주게."

화학교수가 밀리에게 손짓으로 더 가까이 오라고 했다. 그리고 자신이 방금 들은 것에 대한 실마리를 찾기라도 하듯 그녀의 얼굴을 들여다보고 귀를 기울였다.

"무슨 다짐이라도 하기엔 난 너무도 망가져버렸네. 자네 앞에서 그런 말을 늘어놓기에는 스스로의 비참한 이력을 너무 잘 알고 있기도 하고. 하지만 이것만은 알아주게. 내가 그 추락의 첫걸음을 디뎠을 때, 그건 자네에겐 배신과도 같은 행위였을 테지만, 나는 어떤 분명하고 확고한 불운에 발을 들이고 말았던 거야."

밀리를 곁에 가까이 두고 있던 레들로가 말하는 사람 쪽으로 고개를 돌리자, 그의 얼굴에 슬픔이, 무언가 서글픈 깨달음 같은 것이 깃들어 있는 것이 보였다.

"그 치명적인 첫걸음을 피할 수만 있었다면 나는 다른 사람이 되었을 걸세. 내 삶 또한 전혀 달라졌겠지. 사실 정말로 그럴 수 있었을지는 나도 모르겠네. 굳이 그랬을 거라 주장할 생각은 없어. 자네 여동생은 지금 훨씬 더 평안할거야. 나와 함께 하였더라면 그럴 수 있었던 것보다 더, 내가, 자네가 내게 기대했던 나 자신이 스스로에게 기대했던 그런 사람으로 계속 남아 있게 되었을 때보다도 더 말이야."

레들로는 그 이야기를 한쪽으로 치워버리겠다는 듯 황급히 손을 내저었다.

"내가 무덤에서 나온 자처럼 말을 하지?" 상대가 계속했다. "이 축복받은 손이 없었더라면, 어젯밤 나는 내 자신의 무덤을 만들어야 했을 걸세."

"오, 세상에, 저분도 저를 좋아하세요!" 낮은 목소리로, 흐느끼며 밀리가 말했다. "또 한 사람이 있었어요!"

"어젯밤이었다면 빵을 구걸하기 위해 자네 앞에 뛰어들지는 못했을 걸세. 하지만, 오늘 그토록 절절하게 느껴지는 추억들이, 나도 어떻게 그런 일이 가능한지 모르겠지만, 너무도 생생하게 내게로 돌아와, 그녀의 제안을 따라 감히 이곳에 발을 들이고 자네의 자비를 구하고 그것에 감사하고, 레들로, 자네가 임종의 순간에 이르렀을 때 자네가 행동으로 이미 보여주었듯 마음으로도 나를 용서하기를 간청하기에 이른 거야."

그는 문 쪽으로 몸을 돌려 나아가다 잠시 멈춰 섰다.

"그 아이 어미를 봐서라도 내 아들이 자네의 온정을 얻을 수 있길 바라네. 그럴 가치가 있는 아이라면 좋겠네. 내 목숨이 오래도록 부지되어 자네의 도움을 잘못 사용하지 않았음을 증명할 수 있게 되기 전에는 다시는 그 아일 만나지 않을 걸세."

밖으로 나가며, 그는 처음으로 시선을 들어 레들로를 바라보았다. 변함없이 두 눈을 그에게 고정시키고 있던 레들로는 꿈을 꾸듯 손을 내밀었다. 그가 되돌아와 자신의 두 손으로 그 손을 잡았다, 아주 잠시. 그런 다음 남자는 다시 고개를 떨구고 천천히 밖으로 나갔다.

밀리가 조용히 그를 현관으로 데리고 가는 데는 조금의 시간밖에 흐르지 않았다. 화학교수는 의자에 털썩 주저앉아 손으로 얼굴을 감싸 안았다. 이렇게 있는 그를 보고 있자니 밀리가 남편과 그의 아버지(두 사람 다 그를 몹시 걱정하고 있는)와 함께 돌아왔다. 그를 방해하지 않으려고, 혹은 그에게 방해되는 것을 막으려고, 밀리는 의자 가까이에 무릎을 꿇고 앉아 소년에게 따뜻한 천을 덮어주었다.

"그렇습니다. 제가 늘 드리는 말씀이 바로 그겁니다, 아버지!" 인자한 그녀의 남편이 소리쳤다. "윌리엄 부인의 가슴에는 사라져야 할, 그리고 사라지게 될 어머니 같은 마음이 있다니까요!"

"저런, 저런." 노인이 말했다. "네 말이 맞다. 우리 윌리엄이 옳아."

"이게 모두에게 잘 된 일이야, 밀리. 여보, 틀림없어요." 윌리엄 씨가 부드럽게 말했다. "우리가 자식이 없다는 거 말이요. 하지만 때로 난 당신이 사랑하고 아낄 아이가 하나 있었으면 한다오. 당신이 그렇게 큰 희망을 품고 있었던, 하지만 세상의 공기를 숨 한 번 쉬어보지 못하고 떠나버린 그 작은 아이. 그 아이가 당신을 이렇게 만든 거야, 밀리."

"그 아이를 떠올리면 행복해요, 윌리엄." 그녀가 대답했다. "매일 매일 생각하는 걸요."

"난 당신이 너무 많이 생각할까 두렵다오."

"두렵다고 하지 마세요. 전 너무도 편안한 걸요. 그 아인 제게 수많은 방식으로 말을 걸어요. 한 번도 지상에 살지 않았던 순수한 존재, 그 아인 제게 천사 같아요, 윌리엄."

"아버지와 나에겐 당신이 천사라오." 부드러운 어조로 윌리엄 씨가 말했다. "그렇고말고."

"제가 꿈꾸었던 그 모든 희망들을 생각할 때면, 제가 그토록 수없이 그려보았던, 나의 가슴 위에서 미소 짓는 그 얼굴, 하지만 한 번도 거기 누이지 못했고, 나를 올려다보는 예쁜 눈, 하지만 한 번도 빛을 보지 못했고." 밀리가 말했다. "전 그 모든 이루어지지 못한 희망들을 사랑해요. 그 속엔 해로운 것은 하나도 없어요. 다정한 어머니의 팔에 안긴 어여쁜 아기들을 볼 때면, 우리 아이도 저랬을 거라는 생각에, 제 마음을 그처럼 자랑스럽고 행복하게 만들어주었을 거란 생각에, 더욱 사랑스럽게 느껴지는 걸요."

레들로가 머리를 들고 그녀를 바라보았다.

"평생토록 그 아이가 제게 무언가를 말하는 것처럼 보였어요." 그녀가 말을 이었다. "가난하고 소외된 아이들을 보면, 우리 조그만 아기가 마치 살아있는 것처럼, 제가 알고 있는, 늘 제게 말을 거는 그 목소리로 애원을 해요. 고통 받거나 부끄러움에 떨고 있는 젊은이 이야기를 들으면 우리 아이도 저렇게 될 수 있을 거란 생각이 들어요. 아마도 그래서 신이 자비로운 마음으로 그 아이를 제게서 데려가셨는지도 몰라요. 그래도 그 아이가 지금의 아버님처럼 나이가 들고 머리가 하얗게 샐 때까지, 당신과 제가 세상을 떠난 이후에도 오래오래 살아서 젊은 사람들의 사랑과 존경을 받았을 거란 생각을 하곤 하지요."

남편의 팔을 잡고 그 팔에 머리를 기대며 이렇게 말하는 그녀의 조용한 목소리는 그 어느 때보다도 차분했다.

"아이들은, 그래서 저를 사랑해요. 가끔은 반쯤 그런 꿈같은 생각을 해요—그래요, 바보 같은 상상이에요, 윌리엄—그들이 저로선 알 수 없는 어떤 방식으로, 우리 아이를, 절 느끼고 그들의 애정이 제게 얼마나 소중한지 이해하는 게 아닐까 하는 생각요. 그러니까 제가 평온하다면, 그건요, 윌리엄, 제가 수백 가지 방식으로 더 행복했었다는 거예요. 행복까지는 아니더라도, 여보, 우리 조그만 아기가 태어난 지 며칠도 안 돼 죽고, 저는 약해지고 슬픔에 잠겨 그 애의 죽음을 애통해할 수밖에 없었을 때에도, 제가 잘 살려고 노력한다면 하늘에서 그 빛나는 생명, 저를 엄마라고 불렀을 그 아이를 만날 수 있다는 생각이 들었던 거예요!"

레들로가 무릎을 꿇은 채 커다란 소리로 울음을 터트렸다.

"순수한 사랑의 가르침으로," 그가 말했다. "저 십자가에 못 박히신 그리스도의 기억을, 그분을 위해 목숨을 잃은 모든 선량한 사람들에 대한 기억을 내게 되살려준 그대, 오, 감사합니다. 신의 축복이 함께하길!"

그런 다음, 그녀를 가슴에 꼭 껴안았다. 밀리는 어느 때보다 크게 흐느끼고 동시에 웃음을 터트리며 이렇게 말했다. "교수님이 자기 자신으로 돌아오셨어! 그분도 나를 정말 좋아하셔! 오, 세상에, 세상에, 세상에, 여기 또 한 사람이 있어!"

그런 다음, 들어오길 두려워하는 사랑스러운 여자 친구의 손을 이끌며 학생이 들어왔다. 그러자 레들로는 학생과 그의 젊은이다운 선택, 오랫동안 고독한 방주 안에 갇혀 있던 비둘기가 휴식과 동무를 찾아 날아간 그늘진 나무와도 같은 그녀를 보며, 그의 삶에 펼쳐진 징벌의 길에 드리운 그림자가 옅어진 것을 보고 기뻐하였다. 그는 두 사람에게 자신의 자식이 되어줄 것을 간청하며 학생의 목을 껴안았다.

그렇게 해서 크리스마스는 한 해의 수많은 날들 중에서도, 우리를 둘러싼 세상에서 받은 모든 치유될 수 있는 슬픔과 과오와 시련에 대한 기억이 우리의 경험들만큼이나 우리에게 많은 영향을 미치는 그런 날이 되었다. 무엇보다 기쁜 것은 레들로가 소년에게 손을 얹고, 저 옛날 어린아이들에게 손을 얹고 예언자의 장엄한 지혜로 그 아이들이 자신에게 오는 것을 금한 자들을 나무라신 그분*께, 소년을 보호하고 가르치고 갱생시키겠다는 자신의 맹세에 증인이 되어주시길 말없이 기원한 일이었다.

그런 다음, 그는 유쾌하게 자신의 오른 손을 필립에게 내밀며 오늘, 열 명의 가난한 신사 분들이 오기 전에는 그들의 만찬장이었던 곳에서 크리스마스 만찬을 갖자고 말했다. 그리고 그 만찬에, 그의 아들이 그에게 말했던 수많은 스위저 일가를, 어찌나 많은지 서로 손을 잡고 원을 만들면 영국을 다 돌고도 남

---

*〈마르코의 복음서〉 10장 13~16절. 어린아이들을 축복해주길 청하는 사람들을 제자들이 막아서자 예수가 나무라며 아이들 머리에 손을 얹고 축복해주었다.

는다는 그 가족들을 서둘러, 할 수 있는 한 많이 초대하자고 말했다.

그리고 바로 그날 그리 되었다. 어른 아이 할 것 없이 수많은 스위저들이 와서, 여기에서 그 수를 어림잡아 이야기한다는 것은 이 이야기의 진실성에 의심을 불러일으키고 신빙성을 떨어트리는 일이 될 것이다. 그러므로 그런 시도는 하지 않겠다. 그러나 그곳에 모인 사람은 수십 명을 헤아렸고, 조지에 대한 좋은 소식과 희망이 그들을 기다리고 있었다. 그의 부친과 동생, 그리고 밀리가 그를 다시 방문했고, 그는 다시 편안한 잠에 빠져들어 있었던 것이다. 저녁 식사 자리에는 소고기 요리가 나오는 시간에 딱 맞춰 도착한 색색의 목도리를 두른 어린 아델퍼스를 비롯한 테터비 가족들도 참석했다. 물론 조니와 아기는 너무 늦게 왔다. 한쪽으로 완전히 쏠린 채, 한 명은 기진맥진, 다른 한 명은 덧니처럼 그 위에 포개진 채였다. 그러나 그 또한 아주 흔히 보던 광경으로 걱정할 일은 아니었다.

그 이름도 혈통도 없는 소년이 다른 아이들이 뛰어노는 모습을 바라보며, 그들과 어떻게 말을 나누어야 할지, 어떻게 놀아야 할지 몰라 하는 모양을, 들개보다도 어린아이들과 어울리는 것을 낯설어하는 모양을 보는 것은 참으로 마음 아픈 일이었다.

다른 한편으로, 그곳에 있는 가장 어린 아이들도 소년이 나머지 아이들과 다르다는 것을 본능적으로 알고, 아이가 자신이 불행하다 느끼지 않도록 부드러운 말과 손길로, 작은 선물들을 들고 조심스레 다가가서는 모습을 보는 것은 참으로 가슴 찡한 일이었다.

그러나 밀리가 소년을 곁에 두었고, 그가, 그들 모두가 진심으로 그녀를 좋아하듯이 밀리를 사랑하기 시작하자—그녀의 말 대로 또 한 명이 있었다!—그들도 기뻐했다. 소년이 밀리의 의자 뒤에서 자신들을 엿보는 모습을 보고는 모두가 그가 가까워졌다며 기뻐했다.

바로 이것이, 학생과 미래의 그의 신부, 필립, 그리고 나머지 사람들 옆에 앉아 있던 화학교수가 본 것이었다.

그 이후로 어떤 사람들은 그가 여기 적어둔 것들을 단지 생각했을 뿐이라고 말했다. 다른 사람들은 그가 어느 겨울밤 어스름할 무렵에 벽난로의 불빛 안에서 그것을 보았다고 말했다. 또 다른 사람들은 유령은 그의 우울한 생각들을 표현한 것이고, 밀리는 그의 지혜의 화신일 뿐이라고 말했다. —'나'는, 아무 말도 하지 않는다.


—이것만은 예외로 하자. 그들이 커다란 벽난로 외에 다른 불은 켜지 않고 (저녁은 일찌감치 먹고서) 그 오래된 홀에 모여 있을 때, 그림자들이 다시 한 번 숨어 있던 곳에서 슬그머니 빠져나와 방 안을 돌며 춤을 추었다. 아이들에게 벽에 놀라운 형상들과 얼굴들을 보여주고 그곳에 있는 익숙한 진짜 사물들을 점차로 거칠고 마술적인 이미지로 바꾸어 보여주었다.

그러나 레들로의, 밀리와 그녀의 남편, 시아버지, 학생과 미

〈크리스마스 만찬〉, 일러스트_C. F. 스탠필드, 1848년

래의 그의 신부의 눈이 종종 향하곤 하는, 그 그림자들이 흐리게 하지도 바꾸지도 않는 것이 하나 있었다. 벽난로 불빛에 더욱 엄숙해진, 실물 크기의 패널화의 어둠 속에서 바라보는 것만 같은, 뾰족한 턱수염을 기르고 목에 주름이 잡힌 깃을 두른 초상화 속 차분한 얼굴이 신록의 호랑가시나무 화환 아래에서 올려다보는 그들의 모습을 내려다보았다. 그 아래에는, 마치 어떤 목소리가 그들에게 들려준 것처럼 선명하고 뚜렷하게 이런 말이 적혀 있었다.

**주님, 저의 기억이 언제까지나 시들지 않게 하소서!**

# 디킨스는, 크리스마스에 돌아온다

**정은미(번역가)**

"디킨스가 죽었다!" 그 슬픈 외침 아래, 한여름의 열기로 가득했던 런던이 꽁꽁 얼어붙었다. 〔……〕 누더기를 입은 소녀가, 지친 발을 멈추고 울먹인다. "디킨스 씨가 죽었다고요? 그럼 크리스마스 할아버지도 죽는 건가요?"

〔……〕 슬픔의 바다에 웃음의 포말이 피어오르게 해주었던, 그는 떠났다. 하지만 디킨스는, 크리스마스에 돌아온다!

_시어도어 왓츠-던턴

1870년 6월 9일(디킨스가 사망한 다음 날) 런던 드루리 레인에서 실제로 일어났다고 하는 일화에 바탕을 둔, 시어도어 왓츠-던턴의 이 제사는 디킨스에 대한 당시 대중들의 사랑과 '크리스마스 할아버지'로서 그가 가진 영향력을 짐작케 해준다. 디킨스가, 자신에게 이러한 불멸의 명성을 안겨준 작품 《크리스마스 캐럴》을 집필한 것은, 사실 할아버지와는 아직 거리가 먼 서른한 살의 겨울이었다. 20대에 이미, 대담하고 재기발랄한 "보즈"(스케치와 단편들을 발표하던 시절 디킨스의 필명)로 문명을 얻었던 디킨스는 서른이 되기도 전에 《피크위크 페이퍼즈》, 《올리버 트위스트》, 《니컬러스 니클비》, 《오래된 골동품 가게》 등의 초기 걸작들을 연이어 발표했다.

《크리스마스 캐럴》은 이렇게 성공가도를 달리던 디킨스가 《마틴 처즐윗》(1843~44년)의 연재 도중 맞게 된 비평적, 경제적 위기를 극복하기 위해, 6주 만에 신들린 듯 집필한 작품이다. 디킨스는 대개 일 년에서 일 년 반 정도의 기간 동안 주간지 혹은 월간지에 작품을 연재하고 이를 묶어 단행본으로 출간하는 방식으로 작업을 했었다. 하지만 연이은 장편 연재와 《마틴 처즐윗》에 대한 냉담한 반응으로 인해 어려움에 봉착해 있던 그는 사람의 진을 빼놓는 연재에서 잠시 벗어나 독자들의 기분을 잘 맞추어줄 가벼운 동화 한 편을 집필할 계획을 세운다. 그 과정에서 대중에게 널리 사랑받는 캐럴을 글로 지어보자는 기막힌 생각을 하게 된 것이다. 이 생각에 너무도 즐거워진 그는 한 호흡에 글을 써내려갔고, 이 책이 경제적으로도 도움이 되리라 기대하게 된다. 디킨스의 다분히 흥행사다운 그러한 확신은 당시 지인들에게 보낸 편지에도 잘 드러나 있다.

독자들을 깜짝 놀라게 해주겠다는 디킨스의 계획은 빅토리아 시대 사람들의 흥미를 자극했던 요소인 '유령이야기'와 '크리스마스 정신의 부활'이라는 경제적 고통과 사회적 불안이 팽

배했던 "배고픈 1840년대"의 시대적 요구가 절묘하게 맞아떨어지면서 작가 자신도 깜짝 놀랄 결과를 가져오게 된다. 디킨스는 너무나 시의적절하게도 이 책을 크리스마스를 일주일 앞둔 12월 19일 선보였는데, 5일 뒤인 크리스마스이브까지 5천부가 넘게 판매되는 그야말로 기록적인 성공을 거두었다. 영국 내에서뿐만 아니라 《마틴 처즐윗》에서의 부정적인 묘사로 잔뜩 반감을 사고 있던 미국에서도 큰 호응을 이끌어냈고, 해를 넘기면서는 독일어, 네덜란드어, 러시아어로 번역, 세계 곳곳으로 퍼져나갔다.

누구나가 공감하는 성공의 핵심은 물론, 독자들에게 너무나도 강한 인상을 남긴 구두쇠 스크루지 영감이다. 셰익스피어의 햄릿이 그러하듯, 스크루지는 작품이나 작가의 테두리를 벗어나 인물 자체가 힘을 가지고 작품을 읽어보지 않은 사람들도 모두 아는 하나의 전형이 된 대표적 사례라 할 수 있다. 실제로 현재의 사전에도 "스크루지(scrouge)"는 구두쇠라는 일반명사로 등재되어 있다. 작품의 제목과는 반대로, 사실 그는 일종의 안티-산타크로스, 산타크로스의 어두운 쌍둥이라 할 수 있다. 한쪽은 통통하고 유쾌하고 나눠주기를 즐기는 반면, 다른 한쪽은 마르고 성미 고약하고 인색하다. 그런데도 왜 이 고약한 구두쇠가 산타크로스와 마찬가지로 크리스마스를 상징하는 인물이 된 것일까.

《크리스마스 캐럴》은 당대의 부정적인 비평들이 흔히 지적했던 것처럼 명절을 앞두고 '갑작스럽게 개심한 악인'이나 눈

물샘을 자극하는 '어린아이의 불운'을 다룬 작품이 아니다. 이
것은 기본적으로 그 "비밀스럽고 저 혼자만 알며 입을 꾹 다문
굴처럼 고독한 사내"(p13)가 나눔의 즐거움을 알게 되는 이야기
다. 에드거 존슨의 말대로 "사람들 간의 관계가 어떠해야 하는
지를 표명한 디킨스 가치관의 핵심"으로, 도무지 마음을 돌릴
수 있을 것 같지 않았던 초반의 스크루지의 모습은 계속하여 발
목을 붙잡는 가난을 벗어나지 못했더라면 누구나가, 혹은 디킨
스 자신이 맞이하였을지도 모르는, 어린 시절 악몽이 실현된 형
상이라 할 수 있을 것이다.

디킨스가 보기에, 사람들이 크리스마스를 즐기지 못하는 이
유는 인색하거나 가난해서가 아니다. 그에게 크리스마스를 즐
기지 못하는 사람이란 개인적인 아픔과 실수, 불운으로 고통
을 겪어서 이 즐거운 날에도 어쩔 수 없이 기쁨을 느끼지 못하
는 사람들을 말한다. 스크루지가 "메리 크리스마스"라는 축복
의 말에 "쓸데없는 소리"라고 응수하는 것도 실은 너무도 일찍
상처받고 달래줄 이 하나 없이 홀로 남겨진 어린 아이를 마음
깊은 곳에 묻어버린 채 겉으로만 꽁꽁 얼어붙어 있었기 때문이
다. 누더기를 걸친 거리의 걸인들도 길가에 피워놓은 화톳불에
언 손을 녹이며 불빛 앞에서 황홀한 듯 눈을 깜박이는 시절에,
"홀로 남겨져, 이제는 사람들이 가까이 오는 것조차 싫어하는
얼음덩이가 되어버린", "넘친 물이 엉겨 붙어 음침한 분위기를
풍기는 소화전", 그것이 바로 유령들을 만나기 전 스크루지의
모습이다. 그러므로 이야기의 마지막에 스크루지가 거리를 지

나다니는 사람들 모두에게 인사를 보내고 각 가정의 부엌을 들여다보고 형편이 어려운 직원 밥의 월급을 올려주는 것은 개심한 악인의 변덕스러운 선행이라기보다는 크리스마스 유령들의 해동작용으로 인해 비로소 봇물이 터진 타인에 대한 관심과 온정, 일종의 산타크로스화를 의미한다고 보아야 할 것이다. 그렇기 때문에, 스크루지는 "크리스마스를 어떻게 기념할지 제대로 아는 사람"으로 기억되게 되었고, 디킨스는 "크리스마스를 부흥시킨 사나이"로 기억되게 된 것이다.

《크리스마스 캐럴》의 놀라운 성공에 힘입어, 이후 상당 기간 동안 디킨스는 매년 12월(《돔비와 아들》 집필로 도저히 시간을 내지 못했던 1847년 제외) 크리스마스북을 선보이게 된다. 《종소리》, 《화롯가의 귀뚜라미》, 《생의 전투》, 《유령의 선물》로 이어지는 이 다섯 권의 크리스마스북은 재정적인 부분에 있어서뿐만 아니라 개인적인 차원에서도 각별한 작품들이었고, 디킨스는 작품의 집필뿐만 아니라 편집, 제작, 판매에 이르기까지 전 과정에 두루 관여하는 열의를 보였다. 대개의 작품들은 너무도 성공적인 모델인 《크리스마스 캐럴》의 기조를 따르고 있으나 유독 이채를 띠는 작품이 하나 있다. 1848년 출간된 마지막 크리스마스북 《유령의 선물》이 그것인데, 작품의 시작부터 시종일관 어둡고, 크리스마스와 관련된 요소라고는 가끔 멀리서 들려오는 캐럴과 방 안을 장식한 소박한 호랑가시나무 장식(그나마도 이내 시들고 마는)뿐인 이 작품은, 첫 번째 크리스마스북인 《크리스마스 캐럴》과 여러 가지 면에서 흥미로운 대조를 이룬다. 우선

주인공 레들로는 악명 높았던 상인 스크루지와는 달리 그 지역에서 명망을 얻고 있는 학자로, 고독한 삶을 살고 있다는 점을 제외하면 악인과는 거리가 먼 사람이다. 오히려 장점만큼 단점을 가지고 있고 현재의 성공과 어두운 과거를 모두 가진 입체적인 인물이라 할 수 있다. 또한 이들을 둘러싼 인물들도 대조를 이루는데, 《크리스마스 캐럴》의 크래칫 가족이 궁핍한 처지에도 마음에 티끌 하나 묻히지 않은 동화 속에나 나올 법한 선량한 이웃들이라면 《유령의 선물》의 테터비 가족들은 어찌 보면 화목하나 어찌 보면 또 궁상맞고, 가엾도록 착한가 하면 혀를 끌끌 차게 하는 답답한 면도 있는, 말 그대로 현실적인 이웃들이다. 주인공에게 찾아오는 초현실적인 안내인, 즉 유령들도, 《크리스마스 캐럴》의 경우가 동화나 신화 속 정령에 가까운 모습이었다면, 《유령의 선물》에서는 좀 더 현대적이고 심리학적 분석을 부추기는 레들로의 정신적 그림자, 일종의 도플갱어를 등장시키고 있다.

크리스마스의 유령들이 스크루지에게 그가 보고 듣고 느껴야 할 장면들을 보여주었다면, 레들로의 유령은 그에게 잊고 싶은 어두운 기억들을 지워주겠다며 거래를 제안한다. 모두가 즐거워하는 크리스마스가 다가와도 벗어날 수 없는 고통만을 안겨주는 기억들이라면 없애버리는 것이 더 낫지 않겠냐며, 다만 그러기 위해서는 그 자신뿐만 아니라 그가 마주치게 될 모든 사람들의 기억까지 지우게 될 것이라는 조건을 달아서. 결국 손해 볼 것이 없다는 이성적인 판단으로 그 제안을 수락한 레들로는 자신으로 인해 기억을 소거 당한 사람들이 공감의 능력이나 예술적 감각, 정신적 이해가 불가능해진 허울뿐인 인간, 버려진 짐승과 같은 상태로 전락하는 모습을 보고 공포에 사로잡힌다. 하지만 그 저주 받을 힘의 결과를 되돌릴 방법은 찾을 수가 없고, 결국 레들로는 애초에 엷어질 기억조차 없기에 그의 저주로부터 자유로운, 이름조차 붙여지지 않은 들짐승 같은 소년 하나만이 자신 곁에 남았음을 깨닫고, 또 그 아이의 얼굴에서 자신과 꼭 같은 표정을 확인하고는 몸서리친다. 마침내 저주는 모든 선하고 복된 것의 총화인 듯 보이는 밀리, 이 작품 속에서 유일하게 동화 속 요정 같은 존재인 그녀를 통해 파기되지만, 레들로의 기억은 영원히 돌아오지 않고 사실 그녀조차도 가슴속에 깊은 상처를 간직한 인물임이 드러나며 이전의 크리스마스북들과는 사뭇 다른 모습을 유지한다. 그녀가 레들로의 저주로부터 자유로웠던 이유는 어두운 기억이 없는 존재여서가 아니라 자신이 가진 가장 아픈 기억을 부정하지도 외면하지도 않고 간직한 때문이었다.

그의 문학적 스승이자 훗날 그의 전기를 집필하게 되는 존 포스터에게 보낸 편지에서 디킨스는 이 작품에서 주안점을 두었던 것은 "나쁜 기억과 좋은 기억이 우리 기억 안에서 서로 긴밀히 연결되어 있어, 애초에 좋은 기억만을 간직한다는 것은 불가능하다는 것", 따라서 "우리의 가장 좋은 추억들을 간직하려면 가장 아픈 추억까지도 기억해야 한다는 사실"이었다고 말한다. 결국, 자기라는 감옥에서 탈출하여 기쁨의 만찬장에 합류할 수 있느냐가 크리스마스북 전체의 공통된 주제라고 할 때, 스크루지가 과거와 현재와 미래를 직시함으로써 주어진 운명에서 벗어날 수 있었듯이, 레들로 또한 과거의 슬픔과 고통과 시련을 용서로 이겨내고 미래를 함께하는 기쁨을 깨달아야 했던 것이다. 전반적으로 《크리스마스 캐럴》의 대척점에 위치하는 듯한 이 작품은, 그런 의미에서 《크리스마스 캐럴》과 더불어 디킨스의 크리스마스 정신을 가장 잘 나타내주는 작품이라 할 수 있다.

첫 번째 크리스마스북에서 디킨스는 자신의 머릿속에서 나온 유령이 "모든 이들의 가정에 출몰하여 즐겁게 하기를, 누구도 그것을 쫓아내고자 하는 이가 없기를" 바랐다. 그리고 마지막 크리스마스북에서는 우리 모두의 "기억이 언제까지나 시들지 않게" 해달라고 기원하고 있다.

저명한 비평가 해럴드 블룸은 "영어로 소설을 쓴 천재 작가에 대해 말하라면, 그 시작도 끝도 디킨스다"라고 극찬하며, "오늘날 디킨스는 셰익스피어와 제인 오스틴과 함께 새로운 대중매체의 지배 하에서도 확실하게 살아남은 놀라운 작가"라고 평가했다. 그렇다면 디킨스의 두 번째 기도는 확실히 이루어졌다고 보아야 할 것이다. 그리고 이제는, 우리가 크리스마스를 맞아 다시 돌아온 그의 유령을 따듯하게 맞아, 쫓아내는 일 없이 함께 즐거워하는 일만 남은 것이다.

2월 7일 영국 포츠머스에서 해군성 경리국 직원으로 일하던 존 디킨스와 엘리자베스 디킨스의 여덟 아이 중 둘째로 태어남. **1812**

아버지의 근무지인 켄트 주 채텀으로 이주, 불우했던 어린 시절 중 가장 행복한 시기를 보냄. **1817**

경제적 어려움으로 인해 이사를 반복하다 런던 캠던 타운에 정착. 디킨스는 가족을 먼저 떠나보낸 후 채텀에서 남은 학기를 마치고 홀로 런던으로 향함. 이때의 런던 풍경이 평생토록 깊은 인상을 남김. **1822**

호인이었으나 경제관념이 다소 부족했던 아버지가 마셜시 채무자감옥에 세 달 동안 수감됨. 당시 관례에 따라 가족들이 감옥에 함께 거주하게 되자, 디킨스는 따로 하숙을 하며 워런 구두약공장에서 병에 라벨 붙이는 일을 함. 매일 10시간씩 일하며 주당 6실링 **1824**

을 받았던 이때의 혹독한 경험이 후일 여러 작품의 토대가 됨. 아버지가 유산을 상속받게 되면서 부채를 해결하자 디킨스는 학업을 재개할 수 있었지만 권위적인 교사들로 가득 찬 그곳의 삶은 훗날 그의 소설 속 묘사와 크게 다르지 않았음.

| | | |
|---|---|---|
| 집안 사정으로 다시 학교를 그만두고 변호사 사무실의 사환으로 근무. | 1827 | |
| 《데이비드 코퍼필드》의 도라의 모델로 알려진 마리아 비드넬을 만나 사랑에 빠지나 비드넬의 부모가 그녀를 파리로 유학 보내면서 첫사랑은 실패를 맞이함. | 1830 | |
| 속기법을 익힌 후 의회의 속기 기자로 근무. | 1832 | |
| 《먼슬리 매거진》에 첫 작품 〈포플러 거리의 만찬〉이 게재됨. | 1833 | |
| 〈모닝 클로니클〉의 기자로 근무하며, '보즈'라는 필명으로 런던의 일상을 그린 여러 단편들을 발표, 상당한 인기를 얻음. | 1834 | |
| 〈이브닝 클로니클〉의 편집인 조지 호가스의 딸 캐서린과 약혼. | 1835 | |
| 《보즈의 스케치》 1, 2권 출간. 4월 캐서린 호가스와 결혼. 문학적 스승이자 후일 그의 자서전을 집필한 존 포스터와 만남. | 1836 | 《보즈의 스케치》 |
| 1월, 캐서린과의 열 자녀 중 첫째 찰리 출생. 동생 프레데릭과 처제 메리와 함께 블룸즈버리에 정착. 같은 해 갑작스러운 죽음을 맞이한 메리는 디킨스가 특히 아꼈던 인물로, 이후 《오래된 골동품 가게》의 넬을 비롯 | 1837 | 《피크위크 페이퍼즈》 |

한 여러 여주인공들의 모델이 됨. 6월, 연재 소설 형식으로 발표되었던 《피크위크 페이퍼즈》가 한 권짜리 단행본으로 묶어 출간되어, 4만 부라는 당시로서는 획기적인 판매를 이룸. 12월, 《벤틀리스 미셀러니》의 편집장을 맡음.

1837년 2월부터 1838년 4월까지 매달 《벤틀리스 미셀러니》에 연재되었던 《올리버 트위스트》가 세 권으로 출간됨. 어린아이를 주인공으로 한 빅토리아 시대 최초의 소설인 이 작품은 다수의 표절작이 나올 정도로 큰 인기를 끔.

《니컬러스 니클비》 출간. 런던 리젠트 파크로 이사.

주간지 《험프리 씨의 시계》에 연재되었던 두 작품 《오래된 골동품 가게》와 《바너비 러지》가 단행본으로 출간.

1월~6월, 미국과 캐나다 방문. 극진한 환대를 받았으나 노예제도 등에 부정적인 인상을 받음. 이때의 경험이 《아메리카 여행기》의 바탕이 됨.

인쇄업자 연금조합에서 언론에 관해 연설. 12월 19일 《크리스마스 캐럴》 출간, 일주일 만에 6천 부가 판매되는 큰 성공을 거둠. 그를 당대 인기 작가 중 한 사람으로 자리 매김하게 한 이 작품을 필두로 1848년까지 매년(《돔비와 아들》 연재로 바빴던 1847년 제외) 12월 크리스마스북을 출간.

1843~44년까지 매달 연재되었던 《마틴 처즐윗》이 단행본으로 출간. 가족과 함께 이

|  |  |
|---|---|
| 1838 | 《올리버 트위스트》 |
| 1839 | 《니컬러스 니클비》 |
| 1841 | 《오래된 골동품 가게》 《바너비 러지》 |
| 1842 | |
| 1843 | 《크리스마스 캐럴》 |
| 1844 | 《마틴 처즐윗》 《종소리》 |

탈리아, 스위스, 프랑스를 여행. 두 번째 크리스마스북《종소리》출간에 앞서 잠시 런던으로 귀국, 친구들 앞에서 낭독회를 가짐.

| | | |
|---|---|---|
| 가족들과 함께 이탈리아에서 돌아옴. | 1845 | 《화롯가의 귀뚜라미》 |
| 〈데일리 뉴스〉의 편집장에 취임. 17호 발간 후 사임하고 가족들과 함께 스위스와 파리에 체류. | 1846 | 《이탈리아에서 보낸 그림》《생의 전투》 |
| 런던으로 돌아와 버뎃 코우트를 도와 집 없는 여성들의 쉼터인 우라니아 커티지를 설립하고 운영을 도움. | 1847 | |
| 1846~48년까지 매달 연재되었던 《돔비와 아들》이 단행본으로 출간. 12월, 마지막 크리스마스북《유령의 선물》출간. | 1848 | 《돔비와 아들》《유령의 선물》 |
| 3월, 주간지 《하우스홀드 워즈》 창간. 자전적 소설《데이비드 코퍼필드》출간. | 1850 | 《데이비드 코퍼필드》 |
| 부친과 어린 딸 사망. 《하우스홀드 워즈》에 〈영국 어린이의 역사〉를 정기적으로 기고. 12월 호에 수록된 〈늙어가는 우리에게 크리스마스란 무엇인가〉를 필두로 1858년까지 매년 12월 호에 크리스마스 단편을 게재. | 1851 | |
| 1852~53년까지 매달 연재되었던 《블리크 하우스》가 단행본으로 출간. 첫 번째 공개 자선낭독회 개최. | 1853 | 《블리크 하우스》 |
| 《하우스홀드 워즈》에 《어려운 시절》 연재. | 1854 | 《어려운 시절》 |
| 1855~57년까지 매달 연재되었던 《막내 도릿》이 단행본으로 출간. 윌리 콜린스의 〈얼 | 1857 | 《막내 도릿》 |

어붙은 바다〉에 출연, 그 과정에서 배우 엘
렌 터넌과 사랑에 빠짐.

아내 캐서린과 이혼. 공개낭독회를 점차 확 **1858**
대해나감. 4월부터 다음 해 2월까지, 영국
내 49개 도시에서 129차례의 낭독회 개최.

주간지 《올 더 이어 라운드》 창간. 4월 호부 **1859**
터 매달 《두 도시 이야기》를 연재. 12월 호
에 수록된 〈귀신 들린 집〉을 필두로 1867년
까지 매년 12월 호에 크리스마스 관련 단편
을 게재.

1860~61년까지 《올 더 이어 라운드》에 매 **1861**　《위대한 유산》
주 연재했던 《위대한 유산》이 세 권으로 출
간됨. 초자연현상에 대한 관심으로 유령클
럽의 멤버로 가입.

어머니와 아들 월터 사망. 언쟁으로 사이가 **1863**
소원해졌던 윌리엄 새커리와 화해. 12월 새
커리 사망.

엘렌 터너와 파리 여행에서 돌아오던 중 열 **1865**　《우리 모두가 아
차 전복 사고를 겪음. 외상은 없었으나 큰 충　　　　 는 친구》
격을 남긴 경험이었고, 이후 단편 〈신호수〉
를 비롯한 몇몇 환상, 공포소설들의 토대가
됨. 1864~65년까지 매월 연재했던 《우리
모두가 아는 친구》 단행본으로 출간.

두 번째 미국 여행. 이 기간 중 에머슨, 롱 **1867**
펠로우 등의 저명한 작가들과 만남. 워싱
턴, 뉴욕 등지에서 70여 차례의 낭독회 개
최, 1만 9천 파운드의 수익을 올림. 계속되
는 강연으로 스스로 '미국 카타르'라고 불렀
던 염증에 시달림.

4월, 강연 수익과 관련된 연방법 등의 문제
로 영국으로 귀국. 10월, 영국 전역에 걸쳐
진행될 고별낭독회 시작. 과도한 일정으로
건강이 더욱 악화됨.

4월, 낭독회 일정을 소화하던 중 랭커셔 프
레스턴에서 마비 증세를 겪고 쓰러짐. 의사
의 조언에 따라 낭독회 취소. 12권의 대작
으로 기획된 미스터리 소설《에드윈 드루드
의 미스터리》집필 시작. 새드웰의 아편굴
을 방문하고 오피움 샐의 모델이 된 늙은 중
독자 레스커 샐을 만남.

런던 세인트 제임스 홀에서 마지막 고별낭
독회 개최,《크리스마스 캐럴》과《피크위크
페이퍼즈》를 낭독함. 6월 8일,《에드윈 드루
드》집필 도중 심장마비로 쓰러져, 의식을
회복하지 못하고 다음 날 영면. 소박한 장례
를 원했던 본인의 바람과는 달리, "그의 죽
음으로 영국은 가장 위대한 작가 중 한 사
람을 잃었다"는 찬사와 더불어 셰익스피어,
초서, 밀턴 등과 함께 웨스트민스터 대성당
의 시인 묘역에 안장됨.

1868

1869

1870

옮긴이 **정은미**

서울대학교 사범대학 불어교육과를 졸업하고, 동 대학원에서 프랑스 현대문학을 전공
했다. 옮긴 책으로 앤터니 서머스와 로빈 스윈이 공저한 《프랭크 시나트라》(공역), 피오
렐라 니코시아의 《달리, 무의식의 혁명》 등이 있다.

**세계문학의 숲 028**

# 크리스마스 캐럴:
# 유령 이야기

2012년 12월 18일 초판 1쇄 인쇄
2012년 12월 26일 초판 1쇄 발행

지은이 | 찰스 디킨스
옮긴이 | 정은미
발행인 | 전재국

발행처 | (주)시공사
출판등록 | 1989년 5월 10일(제3-248호)

주소 | 서울 서초구 서초동 1628-1(우편번호 137-879)
전화 | 편집 (02)2046-2851 · 영업 (02)2046-2800
팩스 | 편집 (02)585-1755 · 영업 (02)588-0835
홈페이지 | www.sigongsa.com
세계문학의 숲 홈페이지 | www.sigongclassic.com

ISBN 978-89-527-6798-1(04840)
　　　978-89-527-5961-0(set)

# A CHRISTMAS CAROL IN PROSE
_Being A Ghost Story of Christmas

# A CHRISTMAS CAROL IN PROSE

_Being A Ghost Story of Christmas

by Charles Dickens

SIGONGSA

A CHRISTMAS CAROL
BY
CHARLES DICKENS

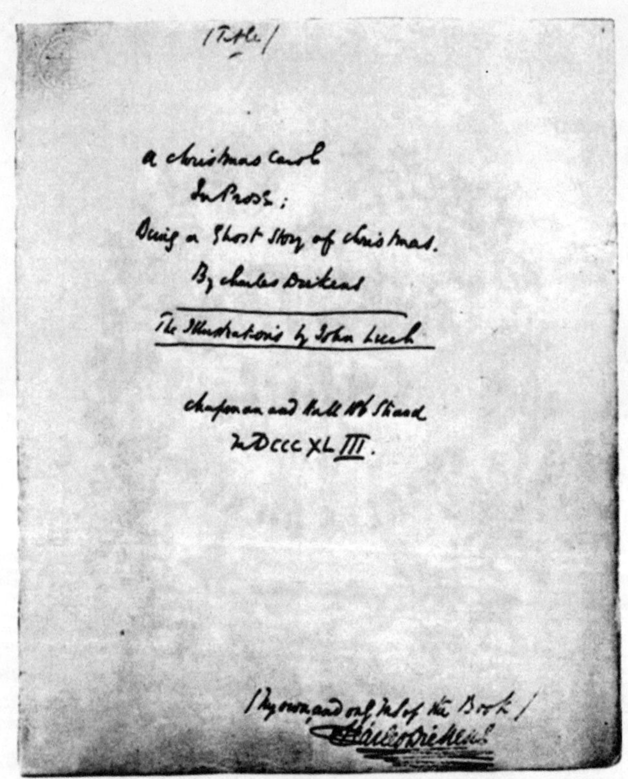

Original Manuscript of the Title Page

## CONTENTS

Preface.

I have endeavoured in this Ghostly little book, to raise the Ghost of an Idea', which shall not put my readers out of humour with themselves, with each other, with the season, or with me. May it haunt their houses pleasantly, and no one wish to lay it!

Their faithful friend and Servant
C.D.

December 1843

Original Manuscript of the Preface

Preface

I have endeavoured in this Ghostly little book, to raise the Ghost of an Idea, which shall not put my readers out of humour with themselves, with each other, with the season, or with me. May it haunt their houses pleasantly, and no one wish to lay it.

Their faithful Friend and Servant,
C. D.
December, 1843.

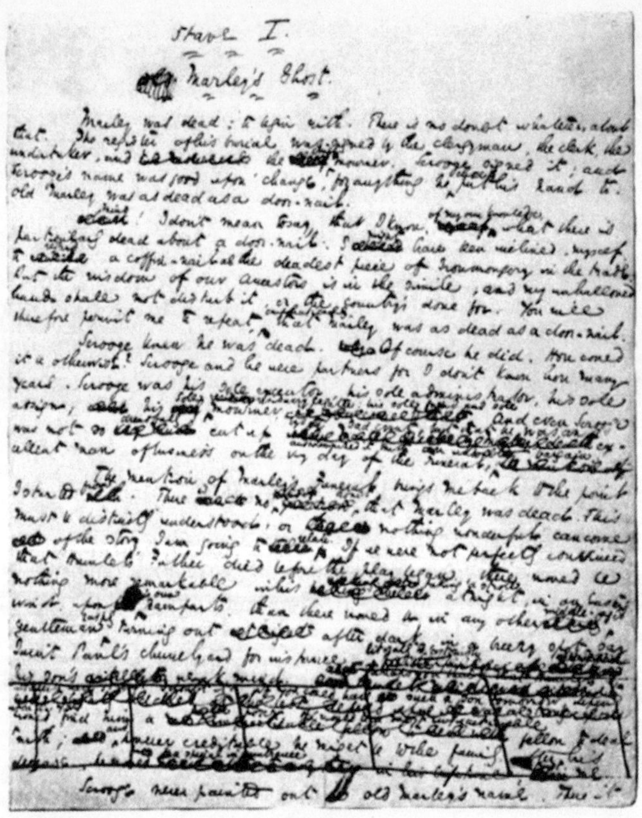

The First Page of Stave I

# MARLEY'S GHOST

MARLEY was dead: to begin with. There is no doubt whatever about that. The register of his burial was signed by the clergyman, the clerk, the undertaker, and the chief mourner. Scrooge signed it: and Scrooge's name was good upon 'Change, for anything he chose to put his hand to. Old Marley was as dead as a door-nail.

Mind! I don't mean to say that I know, of my own knowledge, what there is particularly dead about a door-nail. I might have been inclined, myself, to regard a coffin-nail as the deadest piece of ironmongery in the trade. But the wisdom of our ancestors is in the simile; and my unhallowed hands shall not disturb it, or the Country's done for. You will therefore permit me to repeat, emphatically, that Marley was as dead as a door-nail.

Scrooge knew he was dead? Of course he did. How could it be otherwise? Scrooge and he were partners for I don't know how many years. Scrooge was his sole executor, his sole administrator, his sole assign, his sole residuary legatee, his sole friend, and sole mourner. And even Scrooge was not so dreadfully cut up by the sad event, but that he was an excellent man of business on the very day of the funeral, and solemnised it with an undoubted bargain.

The mention of Marley's funeral brings me back to the point I started from. There is no doubt that Marley was dead. This must be distinctly understood, or nothing wonderful can come of the story I am going to relate. If we were not perfectly convinced that Hamlet's Father died before the play began, there would be nothing more remarkable in his taking a stroll at night, in an easterly wind, upon his own ramparts, than there would be in any other middle-aged gentleman rashly turning out after dark in a breezy spot–say Saint Paul's Churchyard for instance–literally to astonish his son's weak mind.

Scrooge never painted out Old Marley's name. There it stood, years afterwards, above the warehouse door: Scrooge and Marley. The firm was known as Scrooge and Marley. Sometimes people new to the business called Scrooge Scrooge, and sometimes Marley, but he answered to both names. It was all the same to him.

Oh! But he was a tight-fisted hand at the grind-stone, Scrooge! a squeezing, wrenching, grasping, scraping, clutching, covetous, old sinner! Hard and sharp as flint, from which no steel had ever struck out generous fire; secret, and self-contained, and solitary as an oyster. The cold within him froze his old features, nipped his pointed nose, shrivelled his cheek, stiffened his gait; made his eyes red, his thin lips blue; and spoke out shrewdly in his grating voice. A frosty rime was on his head, and on his eyebrows, and his wiry chin. He carried his own low temperature always about with him; he iced his office in the dog-days; and didn't thaw it one degree at Christmas.

External heat and cold had little influence on Scrooge. No warmth could warm, no wintry weather chill him. No wind that blew was bitterer than he, no falling snow was more intent upon its purpose, no pelting rain less open to entreaty. Foul weather didn't know where to have him. The heaviest rain, and snow, and hail, and sleet, could boast of the advantage over him in only one respect. They often "came down" handsomely, and Scrooge never did.

Nobody ever stopped him in the street to say, with gladsome looks, "My dear Scrooge, how are you? When will you come to see me?" No beggars implored him to bestow a trifle, no children asked him what it was o'clock, no man or woman ever once in all his life inquired the way to such and such a place, of Scrooge. Even the blind men's dogs appeared to know him; and when they saw him coming on, would tug their owners into doorways and up courts; and then would wag their tails as though they said, "No eye at all is better than an evil eye, dark master!"

But what did Scrooge care! It was the very thing he liked. To edge his way along the crowded paths of life, warning all human sympathy to keep its distance, was what the knowing ones call "nuts" to Scrooge.

Once upon a time—of all the good days in the year, on Christmas Eve—old Scrooge sat busy in his counting-house. It was cold, bleak, biting weather: foggy withal: and he could hear the people in the court outside, go wheezing up and down, beating their hands upon their breasts, and stamping their feet upon the pavement stones to warm them. The city clocks had only just gone three, but it was quite dark already—it had not been light all day—and candles were flaring in the windows of the neighbouring offices, like ruddy smears upon the palpable brown air. The fog came pouring in at every chink and keyhole, and was so dense without, that although the court was of the narrowest, the houses opposite were mere phantoms. To see the dingy cloud come drooping down, obscuring everything, one might have thought that Nature lived hard by, and was brewing on a large scale.

The door of Scrooge's counting-house was open that he might keep his eye upon his clerk, who in a dismal little cell beyond, a sort of tank, was copying letters. Scrooge had a very small fire, but the clerk's fire was so very much smaller that it looked like one coal. But he couldn't replenish it, for Scrooge kept the coal-box in his own room; and so surely as the clerk came in with the shovel, the master predicted that it would be necessary for them to part. Wherefore the clerk put on his white comforter, and tried to warm himself at the candle; in which effort, not being a man of a strong imagination, he failed.

"A merry Christmas, uncle! God save you!" cried a cheerful voice. It was the voice of Scrooge's nephew, who came upon him so quickly that this was the first intimation he had of his approach.

"Bah!" said Scrooge, "Humbug!"

He had so heated himself with rapid walking in the fog and frost, this nephew of Scrooge's, that he was all in a glow; his face was ruddy and handsome; his eyes sparkled, and his breath smoked again.

"Christmas a humbug, uncle!" said Scrooge's nephew. "You don't mean that, I am sure?"

"I do," said Scrooge. "Merry Christmas! What right have you to be merry? What reason have you to be merry? You're poor enough."

"Come, then," returned the nephew gaily. "What right have you to be dismal? What reason have you to be morose? You're rich enough."

Scrooge having no better answer ready on the spur of the moment, said, "Bah!" again; and followed it up with "Humbug."

"Don't be cross, uncle!" said the nephew.

"What else can I be," returned the uncle, "when I live in such a world of fools as this? Merry Christmas! Out upon merry Christmas! What's Christmas time to you but a time for paying bills without money; a time for finding yourself a year older, but not an hour richer; a time for balancing your books and having every item in 'em through a round dozen of months presented dead against you? If I could work my will," said Scrooge indignantly, "every idiot who goes about with 'Merry Christmas' on his lips, should be boiled with his own pudding, and buried with a stake of holly through his heart. He should!"

"Uncle!" pleaded the nephew.

"Nephew!" returned the uncle sternly, "keep Christmas in your own way, and let me keep it in mine."

"Keep it!" repeated Scrooge's nephew. "But you don't keep it."

"Let me leave it alone, then," said Scrooge. "Much good may it do you! Much good it has ever done you!"

"There are many things from which I might have derived good, by which I have not profited, I dare say," returned the nephew. "Christmas among the rest. But I am sure I have always thought of Christmas time, when it has come round—apart from the veneration due to its sacred name and origin, if anything belonging to it can be apart from that—as a good time; a kind, forgiving, charitable, pleasant time; the only time I know of, in the long calendar of the year, when men and women seem by one consent to open their shut-up hearts freely, and to think of people below them as if they really were fellow-passengers to the grave, and not another race of creatures bound on other journeys. And therefore, uncle, though it has never put a scrap of gold or silver in my pocket, I believe that it *has* done me good, and *will* do me good; and I say, God bless it!"

The clerk in the Tank involuntarily applauded. Becoming immediately sensible of the impropriety, he poked the fire, and extinguished the last frail spark for ever.

"Let me hear another sound from *you*," said Scrooge, "and you'll keep your Christmas by losing your situation! You're quite a powerful speaker, sir," he added, turning to his nephew. "I wonder you don't go into Parliament."

"Don't be angry, uncle. Come! Dine with us to-morrow."

Scrooge said that he would see him–yes, indeed he did. He went the whole length of the expression, and said that he would see him in that extremity first.

"But why?" cried Scrooge's nephew. "Why?"

"Why did you get married?" said Scrooge.

"Because I fell in love."

"Because you fell in love!" growled Scrooge, as if that were the only one thing in the world more ridiculous than a merry Christmas. "Good afternoon!"

"Nay, uncle, but you never came to see me before that happened. Why give it as a reason for not coming now?"

"Good afternoon," said Scrooge.

"I want nothing from you; I ask nothing of you; why cannot we be friends?"

"Good afternoon," said Scrooge.

"I am sorry, with all my heart, to find you so resolute. We have never had any quarrel, to which I have been a party. But I have made the trial in homage to Christmas, and I'll keep my Christmas humour to the last. So A Merry Christmas, uncle!"

"Good afternoon!" said Scrooge.

"And A Happy New Year!"

"Good afternoon!" said Scrooge.

His nephew left the room without an angry word, notwithstanding. He stopped at the outer door to bestow the greetings of the season on the clerk, who, cold as he was, was warmer than Scrooge; for he returned them cordially.

"There's another fellow," muttered Scrooge; who overheard him: "my clerk, with fifteen shillings a week, and a wife and family, talking about a merry Christmas. I'll retire to Bedlam."

This lunatic, in letting Scrooge's nephew out, had let two other people in. They were portly gentlemen, pleasant to behold, and now stood, with their hats off, in Scrooge's office. They had books and papers in their hands, and bowed to him.

"Scrooge and Marley's, I believe," said one of the gentlemen, referring to his list. "Have I the pleasure of addressing Mr. Scrooge, or Mr. Marley?"

"Mr. Marley has been dead these seven years," Scrooge replied. "He died seven years ago, this very night."

"We have no doubt his liberality is well represented by his surviving partner," said the gentleman, presenting his credentials.

It certainly was; for they had been two kindred spirits. At the ominous word "liberality," Scrooge frowned, and shook his head, and handed the credentials back.

"At this festive season of the year, Mr. Scrooge," said the gentleman, taking up a pen, "it is more than usually desirable that we should make some slight provision for the Poor and destitute, who suffer greatly at the present time. Many thousands are in want of common necessaries; hundreds of thousands are in want of common comforts, sir."

"Are there no prisons?" asked Scrooge.

"Plenty of prisons," said the gentleman, laying down the pen again.

"And the Union workhouses?" demanded Scrooge. "Are they still in operation?"

"They are. Still," returned the gentleman, "I wish I could say they were not."

"The Treadmill and the Poor Law are in full vigour, then?"

said Scrooge.

"Both very busy, sir."

"Oh! I was afraid, from what you said at first, that something had occurred to stop them in their useful course," said Scrooge. "I'm very glad to hear it."

"Under the impression that they scarcely furnish Christian cheer of mind or body to the multitude," returned the gentleman, "a few of us are endeavouring to raise a fund to buy the Poor some meat and drink, and means of warmth. We choose this time, because it is a time, of all others, when Want is keenly felt, and Abundance rejoices. What shall I put you down for?"

"Nothing!" Scrooge replied.

"You wish to be anonymous?"

"I wish to be left alone," said Scrooge. "Since you ask me what I wish, gentlemen, that is my answer. I don't make merry myself at Christmas and I can't afford to make idle people merry. I help to support the establishments I have mentioned–they cost enough; and those who are badly off must go there."

"Many can't go there; and many would rather die."

"If they would rather die," said Scrooge, "they had better do it, and decrease the surplus population. Besides–excuse me–I don't know that."

"But you might know it," observed the gentleman.

"It's not my business," Scrooge returned. "It's enough for a man to understand his own business, and not to interfere with other people's. Mine occupies me constantly. Good afternoon, gentlemen!"

Seeing clearly that it would be useless to pursue their point, the gentlemen withdrew. Scrooge resumed his labours with an improved opinion of himself, and in a more facetious temper than was usual with him.

Meanwhile the fog and darkness thickened so, that people

ran about with flaring links, proffering their services to go before horses in carriages, and conduct them on their way. The ancient tower of a church, whose gruff old bell was always peeping slily down at Scrooge out of a Gothic window in the wall, became invisible, and struck the hours and quarters in the clouds, with tremulous vibrations afterwards as if its teeth were chattering in its frozen head up there. The cold became intense. In the main street, at the corner of the court, some labourers were repairing the gas-pipes, and had lighted a great fire in a brazier, round which a party of ragged men and boys were gathered: warming their hands and winking their eyes before the blaze in rapture. The water-plug being left in solitude, its overflowings sullenly congealed, and turned to misanthropic ice. The brightness of the shops where holly sprigs and berries crackled in the lamp heat of the windows, made pale faces ruddy as they passed. Poulterers' and grocers' trades became a splendid joke: a glorious pageant, with which it was next to impossible to believe that such dull principles as bargain and sale had anything to do. The Lord Mayor, in the stronghold of the mighty Mansion House, gave orders to his fifty cooks and butlers to keep Christmas as a Lord Mayor's household should; and even the little tailor, whom he had fined five shillings on the previous Monday for being drunk and bloodthirsty in the streets, stirred up to-morrow's pudding in his garret, while his lean wife and the baby sallied out to buy the beef.

Foggier yet, and colder. Piercing, searching, biting cold. If the good Saint Dunstan had but nipped the Evil Spirit's nose with a touch of such weather as that, instead of using his familiar weapons, then indeed he would have roared to lusty purpose. The owner of one scant young nose, gnawed and mumbled by the hungry cold as bones are gnawed by dogs, stooped down at Scrooge's keyhole to regale him with a

Christmas carol: but at the first sound of—

  *"God bless you, merry gentleman!*
  *May nothing you dismay!"*

Scrooge seized the ruler with such energy of action, that the singer fled in terror, leaving the keyhole to the fog and even more congenial frost.

At length the hour of shutting up the counting-house arrived. With an ill-will Scrooge dismounted from his stool, and tacitly admitted the fact to the expectant clerk in the Tank, who instantly snuffed his candle out, and put on his hat.

"You'll want all day to-morrow, I suppose?" said Scrooge.

"If quite convenient, sir."

"It's not convenient," said Scrooge, "and it's not fair. If I was to stop half-a-crown for it, you'd think yourself ill-used, I'll be bound?"

The clerk smiled faintly.

"And yet," said Scrooge, "you don't think me ill-used, when I pay a day's wages for no work."

The clerk observed that it was only once a year.

"A poor excuse for picking a man's pocket every twenty-fifth of December!" said Scrooge, buttoning his great-coat to the chin. "But I suppose you must have the whole day. Be here all the earlier next morning!"

The clerk promised that he would; and Scrooge walked out with a growl. The office was closed in a twinkling, and the clerk, with the long ends of his white comforter dangling below his waist (for he boasted no great-coat), went down a slide on Cornhill, at the end of a lane of boys, twenty times, in honour of its being Christmas Eve, and then ran home to Camden Town as hard as he could pelt, to play at blindman's-buff.

Scrooge took his melancholy dinner in his usual melancholy tavern; and having read all the newspapers, and beguiled the rest of the evening with his banker's-book, went home to bed. He lived in chambers which had once belonged to his deceased partner. They were a gloomy suite of rooms, in a lowering pile of building up a yard, where it had so little business to be, that one could scarcely help fancying it must have run there when it was a young house, playing at hide-and-seek with other houses, and forgotten the way out again. It was old enough now, and dreary enough, for nobody lived in it but Scrooge, the other rooms being all let out as offices. The yard was so dark that even Scrooge, who knew its every stone, was fain to grope with his hands. The fog and frost so hung about the black old gateway of the house, that it seemed as if the Genius of the Weather sat in mournful meditation on the threshold.

Now, it is a fact, that there was nothing at all particular about the knocker on the door, except that it was very large. It is also a fact, that Scrooge had seen it, night and morning, during his whole residence in that place; also that Scrooge had as little of what is called fancy about him as any man in the city of London, even including–which is a bold word–the corporation, aldermen, and livery. Let it also be borne in mind that Scrooge had not bestowed one thought on Marley, since his last mention of his seven years' dead partner that afternoon. And then let any man explain to me, if he can, how it happened that Scrooge, having his key in the lock of the door, saw in the knocker, without its undergoing any intermediate process of change–not a knocker, but Marley's face.

Marley's face. It was not in impenetrable shadow as the other objects in the yard were, but had a dismal light about it, like a bad lobster in a dark cellar. It was not angry or ferocious, but looked at Scrooge as Marley used to look: with ghostly spectacles turned up on its ghostly forehead. The hair was curiously stirred, as if by breath or hot air; and, though the eyes were wide open, they were perfectly motionless. That, and its livid colour, made it horrible; but its horror seemed to be in spite of the face and beyond its control, rather than a part of its own expression.

As Scrooge looked fixedly at this phenomenon, it was a knocker again.

To say that he was not startled, or that his blood was not conscious of a terrible sensation to which it had been a stranger from infancy, would be untrue. But he put his hand upon the key he had relinquished, turned it sturdily, walked in, and lighted his candle.

He *did* pause, with a moment's irresolution, before he shut the door; and he *did* look cautiously behind it first, as if he half expected to be terrified with the sight of Marley's pigtail sticking out into the hall. But there was nothing on the back of the door, except the screws and nuts that held the knocker on, so he said "Pooh, pooh!" and closed it with a bang.

The sound resounded through the house like thunder. Every room above, and every cask in the wine-merchant's cellars below, appeared to have a separate peal of echoes of its own. Scrooge was not a man to be frightened by echoes. He fastened the door, and walked across the hall, and up the stairs; slowly too: trimming his candle as he went.

You may talk vaguely about driving a coach-and-six up a good old flight of stairs, or through a bad young Act of Parliament; but I mean to say you might have got a hearse up that staircase, and taken it broadwise, with the splinter-bar towards the wall and the door towards the balustrades: and done it easy. There was plenty of width for that, and room to spare; which is perhaps the reason why Scrooge thought he saw a locomotive hearse going on before him in the gloom.

Half-a-dozen gas-lamps out of the street wouldn't have lighted the entry too well, so you may suppose that it was pretty dark with Scrooge's dip.

Up Scrooge went, not caring a button for that. Darkness is cheap, and Scrooge liked it. But before he shut his heavy door, he walked through his rooms to see that all was right. He had just enough recollection of the face to desire to do that.

Sitting-room, bedroom, lumber-room. All as they should be. Nobody under the table, nobody under the sofa; a small fire in the grate; spoon and basin ready; and the little saucepan of gruel (Scrooge had a cold in his head) upon the hob. Nobody under the bed; nobody in the closet; nobody in his dressing-gown, which was hanging up in a suspicious attitude against the wall. Lumber-room as usual. Old fire-guard, old shoes, two fish-baskets, washing-stand on three legs, and a poker.

Quite satisfied, he closed his door, and locked himself in; double-locked himself in, which was not his custom. Thus secured against surprise, he took off his cravat; put on his dressing-gown and slippers, and his nightcap; and sat down before the fire to take his gruel.

It was a very low fire indeed; nothing on such a bitter night. He was obliged to sit close to it, and brood over it, before he could extract the least sensation of warmth from such a handful of fuel. The fireplace was an old one, built by some Dutch merchant long ago, and paved all round with quaint Dutch tiles, designed to illustrate the Scriptures. There were Cains and Abels, Pharaoh's daughters; Queens of Sheba, Angelic messengers descending through the air on clouds like feather-beds, Abrahams, Belshazzars, Apostles putting off to sea in butter-boats, hundreds of figures to attract his thoughts; and yet that face of Marley, seven years dead, came like the ancient Prophet's rod, and swallowed up the whole. If each smooth tile had been a blank at first, with power to shape some picture on its surface from the disjointed fragments of his thoughts, there would have been a copy of old Marley's head on every one.

"Humbug!" said Scrooge; and walked across the room.

After several turns, he sat down again. As he threw his head back in the chair, his glance happened to rest upon a bell, a disused bell, that hung in the room, and communicated for some purpose now forgotten with a chamber in the highest story of the building. It was with great astonishment, and with a strange, inexplicable dread, that as he looked, he saw this bell begin to swing. It swung so softly in the outset that it scarcely made a sound; but soon it rang out loudly, and so did every bell in the house.

This might have lasted half a minute, or a minute, but it seemed an hour. The bells ceased as they had begun, together. They were succeeded by a clanking noise, deep down below; as if some person were dragging a heavy chain over the casks in the wine-merchant's cellar. Scrooge then remembered to have heard that ghosts in haunted houses were described as dragging chains.

The cellar-door flew open with a booming sound, and then he heard the noise much louder, on the floors below; then coming up the stairs; then coming straight towards his door.

"It's humbug still!" said Scrooge. "I won't believe it."

His colour changed though, when, without a pause, it came on through the heavy door, and passed into the room before his eyes. Upon its coming in, the dying flame leaped up, as though it cried, "I know him; Marley's Ghost!" and fell again.

The same face: the very same. Marley in his pigtail, usual waistcoat, tights and boots; the tassels on the latter bristling, like his pigtail, and his coat-skirts, and the hair upon his head. The chain he drew was clasped about his middle. It was long, and wound about him like a tail; and it was made (for

Scrooge observed it closely) of cash-boxes, keys, padlocks, ledgers, deeds, and heavy purses wrought in steel. His body was transparent; so that Scrooge, observing him, and looking through his waistcoat, could see the two buttons on his coat behind.

Scrooge had often heard it said that Marley had no bowels, but he had never believed it until now.

No, nor did he believe it even now. Though he looked the phantom through and through, and saw it standing before him; though he felt the chilling influence of its death-cold eyes; and marked the very texture of the folded kerchief bound about its head and chin, which wrapper he had not observed before; he was still incredulous, and fought against his senses.

"How now!" said Scrooge, caustic and cold as ever. "What do you want with me?"

"Much!"–Marley's voice, no doubt about it.

"Who are you?"

"Ask me who I *was.*"

"Who *were* you then?" said Scrooge, raising his voice. "You're particular, for a shade." He was going to say "*to* a shade," but substituted this, as more appropriate.

"In life I was your partner, Jacob Marley."

"Can you–can you sit down?" asked Scrooge, looking doubtfully at him.

"I can."

"Do it, then."

Scrooge asked the question, because he didn't know whether a ghost so transparent might find himself in a condition to take a chair; and felt that in the event of its being impossible, it might involve the necessity of an embarrassing explanation. But the ghost sat down on the opposite side of the fireplace, as if he were quite used to it.

"You don't believe in me," observed the Ghost.

"I don't," said Scrooge.

"What evidence would you have of my reality beyond that of your senses?"

"I don't know," said Scrooge.

"Why do you doubt your senses?"

"Because," said Scrooge, "a little thing affects them. A slight disorder of the stomach makes them cheats. You may be an undigested bit of beef, a blot of mustard, a crumb of cheese, a fragment of an underdone potato. There's more of gravy than of grave about you, whatever you are!"

Scrooge was not much in the habit of cracking jokes, nor did he feel, in his heart, by any means waggish then. The truth is, that he tried to be smart, as a means of distracting his own attention, and keeping down his terror; for the spectre's voice disturbed the very marrow in his bones.

To sit, staring at those fixed glazed eyes, in silence for a moment, would play, Scrooge felt, the very deuce with him. There was something very awful, too, in the spectre's being provided with an infernal atmosphere of its own. Scrooge could not feel it himself, but this was clearly the case; for though the Ghost sat perfectly motionless, its hair, and skirts, and tassels, were still agitated as by the hot vapour from an oven.

"You see this toothpick?" said Scrooge, returning quickly to the charge, for the reason just assigned; and wishing, though it were only for a second, to divert the vision's stony gaze from himself.

"I do," replied the Ghost.

"You are not looking at it," said Scrooge.

"But I see it," said the Ghost, "notwithstanding."

"Well!" returned Scrooge, "I have but to swallow this, and be for the rest of my days persecuted by a legion of goblins, all of my own creation. Humbug, I tell you–humbug!"

At this the spirit raised a frightful cry, and shook its chain with such a dismal and appalling noise, that Scrooge held on tight to his chair, to save himself from falling in a swoon. But how much greater was his horror, when the phantom taking off the bandage round its head, as if it were too warm to wear indoors, its lower jaw dropped down upon its breast!

Scrooge fell upon his knees, and clasped his hands before his face.

"Mercy!" he said. "Dreadful apparition, why do you trouble me?"

"Man of the worldly mind!" replied the Ghost, "do you believe in me or not?"

"I do," said Scrooge. "I must. But why do spirits walk the earth, and why do they come to me?"

"It is required of every man," the Ghost returned, "that the spirit within him should walk abroad among his fellowmen, and travel far and wide; and if that spirit goes not forth in life, it is condemned to do so after death. It is doomed to wander through the world–oh, woe is me!–and witness what it cannot share, but might have shared on earth, and turned to happiness!"

Again the spectre raised a cry, and shook its chain and wrung its shadowy hands.

"You are fettered," said Scrooge, trembling. "Tell me why?"

"I wear the chain I forged in life," replied the Ghost. "I made it link by link, and yard by yard; I girded it on of my own free will, and of my own free will I wore it. Is its pattern strange to *you?*"

Scrooge trembled more and more.

"Or would you know," pursued the Ghost, "the weight and length of the strong coil you bear yourself? It was full as heavy and as long as this, seven Christmas Eves ago. You have laboured on it, since. It is a ponderous chain!"

Scrooge glanced about him on the floor, in the expectation of finding himself surrounded by some fifty or sixty fathoms of iron cable: but he could see nothing.

"Jacob," he said, imploringly. "Old Jacob Marley, tell me more. Speak comfort to me, Jacob!"

"I have none to give," the Ghost replied. "It comes from other regions, Ebenezer Scrooge, and is conveyed by other ministers, to other kinds of men. Nor can I tell you what I would. A very little more is all permitted to me. I cannot rest, I cannot stay, I cannot linger anywhere. My spirit never walked beyond our counting-house–mark me!–in life my spirit never roved beyond the narrow limits of our money-changing hole; and weary journeys lie before me!"

It was a habit with Scrooge, whenever he became thoughtful, to put his hands in his breeches pockets. Pondering on what the Ghost had said, he did so now, but without lifting up his eyes, or getting off his knees.

"You must have been very slow about it, Jacob," Scrooge observed, in a business-like manner, though with humility and deference.

"Slow!" the Ghost repeated.

"Seven years dead," mused Scrooge. "And travelling all the time!"

"The whole time," said the Ghost. "No rest, no peace. Incessant torture of remorse."

"You travel fast?" said Scrooge.

"On the wings of the wind," replied the Ghost.

"You might have got over a great quantity of ground in seven years," said Scrooge.

The Ghost, on hearing this, set up another cry, and clanked its chain so hideously in the dead silence of the night, that the Ward would have been justified in indicting it for a nuisance.

"Oh! captive, bound, and double-ironed," cried the

phantom, "not to know, that ages of incessant labour by immortal creatures, for this earth must pass into eternity before the good of which it is susceptible is all developed. Not to know that any Christian spirit working kindly in its little sphere, whatever it may be, will find its mortal life too short for its vast means of usefulness. Not to know that no space of regret can make amends for one life's opportunity misused! Yet such was I! Oh! such was I!"

"But you were always a good man of business, Jacob," faltered Scrooge, who now began to apply this to himself.

"Business!" cried the Ghost, wringing its hands again. "Mankind was my business. The common welfare was my business; charity, mercy, forbearance, and benevolence, were, all, my business. The dealings of my trade were but a drop of water in the comprehensive ocean of my business!"

It held up its chain at arm's length, as if that were the cause of all its unavailing grief, and flung it heavily upon the ground again.

"At this time of the rolling year," the spectre said, "I suffer most. Why did I walk through crowds of fellow-beings with my eyes turned down, and never raise them to that blessed Star which led the Wise Men to a poor abode! Were there no poor homes to which its light would have conducted *me!*"

Scrooge was very much dismayed to hear the spectre going on at this rate, and began to quake exceedingly.

"Hear me!" cried the Ghost. "My time is nearly gone."

"I will," said Scrooge. "But don't be hard upon me! Don't be flowery, Jacob! Pray!"

"How it is that I appear before you in a shape that you can see, I may not tell. I have sat invisible beside you many and many a day."

It was not an agreeable idea. Scrooge shivered, and wiped the perspiration from his brow.

"That is no light part of my penance," pursued the Ghost. "I am here to-night to warn you, that you have yet a chance and hope of escaping my fate. A chance and hope of my procuring, Ebenezer."

"You were always a good friend to me," said Scrooge. "Thank'ee!"

"You will be haunted," resumed the Ghost, "by Three Spirits."

Scrooge's countenance fell almost as low as the Ghost's had done.

"Is that the chance and hope you mentioned, Jacob?" he demanded, in a faltering voice.

"It is."

"I–I think I'd rather not," said Scrooge.

"Without their visits," said the Ghost, "you cannot hope to shun the path I tread. Expect the first to-morrow, when the bell tolls One."

"Couldn't I take 'em all at once, and have it over, Jacob?" hinted Scrooge.

"Expect the second on the next night at the same hour. The third upon the next night when the last stroke of Twelve has ceased to vibrate. Look to see me no more; and look that, for your own sake, you remember what has passed between us!"

When it had said these words, the spectre took its wrapper from the table, and bound it round its head, as before. Scrooge knew this, by the smart sound its teeth made, when the jaws were brought together by the bandage. He ventured to raise his eyes again, and found his supernatural visitor confronting him in an erect attitude, with its chain wound over and about its arm.

The apparition walked backward from him; and at every step it took, the window raised itself a little, so that when the spectre reached it, it was wide open. It beckoned Scrooge to approach, which he did. When they were within two paces of each other, Marley's Ghost held up its hand, warning him to come no nearer. Scrooge stopped.

Not so much in obedience, as in surprise and fear: for on the raising of the hand, he became sensible of confused noises in the air; incoherent sounds of lamentation and regret; wailings inexpressibly sorrowful and self-accusatory. The spectre, after listening for a moment, joined in the mournful dirge; and floated out upon the bleak, dark night.

Scrooge followed to the window: desperate in his curiosity. He looked out.

The air was filled with phantoms, wandering hither and thither in restless haste, and moaning as they went. Every one of them wore chains like Marley's Ghost; some few (they might be guilty governments) were linked together; none were free. Many had been personally known to Scrooge in their lives. He had been quite familiar with one old ghost, in a white waistcoat, with a monstrous iron safe attached to its ankle, who cried piteously at being unable to assist a wretched woman with an infant, whom it saw below, upon a door-step. The misery with them all was, clearly, that they sought to interfere, for good, in human matters, and had lost the power for ever.

Whether these creatures faded into mist, or mist enshrouded them, he could not tell. But they and their spirit voices faded together; and the night became as it had been when he walked home.

Scrooge closed the window, and examined the door by which the Ghost had entered. It was double-locked, as he had locked it with his own hands, and the bolts were undisturbed. He tried to say "Humbug!" but stopped at the first syllable. And being, from the emotion he had undergone, or the fatigues of the day, or his glimpse of the Invisible World, or the dull conversation of the Ghost, or the lateness of the hour, much in need of repose; went straight to bed, without undressing, and fell asleep upon the instant.

# THE FIRST OF
# THE THREE SPIRITS

WHEN Scrooge awoke, it was so dark, that looking out of bed, he could scarcely distinguish the transparent window from the opaque walls of his chamber. He was endeavouring to pierce the darkness with his ferret eyes, when the chimes of a neighbouring church struck the four quarters. So he listened for the hour.

To his great astonishment the heavy bell went on from six to seven, and from seven to eight, and regularly up to twelve; then stopped. Twelve! It was past two when he went to bed. The clock was wrong. An icicle must have got into the works. Twelve!

He touched the spring of his repeater, to correct this most preposterous clock. Its rapid little pulse beat twelve: and stopped.

"Why, it isn't possible," said Scrooge, "that I can have slept through a whole day and far into another night. It isn't possible that anything has happened to the sun, and this is twelve at noon!"

The idea being an alarming one, he scrambled out of bed, and groped his way to the window. He was obliged to rub the frost off with the sleeve of his dressing-gown before he could see anything; and could see very little then. All he could make out was, that it was still very foggy and extremely cold, and that there was no noise of people running to and fro, and making a great stir, as there unquestionably would have been if night had beaten off bright day, and taken possession of the world. This was a great relief, because "three days after sight of this First of Exchange pay to Mr. Ebenezer Scrooge or his order," and so forth, would have become a mere United States' security if there were no days to count by.

Scrooge went to bed again, and thought, and thought, and thought it over and over and over, and could make nothing of it. The more he thought, the more perplexed he was; and the more he endeavoured not to think, the more he thought. Marley's Ghost bothered him exceedingly. Every time he resolved within himself, after mature inquiry, that it was all a dream, his mind flew back again, like a strong spring released, to its first position, and presented the same problem to be worked all through, "Was it a dream or not?"

Scrooge lay in this state until the chime had gone three quarters more, when he remembered, on a sudden, that the Ghost had warned him of a visitation when the bell tolled one. He resolved to lie awake until the hour was passed; and, considering that he could no more go to sleep than go to Heaven, this was perhaps the wisest resolution in his power.

The quarter was so long, that he was more than once convinced he must have sunk into a doze unconsciously, and missed the clock. At length it broke upon his listening ear.

"Ding, dong!"

"A quarter past," said Scrooge, counting.

"Ding, dong!"

"Half-past!" said Scrooge.

"Ding, dong!"

"A quarter to it," said Scrooge.

"Ding, dong!"

"The hour itself," said Scrooge, triumphantly, "and nothing else!"

He spoke before the hour bell sounded, which it now did with a deep, dull, hollow, melancholy ONE.  Light flashed up in the room upon the instant, and the curtains of his bed were drawn.

The curtains of his bed were drawn aside, I tell you, by a hand. Not the curtains at his feet, nor the curtains at his back, but those to which his face was addressed. The curtains of his bed were drawn aside; and Scrooge, starting up into a half-recumbent attitude, found himself face to face with the unearthly visitor who drew them: as close to it as I am now to you, and I am standing in the spirit at your elbow.

It was a strange figure–like a child: yet not so like a child as like an old man, viewed through some supernatural medium, which gave him the appearance of having receded from the view, and being diminished to a child's proportions. Its hair, which hung about its neck and down its back, was white as if with age; and yet the face had not a wrinkle in it, and the tenderest bloom was on the skin. The arms were very long and muscular; the hands the same, as if its hold were of uncommon strength. Its legs and feet, most delicately formed, were, like those upper members, bare. It wore a tunic of the purest white; and round its waist was bound a lustrous belt, the sheen of which was beautiful. It held a branch of fresh green holly in its hand; and, in singular contradiction of that wintry emblem, had its dress trimmed with summer flowers. But the strangest thing about it was, that from the crown of its head there sprung a bright clear jet of light, by which all this was visible; and which was doubtless the occasion of its using, in its duller moments, a great extinguisher for a cap, which it now held under its arm.

Even this, though, when Scrooge looked at it with increasing steadiness, was *not* its strangest quality. For as its belt sparkled and glittered now in one part and now in another, and what was light one instant, at another time was dark, so the figure itself fluctuated in its distinctness: being now a thing with one arm, now with one leg, now with twenty legs, now a pair of legs without a head, now a head without a body: of which dissolving parts, no outline would be visible in the dense gloom wherein they melted away. And in the very wonder of this, it would be itself again; distinct and clear as ever.

"Are you the Spirit, sir, whose coming was foretold to me?" asked Scrooge.

"I am!"

The voice was soft and gentle. Singularly low, as if instead of being so close beside him, it were at a distance.

"Who, and what are you?" Scrooge demanded.

"I am the Ghost of Christmas Past."

"Long Past?" inquired Scrooge: observant of its dwarfish stature.

"No. Your past."

Perhaps, Scrooge could not have told anybody why, if anybody could have asked him; but he had a special desire to see the Spirit in his cap; and begged him to be covered.

"What!" exclaimed the Ghost, "would you so soon put out, with worldly hands, the light I give? Is it not enough that you are one of those whose passions made this cap, and force me through whole trains of years to wear it low upon my brow!"

Scrooge reverently disclaimed all intention to offend or any knowledge of having wilfully "bonneted" the Spirit at any period of his life. He then made bold to inquire what business brought him there.

"Your welfare!" said the Ghost.

Scrooge expressed himself much obliged, but could not help thinking that a night of unbroken rest would have been more conducive to that end. The Spirit must have heard him thinking, for it said immediately:

"Your reclamation, then. Take heed!"

It put out its strong hand as it spoke, and clasped him gently by the arm.

"Rise! and walk with me!"

It would have been in vain for Scrooge to plead that the weather and the hour were not adapted to pedestrian purposes; that bed was warm, and the thermometer a long way below freezing; that he was clad but lightly in his slippers, dressing-gown, and nightcap; and that he had a cold upon him at that time. The grasp, though gentle as a woman's hand, was not to be resisted. He rose: but finding that the Spirit made towards the window, clasped his robe in supplication.

"I am a mortal," Scrooge remonstrated, "and liable to fall."

"Bear but a touch of my hand *there*," said the Spirit, laying it upon his heart, "and you shall be upheld in more than this!"

As the words were spoken, they passed through the wall, and stood upon an open country road, with fields on either hand. The city had entirely vanished. Not a vestige of it was to be seen. The darkness and the mist had vanished with it, for it was a clear, cold, winter day, with snow upon the ground.

"Good Heaven!" said Scrooge, clasping his hands together, as he looked about him. "I was bred in this place. I was a boy here!"

The Spirit gazed upon him mildly. Its gentle touch, though it had been light and instantaneous, appeared still present to the old man's sense of feeling. He was conscious of a thousand odours floating in the air, each one connected with a thousand thoughts, and hopes, and joys, and cares long, long, forgotten!

"Your lip is trembling," said the Ghost. "And what is that

upon your cheek?"

Scrooge muttered, with an unusual catching in his voice, that it was a pimple; and begged the Ghost to lead him where he would.

"You recollect the way?" inquired the Spirit.

"Remember it!" cried Scrooge with fervour– "I could walk it blindfold."

"Strange to have forgotten it for so many years!" observed the Ghost. "Let us go on."

They walked along the road, Scrooge recognising every gate, and post, and tree; until a little market-town appeared in the distance, with its bridge, its church, and winding river. Some shaggy ponies now were seen trotting towards them with boys upon their backs, who called to other boys in country gigs and carts, driven by farmers. All these boys were in great spirits, and shouted to each other, until the broad fields were so full of merry music, that the crisp air laughed to hear it!

"These are but shadows of the things that have been," said the Ghost. "They have no consciousness of us."

The jocund travellers came on; and as they came, Scrooge knew and named them every one. Why was he rejoiced beyond all bounds to see them! Why did his cold eye glisten, and his heart leap up as they went past! Why was he filled with gladness when he heard them give each other Merry Christmas, as they parted at cross-roads and bye-ways, for their several homes! What was merry Christmas to Scrooge? Out upon merry Christmas! What good had it ever done to him?

"The school is not quite deserted," said the Ghost. "A solitary child, neglected by his friends, is left there still."

Scrooge said he knew it. And he sobbed.

They left the high-road, by a well-remembered lane, and soon approached a mansion of dull red brick, with a little weathercock-surmounted cupola, on the roof, and a bell hanging in it. It was a large house, but one of broken fortunes; for the spacious offices were little used, their walls were damp and mossy, their windows broken, and their gates decayed. Fowls clucked and strutted in the stables; and the coach-houses and sheds were over-run with grass. Nor was it more retentive of its ancient state, within; for entering the dreary hall, and glancing through the open doors of many rooms, they found them poorly furnished, cold, and vast. There was an earthy savour in the air, a chilly bareness in the place, which associated itself somehow with too much getting up by candle-light, and not too much to eat.

They went, the Ghost and Scrooge, across the hall, to a door at the back of the house. It opened before them, and disclosed a long, bare, melancholy room, made barer still by lines of plain deal forms and desks. At one of these a lonely boy was reading near a feeble fire; and Scrooge sat down upon a form, and wept to see his poor forgotten self as he used to be.

Not a latent echo in the house, not a squeak and scuffle from the mice behind the panelling, not a drip from the half-thawed water-spout in the dull yard behind, not a sigh among the leafless boughs of one despondent poplar, not the idle swinging of an empty store-house door, no, not a clicking in the fire, but fell upon the heart of Scrooge with a softening influence, and gave a freer passage to his tears.

The Spirit touched him on the arm, and pointed to his younger self, intent upon his reading. Suddenly a man, in foreign garments: wonderfully real and distinct to look at: stood outside the window, with an axe stuck in his belt, and leading an ass laden with wood by the bridle.

"Why, it's Ali Baba!" Scrooge exclaimed in ecstasy. "It's dear old honest Ali Baba! Yes, yes, I know! One Christmas time, when yonder solitary child was left here all alone, he did come, for the first time, just like that. Poor boy! And Valentine," said Scrooge, "and his wild brother, Orson; there they go! And what's his name, who was put down in his drawers, asleep, at the Gate of Damascus; don't you see him! And the Sultan's Groom turned upside down by the Genii; there he is upon his head! Serve him right. I'm glad of it. What business had he to be married to the Princess!"

To hear Scrooge expending all the earnestness of his nature on such subjects, in a most extraordinary voice between laughing and crying; and to see his heightened and excited face; would have been a surprise to his business friends in the city, indeed.

"There's the Parrot!" cried Scrooge. "Green body and yellow tail, with a thing like a lettuce growing out of the top of his head; there he is! Poor Robin Crusoe, he called him, when he came home again after sailing round the island. 'Poor Robin Crusoe, where have you been, Robin Crusoe?' The man thought he was dreaming, but he wasn't. It was the Parrot, you know. There goes Friday, running for his life to the little creek! Halloa! Hoop! Halloo!"

Then, with a rapidity of transition very foreign to his usual character, he said, in pity for his former self, "Poor boy!" and cried again.

"I wish," Scrooge muttered, putting his hand in his pocket, and looking about him, after drying his eyes with his cuff: "but it's too late now."

"What is the matter?" asked the Spirit.

"Nothing," said Scrooge. "Nothing. There was a boy singing a Christmas Carol at my door last night. I should like to have given him something: that's all."

The Ghost smiled thoughtfully, and waved its hand: saying as it did so, "Let us see another Christmas!"

Scrooge's former self grew larger at the words, and the room became a little darker and more dirty. The panels shrunk, the windows cracked; fragments of plaster fell out of the ceiling, and the naked laths were shown instead; but how all this was brought about, Scrooge knew no more than you do. He only knew that it was quite correct; that everything had happened so; that there he was, alone again, when all the other boys had gone home for the jolly holidays.

He was not reading now, but walking up and down despairingly. Scrooge looked at the Ghost, and with a mournful shaking of his head, glanced anxiously towards the door.

It opened; and a little girl, much younger than the boy, came darting in, and putting her arms about his neck, and often kissing him, addressed him as her "Dear, dear brother."

"I have come to bring you home, dear brother!" said the child, clapping her tiny hands, and bending down to laugh. "To bring you home, home, home!"

"Home, little Fan?" returned the boy.

"Yes!" said the child, brimful of glee. "Home, for good and all. Home, for ever and ever. Father is so much kinder than he used to be, that home's like Heaven! He spoke so gently to me one dear night when I was going to bed, that I was not afraid to ask him once more if you might come home; and he said Yes, you should; and sent me in a coach to bring you. And you're to be a man!" said the child, opening her eyes, "and are never to come back here; but first, we're to be together all the Christmas long, and have the merriest time in all the world."

"You are quite a woman, little Fan!" exclaimed the boy.

She clapped her hands and laughed, and tried to touch his head; but being too little, laughed again, and stood on tiptoe to embrace him. Then she began to drag him, in her childish eagerness, towards the door; and he, nothing loth to go, accompanied her.

A terrible voice in the hall cried, "Bring down Master Scrooge's box, there!" and in the hall appeared the schoolmaster himself, who glared on Master Scrooge with a ferocious condescension, and threw him into a dreadful state of mind by shaking hands with him. He then conveyed him and his sister into the veriest old well of a shivering best-parlour that ever was seen, where the maps upon the wall, and the celestial and terrestrial globes in the windows, were waxy with cold. Here he produced a decanter of curiously light wine, and a block of curiously heavy cake, and administered instalments of those dainties to the young people: at the same time, sending out a meagre servant to offer a glass of "something" to the postboy, who answered that he thanked the gentleman, but if it was the same tap as he had tasted before, he had rather not. Master Scrooge's trunk being by this time tied on to the top of the chaise, the children bade the schoolmaster good-bye right willingly; and getting into it, drove gaily down the garden-sweep: the quick wheels dashing the hoar-frost and snow from off the dark leaves of the evergreens like spray.

"Always a delicate creature, whom a breath might have withered," said the Ghost. "But she had a large heart!"

"So she had," cried Scrooge. "You're right. I will not gainsay it, Spirit. God forbid!"

"She died a woman," said the Ghost, "and had, as I think, children."

"One child," Scrooge returned.

"True," said the Ghost. "Your nephew!"

Scrooge seemed uneasy in his mind; and answered briefly, "Yes."

Although they had but that moment left the school behind them, they were now in the busy thoroughfares of a city, where shadowy passengers passed and repassed; where shadowy carts and coaches battled for the way, and all the strife and tumult of a real city were. It was made plain enough, by the dressing of the shops, that here too it was Christmas time again; but it was evening, and the streets were lighted up.

The Ghost stopped at a certain warehouse door, and asked Scrooge if he knew it.

"Know it!" said Scrooge. "Was I apprenticed here?"

They went in. At sight of an old gentleman in a Welsh wig, sitting behind such a high desk, that if he had been two inches taller he must have knocked his head against the ceiling, Scrooge cried in great excitement:

"Why, it's old Fezziwig! Bless his heart; it's Fezziwig alive again!"

Old Fezziwig laid down his pen, and looked up at the clock, which pointed to the hour of seven. He rubbed his hands; adjusted his capacious waistcoat; laughed all over himself, from his shoes to his organ of benevolence; and called out in a comfortable, oily, rich, fat, jovial voice:

"Yo ho, there! Ebenezer! Dick!"

Scrooge's former self, now grown a young man, came briskly in, accompanied by his fellow-'prentice.

"Dick Wilkins, to be sure!" said Scrooge to the Ghost. "Bless me, yes. There he is. He was very much attached to me, was Dick. Poor Dick! Dear, dear!"

"Yo ho, my boys!" said Fezziwig. "No more work to-night. Christmas Eve, Dick. Christmas, Ebenezer! Let's have the shutters up," cried old Fezziwig, with a sharp clap of his hands, "before a man can say Jack Robinson!"

You wouldn't believe how those two fellows went at it! They charged into the street with the shutters–one, two, three–had 'em up in their places–four, five, six–barred 'em and pinned 'em–seven, eight, nine–and came back before you could have got to twelve, panting like race-horses.

"Hilli-ho!" cried old Fezziwig, skipping down from the high desk, with wonderful agility. "Clear away, my lads, and let's have lots of room here! Hilli-ho, Dick! Chirrup, Ebenezer!"

Clear away! There was nothing they wouldn't have cleared away, or couldn't have cleared away, with old Fezziwig looking on. It was done in a minute. Every movable was packed off, as if it were dismissed from public life for evermore; the floor was swept and watered, the lamps were trimmed, fuel was heaped upon the fire; and the warehouse was as snug, and warm, and dry, and bright a ball-room, as you would desire to see upon a winter's night.

In came a fiddler with a music-book, and went up to the lofty desk, and made an orchestra of it, and tuned like fifty stomach-aches. In came Mrs. Fezziwig, one vast substantial smile. In came the three Miss Fezziwigs, beaming and lovable. In came the six young followers whose hearts they broke. In came all the young men and women employed in the business. In came the housemaid, with her cousin, the baker. In came the cook, with her brother's particular friend, the milkman. In came the boy from over the way, who was suspected of not having board enough from his master; trying to hide himself behind the girl from next door but one, who was proved to have had her ears pulled by her mistress. In they all came, one after another; some shyly, some boldly, some gracefully, some awkwardly, some pushing, some pulling; in they all came, anyhow and everyhow. Away they all went, twenty couple at once; hands half round and back again the other way; down the middle and up again; round and round in various stages of affectionate grouping; old top couple always turning up in the wrong place; new top couple starting off again, as soon as they got there; all top couples at last, and not a bottom one to help them! When this result was brought about, old Fezziwig, clapping his hands to stop the dance, cried out, "Well done!"

and the fiddler plunged his hot face into a pot of porter, especially provided for that purpose. But scorning rest, upon his reappearance, he instantly began again, though there were no dancers yet, as if the other fiddler had been carried home, exhausted, on a shutter, and he were a bran-new man resolved to beat him out of sight, or perish.

There were more dances, and there were forfeits, and more dances, and there was cake, and there was negus, and there was a great piece of Cold Roast, and there was a great piece of Cold Boiled, and there were mince-pies, and plenty of beer. But the great effect of the evening came after the Roast and Boiled, when the fiddler (an artful dog, mind! The sort of man who knew his business better than you or I could have told it him!) struck up "Sir Roger de Coverley." Then old Fezziwig stood out to dance with Mrs. Fezziwig. Top couple, too; with a good stiff piece of work cut out for them; three or four and twenty pair of partners; people who were not to be trifled with; people who would dance, and had no notion of walking.

But if they had been twice as many–ah, four times–old Fezziwig would have been a match for them, and so would Mrs. Fezziwig. As to her, she was worthy to be his partner in every sense of the term. If that's not high praise, tell me higher, and I'll use it. A positive light appeared to issue from Fezziwig's calves. They shone in every part of the dance like moons. You couldn't have predicted, at any given time, what would have become of them next. And when old Fezziwig and Mrs. Fezziwig had gone all through the dance; advance and retire, both hands to your partner, bow and curtsey, corkscrew, thread-the-needle, and back again to your place; Fezziwig "cut"–cut so deftly, that he appeared to wink with his legs, and came upon his feet again without a stagger.

When the clock struck eleven, this domestic ball broke up. Mr. and Mrs. Fezziwig took their stations, one on either side of the door, and shaking hands with every person individually as he or she went out, wished him or her a Merry Christmas. When everybody had retired but the two 'prentices, they did the same to them; and thus the cheerful voices died away, and the lads were left to their beds; which were under a counter in the back-shop.

During the whole of this time, Scrooge had acted like a man out of his wits. His heart and soul were in the scene, and with his former self. He corroborated everything, remembered everything, enjoyed everything, and underwent the strangest agitation. It was not until now, when the bright faces of his former self and Dick were turned from them, that he remembered the Ghost, and became conscious that it was looking full upon him, while the light upon its head burnt very clear.

"A small matter," said the Ghost, "to make these silly folks so full of gratitude."

"Small!" echoed Scrooge.

The Spirit signed to him to listen to the two apprentices, who were pouring out their hearts in praise of Fezziwig: and when he had done so, said,

"Why! Is it not? He has spent but a few pounds of your mortal money: three or four perhaps. Is that so much that he deserves this praise?"

"It isn't that," said Scrooge, heated by the remark, and speaking unconsciously like his former, not his latter, self. "It isn't that, Spirit. He has the power to render us happy or unhappy; to make our service light or burdensome; a pleasure or a toil. Say that his power lies in words and looks; in things so slight and insignificant that it is impossible to add and count 'em up: what then? The happiness he gives, is quite as great as if it cost a fortune."

He felt the Spirit's glance, and stopped.

"What is the matter?" asked the Ghost.

"Nothing particular," said Scrooge.

"Something, I think?" the Ghost insisted.

"No," said Scrooge, "No. I should like to be able to say a word or two to my clerk just now. That's all."

His former self turned down the lamps as he gave utterance to the wish; and Scrooge and the Ghost again stood side by side in the open air.

"My time grows short," observed the Spirit. "Quick!"

This was not addressed to Scrooge, or to any one whom he could see, but it produced an immediate effect. For again Scrooge saw himself. He was older now; a man in the prime of life. His face had not the harsh and rigid lines of later years; but it had begun to wear the signs of care and avarice. There was an eager, greedy, restless motion in the eye, which showed the passion that had taken root, and where the shadow of the growing tree would fall.

He was not alone, but sat by the side of a fair young girl in a mourning-dress: in whose eyes there were tears, which sparkled in the light that shone out of the Ghost of Christmas Past.

"It matters little," she said, softly. "To you, very little. Another idol has displaced me; and if it can cheer and comfort you in time to come, as I would have tried to do, I have no just cause to grieve."

"What Idol has displaced you?" he rejoined.

"A golden one."

"This is the even-handed dealing of the world!" he said. "There is nothing on which it is so hard as poverty; and there is nothing it professes to condemn with such severity as the pursuit of wealth!"

"You fear the world too much," she answered, gently. "All your other hopes have merged into the hope of being beyond the chance of its sordid reproach. I have seen your nobler aspirations fall off one by one, until the master-passion, Gain, engrosses you. Have I not?"

"What then?" he retorted. "Even if I have grown so much wiser, what then? I am not changed towards you."

She shook her head.

"Am I?"

"Our contract is an old one. It was made when we were both poor and content to be so, until, in good season, we could improve our worldly fortune by our patient industry. You are changed. When it was made, you were another man."

"I was a boy," he said impatiently.

"Your own feeling tells you that you were not what you are," she returned. "I am. That which promised happiness when we were one in heart, is fraught with misery now that we are two. How often and how keenly I have thought of this, I will not say. It is enough that I have thought of it, and can release you."

"Have I ever sought release?"

"In words. No. Never."

"In what, then?"

"In a changed nature; in an altered spirit; in another atmosphere of life; another Hope as its great end. In everything that made my love of any worth or value in your sight. If this had never been between us," said the girl, looking mildly, but with steadiness, upon him; "tell me, would you seek me out and try to win me now? Ah, no!"

He seemed to yield to the justice of this supposition, in spite of himself. But he said with a struggle, "You think not."

"I would gladly think otherwise if I could," she answered, "Heaven knows! When I have learned a Truth like this, I know how strong and irresistible it must be. But if you were free to-day, to-morrow, yesterday, can even I believe that you would choose a dowerless girl–you who, in your very confidence with her, weigh everything by Gain: or, choosing her, if for a moment you were false enough to your one guiding principle to do so, do I not know that your repentance and regret would surely follow? I do; and I release you. With a full heart, for the love of him you once were."

He was about to speak; but with her head turned from him, she resumed.

"You may–the memory of what is past half makes me hope you will–have pain in this. A very, very brief time, and you will dismiss the recollection of it, gladly, as an unprofitable dream, from which it happened well that you awoke. May you be happy in the life you have chosen!"

She left him, and they parted.

"Spirit!" said Scrooge, "show me no more! Conduct me home. Why do you delight to torture me?"

"One shadow more!" exclaimed the Ghost.

"No more!" cried Scrooge. "No more. I don't wish to see it. Show me no more!"

But the relentless Ghost pinioned him in both his arms, and forced him to observe what happened next.

They were in another scene and place; a room, not very large or handsome, but full of comfort. Near to the winter fire sat a beautiful young girl, so like that last that Scrooge believed it was the same, until he saw *her*, now a comely matron, sitting opposite her daughter. The noise in this room was perfectly tumultuous, for there were more children there, than Scrooge in his agitated state of mind could count; and, unlike the celebrated herd in the poem, they were not forty children conducting themselves like one, but every child was conducting itself like forty. The consequences were uproarious beyond belief; but no one seemed to care; on the contrary, the mother and daughter laughed heartily, and enjoyed it very much; and the latter, soon beginning to mingle in the sports, got pillaged by the young brigands most ruthlessly. What would I not have given to be one of them! Though I never could have been so rude, no, no! I wouldn't for the wealth of all the world have crushed that braided hair, and torn it down; and for the precious little shoe, I wouldn't have plucked it off, God bless my soul! to save my life. As to measuring her waist in sport, as they did, bold young brood, I couldn't have done it; I should have expected my arm to have grown round it for a punishment, and never come straight again. And yet I should have dearly liked, I own, to have touched her lips; to have questioned her, that she might have opened them; to have looked upon the lashes of her downcast eyes, and never raised a blush; to have let loose waves of hair, an inch of which would be a keepsake beyond price: in short, I should have liked, I do confess, to have had the lightest licence of a child, and yet to have been man enough to know its value.

But now a knocking at the door was heard, and such a rush immediately ensued that she with laughing face and plundered dress was borne towards it the centre of a flushed and boisterous group, just in time to greet the father, who came home attended by a man laden with Christmas toys and presents. Then the shouting and the struggling, and the onslaught that was made on the defenceless porter! The scaling him with chairs for ladders to dive into his pockets, despoil him of brown-paper parcels, hold on tight by his cravat, hug him round his neck, pommel his back, and kick his legs in irrepressible affection! The shouts of wonder and delight with which the development of every package was received! The terrible announcement that the baby had been taken in the act of putting a doll's frying-pan into his mouth, and was more than suspected of having swallowed a fictitious turkey, glued on a wooden platter! The immense relief of finding this a false alarm! The joy, and gratitude, and ecstasy! They are all indescribable alike. It is enough that by degrees the children and their emotions got out of the parlour, and by one stair at a time, up to the top of the house; where they went to bed, and so subsided.

And now Scrooge looked on more attentively than ever, when the master of the house, having his daughter leaning fondly on him, sat down with her and her mother at his own fireside; and when he thought that such another creature, quite as graceful and as full of promise, might have called him father, and been a spring-time in the haggard winter of his life, his sight grew very dim indeed.

"Belle," said the husband, turning to his wife with a smile, "I saw an old friend of yours this afternoon."

"Who was it?"

"Guess!"

"How can I? Tut, don't I know?" she added in the same breath, laughing as he laughed. "Mr. Scrooge."

"Mr. Scrooge it was. I passed his office window; and as it was not shut up, and he had a candle inside, I could scarcely help seeing him. His partner lies upon the point of death, I hear; and there he sat alone. Quite alone in the world, I do believe."

"Spirit!" said Scrooge in a broken voice, "remove me from this place."

"I told you these were shadows of the things that have been," said the Ghost. "That they are what they are, do not blame me!"

"Remove me!" Scrooge exclaimed, "I cannot bear it!"

He turned upon the Ghost, and seeing that it looked upon him with a face, in which in some strange way there were fragments of all the faces it had shown him, wrestled with it.

"Leave me! Take me back. Haunt me no longer!"

In the struggle, if that can be called a struggle in which the Ghost with no visible resistance on its own part was undisturbed by any effort of its adversary, Scrooge observed that its light was burning high and bright; and dimly connecting that with its influence over him, he seized the extinguisher-cap, and by a sudden action pressed it down upon its head.

The Spirit dropped beneath it, so that the extinguisher covered its whole form; but though Scrooge pressed it down with all his force, he could not hide the light: which streamed from under it, in an unbroken flood upon the ground.

He was conscious of being exhausted, and overcome by an irresistible drowsiness; and, further, of being in his own bedroom.

He gave the cap a parting squeeze, in which his hand relaxed; and had barely time to reel to bed, before he sank into a heavy sleep.

# THE SECOND
# OF THE THREE SPIRITS

AWAKING in the middle of a prodigiously tough snore, and sitting up in bed to get his thoughts together, Scrooge had no occasion to be told that the bell was again upon the stroke of One. He felt that he was restored to consciousness in the right nick of time, for the especial purpose of holding a conference with the second messenger despatched to him through Jacob Marley's intervention. But finding that he turned uncomfortably cold when he began to wonder which of his curtains this new spectre would draw back, he put them every one aside with his own hands; and lying down again, established a sharp look-out all round the bed. For he wished to challenge the Spirit on the moment of its appearance, and did not wish to be taken by surprise, and made nervous.

Gentlemen of the free-and-easy sort, who plume themselves on being acquainted with a move or two, and being usually equal to the time-of-day, express the wide range of their capacity for adventure by observing that they are good for anything from pitch-and-toss to manslaughter; between which opposite extremes, no doubt, there lies a tolerably wide and comprehensive range of subjects. Without venturing for

Scrooge quite as hardily as this, I don't mind calling on you to believe that he was ready for a good broad field of strange appearances, and that nothing between a baby and rhinoceros would have astonished him very much.

Now, being prepared for almost anything, he was not by any means prepared for nothing; and, consequently, when the Bell struck One, and no shape appeared, he was taken with a violent fit of trembling. Five minutes, ten minutes, a quarter of an hour went by, yet nothing came. All this time, he lay upon his bed, the very core and centre of a blaze of ruddy light, which streamed upon it when the clock proclaimed the hour; and which, being only light, was more alarming than a dozen ghosts, as he was powerless to make out what it meant, or would be at; and was sometimes apprehensive that he might be at that very moment an interesting case of spontaneous combustion, without having the consolation of knowing it. At last, however, he began to think–as you or I would have thought at first; for it is always the person not in the predicament who knows what ought to have been done in it, and would unquestionably have done it too–at last, I say, he began to think that the source and secret of this ghostly light might be in the adjoining room, from whence, on further tracing it, it seemed to shine. This idea taking full possession of his mind, he got up softly and shuffled in his slippers to the door.

The moment Scrooge's hand was on the lock, a strange voice called him by his name, and bade him enter. He obeyed.

It was his own room. There was no doubt about that. But it had undergone a surprising transformation. The walls and ceiling were so hung with living green, that it looked a perfect grove; from every part of which, bright gleaming berries glistened. The crisp leaves of holly, mistletoe, and ivy reflected back the light, as if so many little mirrors had been scattered there; and such a mighty blaze went roaring up the chimney, as that dull petrification of a hearth had never known in Scrooge's time, or Marley's, or for many and many a winter season gone. Heaped up on the floor, to form a kind of throne, were turkeys, geese, game, poultry, brawn, great joints of meat, sucking-pigs, long wreaths of sausages, mince-pies, plum-puddings, barrels of oysters, red-hot chestnuts, cherry-cheeked apples, juicy oranges, luscious pears, immense twelfth-cakes, and seething bowls of punch, that made the chamber dim with their delicious steam. In easy state upon this couch, there sat a jolly Giant, glorious to see; who bore a glowing torch, in shape not unlike Plenty's horn, and held it up, high up, to shed its light on Scrooge, as he came peeping round the door.

"Come in!" exclaimed the Ghost. "Come in! and know me better, man!"

Scrooge entered timidly, and hung his head before this Spirit. He was not the dogged Scrooge he had been; and though the Spirit's eyes were clear and kind, he did not like to meet them.

"I am the Ghost of Christmas Present," said the Spirit. "Look upon me!"

Scrooge reverently did so. It was clothed in one simple green robe, or mantle, bordered with white fur. This garment hung so loosely on the figure, that its capacious breast was bare, as if disdaining to be warded or concealed by any artifice. Its feet, observable beneath the ample folds of the garment, were also bare; and on its head it wore no other covering than a holly wreath, set here and there with shining icicles. Its dark brown curls were long and free; free as its genial face, its sparkling eye, its open hand, its cheery voice, its unconstrained demeanour, and its joyful air. Girded round its middle was an antique scabbard; but no sword was in it, and the ancient sheath was eaten up with rust.

"You have never seen the like of me before!" exclaimed the Spirit.

"Never," Scrooge made answer to it.

"Have never walked forth with the younger members of my family; meaning (for I am very young) my elder brothers born in these later years?" pursued the Phantom.

"I don't think I have," said Scrooge. "I am afraid I have not. Have you had many brothers, Spirit?"

"More than eighteen hundred," said the Ghost.

"A tremendous family to provide for!" muttered Scrooge.

The Ghost of Christmas Present rose.

"Spirit," said Scrooge submissively, "conduct me where you will. I went forth last night on compulsion, and I learnt a lesson which is working now. To-night, if you have aught to teach me, let me profit by it."

"Touch my robe!"

Scrooge did as he was told, and held it fast.

Holly, mistletoe, red berries, ivy, turkeys, geese, game, poultry, brawn, meat, pigs, sausages, oysters, pies, puddings, fruit, and punch, all vanished instantly. So did the room, the fire, the ruddy glow, the hour of night, and they stood in the city streets on Christmas morning, where (for the weather was severe) the people made a rough, but brisk and not unpleasant kind of music, in scraping the snow from the pavement in front of their dwellings, and from the tops of their houses, whence it was mad delight to the boys to see it come plumping down into the road below, and splitting into artificial little snow-storms.

The house fronts looked black enough, and the windows blacker, contrasting with the smooth white sheet of snow upon the roofs, and with the dirtier snow upon the ground; which last deposit had been ploughed up in deep furrows by the heavy wheels of carts and waggons; furrows that crossed and re-crossed each other hundreds of times where the great streets branched off; and made intricate channels, hard to trace in the thick yellow mud and icy water. The sky was gloomy, and the shortest streets were choked up with a dingy mist, half thawed, half frozen, whose heavier particles descended in a shower of sooty atoms, as if all the chimneys in Great Britain had, by one consent, caught fire, and were blazing away to their dear hearts' content. There was nothing very cheerful in the climate or the town, and yet was there an air of cheerfulness abroad that the clearest summer air and brightest summer sun might have endeavoured to diffuse in vain.

For, the people who were shovelling away on the housetops were jovial and full of glee; calling out to one another from the parapets, and now and then exchanging a facetious snowball–better-natured missile far than many a wordy jest– laughing heartily if it went right and not less heartily if it went wrong. The poulterers' shops were still half open, and the fruiterers' were radiant in their glory. There were great, round, pot-bellied baskets of chestnuts, shaped like the waistcoats of jolly old gentlemen, lolling at the doors, and tumbling out into the street in their apoplectic opulence. There were ruddy, brown-faced, broad-girthed Spanish Onions, shining in the fatness of their growth like Spanish Friars, and winking from their shelves in wanton slyness at the girls as they went by, and glanced demurely at the hung-up mistletoe. There were pears and apples, clustered high in blooming pyramids; there were bunches of grapes, made, in the shopkeepers' benevolence to dangle from conspicuous hooks, that people's mouths might water gratis as they passed; there were piles of filberts, mossy and brown, recalling, in their fragrance, ancient walks among the woods, and pleasant shufflings ankle deep through withered leaves; there were Norfolk Biffins, squat and swarthy, setting off the yellow of the oranges and lemons, and, in the great compactness of their juicy persons, urgently entreating and beseeching to be carried home in paper bags and eaten after dinner. The very gold and silver fish, set forth among these choice fruits in a bowl, though members of a dull and stagnant-blooded race, appeared to know that there was something going on; and, to a fish, went gasping round and round their little world in slow and passionless excitement.

The Grocers'! oh, the Grocers'! nearly closed, with perhaps two shutters down, or one; but through those gaps such glimpses! It was not alone that the scales descending on the counter made a merry sound, or that the twine and roller parted company so briskly, or that the canisters were rattled up and down like juggling tricks, or even that the blended scents of tea and coffee were so grateful to the nose, or even that the raisins were so plentiful and rare, the almonds so extremely white, the sticks of cinnamon so long and straight, the other spices so delicious, the candied fruits so caked and spotted with molten sugar as to make the coldest lookers-on feel faint and subsequently bilious. Nor was it that the figs were moist and pulpy, or that the French plums blushed in modest tartness from their highly-decorated boxes, or that everything was good to eat and in its Christmas dress; but the customers were all so hurried and so eager in the hopeful promise of the day, that they tumbled up against each other at the door, crashing their wicker baskets wildly, and left their purchases upon the counter, and came running back to fetch them, and committed hundreds of the like mistakes, in the best humour possible; while the Grocer and his people were so frank and fresh that the polished hearts with which they fastened their aprons behind might have been their own, worn outside for general inspection, and for Christmas daws to peck at if they chose.

But soon the steeples called good people all, to church and chapel, and away they came, flocking through the streets in their best clothes, and with their gayest faces. And at the same time there emerged from scores of bye-streets, lanes, and nameless turnings, innumerable people, carrying their dinners to the bakers' shops. The sight of these poor revellers appeared to interest the Spirit very much, for he stood with Scrooge beside him in a baker's doorway, and taking off the covers as their bearers passed, sprinkled incense on their dinners from his torch. And it was a very uncommon kind of torch, for once or twice when there were angry words between some dinner-carriers who had jostled each other, he shed a few drops of water on them from it, and their good humour was restored directly. For they said, it was a shame to quarrel upon Christmas Day. And so it was! God love it, so it was!

In time the bells ceased, and the bakers were shut up; and yet there was a genial shadowing forth of all these dinners and the progress of their cooking, in the thawed blotch of wet above each baker's oven; where the pavement smoked as if its stones were cooking too.

"Is there a peculiar flavour in what you sprinkle from your torch?" asked Scrooge.

"There is. My own."

"Would it apply to any kind of dinner on this day?" asked Scrooge.

"To any kindly given. To a poor one most."

"Why to a poor one most?" asked Scrooge.

"Because it needs it most."

"Spirit," said Scrooge, after a moment's thought, "I wonder you, of all the beings in the many worlds about us, should desire to cramp these people's opportunities of innocent enjoyment."

"I!" cried the Spirit.

"You would deprive them of their means of dining every seventh day, often the only day on which they can be said to dine at all," said Scrooge. "Wouldn't you?"

"I!" cried the Spirit.

"You seek to close these places on the Seventh Day?" said Scrooge. "And it comes to the same thing."

"I seek!" exclaimed the Spirit.

"Forgive me if I am wrong. It has been done in your name, or at least in that of your family," said Scrooge.

"There are some upon this earth of yours," returned the Spirit, "who lay claim to know us, and who do their deeds of passion, pride, ill-will, hatred, envy, bigotry, and selfishness in our name, who are as strange to us and all our kith and kin, as if they had never lived. Remember that, and charge their doings on themselves, not us."

Scrooge promised that he would; and they went on, invisible, as they had been before, into the suburbs of the town. It was a remarkable quality of the Ghost (which Scrooge had observed at the baker's), that notwithstanding his gigantic size, he could accommodate himself to any place with ease; and that he stood beneath a low roof quite as gracefully and like a supernatural creature, as it was possible he could have done in any lofty hall.

And perhaps it was the pleasure the good Spirit had in showing off this power of his, or else it was his own kind, generous, hearty nature, and his sympathy with all poor men, that led him straight to Scrooge's clerk's; for there he went, and took Scrooge with him, holding to his robe; and on the threshold of the door the Spirit smiled, and stopped to bless Bob Cratchit's dwelling with the sprinkling of his torch. Think of that! Bob had but fifteen "Bob" a-week himself; he pocketed on Saturdays but fifteen copies of his Christian name; and yet the Ghost of Christmas Present blessed his four-roomed house!

Then up rose Mrs. Cratchit, Cratchit's wife, dressed out but poorly in a twice-turned gown, but brave in ribbons, which are cheap and make a goodly show for sixpence; and she laid the cloth, assisted by Belinda Cratchit, second of her daughters, also brave in ribbons; while Master Peter Cratchit plunged a fork into the saucepan of potatoes, and getting the corners of his monstrous shirt collar (Bob's private property, conferred upon his son and heir in honour of the day) into his mouth, rejoiced to find himself so gallantly attired, and yearned to show his linen in the fashionable Parks. And now two smaller Cratchits, boy and girl, came tearing in, screaming that outside the baker's they had smelt the goose, and known it for their own; and basking in luxurious thoughts of sage and onion, these young Cratchits danced about the table, and exalted Master Peter Cratchit to the skies, while he (not proud, although his collars nearly choked him) blew the fire, until the slow potatoes bubbling up, knocked loudly at the saucepan-lid to be let out and peeled.

"What has ever got your precious father then?" said Mrs. Cratchit. "And your brother, Tiny Tim! And Martha warn't as late last Christmas Day by half-an-hour!"

"Here's Martha, mother!" said a girl, appearing as she spoke.

"Here's Martha, mother!" cried the two young Cratchits. "Hurrah! There's *such* a goose, Martha!"

"Why, bless your heart alive, my dear, how late you are!" said Mrs. Cratchit, kissing her a dozen times, and taking off her shawl and bonnet for her with officious zeal.

"We'd a deal of work to finish up last night," replied the girl, "and had to clear away this morning, mother!"

"Well! Never mind so long as you are come," said Mrs. Cratchit. "Sit ye down before the fire, my dear, and have a warm, Lord bless ye!"

"No, no! There's father coming," cried the two young

Cratchits, who were everywhere at once. "Hide, Martha, hide!"

So Martha hid herself, and in came little Bob, the father, with at least three feet of comforter exclusive of the fringe, hanging down before him; and his threadbare clothes darned up and brushed, to look seasonable; and Tiny Tim upon his shoulder. Alas for Tiny Tim, he bore a little crutch, and had his limbs supported by an iron frame!

"Why, where's our Martha?" cried Bob Cratchit, looking round.

"Not coming," said Mrs. Cratchit.

"Not coming!" said Bob, with a sudden declension in his high spirits; for he had been Tim's blood horse all the way from church, and had come home rampant. "Not coming upon Christmas Day!"

Martha didn't like to see him disappointed, if it were only in joke; so she came out prematurely from behind the closet door, and ran into his arms, while the two young Cratchits hustled Tiny Tim, and bore him off into the wash-house, that he might hear the pudding singing in the copper.

"And how did little Tim behave?" asked Mrs. Cratchit, when she had rallied Bob on his credulity, and Bob had hugged his daughter to his heart's content.

"As good as gold," said Bob, "and better. Somehow he gets thoughtful, sitting by himself so much, and thinks the strangest things you ever heard. He told me, coming home, that he hoped the people saw him in the church, because he was a cripple, and it might be pleasant to them to remember upon Christmas Day, who made lame beggars walk, and blind men see."

Bob's voice was tremulous when he told them this, and trembled more when he said that Tiny Tim was growing strong and hearty.

His active little crutch was heard upon the floor, and back

came Tiny Tim before another word was spoken, escorted by his brother and sister to his stool before the fire; and while Bob, turning up his cuffs–as if, poor fellow, they were capable of being made more shabby–compounded some hot mixture in a jug with gin and lemons, and stirred it round and round and put it on the hob to simmer; Master Peter, and the two ubiquitous young Cratchits went to fetch the goose, with which they soon returned in high procession.

Such a bustle ensued that you might have thought a goose the rarest of all birds; a feathered phenomenon, to which a black swan was a matter of course–and in truth it was something very like it in that house. Mrs. Cratchit made the gravy (ready beforehand in a little saucepan) hissing hot; Master Peter mashed the potatoes with incredible vigour; Miss Belinda sweetened up the apple-sauce; Martha dusted the hot plates; Bob took Tiny Tim beside him in a tiny corner at the table; the two young Cratchits set chairs for everybody, not forgetting themselves, and mounting guard upon their posts, crammed spoons into their mouths, lest they should shriek for goose before their turn came to be helped. At last the dishes were set on, and grace was said. It was succeeded by a breathless pause, as Mrs. Cratchit, looking slowly all along the carving-knife, prepared to plunge it in the breast; but when she did, and when the long expected gush of stuffing issued forth, one murmur of delight arose all round the board, and even Tiny Tim, excited by the two young Cratchits, beat on the table with the handle of his knife, and feebly cried Hurrah!

There never was such a goose. Bob said he didn't believe there ever was such a goose cooked. Its tenderness and flavour, size and cheapness, were the themes of universal admiration. Eked out by apple-sauce and mashed potatoes, it was a sufficient dinner for the whole family; indeed, as Mrs. Cratchit said with great delight (surveying one small atom of a bone upon the dish), they hadn't ate it all at last! Yet every one had had enough, and the youngest Cratchits in particular, were steeped in sage and onion to the eyebrows! But now, the plates being changed by Miss Belinda, Mrs. Cratchit left the room alone–too nervous to bear witnesses–to take the pudding up and bring it in.

Suppose it should not be done enough! Suppose it should break in turning out! Suppose somebody should have got over the wall of the back-yard, and stolen it, while they were merry with the goose–a supposition at which the two young Cratchits became livid! All sorts of horrors were supposed.

Hallo! A great deal of steam! The pudding was out of the copper. A smell like a washing-day! That was the cloth. A smell like an eating-house and a pastrycook's next door to each other, with a laundress's next door to that! That was the pudding! In half a minute Mrs. Cratchit entered–flushed, but smiling proudly–with the pudding, like a speckled cannon-ball, so hard and firm, blazing in half of half-a-quartern of ignited brandy, and bedight with Christmas holly stuck into the top.

Oh, a wonderful pudding! Bob Cratchit said, and calmly too, that he regarded it as the greatest success achieved by Mrs. Cratchit since their marriage. Mrs. Cratchit said that now the weight was off her mind, she would confess she had had her doubts about the quantity of flour. Everybody had something to say about it, but nobody said or thought it was at all a small pudding for a large family. It would have been flat heresy to do so. Any Cratchit would have blushed to hint at such a thing.

At last the dinner was all done, the cloth was cleared, the hearth swept, and the fire made up. The compound in the jug being tasted, and considered perfect, apples and oranges were put upon the table, and a shovel-full of chestnuts on the fire. Then all the Cratchit family drew round the hearth, in what Bob Cratchit called a circle, meaning half a one; and at Bob Cratchit's elbow stood the family display of glass. Two tumblers, and a custard-cup without a handle.

These held the hot stuff from the jug, however, as well as golden goblets would have done; and Bob served it out with beaming looks, while the chestnuts on the fire sputtered and cracked noisily. Then Bob proposed:

"A Merry Christmas to us all, my dears. God bless us!"

Which all the family re-echoed.

"God bless us every one!" said Tiny Tim, the last of all.

He sat very close to his father's side upon his little stool. Bob held his withered little hand in his, as if he loved the child, and wished to keep him by his side, and dreaded that he might be taken from him.

"Spirit," said Scrooge, with an interest he had never felt before, "tell me if Tiny Tim will live."

"I see a vacant seat," replied the Ghost, "in the poor chimney-corner, and a crutch without an owner, carefully preserved. If these shadows remain unaltered by the Future, the child will die."

"No, no," said Scrooge. "Oh, no, kind Spirit! say he will be spared."

"If these shadows remain unaltered by the Future, none other of my race," returned the Ghost, "will find him here. What then? If he be like to die, he had better do it, and decrease the surplus population."

Scrooge hung his head to hear his own words quoted by the Spirit, and was overcome with penitence and grief.

"Man," said the Ghost, "if man you be in heart, not adamant, forbear that wicked cant until you have discovered What the surplus is, and Where it is. Will you decide what men shall live, what men shall die? It may be, that in the sight of Heaven, you are more worthless and less fit to live than millions like this poor man's child. Oh God! to hear the Insect on the leaf pronouncing on the too much life among his hungry brothers in the dust!"

Scrooge bent before the Ghost's rebuke, and trembling cast his eyes upon the ground. But he raised them speedily, on hearing his own name.

"Mr. Scrooge!" said Bob; "I'll give you Mr. Scrooge, the Founder of the Feast!"

"The Founder of the Feast indeed!" cried Mrs. Cratchit, reddening. "I wish I had him here. I'd give him a piece of my mind to feast upon, and I hope he'd have a good appetite for it."

"My dear," said Bob, "the children! Christmas Day."

"It should be Christmas Day, I am sure," said she, "on which one drinks the health of such an odious, stingy, hard, unfeeling man as Mr. Scrooge. You know he is, Robert! Nobody knows it better than you do, poor fellow!"

"My dear," was Bob's mild answer, "Christmas Day."

"I'll drink his health for your sake and the Day's," said Mrs. Cratchit, "not for his. Long life to him! A merry Christmas and a happy new year! He'll be very merry and very happy, I have no doubt!"

The children drank the toast after her. It was the first of their proceedings which had no heartiness. Tiny Tim drank it last of all, but he didn't care twopence for it. Scrooge was the Ogre of the family. The mention of his name cast a dark shadow on the party, which was not dispelled for full five minutes.

After it had passed away, they were ten times merrier than before, from the mere relief of Scrooge the Baleful being done with. Bob Cratchit told them how he had a situation in his eye for Master Peter, which would bring in, if obtained, full five-and-sixpence weekly. The two young Cratchits laughed tremendously at the idea of Peter's being a man of business; and Peter himself looked thoughtfully at the fire from between his collars, as if he were deliberating what particular investments he should favour when he came into the receipt of that bewildering income. Martha, who was a poor apprentice at a milliner's, then told them what kind of work she had to do, and how many hours she worked at a stretch, and how she meant to lie abed to-morrow morning for a good long rest; to-morrow being a holiday she passed at home. Also how she had seen a countess and a lord some days before, and how the lord "was much about as tall as Peter;" at which Peter pulled up his collars so high that you couldn't have seen his head if you had been there. All this time the chestnuts and the jug went round and round; and by-and-bye they had a song, about a lost child travelling in the snow, from Tiny Tim, who had a plaintive little voice, and sang it very well indeed.

There was nothing of high mark in this. They were not a handsome family; they were not well dressed; their shoes were far from being water-proof; their clothes were scanty; and Peter might have known, and very likely did, the inside of a pawnbroker's. But, they were happy, grateful, pleased with one another, and contented with the time; and when they faded, and looked happier yet in the bright sprinklings of the Spirit's torch at parting, Scrooge had his eye upon them, and especially on Tiny Tim, until the last.

By this time it was getting dark, and snowing pretty heavily; and as Scrooge and the Spirit went along the streets, the brightness of the roaring fires in kitchens, parlours, and all sorts of rooms, was wonderful. Here, the flickering of the blaze showed preparations for a cosy dinner, with hot plates baking through and through before the fire, and deep red curtains, ready to be drawn to shut out cold and darkness. There all the children of the house were running out into the snow to meet their married sisters, brothers, cousins, uncles, aunts, and be the first to greet them. Here, again, were shadows on the window-blind of guests assembling; and there a group of handsome girls, all hooded and fur-booted, and all chattering at once, tripped lightly off to some near neighbour's house; where, woe upon the single man who saw them enter–artful witches, well they knew it–in a glow!

But, if you had judged from the numbers of people on their way to friendly gatherings, you might have thought that no one was at home to give them welcome when they got there, instead of every house expecting company, and piling up its fires half-chimney high. Blessings on it, how the Ghost exulted! How it bared its breadth of breast, and opened its capacious palm, and floated on, outpouring, with a generous hand, its bright and harmless mirth on everything within its reach! The very lamplighter, who ran on before, dotting the dusky street with specks of light, and who was dressed to spend the evening somewhere, laughed out loudly as the Spirit passed, though little kenned the lamplighter that he had any company but Christmas!

And now, without a word of warning from the Ghost, they stood upon a bleak and desert moor, where monstrous masses of rude stone were cast about, as though it were the burial-place of giants; and water spread itself wheresoever it listed, or would have done so, but for the frost that held it prisoner; and nothing grew but moss and furze, and coarse rank grass. Down in the west the setting sun had left a streak of fiery red, which glared upon the desolation for an instant, like a sullen eye, and frowning lower, lower, lower yet, was lost in the thick gloom of darkest night.

"What place is this?" asked Scrooge.

"A place where Miners live, who labour in the bowels of the earth," returned the Spirit. "But they know me. See!"

A light shone from the window of a hut, and swiftly they

advanced towards it. Passing through the wall of mud and stone, they found a cheerful company assembled round a glowing fire. An old, old man and woman, with their children and their children's children, and another generation beyond that, all decked out gaily in their holiday attire. The old man, in a voice that seldom rose above the howling of the wind upon the barren waste, was singing them a Christmas song–it had been a very old song when he was a boy–and from time to time they all joined in the chorus. So surely as they raised their voices, the old man got quite blithe and loud; and so surely as they stopped, his vigour sank again.

The Spirit did not tarry here, but bade Scrooge hold his robe, and passing on above the moor, sped–whither? Not to sea? To sea. To Scrooge's horror, looking back, he saw the last of the land, a frightful range of rocks, behind them; and his ears were deafened by the thundering of water, as it rolled and roared, and raged among the dreadful caverns it had worn, and fiercely tried to undermine the earth.

Built upon a dismal reef of sunken rocks, some league or so from shore, on which the waters chafed and dashed, the wild year through, there stood a solitary lighthouse. Great heaps of sea-weed clung to its base, and storm-birds –born of the wind one might suppose, as sea-weed of the water–rose and fell about it, like the waves they skimmed.

But even here, two men who watched the light had made a fire, that through the loophole in the thick stone wall shed out a ray of brightness on the awful sea. Joining their horny hands over the rough table at which they sat, they wished each other Merry Christmas in their can of grog; and one of them: the elder, too, with his face all damaged and scarred with hard weather, as the figure-head of an old ship might be: struck up a sturdy song that was like a Gale in itself.

Again the Ghost sped on, above the black and heaving sea

–on, on–until, being far away, as he told Scrooge, from any shore, they lighted on a ship. They stood beside the helmsman at the wheel, the look-out in the bow, the officers who had the watch; dark, ghostly figures in their several stations; but every man among them hummed a Christmas tune, or had a Christmas thought, or spoke below his breath to his companion of some bygone Christmas Day, with homeward hopes belonging to it. And every man on board, waking or sleeping, good or bad, had had a kinder word for another on that day than on any day in the year; and had shared to some extent in its festivities; and had remembered those he cared for at a distance, and had known that they delighted to remember him.

It was a great surprise to Scrooge, while listening to the moaning of the wind, and thinking what a solemn thing it was to move on through the lonely darkness over an unknown abyss, whose depths were secrets as profound as Death: it was a great surprise to Scrooge, while thus engaged, to hear a hearty laugh. It was a much greater surprise to Scrooge to recognise it as his own nephew's and to find himself in a bright, dry, gleaming room, with the Spirit standing smiling by his side, and looking at that same nephew with approving affability!

"Ha, ha!" laughed Scrooge's nephew. "Ha, ha, ha!"

If you should happen, by any unlikely chance, to know a man more blest in a laugh than Scrooge's nephew, all I can say is, I should like to know him too. Introduce him to me, and I'll cultivate his acquaintance.

It is a fair, even-handed, noble adjustment of things, that while there is infection in disease and sorrow, there is nothing in the world so irresistibly contagious as laughter and good-humour. When Scrooge's nephew laughed in this way: holding his sides, rolling his head, and twisting his face into the most extravagant contortions: Scrooge's niece, by marriage, laughed as heartily as he. And their assembled friends being not a bit behindhand, roared out lustily.

"Ha, ha! Ha, ha, ha, ha!"

"He said that Christmas was a humbug, as I live!" cried Scrooge's nephew. "He believed it too!"

"More shame for him, Fred!" said Scrooge's niece, indignantly. Bless those women; they never do anything by halves. They are always in earnest.

She was very pretty: exceedingly pretty. With a dimpled, surprised-looking, capital face; a ripe little mouth, that seemed made to be kissed–as no doubt it was; all kinds of good little dots about her chin, that melted into one another when she laughed; and the sunniest pair of eyes you ever saw in any little creature's head. Altogether she was what you would have called provoking, you know; but satisfactory, too. Oh, perfectly satisfactory!

"He's a comical old fellow," said Scrooge's nephew, "that's the truth: and not so pleasant as he might be. However, his offences carry their own punishment, and I have nothing to say against him."

"I'm sure he is very rich, Fred," hinted Scrooge's niece. "At least you always tell *me* so."

"What of that, my dear!" said Scrooge's nephew. "His wealth is of no use to him. He don't do any good with it. He don't make himself comfortable with it. He hasn't the satisfaction of thinking–ha, ha, ha!–that he is ever going to benefit US with it."

"I have no patience with him," observed Scrooge's niece. Scrooge's niece's sisters, and all the other ladies, expressed the same opinion.

"Oh, I have!" said Scrooge's nephew. "I am sorry for him; I couldn't be angry with him if I tried. Who suffers by his ill whims! Himself, always. Here, he takes it into his head to dislike us, and he won't come and dine with us. What's the consequence? He don't lose much of a dinner."

"Indeed, I think he loses a very good dinner," interrupted Scrooge's niece. Everybody else said the same, and they must be allowed to have been competent judges, because they had just had dinner; and, with the dessert upon the table, were clustered round the fire, by lamplight.

"Well! I'm very glad to hear it," said Scrooge's nephew, "because I haven't great faith in these young housekeepers. What do you say, Topper?"

Topper had clearly got his eye upon one of Scrooge's niece's sisters, for he answered that a bachelor was a wretched outcast, who had no right to express an opinion on the subject. Whereat Scrooge's niece's sister–the plump one with the lace tucker: not the one with the roses–blushed.

"Do go on, Fred," said Scrooge's niece, clapping her hands. "He never finishes what he begins to say! He is such a ridiculous fellow!"

Scrooge's nephew revelled in another laugh, and as it was impossible to keep the infection off; though the plump sister tried hard to do it with aromatic vinegar; his example was unanimously followed.

"I was only going to say," said Scrooge's nephew, "that the consequence of his taking a dislike to us, and not making merry with us, is, as I think, that he loses some pleasant moments, which could do him no harm. I am sure he loses pleasanter companions than he can find in his own thoughts, either in his mouldy old office, or his dusty chambers. I mean to give him the same chance every year, whether he likes it or not, for I pity him. He may rail at Christmas till he dies, but he can't help thinking better of it–I defy him–if he finds me going there, in good temper, year after year, and saying Uncle

Scrooge, how are you? If it only puts him in the vein to leave his poor clerk fifty pounds, *that's* something; and I think I shook him yesterday."

It was their turn to laugh now at the notion of his shaking Scrooge. But being thoroughly good-natured, and not much caring what they laughed at, so that they laughed at any rate, he encouraged them in their merriment, and passed the bottle joyously.

After tea, they had some music. For they were a musical family, and knew what they were about, when they sung a Glee or Catch, I can assure you: especially Topper, who could growl away in the bass like a good one, and never swell the large veins in his forehead, or get red in the face over it. Scrooge's niece played well upon the harp; and played among other tunes a simple little air (a mere nothing: you might learn to whistle it in two minutes), which had been familiar to the child who fetched Scrooge from the boarding-school, as he had been reminded by the Ghost of Christmas Past. When this strain of music sounded, all the things that Ghost had shown him, came upon his mind; he softened more and more; and thought that if he could have listened to it often, years ago, he might have cultivated the kindnesses of life for his own happiness with his own hands, without resorting to the sexton's spade that buried Jacob Marley.

But they didn't devote the whole evening to music. After a while they played at forfeits; for it is good to be children sometimes, and never better than at Christmas, when its mighty Founder was a child himself. Stop! There was first a game at blind-man's buff. Of course there was. And I no more believe Topper was really blind than I believe he had eyes in his boots. My opinion is, that it was a done thing between him and Scrooge's nephew; and that the Ghost of Christmas Present knew it. The way he went after that plump sister in the lace tucker, was an outrage on the credulity of human nature. Knocking down the fire-irons, tumbling over the chairs, bumping against the piano, smothering himself among the curtains, wherever she went, there went he! He always knew where the plump sister was. He wouldn't catch anybody else. If you had fallen up against him (as some of them did), on purpose, he would have made a feint of endeavouring to seize you, which would have been an affront to your understanding, and would instantly have sidled off in the direction of the plump sister. She often cried out that it wasn't fair; and it really was not. But when at last, he caught her; when, in spite of all her silken rustlings, and her rapid flutterings past him, he got her into a corner whence there was no escape; then his conduct was the most execrable. For his pretending not to know her; his pretending that it was necessary to touch her head-dress, and further to assure himself of her identity by pressing a certain ring upon her finger, and a certain chain about her neck; was vile, monstrous! No doubt she told him her opinion of it, when, another blind-man being in office, they were so very confidential together, behind the curtains.

Scrooge's niece was not one of the blind-man's buff party, but was made comfortable with a large chair and a footstool, in a snug corner, where the Ghost and Scrooge were close behind her. But she joined in the forfeits, and loved her love to admiration with all the letters of the alphabet. Likewise at the game of How, When, and Where, she was very great, and to the secret joy of Scrooge's nephew, beat her sisters hollow: though they were sharp girls too, as Topper could have told you. There might have been twenty people there, young and old, but they all played, and so did Scrooge; for wholly forgetting in the interest he had in what was going on, that his voice made no sound in their ears, he sometimes came out with his guess quite loud, and very often guessed quite right, too; for the sharpest needle, best Whitechapel, warranted not to cut in the eye, was not sharper than Scrooge; blunt as he took it in his head to be.

The Ghost was greatly pleased to find him in this mood, and looked upon him with such favour, that he begged like a boy to be allowed to stay until the guests departed. But this the Spirit said could not be done.

"Here is a new game," said Scrooge. "One half hour, Spirit, only one!"

It was a Game called Yes and No, where Scrooge's nephew had to think of something, and the rest must find out what; he only answering to their questions yes or no, as the case was. The brisk fire of questioning to which he was exposed, elicited from him that he was thinking of an animal, a live animal, rather a disagreeable animal, a savage animal, an animal that growled and grunted sometimes, and talked sometimes, and lived in London, and walked about the streets, and wasn't made a show of, and wasn't led by anybody, and didn't live in a menagerie, and was never killed in a market, and was not a horse, or an ass, or a cow, or a bull, or a tiger, or a dog, or a pig, or a cat, or a bear. At every fresh question that was put to him, this nephew burst into a fresh roar of laughter; and was so inexpressibly tickled, that he was obliged to get up off the sofa and stamp. At last the plump sister, falling into a similar state, cried out:

"I have found it out! I know what it is, Fred! I know what it is!"

"What is it?" cried Fred.

"It's your Uncle Scro-o-o-o-oge!"

Which it certainly was. Admiration was the universal sentiment, though some objected that the reply to "Is it a bear?" ought to have been "Yes;" inasmuch as an answer in the negative was sufficient to have diverted their thoughts from

Mr. Scrooge, supposing they had ever had any tendency that way.

"He has given us plenty of merriment, I am sure," said Fred, "and it would be ungrateful not to drink his health. Here is a glass of mulled wine ready to our hand at the moment; and I say, 'Uncle Scrooge!'"

"Well! Uncle Scrooge!" they cried.

"A Merry Christmas and a Happy New Year to the old man, whatever he is!" said Scrooge's nephew. "He wouldn't take it from me, but may he have it, nevertheless. Uncle Scrooge!"

Uncle Scrooge had imperceptibly become so gay and light of heart, that he would have pledged the unconscious company in return, and thanked them in an inaudible speech, if the Ghost had given him time. But the whole scene passed off in the breath of the last word spoken by his nephew; and he and the Spirit were again upon their travels.

Much they saw, and far they went, and many homes they visited, but always with a happy end. The Spirit stood beside sick beds, and they were cheerful; on foreign lands, and they were close at home; by struggling men, and they were patient in their greater hope; by poverty, and it was rich. In almshouse, hospital, and jail, in misery's every refuge, where vain man in his little brief authority had not made fast the door, and barred the Spirit out, he left his blessing, and taught Scrooge his precepts.

It was a long night, if it were only a night; but Scrooge had his doubts of this, because the Christmas Holidays appeared to be condensed into the space of time they passed together. It was strange, too, that while Scrooge remained unaltered in his outward form, the Ghost grew older, clearly older. Scrooge had observed this change, but never spoke of it, until they left a children's Twelfth Night party, when, looking at the Spirit as they stood together in an open place, he noticed that its hair was grey.

"Are spirits' lives so short?" asked Scrooge.

"My life upon this globe, is very brief," replied the Ghost. "It ends to-night."

"To-night!" cried Scrooge.

"To-night at midnight. Hark! The time is drawing near."

The chimes were ringing the three quarters past eleven at that moment.

"Forgive me if I am not justified in what I ask," said Scrooge, looking intently at the Spirit's robe, "but I see something strange, and not belonging to yourself, protruding from your skirts. Is it a foot or a claw!"

"It might be a claw, for the flesh there is upon it," was the Spirit's sorrowful reply. "Look here."

From the foldings of its robe, it brought two children; wretched, abject, frightful, hideous, miserable. They knelt down at its feet, and clung upon the outside of its garment.

"Oh, Man! look here. Look, look, down here!" exclaimed the Ghost.

They were a boy and girl. Yellow, meagre, ragged, scowling, wolfish; but prostrate, too, in their humility. Where graceful youth should have filled their features out, and touched them with its freshest tints, a stale and shrivelled hand, like that of age, had pinched, and twisted them, and pulled them into shreds. Where angels might have sat enthroned, devils lurked, and glared out menacing. No change, no degradation, no perversion of humanity, in any grade, through all the mysteries of wonderful creation, has monsters half so horrible and dread.

Scrooge started back, appalled. Having them shown to him in this way, he tried to say they were fine children, but the words choked themselves, rather than be parties to a lie of such enormous magnitude.

"Spirit! are they yours?" Scrooge could say no more.

"They are Man's," said the Spirit, looking down upon them. "And they cling to me, appealing from their fathers. This boy is Ignorance. This girl is Want. Beware them both, and all of their degree, but most of all beware this boy, for on his brow I see that written which is Doom, unless the writing be erased. Deny it!" cried the Spirit, stretching out its hand towards the city. "Slander those who tell it ye! Admit it for your factious purposes, and make it worse. And bide the end!"

"Have they no refuge or resource?" cried Scrooge.

"Are there no prisons?" said the Spirit, turning on him for the last time with his own words. "Are there no workhouses?"

The bell struck twelve.

Scrooge looked about him for the Ghost, and saw it not. As the last stroke ceased to vibrate, he remembered the prediction of old Jacob Marley, and lifting up his eyes, beheld a solemn Phantom, draped and hooded, coming, like a mist along the ground, towards him.

# THE LAST
# OF THE SPIRITS

THE Phantom slowly, gravely, silently, approached. When it came near him, Scrooge bent down upon his knee; for in the very air through which this Spirit moved it seemed to scatter gloom and mystery.

It was shrouded in a deep black garment, which concealed its head, its face, its form, and left nothing of it visible save one outstretched hand. But for this it would have been difficult to detach its figure from the night, and separate it from the darkness by which it was surrounded.

He felt that it was tall and stately when it came beside him, and that its mysterious presence filled him with a solemn dread. He knew no more, for the Spirit neither spoke nor moved.

"I am in the presence of the Ghost of Christmas Yet To Come?" said Scrooge.

The Spirit answered not, but pointed onward with its hand.

"You are about to show me shadows of the things that have not happened, but will happen in the time before us," Scrooge pursued. "Is that so, Spirit?"

The upper portion of the garment was contracted for an

instant in its folds, as if the Spirit had inclined its head. That was the only answer he received.

Although well used to ghostly company by this time, Scrooge feared the silent shape so much that his legs trembled beneath him, and he found that he could hardly stand when he prepared to follow it. The Spirit paused a moment, as observing his condition, and giving him time to recover.

But Scrooge was all the worse for this. It thrilled him with a vague uncertain horror, to know that behind the dusky shroud, there were ghostly eyes intently fixed upon him, while he, though he stretched his own to the utmost, could see nothing but a spectral hand and one great heap of black.

"Ghost of the Future!" he exclaimed, "I fear you more than any spectre I have seen. But as I know your purpose is to do me good, and as I hope to live to be another man from what I was, I am prepared to bear you company, and do it with a thankful heart. Will you not speak to me?"

It gave him no reply. The hand was pointed straight before them.

"Lead on!" said Scrooge. "Lead on! The night is waning fast, and it is precious time to me, I know. Lead on, Spirit!"

The Phantom moved away as it had come towards him. Scrooge followed in the shadow of its dress, which bore him up, he thought, and carried him along.

They scarcely seemed to enter the city; for the city rather seemed to spring up about them, and encompass them of its own act. But there they were, in the heart of it; on 'Change, amongst the merchants; who hurried up and down, and chinked the money in their pockets, and conversed in groups, and looked at their watches, and trifled thoughtfully with their great gold seals; and so forth, as Scrooge had seen them often.

The Spirit stopped beside one little knot of business men. Observing that the hand was pointed to them, Scrooge advanced to listen to their talk.

"No," said a great fat man with a monstrous chin, "I don't know much about it, either way. I only know he's dead."

"When did he die?" inquired another.

"Last night, I believe."

"Why, what was the matter with him?" asked a third, taking a vast quantity of snuff out of a very large snuff-box. "I thought he'd never die."

"God knows," said the first, with a yawn.

"What has he done with his money?" asked a red-faced gentleman with a pendulous excrescence on the end of his nose, that shook like the gills of a turkey-cock.

"I haven't heard," said the man with the large chin, yawning again. "Left it to his company, perhaps. He hasn't left it to *me*. That's all *I* know."

This pleasantry was received with a general laugh.

"It's likely to be a very cheap funeral," said the same speaker; "for upon my life I don't know of anybody to go to it. Suppose we make up a party and volunteer?"

"I don't mind going if a lunch is provided," observed the gentleman with the excrescence on his nose. "But I must be fed, if I make one."

Another laugh.

"Well, I am the most disinterested among you, after all," said the first speaker, "for I never wear black gloves, and I never eat lunch. But I'll offer to go, if anybody else will. When I come to think of it, I'm not at all sure that I wasn't his most particular friend; for we used to stop and speak whenever we met. Bye, bye!"

Speakers and listeners strolled away, and mixed with other groups. Scrooge knew the men, and looked towards the Spirit for an explanation.

The Phantom glided on into a street. Its finger pointed to

two persons meeting. Scrooge listened again, thinking that the explanation might lie here.

He knew these men, also, perfectly. They were men of business: very wealthy, and of great importance. He had made a point always of standing well in their esteem: in a business point of view, that is; strictly in a business point of view.

"How are you?" said one.

"How are you?" returned the other.

"Well!" said the first. "Old Scratch has got his own at last, hey?"

"So I am told," returned the second. "Cold, isn't it?"

"Seasonable for Christmas time. You're not a skater, I suppose?"

"No. No. Something else to think of. Good morning!"

Not another word. That was their meeting, their conversation, and their parting.

Scrooge was at first inclined to be surprised that the Spirit should attach importance to conversations apparently so trivial; but feeling assured that they must have some hidden purpose, he set himself to consider what it was likely to be. They could scarcely be supposed to have any bearing on the death of Jacob, his old partner, for that was Past, and this Ghost's province was the Future. Nor could he think of any one immediately connected with himself, to whom he could apply them. But nothing doubting that to whomsoever they applied they had some latent moral for his own improvement, he resolved to treasure up every word he heard, and everything he saw; and especially to observe the shadow of himself when it appeared. For he had an expectation that the conduct of his future self would give him the clue he missed, and would render the solution of these riddles easy.

He looked about in that very place for his own image; but another man stood in his accustomed corner, and though the clock pointed to his usual time of day for being there, he saw no likeness of himself among the multitudes that poured in through the Porch. It gave him little surprise, however; for he had been revolving in his mind a change of life, and thought and hoped he saw his new-born resolutions carried out in this.

Quiet and dark, beside him stood the Phantom, with its outstretched hand. When he roused himself from his thoughtful quest, he fancied from the turn of the hand, and its situation in reference to himself, that the Unseen Eyes were looking at him keenly. It made him shudder, and feel very cold.

They left the busy scene, and went into an obscure part of the town, where Scrooge had never penetrated before, although he recognised its situation, and its bad repute. The ways were foul and narrow; the shops and houses wretched; the people half-naked, drunken, slipshod, ugly. Alleys and archways, like so many cesspools, disgorged their offences of smell, and dirt, and life, upon the straggling streets; and the whole quarter reeked with crime, with filth, and misery.

Far in this den of infamous resort, there was a low-browed, beetling shop, below a pent-house roof, where iron, old rags, bottles, bones, and greasy offal, were bought. Upon the floor within, were piled up heaps of rusty keys, nails, chains, hinges, files, scales, weights, and refuse iron of all kinds. Secrets that few would like to scrutinise were bred and hidden in mountains of unseemly rags, masses of corrupted fat, and sepulchres of bones. Sitting in among the wares he dealt in, by a charcoal stove, made of old bricks, was a grey-haired rascal, nearly seventy years of age; who had screened himself from the cold air without, by a frousy curtaining of miscellaneous tatters, hung upon a line; and smoked his pipe in all the luxury of calm retirement.

Scrooge and the Phantom came into the presence of this

man, just as a woman with a heavy bundle slunk into the shop. But she had scarcely entered, when another woman, similarly laden, came in too; and she was closely followed by a man in faded black, who was no less startled by the sight of them, than they had been upon the recognition of each other. After a short period of blank astonishment, in which the old man with the pipe had joined them, they all three burst into a laugh.

"Let the charwoman alone to be the first!" cried she who had entered first. "Let the laundress alone to be the second; and let the undertaker's man alone to be the third. Look here, old Joe, here's a chance! If we haven't all three met here without meaning it!"

"You couldn't have met in a better place," said old Joe, removing his pipe from his mouth. "Come into the parlour. You were made free of it long ago, you know; and the other two an't strangers. Stop till I shut the door of the shop. Ah! How it skreeks! There an't such a rusty bit of metal in the place as its own hinges, I believe; and I'm sure there's no such old bones here, as mine. Ha, ha! We're all suitable to our calling, we're well matched. Come into the parlour. Come into the parlour."

The parlour was the space behind the screen of rags. The old man raked the fire together with an old stair-rod, and having trimmed his smoky lamp (for it was night), with the stem of his pipe, put it in his mouth again.

While he did this, the woman who had already spoken threw her bundle on the floor, and sat down in a flaunting manner on a stool; crossing her elbows on her knees, and looking with a bold defiance at the other two.

"What odds then! What odds, Mrs. Dilber?" said the woman. "Every person has a right to take care of themselves. *He* always did!"

"That's true, indeed!" said the laundress. "No man more so."

"Why then, don't stand staring as if you was afraid, woman; who's the wiser? We're not going to pick holes in each other's coats, I suppose?"

"No, indeed!" said Mrs. Dilber and the man together. "We should hope not."

"Very well, then!" cried the woman. "That's enough. Who's the worse for the loss of a few things like these? Not a dead man, I suppose."

"No, indeed," said Mrs. Dilber, laughing.

"If he wanted to keep 'em after he was dead, a wicked old screw," pursued the woman, "why wasn't he natural in his lifetime? If he had been, he'd have had somebody to look after him when he was struck with Death, instead of lying gasping out his last there, alone by himself."

"It's the truest word that ever was spoke," said Mrs. Dilber. "It's a judgment on him."

"I wish it was a little heavier judgment," replied the woman; "and it should have been, you may depend upon it, if I could have laid my hands on anything else. Open that bundle, old Joe, and let me know the value of it. Speak out plain. I'm not afraid to be the first, nor afraid for them to see it. We know pretty well that we were helping ourselves, before we met here, I believe. It's no sin. Open the bundle, Joe."

But the gallantry of her friends would not allow of this; and the man in faded black, mounting the breach first, produced *his plunder.* It was not extensive. A seal or two, a pencil-case, a pair of sleeve-buttons, and a brooch of no great value, were all. They were severally examined and appraised by old Joe, who chalked the sums he was disposed to give for each, upon the wall, and added them up into a total when he found there was nothing more to come.

"That's your account," said Joe, "and I wouldn't give another sixpence, if I was to be boiled for not doing it. Who's next?"

Mrs. Dilber was next. Sheets and towels, a little wearing apparel, two old-fashioned silver teaspoons, a pair of sugar-tongs, and a few boots. Her account was stated on the wall in the same manner.

"I always give too much to ladies. It's a weakness of mine, and that's the way I ruin myself," said old Joe. "That's your account. If you asked me for another penny, and made it an open question, I'd repent of being so liberal and knock off half-a-crown."

"And now undo *my* bundle, Joe," said the first woman.

Joe went down on his knees for the greater convenience of opening it, and having unfastened a great many knots, dragged out a large and heavy roll of some dark stuff.

"What do you call this?" said Joe. "Bed-curtains!"

"Ah!" returned the woman, laughing and leaning forward on her crossed arms. "Bed-curtains!"

"You don't mean to say you took 'em down, rings and all, with him lying there?" said Joe.

"Yes I do," replied the woman. "Why not?"

"You were born to make your fortune," said Joe, "and you'll certainly do it."

"I certainly shan't hold my hand, when I can get anything in it by reaching it out, for the sake of such a man as He was, I promise you, Joe," returned the woman coolly. "Don't drop that oil upon the blankets, now."

"His blankets?" asked Joe.

"Whose else's do you think?" replied the woman. "He isn't likely to take cold without 'em, I dare say."

"I hope he didn't die of anything catching? Eh?" said old Joe, stopping in his work, and looking up.

"Don't you be afraid of that," returned the woman. "I an't so fond of his company that I'd loiter about him for such things, if he did. Ah! you may look through that shirt till your eyes ache;

but you won't find a hole in it, nor a threadbare place. It's the best he had, and a fine one too. They'd have wasted it, if it hadn't been for me."

"What do you call wasting of it?" asked old Joe.

"Putting it on him to be buried in, to be sure," replied the woman with a laugh. "Somebody was fool enough to do it, but I took it off again. If calico an't good enough for such a purpose, it isn't good enough for anything. It's quite as becoming to the body. He can't look uglier than he did in that one."

Scrooge listened to this dialogue in horror. As they sat grouped about their spoil, in the scanty light afforded by the old man's lamp, he viewed them with a detestation and disgust, which could hardly have been greater, though they had been obscene demons, marketing the corpse itself.

"Ha, ha!" laughed the same woman, when old Joe, producing a flannel bag with money in it, told out their several gains upon the ground. "This is the end of it, you see! He frightened every one away from him when he was alive, to profit us when he was dead! Ha, ha, ha!"

"Spirit!" said Scrooge, shuddering from head to foot. "I see, I see. The case of this unhappy man might be my own. My life tends that way, now. Merciful Heaven, what is this!"

He recoiled in terror, for the scene had changed, and now he almost touched a bed: a bare, uncurtained bed: on which, beneath a ragged sheet, there lay a something covered up, which, though it was dumb, announced itself in awful language.

The room was very dark, too dark to be observed with any accuracy, though Scrooge glanced round it in obedience to a secret impulse, anxious to know what kind of room it was. A pale light, rising in the outer air, fell straight upon the bed; and on it, plundered and bereft, unwatched, unwept, uncared for, was the body of this man.

Scrooge glanced towards the Phantom. Its steady hand was pointed to the head. The cover was so carelessly adjusted that the slightest raising of it, the motion of a finger upon Scrooge's part, would have disclosed the face. He thought of it, felt how easy it would be to do, and longed to do it; but had no more power to withdraw the veil than to dismiss the spectre at his side.

Oh cold, cold, rigid, dreadful Death, set up thine altar here, and dress it with such terrors as thou hast at thy command: for this is thy dominion! But of the loved, revered, and honoured head, thou canst not turn one hair to thy dread purposes, or make one feature odious. It is not that the hand is heavy and will fall down when released; it is not that the heart and pulse are still; but that the hand WAS open, generous, and true; the heart brave, warm, and tender; and the pulse a man's. Strike, Shadow, strike! And see his good deeds springing from the wound, to sow the world with life immortal!

No voice pronounced these words in Scrooge's ears, and yet he heard them when he looked upon the bed. He thought, if this man could be raised up now, what would be his foremost thoughts? Avarice, hard-dealing, griping cares? They have brought him to a rich end, truly!

He lay, in the dark empty house, with not a man, a woman, or a child, to say that he was kind to me in this or that, and for the memory of one kind word I will be kind to him. A cat was tearing at the door, and there was a sound of gnawing rats beneath the hearth-stone. What they wanted in the room of death, and why they were so restless and disturbed, Scrooge did not dare to think.

"Spirit!" he said, "this is a fearful place. In leaving it, I shall not leave its lesson, trust me. Let us go!"

Still the Ghost pointed with an unmoved finger to the head.

"I understand you," Scrooge returned, "and I would do it, if I could. But I have not the power, Spirit. I have not the power."

Again it seemed to look upon him.

"If there is any person in the town, who feels emotion caused by this man's death," said Scrooge quite agonised, "show that person to me, Spirit, I beseech you!"

The Phantom spread its dark robe before him for a moment, like a wing; and withdrawing it, revealed a room by daylight, where a mother and her children were.

She was expecting some one, and with anxious eagerness; for she walked up and down the room; started at every sound; looked out from the window; glanced at the clock; tried, but in vain, to work with her needle; and could hardly bear the voices of the children in their play.

At length the long-expected knock was heard. She hurried to the door, and met her husband; a man whose face was careworn and depressed, though he was young. There was a remarkable expression in it now; a kind of serious delight of which he felt ashamed, and which he struggled to repress.

He sat down to the dinner that had been hoarding for him by the fire; and when she asked him faintly what news (which was not until after a long silence), he appeared embarrassed how to answer.

"Is it good?" she said, "or bad?"—to help him.

"Bad," he answered.

"We are quite ruined?"

"No. There is hope yet, Caroline."

"If *he* relents," she said, amazed, "there is! Nothing is past hope, if such a miracle has happened."

"He is past relenting," said her husband. "He is dead."

She was a mild and patient creature if her face spoke truth; but she was thankful in her soul to hear it, and she said so, with clasped hands. She prayed forgiveness the next moment, and was sorry; but the first was the emotion of her heart.

"What the half-drunken woman whom I told you of last night, said to me, when I tried to see him and obtain a week's delay; and what I thought was a mere excuse to avoid me; turns out to have been quite true. He was not only very ill, but dying, then."

"To whom will our debt be transferred?"

"I don't know. But before that time we shall be ready with the money; and even though we were not, it would be a bad fortune indeed to find so merciless a creditor in his successor. We may sleep to-night with light hearts, Caroline!"

Yes. Soften it as they would, their hearts were lighter. The children's faces, hushed and clustered round to hear what they so little understood, were brighter; and it was a happier house for this man's death! The only emotion that the Ghost could show him, caused by the event, was one of pleasure.

"Let me see some tenderness connected with a death," said Scrooge; "or that dark chamber, Spirit, which we left just now, will be for ever present to me."

The Ghost conducted him through several streets familiar to his feet; and as they went along, Scrooge looked here and there to find himself, but nowhere was he to be seen. They entered poor Bob Cratchit's house; the dwelling he had visited before; and found the mother and the children seated round the fire.

Quiet. Very quiet. The noisy little Cratchits were as still as statues in one corner, and sat looking up at Peter, who had a book before him. The mother and her daughters were engaged in sewing. But surely they were very quiet!

"'And He took a child, and set him in the midst of them.'"

Where had Scrooge heard those words? He had not dreamed them. The boy must have read them out, as he and the Spirit crossed the threshold. Why did he not go on?

The mother laid her work upon the table, and put her hand up to her face.

"The colour hurts my eyes," she said.

The colour? Ah, poor Tiny Tim!

"They're better now again," said Cratchit's wife. "It makes them weak by candle-light; and I wouldn't show weak eyes to your father when he comes home, for the world. It must be near his time."

"Past it rather," Peter answered, shutting up his book. "But I think he has walked a little slower than he used, these few last evenings, mother."

They were very quiet again. At last she said, and in a steady, cheerful voice, that only faltered once:

"I have known him walk with–I have known him walk with Tiny Tim upon his shoulder, very fast indeed."

"And so have I," cried Peter. "Often."

"And so have I," exclaimed another. So had all.

"But he was very light to carry," she resumed, intent upon her work, "and his father loved him so, that it was no trouble: no trouble. And there is your father at the door!"

She hurried out to meet him; and little Bob in his comforter –he had need of it, poor fellow–came in. His tea was ready for him on the hob, and they all tried who should help him to it most. Then the two young Cratchits got upon his knees and laid, each child a little cheek, against his face, as if they said, "Don't mind it, father. Don't be grieved!"

Bob was very cheerful with them, and spoke pleasantly to all the family. He looked at the work upon the table, and praised the industry and speed of Mrs. Cratchit and the girls. They would be done long before Sunday, he said.

"Sunday! You went to-day, then, Robert?" said his wife.

"Yes, my dear," returned Bob. "I wish you could have gone. It would have done you good to see how green a place it is.

But you'll see it often. I promised him that I would walk there on a Sunday. My little, little child!" cried Bob. "My little child!"

He broke down all at once. He couldn't help it. If he could have helped it, he and his child would have been farther apart perhaps than they were.

He left the room, and went up-stairs into the room above, which was lighted cheerfully, and hung with Christmas. There was a chair set close beside the child, and there were signs of some one having been there, lately. Poor Bob sat down in it, and when he had thought a little and composed himself, he kissed the little face. He was reconciled to what had happened, and went down again quite happy.

They drew about the fire, and talked; the girls and mother working still. Bob told them of the extraordinary kindness of Mr. Scrooge's nephew, whom he had scarcely seen but once, and who, meeting him in the street that day, and seeing that he looked a little–"just a little down you know," said Bob, inquired what had happened to distress him. "On which," said Bob, "for he is the pleasantest-spoken gentleman you ever heard, I told him. 'I am heartily sorry for it, Mr. Cratchit,' he said, 'and heartily sorry for your good wife.' By the bye, how he ever knew that, I don't know."

"Knew what, my dear?"

"Why, that you were a good wife," replied Bob.

"Everybody knows that!" said Peter.

"Very well observed, my boy!" cried Bob. "I hope they do. 'Heartily sorry,' he said, 'for your good wife. If I can be of service to you in any way,' he said, giving me his card, 'that's where I live. Pray come to me.' Now, it wasn't," cried Bob, "for the sake of anything he might be able to do for us, so much as for his kind way, that this was quite delightful. It really seemed as if he had known our Tiny Tim, and felt with us."

"I'm sure he's a good soul!" said Mrs. Cratchit.

"You would be surer of it, my dear," returned Bob, "if you saw and spoke to him. I shouldn't be at all surprised– mark what I say!–if he got Peter a better situation."

"Only hear that, Peter," said Mrs. Cratchit.

"And then," cried one of the girls, "Peter will be keeping company with some one, and setting up for himself."

"Get along with you!" retorted Peter, grinning.

"It's just as likely as not," said Bob, "one of these days; though there's plenty of time for that, my dear. But however and whenever we part from one another, I am sure we shall none of us forget poor Tiny Tim–shall we–or this first parting that there was among us?"

"Never, father!" cried they all.

"And I know," said Bob, "I know, my dears, that when we recollect how patient and how mild he was; although he was a little, little child; we shall not quarrel easily among ourselves, and forget poor Tiny Tim in doing it."

"No, never, father!" they all cried again.

"I am very happy," said little Bob, "I am very happy!"

Mrs. Cratchit kissed him, his daughters kissed him, the two young Cratchits kissed him, and Peter and himself shook hands. Spirit of Tiny Tim, thy childish essence was from God!

"Spectre," said Scrooge, "something informs me that our parting moment is at hand. I know it, but I know not how. Tell me what man that was whom we saw lying dead?"

The Ghost of Christmas Yet To Come conveyed him, as before–though at a different time, he thought: indeed, there seemed no order in these latter visions, save that they were in the Future–into the resorts of business men, but showed him not himself. Indeed, the Spirit did not stay for anything, but went straight on, as to the end just now desired, until besought by Scrooge to tarry for a moment.

"This court," said Scrooge, "through which we hurry now, is

where my place of occupation is, and has been for a length of time. I see the house. Let me behold what I shall be, in days to come."

The Spirit stopped; the hand was pointed elsewhere.

"The house is yonder," Scrooge exclaimed. "Why do you point away?"

The inexorable finger underwent no change.

Scrooge hastened to the window of his office, and looked in. It was an office still, but not his. The furniture was not the same, and the figure in the chair was not himself. The Phantom pointed as before.

He joined it once again, and wondering why and whither he had gone, accompanied it until they reached an iron gate. He paused to look round before entering.

A churchyard. Here, then; the wretched man whose name he had now to learn, lay underneath the ground. It was a worthy place. Walled in by houses; overrun by grass and weeds, the growth of vegetation's death, not life; choked up with too much burying; fat with repleted appetite. A worthy place!

The Spirit stood among the graves, and pointed down to One. He advanced towards it trembling. The Phantom was exactly as it had been, but he dreaded that he saw new meaning in its solemn shape.

"Before I draw nearer to that stone to which you point," said Scrooge, "answer me one question. Are these the shadows of the things that Will be, or are they shadows of things that May be, only?"

Still the Ghost pointed downward to the grave by which it stood.

"Men's courses will foreshadow certain ends, to which, if persevered in, they must lead," said Scrooge. "But if the courses be departed from, the ends will change. Say it is thus with what you show me!"

The Spirit was immovable as ever.

Scrooge crept towards it, trembling as he went; and following the finger, read upon the stone of the neglected grave his own name, EBENEZER SCROOGE.

"Am I that man who lay upon the bed?" he cried, upon his knees.

The finger pointed from the grave to him, and back again.

"No, Spirit! Oh no, no!"

The finger still was there.

"Spirit!" he cried, tight clutching at its robe, "hear me! I am not the man I was. I will not be the man I must have been but for this intercourse. Why show me this, if I am past all hope?"

For the first time the hand appeared to shake.

"Good Spirit," he pursued, as down upon the ground he fell before it: "Your nature intercedes for me, and pities me. Assure me that I yet may change these shadows you have shown me, by an altered life!"

The kind hand trembled.

"I will honour Christmas in my heart, and try to keep it all the year. I will live in the Past, the Present, and the Future. The Spirits of all Three shall strive within me. I will not shut out the lessons that they teach. Oh, tell me I may sponge away the writing on this stone!"

In his agony, he caught the spectral hand. It sought to free itself, but he was strong in his entreaty, and detained it. The Spirit, stronger yet, repulsed him.

Holding up his hands in a last prayer to have his fate reversed, he saw an alteration in the Phantom's hood and dress. It shrunk, collapsed, and dwindled down into a bedpost.

# THE END OF IT

YES! and the bedpost was his own. The bed was his own, the room was his own. Best and happiest of all, the Time before him was his own, to make amends in!

"I will live in the Past, the Present, and the Future!" Scrooge repeated, as he scrambled out of bed. "The Spirits of all Three shall strive within me. Oh Jacob Marley! Heaven, and the Christmas Time be praised for this! I say it on my knees, old Jacob; on my knees!"

He was so fluttered and so glowing with his good intentions, that his broken voice would scarcely answer to his call. He had been sobbing violently in his conflict with the Spirit, and his face was wet with tears.

"They are not torn down," cried Scrooge, folding one of his bed-curtains in his arms, "they are not torn down, rings and all. They are here–I am here–the shadows of the things that would have been, may be dispelled. They will be. I know they will!"

His hands were busy with his garments all this time; turning them inside out, putting them on upside down, tearing them, mislaying them, making them parties to every kind of extravagance.

"I don't know what to do!" cried Scrooge, laughing and crying in the same breath; and making a perfect Laocoon of himself with his stockings. "I am as light as a feather, I am as happy as an angel, I am as merry as a schoolboy. I am as giddy as a drunken man. A merry Christmas to everybody! A happy New Year to all the world. Hallo here! Whoop! Hallo!"

He had frisked into the sitting-room, and was now standing there: perfectly winded.

"There's the saucepan that the gruel was in!" cried Scrooge, starting off again, and going round the fireplace. "There's the door, by which the Ghost of Jacob Marley entered! There's the corner where the Ghost of Christmas Present, sat! There's the window where I saw the wandering Spirits! It's all right, it's all true, it all happened. Ha ha ha!"

Really, for a man who had been out of practice for so many years, it was a splendid laugh, a most illustrious laugh. The father of a long, long line of brilliant laughs!

"I don't know what day of the month it is!" said Scrooge. "I don't know how long I've been among the Spirits. I don't know anything. I'm quite a baby. Never mind. I don't care. I'd rather be a baby. Hallo! Whoop! Hallo here!"

He was checked in his transports by the churches ringing out the lustiest peals he had ever heard. Clash, clang, hammer; ding, dong, bell. Bell, dong, ding; hammer, clang, clash! Oh, glorious, glorious!

Running to the window, he opened it, and put out his head. No fog, no mist; clear, bright, jovial, stirring, cold; cold, piping for the blood to dance to; Golden sunlight; Heavenly sky; sweet fresh air; merry bells. Oh, glorious! Glorious!

"What's to-day!" cried Scrooge, calling downward to a boy in Sunday clothes, who perhaps had loitered in to look about him.

"EH?" returned the boy, with all his might of wonder.

"What's to-day, my fine fellow?" said Scrooge.

"To-day!" replied the boy. "Why, CHRISTMAS DAY."

"It's Christmas Day!" said Scrooge to himself. "I haven't missed it. The Spirits have done it all in one night. They can do anything they like. Of course they can. Of course they can. Hallo, my fine fellow!"

"Hallo!" returned the boy.

"Do you know the Poulterer's, in the next street but one, at the corner?" Scrooge inquired.

"I should hope I did," replied the lad.

"An intelligent boy!" said Scrooge. "A remarkable boy! Do you know whether they've sold the prize Turkey that was hanging up there?–Not the little prize Turkey: the big one?"

"What, the one as big as me?" returned the boy.

"What a delightful boy!" said Scrooge. "It's a pleasure to talk to him. Yes, my buck!"

"It's hanging there now," replied the boy.

"Is it?" said Scrooge. "Go and buy it."

"Walk-ER!" exclaimed the boy.

"No, no," said Scrooge, "I am in earnest. Go and buy it, and tell 'em to bring it here, that I may give them the direction where to take it. Come back with the man, and I'll give you a shilling. Come back with him in less than five minutes and I'll give you half-a-crown!"

The boy was off like a shot. He must have had a steady hand at a trigger who could have got a shot off half so fast.

"I'll send it to Bob Cratchit's!" whispered Scrooge, rubbing his hands, and splitting with a laugh. "He sha'n't know who sends it. It's twice the size of Tiny Tim. Joe Miller never made such a joke as sending it to Bob's will be!"

The hand in which he wrote the address was not a steady one, but write it he did, somehow, and went down-stairs to open the street door, ready for the coming of the poulterer's man. As he stood there, waiting his arrival, the knocker caught his eye.

"I shall love it, as long as I live!" cried Scrooge, patting it with his hand. "I scarcely ever looked at it before. What an honest expression it has in its face! It's a wonderful knocker!–Here's the Turkey! Hallo! Whoop! How are you! Merry Christmas!"

It was a Turkey! He never could have stood upon his legs, that bird. He would have snapped 'em short off in a minute, like sticks of sealing-wax.

"Why, it's impossible to carry that to Camden Town," said Scrooge. "You must have a cab."

The chuckle with which he said this, and the chuckle with which he paid for the Turkey, and the chuckle with which he paid for the cab, and the chuckle with which he recompensed the boy, were only to be exceeded by the chuckle with which he sat down breathless in his chair again, and chuckled till he cried.

Shaving was not an easy task, for his hand continued to shake very much; and shaving requires attention, even when you don't dance while you are at it. But if he had cut the end of his nose off, he would have put a piece of sticking-plaister over it, and been quite satisfied.

He dressed himself "all in his best," and at last got out into the streets. The people were by this time pouring forth, as he had seen them with the Ghost of Christmas Present; and walking with his hands behind him, Scrooge regarded every one with a delighted smile. He looked so irresistibly pleasant, in a word, that three or four good-humoured fellows said, "Good morning, sir! A merry Christmas to you!" And Scrooge said often afterwards, that of all the blithe sounds he had ever heard, those were the blithest in his ears.

He had not gone far, when coming on towards him he beheld the portly gentleman, who had walked into his counting-house the day before, and said, "Scrooge and Marley's, I believe?" It sent a pang across his heart to think how this old gentleman would look upon him when they met; but he knew what path lay straight before him, and he took it.

"My dear sir," said Scrooge, quickening his pace, and taking the old gentleman by both his hands. "How do you do? I hope you succeeded yesterday. It was very kind of you. A merry Christmas to you, sir!"

"Mr. Scrooge?"

"Yes," said Scrooge. "That is my name, and I fear it may not be pleasant to you. Allow me to ask your pardon. And will you have the goodness" –here Scrooge whispered in his ear.

"Lord bless me!" cried the gentleman, as if his breath were taken away. "My dear Mr. Scrooge, are you serious?"

"If you please," said Scrooge. "Not a farthing less. A great many back-payments are included in it, I assure you. Will you do me that favour?"

"My dear sir," said the other, shaking hands with him. "I don't know what to say to such munifi–"

"Don't say anything, please," retorted Scrooge. "Come and see me. Will you come and see me?"

"I will!" cried the old gentleman. And it was clear he meant to do it.

"Thank'ee," said Scrooge. "I am much obliged to you. I thank you fifty times. Bless you!"

He went to church, and walked about the streets, and watched the people hurrying to and fro, and patted children on the head, and questioned beggars, and looked down into the kitchens of houses, and up to the windows, and found that everything could yield him pleasure. He had never dreamed that any walk–that anything–could give him so much happiness. In the afternoon he turned his steps towards his nephew's house.

He passed the door a dozen times, before he had the courage to go up and knock. But he made a dash, and did it:

"Is your master at home, my dear?" said Scrooge to the girl. Nice girl! Very.

"Yes, sir."

"Where is he, my love?" said Scrooge.

"He's in the dining-room, sir, along with mistress. I'll show you up-stairs, if you please."

"Thank'ee. He knows me," said Scrooge, with his hand already on the dining-room lock. "I'll go in here, my dear."

He turned it gently, and sidled his face in, round the door. They were looking at the table (which was spread out in great array); for these young housekeepers are always nervous on such points, and like to see that everything is right.

"Fred!" said Scrooge.

Dear heart alive, how his niece by marriage started! Scrooge had forgotten, for the moment, about her sitting in the corner with the footstool, or he wouldn't have done it, on any account.

"Why bless my soul!" cried Fred, "who's that?"

"It's I. Your uncle Scrooge. I have come to dinner. Will you let me in, Fred?"

Let him in! It is a mercy he didn't shake his arm off. He was at home in five minutes. Nothing could be heartier. His niece looked just the same. So did Topper when *he* came. So did the plump sister when *she* came. So did every one when *they* came. Wonderful party, wonderful games, wonderful unanimity, won-der-ful happiness!

But he was early at the office next morning. Oh, he was early there. If he could only be there first, and catch Bob Cratchit coming late! That was the thing he had set his heart upon.

And he did it; yes, he did! The clock struck nine. No Bob. A quarter past. No Bob. He was full eighteen minutes and a half behind his time. Scrooge sat with his door wide open, that he might see him come into the Tank.

His hat was off, before he opened the door; his comforter too. He was on his stool in a jiffy; driving away with his pen, as if he were trying to overtake nine o'clock.

"Hallo!" growled Scrooge, in his accustomed voice, as near as he could feign it. "What do you mean by coming here at this time of day?"

"I am very sorry, sir," said Bob. "I *am* behind my time."

"You are?" repeated Scrooge. "Yes. I think you are. Step this way, sir, if you please."

"It's only once a year, sir," pleaded Bob, appearing from the Tank. "It shall not be repeated. I was making rather merry yesterday, sir."

"Now, I'll tell you what, my friend," said Scrooge, "I am not going to stand this sort of thing any longer. And therefore," he continued, leaping from his stool, and giving Bob such a dig in the waistcoat that he staggered back into the Tank again; "and therefore I am about to raise your salary!"

Bob trembled, and got a little nearer to the ruler. He had a momentary idea of knocking Scrooge down with it, holding him, and calling to the people in the court for help and a strait-waistcoat.

"A merry Christmas, Bob!" said Scrooge, with an earnestness that could not be mistaken, as he clapped him on the back. "A merrier Christmas, Bob, my good fellow, than I have given you, for many a year! I'll raise your salary, and endeavour to assist your struggling family, and we will discuss your affairs this very afternoon, over a Christmas bowl of smoking bishop, Bob! Make up the fires, and buy another coal-scuttle before you dot another i, Bob Cratchit!"

Scrooge was better than his word. He did it all, and infinitely more; and to Tiny Tim, who did NOT die, he was a second father. He became as good a friend, as good a master, and as good a man, as the good old city knew, or any other good old city, town, or borough, in the good old world. Some people laughed to see the alteration in him, but he let them laugh, and little heeded them; for he was wise enough to know that nothing ever happened on this globe, for good, at which some people did not have their fill of laughter in the outset; and knowing that such as these would be blind anyway, he thought it quite as well that they should wrinkle up their eyes in grins, as have the malady in less attractive forms. His own heart laughed: and that was quite enough for him.

He had no further intercourse with Spirits, but lived upon the Total Abstinence Principle, ever afterwards; and it was always said of him, that he knew how to keep Christmas well, if any man alive possessed the knowledge. May that be truly said of us, and all of us! And so, as Tiny Tim observed, God bless Us, Every One!

The Last Page of Original Manuscript

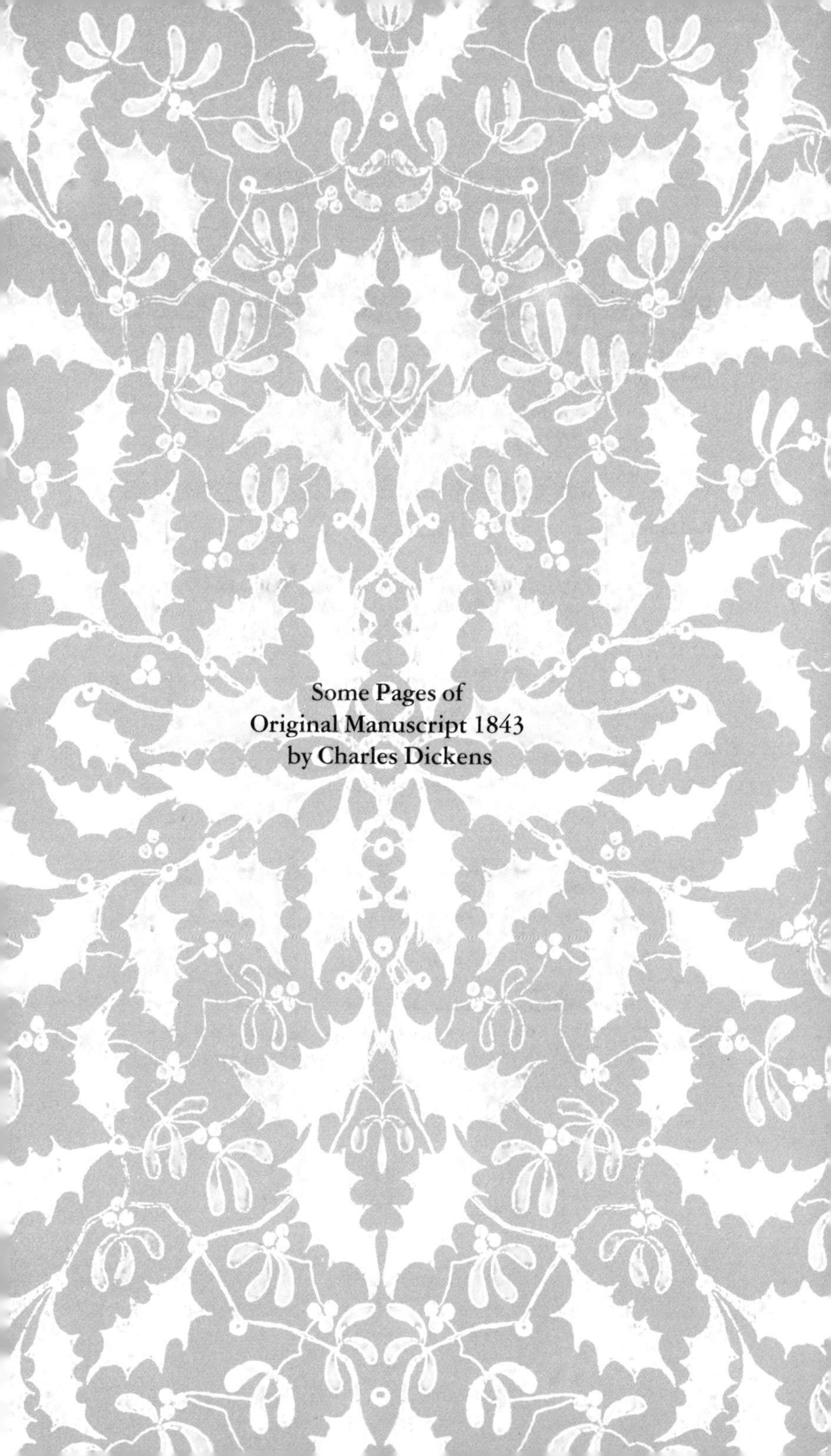
Some Pages of
Original Manuscript 1843
by Charles Dickens

Original Manuscript of Page 4

Original Manuscript of Page 6

Original Manuscript of Page 13

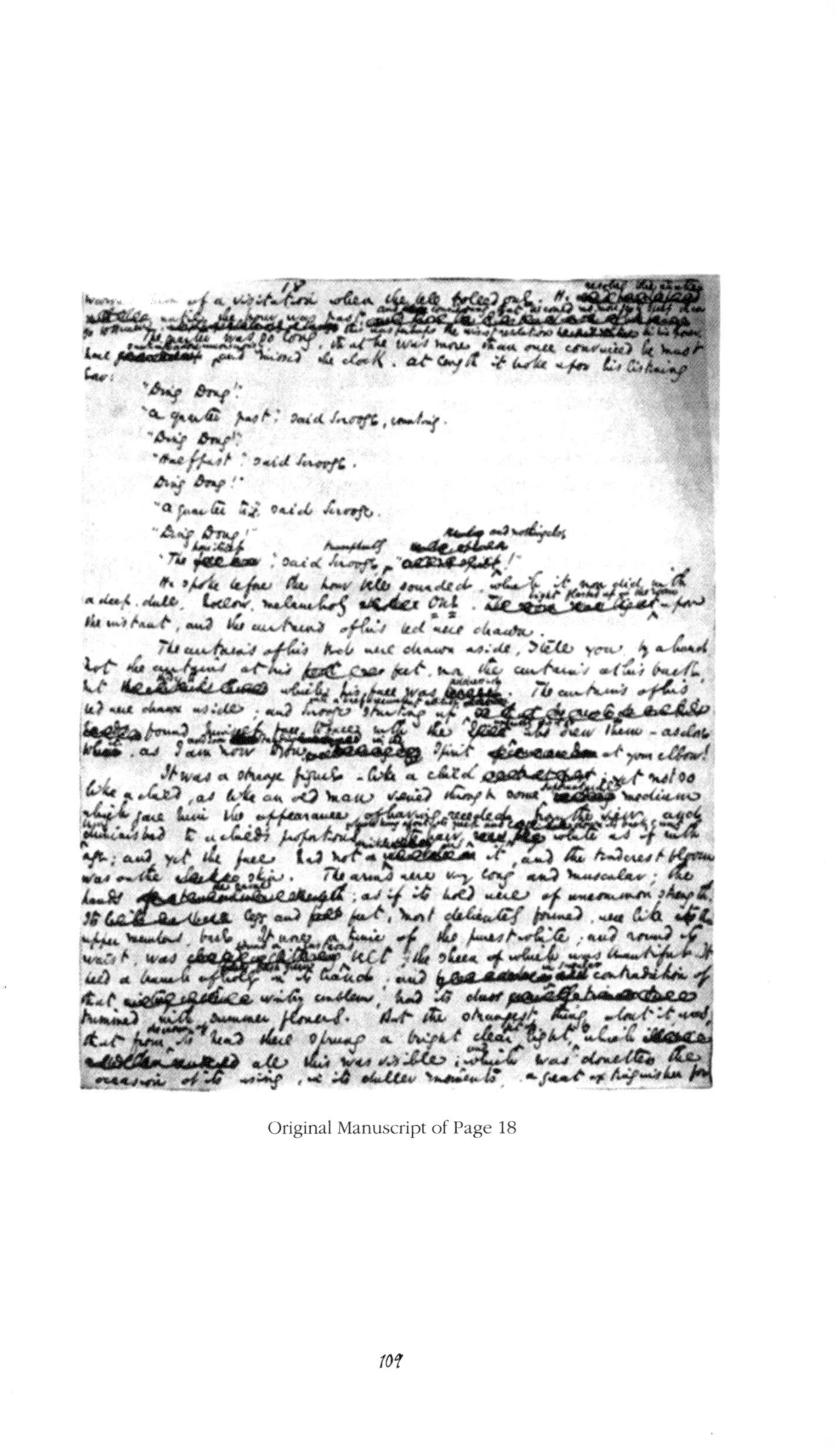

Original Manuscript of Page 18

Original Manuscript of Page 48

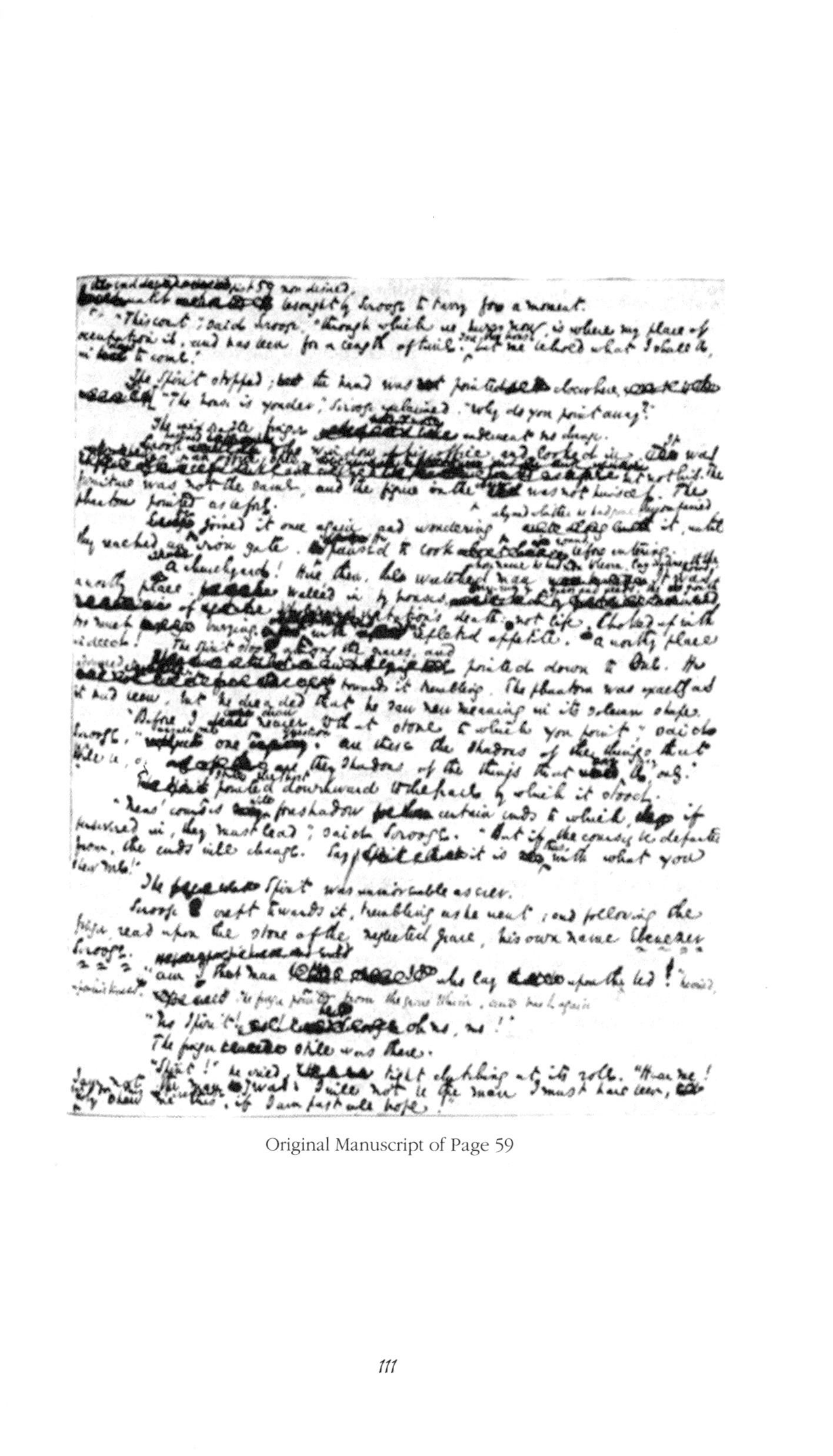

Original Manuscript of Page 59

A CHRISTMAS CAROL IN PROSE
By Charles Dickens

2012년 12월 18일 초판 1쇄 인쇄
2012년 12월 25일 초판 1쇄 발행

발행인 | 전재국
발행처 | (주)시공사
출판등록 | 1989년 5월 10일(제3-248호)

주소 | 서울 서초구 서초동 1628-1(우편번호 137-879)
전화 | 편집 (02)2046-2869 · 영업 (02)2046-2800
팩스 | 편집 (02)585-1755 · 영업 (02)588-0835
홈페이지 | www.sigongsa.com
세계문학의 숲 홈페이지 | www.sigongclassic.com